W0237361

Diana Rowland a toujours vécu dans le sud des États-Unis, mais, à l'en croire, elle n'en a pas l'accent. Elle a été tour à tour barmaid, croupière de black-jack, agent de patrouille, inspecteur, spécialiste de la police scientifique et assistante à la morgue. Elle vit actuellement avec son mari et sa fille dans le sud de la Louisiane où elle bénit l'existence de la climatisation.

Du même auteur, chez Milady :

Kara Gillian :
1. *La Marque du démon*
2. *Le Sang du démon*

www.milady.fr

Diana Rowland

La Marque du démon

Kara Gillian – 1

Traduit de l'anglais (États-Unis) par Florence Cogne

Milady

Milady est un label des éditions Bragelonne

Titre original : *Mark of the Demon*
Copyright © 2009 by Diana Rowland

Suivi d'un extrait de : *Blood of the Demon*
Copyright © 2010 by Diana Rowland

Cette traduction a été publiée avec l'accord de
Bantam Books, une maison d'édition de
The Random House Publishing Group,
une division de Random House, Inc.

© Bragelonne 2012, pour la présente traduction

ISBN : 978-2-8112-0682-6

Bragelonne – Milady
60-62, rue d'Hauteville – 75010 Paris

E-mail : info@milady.fr
Site Internet : www.milady.fr

À Jack et Anna, mes deux démons préférés.

Remerciements

Comme il s'agit de mon premier roman publié, je me dois de remercier tous ceux qui m'ont aidée à en arriver là. D'un autre côté, mon éditeur pourrait s'irriter un peu de devoir ajouter vingt pages rien que pour ça. Je vais donc être brève et aller à l'essentiel.

Je tiens donc à remercier :

Ma mère, Sue Rowland, pour avoir encouragé mon amour de la science-fiction, de la Fantasy et de tout ce qui sort de l'ordinaire.

Ma sœur, Sherry Rowland, pour avoir toléré la petite peste bizarre qui vivait sous le même toit qu'elle, et pour continuer à supporter l'étrange nana d'âge mûr qui partage sa vie.

Kat Johnson, pour m'avoir initiée aux démons. *Dak'nikahl lahn. Tah agahl lahn.*

Laura Joh Rowland, Andrew Fox, Fritz Ziegler, Marion Moore, Gwen Moore, Mark McCandless, et les autres membres de mon atelier d'écriture, pour avoir enduré les premières ébauches.

Kent Brewster, pour tout ce qu'il est.

Daniel Abraham, pour m'avoir aidée à surmonter des angoisses existentielles variant au fil des ans, sans jamais cesser de croire en moi, et surtout pour m'avoir dit ce qui n'allait pas dans ce livre.

Toute l'équipe du bureau du Shérif de Saint Tammany. Vous êtes grandioses.
Le docteur Peter R. Galvan, et les autres membres du bureau du coroner de Saint Tammany. Grâce à vous tous, la mort m'a paru amusante !
Le docteur Michael DeFatta pour avoir répondu à une flopée de questions relatives à la médecine légale. Il y en avait trop pour un seul homme ! Une multitude de questions. Sans rire. Des tonnes.
Lindsay Ribar, pour avoir sorti mon texte de la pile des manuscrits non sollicités, pour en être tombée amoureuse, et pour sa personnalité géniale !
Mon agent, Matt Bialer, pour avoir partagé l'avis de Lindsay, pour son soutien sans faille, et pour avoir trouvé à mon livre une formidable maison d'édition.
Kathy Lord, ma préparatrice de copie, qui a effectué un travail exceptionnel en contenant ma tendance à abuser des virgules et de l'adverbe « juste », et qui a suivi les démons, les victimes et les phases de la lune bien mieux que moi !
David Pomerico, assistant d'édition, pour avoir répondu patiemment à mes questions souvent stupides.
Et enfin, mon éditrice, Anne Groell, pour m'avoir empêchée de prendre des raccourcis narratifs, pour tout le temps qu'elle m'a consacré, sans relâche, pour la patience dont elle a fait preuve à mon égard, et pour m'avoir guidée et poussée à améliorer ce livre, bien au-delà de ce que j'aurais imaginé.

Chapitre premier

J'entendis l'intrus entrer chez moi.

Malheureusement, le démon apparut au même instant.

Le bruit de la vitre volant en éclats ne me déconcentra qu'une fraction de seconde, mais le portail des arcanes échappa à mon contrôle comme un tuyau d'arrosage fou. Paniquée, je l'empoignai et luttai pour le remettre en place d'un mouvement brusque. J'en avais des sueurs froides dans le dos. Mon cœur tambourinait tandis que je m'efforçais de maîtriser cette énergie, dont j'attrapais chaque élément pour la tenir et la fixer. Ma technique n'était ni raffinée ni élégante, mais je m'en fichais. Tout ce qui m'importait, c'était ma survie, pas la beauté de mes gestes.

J'eus l'impression que ça m'avait pris une éternité alors que seules quelques secondes de frénésie me furent nécessaires pour dompter et calmer ces forces aux fluctuations violentes. Je desserrai mon emprise avec prudence, tout en inspirant profondément pour faire ralentir mon pouls affolé. Il s'en était fallu d'un cheveu, ce qui m'angoissait vraiment. Survenue quelques secondes auparavant, mon inattention m'aurait sûrement valu d'être déchiquetée, soit par le tourbillon du portail des arcanes que je venais d'ouvrir, soit par les griffes de la créature qui l'avait franchi à ma demande.

Dans un souffle irrégulier, je finis par relâcher mon contrôle et regarder, non sans un immense sentiment de triomphe, l'énorme démon agenouillé devant moi, tête baissée et ailes repliées dans le dos. Il était resté parfaitement immobile pendant que je bataillais avec le portail, et j'en remerciai intérieurement toutes les forces supérieures qui existaient. J'avais eu la judicieuse idée de fixer les conditions de son invocation par avance. Je sentis un sourire s'épanouir sur mon visage. J'avais réussi. Je venais d'invoquer un reyza, un démon de douzième niveau, le plus élevé.

J'étais officiellement une invocatrice à part entière.

Un nouveau bruit de verre brisé interrompit ma rêverie. Mon sourire se mua en grimace. *Un cambrioleur. Génial.* Si je montais m'occuper de cet imbécile, il me faudrait renoncer aux projets secrets pour lesquels j'avais appelé ce démon. Et faire apparaître un reyza valait plus que quelques biens matériels. D'autant que les miens ne coûtaient pas grand-chose.

Mais au bruit, le démon avait relevé brusquement la tête.

— Quelqu'un s'introduit dans ta propriété, grogna-t-il d'une voix grave qui résonna avec force dans tout le sous-sol.

Sans me laisser le temps de réagir, il bondit sur les marches en bois massif et franchit en trombe la porte qui ouvrait sur le hall d'entrée.

— Merde !

J'ancrai rapidement la puissance que je n'avais pas encore immobilisée. *Bon, mon plan tombe à l'eau.* Les jambes flageolantes, je suivis le démon d'un pas chancelant, tout en maudissant mon état d'épuisement, qui m'empêchait d'aller plus vite. J'avais l'habitude d'être fatiguée après un rituel, mais cette fois, ça dépassait mes prévisions.

J'entendis un cri de panique s'élever vers l'avant de la maison et partis dans cette direction en forçant mes faibles jambes à bouger. *OK, j'ai réussi à l'invoquer. Maintenant, suis-je capable de le contrôler ?* Le hurlement de terreur s'amplifia soudain, tandis que j'atteignais l'entrée en vacillant.

— Kehlirik ! Ne lui fais pas de mal ! lui intimai-je tout en exerçant une pression mentale sur les liens arcaniques.

Haletante, j'arrivai dans le salon, heureuse de posséder une maison « douillette » et non une immense demeure. Je me serais sûrement effondrée si j'avais dû courir plus longtemps. *Note pour plus tard : se reposer davantage avant d'invoquer un démon de douzième niveau !*

Celui-ci gronda férocement et se retourna vers moi, tenant par le col un homme maigre comme un clou qui bafouillait. Le démon détonnait complètement entre le vert pâle des murs et les meubles en merisier de la pièce. Le bout de son aile frôla l'ordinateur qui se trouvait sur mon bureau, et je résistai à l'envie de l'empoigner pour l'éloigner d'un coup sec. Ce n'était probablement pas une bonne idée dans la mesure où j'ignorais toujours si la créature allait m'obéir.

— Tu devrais m'autoriser à le tuer, invocatrice, dit-il d'une voix grave qui évoquait le tonnerre.

Il maintenait l'homme suspendu au-dessus du sol, et son corps musclé ne manifestait aucun signe d'effort ou de fatigue. Sa tête dépassait la mienne de plusieurs dizaines de centimètres, et ses ailes à la peau tannée et aux teintes de cuivre poli montaient encore plus haut. Si mon plafond avait été à deux mètres cinquante, le démon aurait été obligé de s'accroupir de guingois et de les replier pour tenir. Heureusement pour lui, les plafonds de ma maison, typiques de l'architecture acadienne, atteignaient quatre mètres cinquante, et avaient été conçus pour lutter contre le climat subtropical du sud de la Louisiane et préserver la fraîcheur à l'intérieur des habitations.

Je pris une inspiration profonde et régulière. Il ne m'opposait aucune résistance. Un souci de moins.

— Non, Kehlirik, dis-je avec prudence. Dans cette sphère, la justice ne fonctionne pas ainsi. Mais je te remercie pour ton aide.

Les hurlements de son prisonnier s'étaient changés en gémissements plaintifs. Encore terriblement perturbée d'avoir évité de justesse une catastrophe, je frottai mes bras soudain recouverts de chair de poule. *Quelques secondes plus tôt et...* Je refrénai un frisson et m'efforçai de reporter mon attention sur le présent.

Le démon laissa échapper un grognement guttural et vibrant.

— C'est un voleur. Un bon à rien. Il n'a pas de morale.

Il se baissa et lâcha le cambrioleur, puis le cloua par terre avec le pied. Il replia ses ailes et serra ses mains aux griffes diaboliques devant lui. Autour de ses jambes s'enroulait une queue épaisse et sinueuse, dont le bout remuait, trahissant son humeur. Un mystérieux parfum épicé l'enveloppait, à la fois étranger et sauvage. Quand il était ainsi accroupi, sa tête était au même niveau que la mienne, et je fus soulagée de ne plus devoir allonger le cou pour lui adresser la parole. C'était seulement le deuxième reyza que je voyais, et j'étais encore impressionnée par sa taille.

— C'est… différent ici, expliquai-je, même si je partageais tout à fait son avis concernant son prisonnier. Je vais déjà avoir assez de mal à trouver des justifications quand il parlera de monstre ailé.

— Si je le tue, il ne pourra pas le faire, répliqua Kehlirik avec une logique imparable.

Puis ses larges narines gonflèrent pendant qu'il reniflait.

— Non pas que je sois un monstre, ajouta-t-il.

Je ne pus m'empêcher de sourire.

— C'est vrai, reyza. Tu n'en es pas un.

Malgré son apparence monstrueuse – un nez plat au milieu d'un visage bestial, une grande bouche déformée par des canines incurvées, et une grosse crête qui partait de sa tête et descendait le long de son dos –, j'étais bien placée pour savoir qu'il était tout sauf un monstre.

— Mais il serait plus difficile d'expliquer la présence d'un cadavre, poursuivis-je. Ici, le meurtre est une infraction grave.

Il fit une moue qui dévoila ses redoutables crocs.

— On ne retrouverait pas le corps, invocatrice. Mais je respecterai ton souhait.

Il inclina la tête vers moi, puis déploya ses ailes, sans faire tomber, je ne sais comment, aucune photo de mes étagères. Je le regardai avec une joie non dissimulée.

J'avais passé presque dix ans à étudier et à m'entraîner, soigneusement guidée par ma tante et mentor à travers les rituels d'invocation de chaque niveau de démon, gravissant peu à peu les échelons pour arriver à pratiquer seule. Invoquer un reyza sans aide extérieure revenait à obtenir un diplôme, et voilà que j'en avais un dans mon salon.

Je m'accroupis pour observer l'homme aux yeux écarquillés sous le pied de Kehlirik, adoptant sans le vouloir la même posture que le démon. Pâle, fluet, les cheveux en bataille, le cambrioleur devait avoir entre trente et trente-cinq ans, mais je pouvais me tromper d'une dizaine d'années. La consommation régulière de drogue a tendance à vieillir une personne, et je le cataloguai facilement dans la catégorie des consommateurs de crack. Il dégageait par ailleurs l'odeur aigre typique de quelqu'un n'ayant pas fait très attention à son hygiène depuis un certain temps, et je me surpris à me rapprocher légèrement du reyza, dont le parfum était bien plus attirant.

— Eh ben, on peut dire que t'as vraiment mal choisi ton endroit ce soir, lui fis-je remarquer. Puis je ne pus me retenir de rire quand je finis par comprendre quelque chose. Attends. Je parie que c'est toi qui t'es introduit dans ces deux maisons, près de l'autoroute, la semaine dernière. Je me trompe ?

L'homme se mit à pleurnicher et secoua la tête, les yeux hagards.

— Non ! Non, c'était pas moi ! Je… je croyais que c'était la maison de mon pote…

Kehlirik lui adressa un grondement, et l'homme reprit ses glapissements de terreur.

— Je ne suis pas idiote, l'informai-je. Cesse de me parler comme si c'était le cas.

Il sanglota au point d'en trembler.

— C'est pas vrai, c'est pas vrai, ne le laissez pas m-m-me manger, je vous en supplie ! Je ne recommencerai pas, je le jure. Je voulais juste de quoi me payer ma dose. Oh, mon Dieu !

Je me tournai vers le démon qui me contemplait d'un regard plein d'intelligence et de ruse, tout en produisant des grognements sourds. Je fus très tentée de faire marcher mon voleur et de demander à Kehlirik s'il avait faim, mais je n'étais pas absolument sûre que le reyza se rendrait compte que je plaisantais. J'étais relativement certaine que les démons n'étaient pas amateurs de chair humaine, mais mieux valait ne pas prendre le risque. Il y avait encore beaucoup de choses à découvrir concernant ces créatures.

Je me relevai et agitai la jambe pour chasser une légère crampe. En aucun cas je ne pouvais autoriser le démon à tuer ce type. C'était un toxico, il devait avoir un casier long comme le bras, mais j'étais persuadée qu'aucune de ses infractions n'était passible de la peine de mort. Il y avait fort à parier qu'il volait seulement pour pouvoir se droguer. Et puis, j'étais censée appartenir au camp des gentils.

Tant pis. Il allait sans aucun doute raconter ce qu'il avait vu. Je devais juste espérer que personne ne croirait ses éventuelles divagations à propos d'un monstre ailé.

En plus, c'était sa faute s'il s'était planté de maison et avait choisi de me cambrioler un soir où j'avais fait venir un démon.

Un compromis délicieusement cruel me traversa l'esprit.

— Reyza, je ne veux pas qu'il meure, mais peut-être que tu pourrais me rendre un service ?

Les yeux du démon brillèrent d'une lueur rouge orangée dans la pénombre de mon salon.

— Dis-moi ce que tu désires, invocatrice.

Je gardai péniblement mon sérieux.

— Je souhaite qu'il soit puni pour ce qu'il a fait, mais il faut qu'il me revienne physiquement indemne.

Le démon inclina la tête gravement, mais je fus pratiquement sûre de déceler une pointe d'amusement dans son regard.

— Compte sur moi, invocatrice.

J'eus à peine le temps de m'écarter avant qu'il saisisse l'idiot et sorte en trombe par la porte d'entrée. Je les suivis, ne m'arrêtant que pour attraper mon téléphone portable et mes menottes sur mon bureau. J'atteignis le perron juste à temps pour voir Kehlirik bondir dans les airs, l'homme fermement enserré dans ses mains griffues.

Je ricanai et m'assis sur la plus haute marche. J'écoutai les hurlements paniqués s'éloigner dans le ciel nocturne, puis composai le numéro du bureau du shérif du comté de Saint-Long.

— Bonsoir, ici l'inspecteur Kara Gillian du service de police, dis-je à la coordinatrice qui me répondit. Pourriez-vous envoyer une unité de patrouille à mon domicile ? Il s'agit d'un 10-15 sur un 62R.

Ces codes correspondaient respectivement à une arrestation et à un cambriolage. Même si j'étais membre de la police de Beaulac, j'habitais à la périphérie de la ville, ce qui signifiait que si un acte criminel avait lieu chez moi, il dépendait de la juridiction du bureau du shérif.

— Un 62R… Kara, quelqu'un a pénétré par effraction dans ta maison ? Là-bas ?

Je reconnus la voix de la femme : une régulatrice qui avait déjà travaillé avec la police. Je visualisais sa silhouette un peu ronde et ses cheveux teints en rouge, mais j'étais tout à fait incapable de me rappeler son nom.

— Ouais, mais il a seulement réussi à casser une fenêtre près de la porte d'entrée.

Je l'entendis rire.

— Il aurait dû mieux choisir !

Tu n'imagines même pas, pensai-je.

— Tu m'étonnes, répliquai-je. Heureusement que le bruit m'a réveillée.

— Bien, je t'envoie un véhicule.

Je reposai mon téléphone et pris doucement mes genoux dans mes bras, tout en levant les yeux pour contempler la pleine lune qui brillait à travers l'infime chatoiement des nuages. Une brise légère soufflait entre les arbres plongés dans l'obscurité et faisait chuchoter leurs épines, soulevant un fort parfum de terre et de pin jusqu'à moi. Je croisai les bras pour me protéger de la légère fraîcheur. Un moustique bourdonnait faiblement, accompagné par le chant tout proche d'un grillon. Une sensation de paix s'insinua en moi, telle une réaction presque pavlovienne à mon environnement. J'avais toujours vécu dans cette maison, sauf après le mois terrible qui avait suivi la mort de mon père, tué par un chauffard ivre. J'avais onze ans, et l'on m'avait placée en famille d'accueil jusqu'à ce que ma tante Tessa revienne du

Japon et devienne ma tutrice légale. Trois ans auparavant, ma mère était décédée d'un cancer de l'ovaire, décelé beaucoup trop tard, et je n'avais pas d'autre famille, ni même d'amis proches susceptibles de s'occuper de moi, ce qui n'avait pas enchanté ma tante à l'époque, d'autant plus que la seule fois où elle m'avait vue, je portais encore des couches. Mais elle avait fait tout son possible pour atténuer les effets de ce bouleversement sur moi, malgré sa réticence à endosser l'écrasante responsabilité d'élever une préadolescente. Plutôt que de m'arracher à l'unique maison que j'avais connue, elle avait choisi d'y emménager avec moi, sachant qu'avec le temps, le réconfort apporté par ce lieu l'emporterait sur le chagrin qu'il suscitait.

À présent, à presque trente ans, je commençais enfin à me rendre compte de l'importance que j'accordais à ce sentiment. J'adorais cet endroit-là, éloigné de la ville et des autres habitations. Je vivais le long d'une autoroute peu fréquentée, mon allée était longue et sinueuse, et mon voisin le plus proche se trouvait à plus de deux kilomètres.

Cette maison était idéale pour une personne ayant besoin d'intimité.

J'avais quinze ans lorsque j'appris ce qui avait poussé ma tante à m'élever là : elle invoquait les démons, et le sous-sol de la maison convenait parfaitement à cette activité.

Au bout de quelques minutes, le reyza descendit en piqué et atterrit avec aisance devant moi, son prisonnier blême suspendu par la cheville.

— Je crois qu'il est suffisamment effrayé.

Je regrettais de ne pas pouvoir infliger ce traitement à tous ceux que j'arrêtais. *Le taux de récidive baisserait certainement*, songeai-je en menottant l'homme qui se laissa faire.

Tandis qu'il pleurnichait discrètement sur le perron, les mains liées dans le dos, je reportai mon attention sur le démon.

— Encore merci, Kehlirik.

Il se replia lentement sur lui-même.

— Invocatrice, c'était la première fois que tu appelais un reyza sans aide extérieure, pas vrai ?

J'acquiesçai avec méfiance. Est-ce que j'avais foiré quelque chose ?

Il s'ébroua, et ses narines s'élargirent.

— Je ne pense pas que tu m'aies invoqué uniquement pour éviter un cambriolage. Avais-tu un autre motif ?

— Je..., commençai-je en me frottant la nuque, j'espérais apprendre comment inverser un portail sans être obligée de le fermer et le rouvrir.

Voilà effectivement qui valait la peine de faire venir des démons de haut niveau. Grâce à une bonne négociation, on arrivait à les persuader de partager certaines de leurs compétences et aptitudes.

Le démon promena ses griffes sur sa jambe, pendant qu'une expression pensive se peignait sur son visage monstrueux.

— Et tu as été forcée de l'ancrer et de le fermer quand j'ai échappé à ton contrôle pour appréhender ton voleur. Pardonne-moi. J'aurais d'abord dû attendre de connaître tes désirs.

— Non, ce n'est pas grave, répondis-je, complètement stupéfaite par ses excuses. Crois-moi, je suis très contente que tu aies attrapé ce type, surtout avant que le mal soit fait.

— J'aurais quand même dû patienter pour savoir ce que tu voulais.

Il inclina légèrement la tête en signe de révérence, et un rayon de lune se refléta sur ses cornes incurvées.

— La prochaine fois que tu m'invoqueras, je t'enseignerai cette technique. Cela me permettra de laver la honte de t'avoir déçue.

Au prix d'un gros effort, je restai impassible. Je savais que les démons prenaient les questions d'honneur très au sérieux, mais c'était ma première expérience en matière de dette d'honneur.

— Tu ne m'as pas laissé tomber, lui assurai-je après avoir soigneusement pesé mes mots et en essayant de cacher ma joie. Mais je serais honorée d'apprendre la technique en question, et considérerais que nous sommes quittes.

Mais Kehlirik se figea soudain et siffla doucement.

Par prudence, je reculai d'un pas.

— Un problème ?

Merde. Qu'est-ce que j'avais encore bien pu faire ?

Le démon émit un grondement sourd.

— Quelque chose touche à la magie des arcanes dans cette sphère.

Je commençai à me détendre, puis fronçai les sourcils.

— Que veux-tu dire ? Une autre invocation ?

Les invocateurs étaient rares dans la région. À dire vrai, dans tout le sud-est de la Louisiane, je ne connaissais que ma tante, même si je supposais que La Nouvelle-Orléans devait en compter deux ou trois. Bien entendu, ceux qui s'adonnaient à cette pratique n'avaient pas pour habitude de placarder des écriteaux sur leur porte, et par ailleurs, cet art n'était pas vraiment courant. Il fallait être guidé par un mentor pendant des années et accepter d'y perdre du sang de temps en temps.

J'avais été initiée par ma tante Tessa, bien sûr. En atteignant l'adolescence, j'avais découvert que le monde et ma tante étaient plus complexes qu'il n'y paraissait. Le lendemain du jour où j'avais eu mon permis de conduire, ma tante m'avait « présenté » mon premier démon, ce qui lui avait confirmé que je possédais les capacités requises pour invoquer. Après avoir commencé ma formation, je découvris enfin un domaine où j'excellais. Les rituels, les formules : tout me venait de façon naturelle. L'entraînement sous les ordres de Tessa ne s'était pas toujours déroulé sans accroc, mais jamais je ne regrettai d'avoir emprunté cette voie.

Peut-être ma tante avait-elle également procédé à une invocation cette nuit-là ? L'alignement des sphères était propice à l'apparition des démons de haut niveau, et avec la pleine lune, les conditions étaient presque optimales.

Le démon baissa les ailes, comme s'il était inquiet.

— Je ne sais pas, mais je le sens.

— Tu sens quoi ?

Kehlirik poussa un nouveau grognement rauque et vibrant qui me donna la chair de poule, malgré mon habitude de ses semblables.

— Le sang et la mort, expliqua-t-il avant de plisser les yeux. Je ne peux pas être plus précis. Je n'ai pas d'expérience en la matière. Il faudrait que tu en fasses venir un autre pour en apprendre davantage.

Merde. C'était impossible ce soir-là. Invoquer deux fois en une nuit était bien trop épuisant et risqué. Je lançai un regard à la lune. Elle serait encore assez pleine le lendemain. Cela fonctionnerait.

Kehlirik s'ébroua violemment.

— Un véhicule approche. As-tu autre chose à me demander ?

— Non, répliquai-je après une brève hésitation. Merci encore, reyza. Ton aide m'a été précieuse.

Je n'avais pas obtenu ce que je voulais au départ, en l'invoquant, mais sa promesse de m'enseigner des formules plus poussées compensait largement cette déception. Je n'allais pas manquer de l'appeler, dès la pleine lune suivante.

Kehlirik replia les ailes et inclina la tête. Je pris une profonde inspiration, pour me concentrer, puis levai les bras et prononçai les paroles pour l'expulser tout en attirant la puissance vers moi. Un vent vif, surgi de nulle part, accompagné d'une odeur âcre et sulfureuse, m'envoya de la poussière au visage. Je luttai et fermai les yeux face à l'énorme démon, en prenant soin de maintenir mon attention tandis que je terminais mon chant scandé. Kehlirik s'éleva en mugissant, les ailes déployées et la tête renversée. Un filet de lumière aveuglant se forma derrière lui, et en une fraction de seconde, il avait disparu dans un brusque craquement de glacier qui se brise. La lumière se dissipa et s'évanouit, projetant des étincelles qui dansèrent brièvement à la périphérie de mon champ de vision, avant de se volatiliser.

Le vent cessa immédiatement et je passai la main dans mes cheveux pour les démêler du mieux que je pouvais.

D'un châtain un peu terne, ils m'arrivaient aux épaules. Encore une fois, il s'en était fallu de peu : je distinguai les phares du véhicule qui remontait mon allée et perçus le crissement des pneus sur le gravier. J'avais les jambes qui tremblaient, m'obligeant à m'asseoir de nouveau sur le perron et à respirer profondément pour chasser les petits points noirs qui dansaient devant mes yeux. Renvoyer un démon était presque aussi éreintant que l'appeler, bien que beaucoup moins dangereux.

La voiture de patrouille s'arrêta, et Justin Sanchez, l'adjoint du shérif, en sortit. Petit et maigre, les dents irrégulières, il portait, sous un nez légèrement tordu à droite, une moustache clairsemée évoquant une chenille dégarnie, et ses cheveux bruns semblaient toujours ébouriffés, même coupés court. Il avait travaillé pour les services de police avant d'être muté au bureau du shérif, et avait été l'un de mes coéquipiers lorsque j'avais débuté ma carrière de flic, m'apprenant très vite que la taille n'était pas l'unique élément qui comptait dans une bagarre. Plus important encore, il m'avait montré comment faire claquer mon chewing-gum, un truc agaçant que j'avais employé pour irriter ma tante à un point tel qu'elle avait menacé de ne plus rien m'enseigner si elle en revoyait dans ma bouche.

Il m'adressa un sourire.

— Cet abruti s'est planté de maison on dirait, hein ?

Je battis des cils et pris une expression innocente.

— Mais monsieur l'agent, je ne suis qu'une jeune demoiselle sans défense. J'ai cru mourir de peur !

— Ouais, c'est ça, lança-t-il en riant. Je ne sais pas pourquoi, mais je dirais que c'est plutôt ce type qui est à plaindre.

Si seulement tu savais !

— Au fait, sympa ton pyjama, ajouta-t-il avec un rictus sournois.

Je m'empressai de croiser les bras. Mon « pyjama » ne se composait que de la chemise et du pantalon en soie que je portais pour mes invocations, mais je n'avais pas pensé à me changer. Ou à mettre un soutien-gorge. Non pas que je sois plantureuse au point que ça saute aux yeux, mais Justin était un flic doublé d'un homme. Et il faisait frisquet. Il l'avait remarqué.

Il se contentait de me taquiner, mais je ne savais jamais vraiment comment réagir face à ce type de plaisanteries quasi sexuelles de la part des hommes. Ma tante Tessa n'était pas des plus sociables, et j'avais dû apprendre par moi-même les règles complexes de la vie en société. Avec plus ou moins de succès. C'était en partie pour cela que j'aimais mon métier de flic : à cause de l'esprit de fraternité qui y régnait et qui satisfaisait mon désir enfoui depuis longtemps de trouver ma place.

C'était aussi pour cela que j'adorais les invocations : il y avait des règles quand on traitait avec des démons. Avec des humains, rien n'était jamais simple ou clair.

Justin ne sembla pas faire attention à mes angoisses existentielles et accueillit ma réaction par un ricanement, avant de prendre ma déposition sur le cambriolage. Il fit les quelques clichés obligatoires de la vitre cassée près de la porte, mais ne se donna pas la peine d'entrer. Tant mieux, car la porte qui menait au sous-sol était encore entrebâillée.

J'aurais eu du mal à expliquer le cercle tracé à la craie, les bougies minutieusement disposées et l'odeur d'encens. Tout en gardant le sourire, je m'infligeai mentalement une claque. Je n'avais aucune envie que des personnes ignorant tout des démons et des arcanes m'étiquettent comme sataniste. Même si « Satan », « Lucifer » ou le « Prince des ténèbres » n'existaient pas – en tout cas, je ne les avais jamais rencontrés –, cela ne m'aiderait pas à justifier pourquoi j'invoquais des créatures d'un autre plan, connues sous le nom de démons.

Justin eut enfin tous les éléments dont il avait besoin et fit entrer sans ménagement mon voleur à l'arrière de sa voiture.

— C'est un camé, dit-il avec une moue de dégoût, en claquant la portière. Il plane complètement.

Il me jeta un coup d'œil au moment où il se glissait au volant.

— Eh, tu as dû te couper avec le verre de la fenêtre.

Je suivis son regard et observai mon avant-bras gauche : un filet de sang serpentait vers ma main. J'arrêtai rapidement l'écoulement avec l'ourlet de ma chemise. Ce n'était pas la première fois que je la tachais ainsi.

— Oui, on dirait que j'ai heurté quelque chose. Mais ça va, ça n'a pas l'air méchant.

Je savais que l'entaille était superficielle. La lame du couteau que j'avais utilisé était tranchante comme un rasoir, mais je savais faire en sorte que la coupure ne soit pas plus profonde que nécessaire. Cette légère douleur était compensée par la satisfaction absolue que je ressentais toujours après une invocation réussie, par la certitude qu'à partir du moment où je ne ratais rien dans le rituel, j'étais capable de maîtriser un démon. Même si je ne pouvais rien contrôler d'autre dans mon existence, il me restait au moins ça.

— En tout cas, réjouis-toi de ne pas être de service ce soir. Apparemment, le vigile de l'usine de traitement des eaux usées a découvert un cadavre.

Je m'appuyai contre son véhicule.

— Ça va me passer sous le nez, sauf si le type a été tué avec un chèque sans provision.

Je m'occupais principalement des crimes en col blanc, ce qui présentait un avantage : on ne me dérangeait presque jamais au milieu de la nuit.

D'accord, c'était effectivement le seul avantage de mon affectation. Tout le reste me gavait prodigieusement. Pendant deux ans, je m'étais crevé le cul comme inspecteur à la brigade financière, et trois semaines auparavant, j'avais enfin été récompensée par une mutation dans l'unité des homicides. Mais j'attendais encore qu'on m'attribue une affaire, et comme les chèques frauduleux et les vols d'identité ne manquaient toujours pas, je continuais à travailler sur ces dossiers, tout en apprenant les ficelles de l'investigation criminelle.

Mais je m'en accommodais. Le sentiment d'accomplissement que m'avait procuré cette promotion était presque aussi agréable qu'une invocation réussie. Voilà qu'à l'aube de mes trente ans, je pouvais réellement affirmer que j'étais enfin sur la bonne voie. J'avais une solide carrière et une ébauche d'avenir, en dépit de tous mes efforts pour foutre ma vie en l'air, quand j'étais jeune et stupide.

— C'était pas un mec, mais une fille, rectifia Justin en attachant sa ceinture. Tailladée de partout, d'après ce que j'ai entendu, et avec une grosse marque sur la poitrine.

Je sentis les poils de mes bras se hérisser.

— Tu veux dire, tailladée dans le genre « torture » ? Et la marque sur sa poitrine, c'est un symbole ?

Mon ex-coéquipier ricana.

— Ah, la voilà qui s'emballe ! C'est sûrement une tapineuse accro au crack qui a énervé son dealer.

— Ou bien ça pourrait être le Tueur au symbole…

— Ouais, c'est ça, tu t'excites comme le bleu qui a signalé le meurtre, me réprimanda-t-il avec un sourire malicieux. Lui aussi, il a braillé qu'il avait « un meurtre du Tueur au symbole ». Calme-toi et cesse de tirer des conclusions hâtives. Ça fait trois ans qu'il a pas laissé de corps. Et le mode opératoire est différent. Toutes les autres victimes ont été découvertes dans des endroits isolés, en état de décomposition avancée. Celle-ci a été abandonnée récemment, dans un lieu gardé, ce qui garantissait qu'on la retrouverait rapidement.

Il décrocha sa radio et avisa le central qu'il avait terminé sa mission et arrêté un suspect.

— Ce serait plutôt un imitateur, dit-il après avoir replacé l'émetteur sur son support. Le tueur a assassiné douze personnes, puis il a arrêté. Pourquoi il recommencerait trois ans plus tard ?

— Treize, le corrigeai-je, sentant à la fois une étrange excitation et un malaise m'envahir. On a retrouvé treize cadavres. J'ai parcouru les pièces du dossier pas plus tard qu'il y a deux semaines. Et il n'a pas pu continuer parce qu'il est tombé malade ou qu'il était en prison.

Ou peut-être attendait-il le bon moment pour revenir ? Une peur insidieuse s'insinua en moi. Je n'avais pas envie que ma théorie soit exacte.

La phase de la lune n'était qu'un facteur parmi d'autres quand on invoquait. Les sphères contenant ce monde et celui des démons se déplaçaient selon des trajectoires très semblables à celles des orbites autour des planètes, et les rituels ne pouvaient se dérouler que lorsque les sphères se chevauchaient. Plus elles se recouvraient ou se rencontraient, plus il était facile de pratiquer des invocations complexes. Au cours des dernières années, la convergence avait été si limitée qu'il avait été presque impossible d'appeler une créature supérieure au niveau huit.

Mais désormais, elle était maximale, et le resterait pendant au moins un mois.

Si ces meurtres avaient lieu dans le cadre d'une sorte d'invocation, cela expliquerait cette pause. Et ce qui pousserait le tueur à reprendre maintenant. Perturbée, je me frottai les bras.

— De toute façon, on finira bien par le savoir, déclara-t-il en jetant un coup d'œil vers la banquette arrière pour vérifier si le cambrioleur était encore stone. Bon, je vais aller coffrer cet abruti. Retourne dans ton petit lit douillet et ne te tracasse pas, aucun autre méchant n'entrera chez toi.

Je mis mon malaise de côté et lui offris le rire qu'il attendait.

— Je me sens parfaitement en sécurité.

— Protéger et servir, qu'ils disent, lança-t-il en parodiant un salut, avant de remonter sa vitre.

Je regardai Justin parcourir mon allée sinueuse en sens inverse, et mon sourire s'évanouit dès qu'il se trouva hors de ma vue. Je regagnai le perron aussi vite que possible, marchant pieds nus sur le gravier, à petits pas précautionneux, puis j'attrapai mon portable et fis défiler mes contacts.

— Turnham, répondit mon capitaine d'une voix décidée, dès la première sonnerie.

Intérieurement, je poussai un soupir de soulagement de ne pas l'avoir réveillé. J'avais pris le risque, supposant que, s'il existait le moindre doute pour qu'il s'agisse d'un meurtre du Tueur au symbole, il serait sur la scène de crime.

— Capitaine, c'est Kara Gillian. J'ai entendu dire que vous aviez peut-être un cadavre du Tueur au symbole à l'usine de traitement des eaux usées ? demandai-je en tentant de conserver un ton égal, calme et professionnel. Mais j'avais l'impression que mon excitation transparaissait quand même.

— Bon sang, mais comment pouvez-vous être au courant ? Vous laissez votre radio en marche 24 heures sur 24 ?

Je ne pus retenir un sourire. Beaucoup de policiers ne vivaient que pour leur métier et gardaient effectivement leur radio allumée en permanence. En vérité, j'avais été comme ça à mes débuts, écoutant chaque appel et prenant mentalement des notes sur ce qui se déroulait en dehors de chez moi. J'adorais être flic, et après plus de dix années passées le plus souvent dans une solitude pénible, faire partie de cette communauté spéciale m'avait procuré une grande bouffée d'air frais. J'avais mis presque un an avant de comprendre que je pouvais éteindre ma radio de temps à autre sans pour autant perdre cette appartenance.

— Pas du tout, dis-je. J'ai eu un 62R à mon domicile, et le shérif adjoint Sanchez m'en a parlé quand il est venu embarquer mon cambrioleur.

— Ah ! Je préfère ça, dit-il, manifestement apaisé. Et je suis content d'apprendre que vous avez coincé le type. Je déduis de votre appel que vous voulez participer à la nouvelle affaire ?

— Eh bien, capitaine, si vous pensez que je ne gênerai personne. C'est seulement que je suis celle qui connaît le mieux cette affaire à l'heure actuelle, et je crois pouvoir me rendre utile.

Je retins mon souffle en attendant sa réponse. Il allait probablement me demander de rencontrer l'inspecteur chargé de l'enquête le lendemain matin, afin que je le rencarde. Mais en fait, j'avais réellement envie de voir le corps.

— Si cela ne vous pose pas de problème de vous déplacer sur les lieux à cette heure-ci, venez. Vous avez des éléments à apporter, et ce sera une expérience enrichissante pour vous, répliqua-t-il à mon grand soulagement.

— J'arrive dans vingt minutes, promis-je.

Je me précipitai à l'intérieur dès que j'eus raccroché, soudain profondément reconnaissante envers mon voleur toxicomane d'avoir choisi cette nuit-là pour s'introduire chez moi.

Chapitre 2

Alors, quelles sont les chances pour que ce soit de nouveau le Tueur au symbole ? La question dominait l'enchevêtrement de mes pensées. Les pins massifs qui bordaient l'autoroute déserte où je roulais à vive allure créaient l'illusion menaçante d'un tunnel noir. *Ce n'est pas nécessairement parce qu'on a découvert un cadavre avec des blessures similaires qu'il s'agit du même assassin*, me dis-je. Serais-je soulagée ou déçue si l'affaire était différente ? Je l'ignorais. Bien évidemment, je ne souhaitais pas que d'autres personnes meurent, mais depuis près de trois ans, le Tueur au symbole et ses victimes faisaient naître en moi une curiosité brûlante, et ce désir de savoir m'étouffait presque.

La Ford Taurus gravit une petite colline en couinant de manière agaçante. Devant moi brillaient les lumières de Beaulac, et la lune se reflétait sur le lac Pearl, au-delà de la ville. Le paysage était d'une beauté saisissante, mais je n'étais pas d'humeur à apprécier la vue. Après une pause de trois ans, le tueur avait repris juste au moment où les deux sphères étaient alignées. Cela pouvait-il être une simple coïncidence ? *Tout est possible*, me dis-je, mais, au fond de moi, je n'y croyais pas.

Saint-Long était essentiellement rural, mais pas trop éloigné de La Nouvelle-Orléans en voiture, raison pour laquelle j'aimais tant y vivre. C'était un petit comté tranquille au milieu duquel se trouvait la ville de Beaulac. On ne dénombrait que peu de meurtres chaque année, et la criminalité restait minime : usage de drogue, cambriolages… Rien que de très banal. Et les rares homicides résultaient la plupart du temps de conflits alimentés par l'alcool et la testostérone.

Vieux de plusieurs siècles, le lac Pearl était né de la rencontre de plusieurs bayous, et Beaulac s'était épanouie sur ses rives, en développant avec succès une industrie à destination des sportifs et des touristes qui venaient le week-end. Même si Beaulac n'avait de ville que le nom, elle avait acquis depuis quelques années une fâcheuse notoriété à cause du tueur en série que l'on avait surnommé le Tueur au symbole.

Je donnai un coup sur le tableau de bord dans l'espoir de faire cesser les pénibles cliquetis. Peine perdue. Même si cette victime-là portait une marque semblable, je devais accepter la possibilité que le meurtrier soit un imitateur. Je grimaçai et flanquai de nouveau une grande claque au tableau de bord en poussant un juron quand le bouton de la radio fut projeté sous le siège.

Même si c'est l'œuvre d'un copieur, il faudrait qu'il connaisse les détails à propos du symbole. Aucune photo ni description précise n'avait été publiée officiellement, mais je savais que les informations réussissaient souvent à filtrer. Il suffisait qu'un policier en parle, après avoir passé quelques heures dans un bar, pour que tout le monde soit au courant. Mais le capitaine Turnham aurait incendié quiconque se serait montré bavard au sujet de cette affaire. Il se conformait parfaitement aux protocoles, et j'appréciais d'autant plus qu'il m'ait donné la permission de me rendre sur la scène de crime.

Je m'engageai sur la route gravillonnée qui menait à l'usine de traitement des eaux usées. Cette dernière était entourée d'une clôture en bois affichant un panneau rouge où l'on pouvait lire : « Ville de Beaulac – Traitement des eaux usées ». Un bâtiment en tôles blanc abritait le bureau principal du site, et derrière se dressaient quelques grandes cuves qui, supposai-je, devaient servir au processus d'assainissement. Je laissai échapper un petit sifflement quand je vis le nombre de véhicules des forces de l'ordre déjà arrivés. Juste devant la clôture, je pus dénombrer cinq unités de police, six voitures banalisées, plus un fourgon de la police scientifique pour faire bonne mesure. Je cherchai une place à proximité, mais dus me résoudre à stationner sur la route. De toute façon, un peu d'exercice physique ne me ferait pas de mal.

Une fois sortie de ma Taurus, je fourrai mes clés dans la poche de mon jean, puis rentrai mon tee-shirt portant l'inscription « Police de Beaulac » dans mon pantalon. Munie de mon carnet et d'un stylo en état de marche, je pris une profonde inspiration pour calmer ma nervosité soudaine. J'avais trimé pendant si longtemps pour en arriver là que ma présence en ces lieux, sur ma première enquête pour homicide, me semblait presque irréelle. *Et qu'il puisse s'agir d'un meurtre du Tueur au symbole...* Deux fois plus irréel.

J'ajustai le porte-insigne autour de mon cou, tout en me dirigeant vers la scène. Je m'étais littéralement passionnée pour ces crimes à partir du moment où, encore simple agent de police, je m'étais trouvée là où l'on avait découvert une de ses victimes. Je n'avais pas pu observer le cadavre de près, mais même à plus de trois mètres de distance, j'avais perçu la lumière se diffuser légèrement dans mon autrevue et la résonance que seule une personne sensible à la magie arcanique pourrait remarquer. Cela m'avait choquée et désarçonnée, et j'avais gardé la pénible certitude que les meurtres étaient liés au royaume des démons. Le peu d'écho mystérieux que j'avais pu ressentir m'avait paru familier, et j'avais attendu avec une impatience morbide le corps suivant, bien décidée à trouver n'importe quelle excuse pour m'approcher suffisamment afin de sentir une nouvelle fois la réverbération.

Et puis ça s'était arrêté. On n'avait pas découvert d'autre victime, et au cours des trois dernières années, j'avais même commencé à douter de ce que j'avais vu et éprouvé. Un an après le dernier meurtre, j'avais été nommée inspecteur à la brigade financière et je venais enfin d'être habilitée à enquêter sur des homicides. J'avais du mal à croire que je n'étais qu'à quelques minutes d'obtenir peut-être des réponses.

Ce que j'en ferais ou pourrais en faire était une autre histoire.

L'agent stationné près du ruban jaune m'adressa un regard sévère et me mit brusquement un porte-bloc à pince sous le nez. Son visage ne me disait rien, ce qui signifiait qu'il avait sûrement été recruté il y avait moins de deux ans, après ma promotion.

— Est-ce vraiment le même symbole ? demandai-je en émargeant sur la feuille qu'il me tendait.

— Aucune idée, répliqua-t-il en se renfrognant. On ne m'a pas laissé observer le corps de près. Les types en costard ne veulent pas que les policiers jettent un coup d'œil.

Il avait l'air profondément blessé qu'on l'ait empêché de polluer une importante scène de crime. *Pauvre petit.*

Je gardai un sourire neutre plaqué sur le visage. C'est vrai, je faisais partie des « costards », mais j'avais trimé dur pendant cinq ans comme agent de patrouille avant de passer inspecteur.

— Pas de bol, me contentai-je de lui dire en lui rendant la fiche.

Je baissai la tête pour passer sous le ruban.

Inutile de lui parler de préservation des preuves. Il ne semblait pas du genre à vouloir écouter ce que j'avais à expliquer.

Je n'eus pas grand mal à localiser le cadavre. On avait installé des lampes halogènes pour éclairer une zone située entre deux énormes cuves, chacune dotée d'un escalier en métal blanc sur la paroi. Presque au milieu de la surface bétonnée gisait une petite forme, auréolée de taches. En contournant l'endroit, je distinguai un bras jeté sur le côté, des cheveux blond foncé et un corps recouvert de ce qui paraissait être un morceau de tulle ou un imprimé léger. J'avais une envie furieuse d'aller le regarder, mais je me retenais grâce à la discipline dont je pouvais faire preuve après dix ans d'invocations de démons. Il ne s'agissait pas de ma scène de crime, et je ne devais ma présence qu'à la bienveillance de mon capitaine. Je n'allais pas risquer de me faire virer avant d'avoir pu engranger autant d'expérience que possible.

Je tentai pourtant de me rapprocher mentalement pour voir et sentir grâce à mon don d'autrevue, mais je me situais à presque dix mètres du cadavre et, clairement, ma sensibilité ne fonctionnait pas d'aussi loin, même si les traces arcaniques étaient fraîches et fortes.

Une technicienne menue, vêtue d'un treillis bleu marine et d'un tee-shirt de la police scientifique, arriva de derrière la citerne de gauche, la mine renfrognée tandis qu'elle enroulait un long mètre ruban.

Ses traits s'animèrent quand elle m'aperçut.

— Salut toi ! s'exclama-t-elle joyeusement, en me décochant un grand sourire. Qu'est-ce que tu fiches ici ? Je te croyais encore à la brigade financière.

Je lui rendis son sourire. Jill Faciane était non seulement extrêmement cool, mais aussi très compétente. Elle ne gâcherait pas la scène de crime ni ne permettrait sa contamination. Elle était arrivée de La Nouvelle-Orléans deux ans après l'ouragan Katrina, en apportant ses solides connaissances et sa vivacité d'esprit. Cette fine rousse aux cheveux courts et au visage de lutin avait une mâchoire volontaire, le sourire facile et des yeux bleus prompts à remarquer des détails qui échappaient à la plupart des autres. Elle était également intelligente et sarcastique, ce qui signifiait que nous nous entendions à merveille.

— J'ai été transférée dans l'unité des crimes violents il y a trois semaines, expliquai-je. Et comme je connais bien l'affaire du Tueur au symbole, le capitaine m'a autorisée à venir donner un coup de main.

— Tu vas voir, c'est carrément démentiel ! Bon, rends-toi utile, dit-elle en me tendant l'extrémité du mètre. J'ai encore un tas de mesures à prendre et ces empotés là-bas ne vont pas s'abaisser à examiner la scène, ajouta-t-elle avec un brusque mouvement de tête en direction d'un petit groupe près du bâtiment principal.

Je saisis docilement le bout du mètre.

— Ce sont des inspecteurs. Tu ne t'attends quand même pas à ce qu'ils travaillent pour de vrai ?

— Et pourquoi pas ? rétorqua-t-elle aussitôt, tout en me plaçant près d'un tuyau qui sortait du sol. Tu es inspecteur, toi aussi, et tu bosses.

— Je sais, répondis-je avec un soupir exagéré. Mais je crois que c'est aussi ce qui m'empêche de progresser.

Elle ricana, puis courut jusqu'à un point proche du corps, griffonna quelque chose sur son bloc de papier et revint vers moi.

— Bon sang, les médias auraient pu inventer un truc plus accrocheur que « le Tueur au symbole ».

— Tu sais, ça date. En fait, c'était à peu près quand je suis entrée dans la police, il y a sept ans. Ça a fait les gros titres pendant un moment.

— Mets-toi à côté de la clôture, m'ordonna-t-elle en prenant d'autres notes. En tout cas, c'est vraiment horrible. Et c'est quoi ce délire, cette marque sur sa poitrine ?

Je me dirigeai vers la clôture, tenant le bout du mètre comme si j'avais fait ça toute ma vie.

— Tu parles du symbole ? Je ne sais pas ce que c'est. (Et d'ailleurs, ça m'ennuyait aussi.) Mais toutes les victimes l'avaient quelque part sur le corps, sous la forme d'une brûlure ou d'une entaille. Treize meurtres en quatre ans, tous liés entre eux par ce symbole. Puis soudain, ça s'est… arrêté.

Je haussai les épaules et esquissai un geste d'impuissance, ce qui fit trembler le mètre ruban et me valut une grimace de réprobation de la part de Jill.

— C'est presque fini, dit-elle, en examinant ses notes. Laisse-moi mesurer la distance jusqu'à l'entrée. As-tu vu beaucoup de ses victimes ?

— Non, répondis-je en me déplaçant vers le portail. Le temps que je devienne inspecteur, il avait cessé et l'affaire avait été classée tout en bas de la pile.

Je jetai un coup d'œil au cadavre, puis reportai mon attention sur Jill avant de poursuivre :

— Et ça n'a pas aidé qu'il s'en prenne à des sans-abri ou des drogués.

Jill fit la moue tandis qu'elle enroulait le mètre en marchant dans ma direction.

— Autrement dit, peu de pression pour résoudre les crimes.

Elle avait tout compris.

— En effet. À une époque, un semblant d'unité spéciale avait été affecté à cette affaire, mais sans grande conviction, dis-je dans un haussement d'épaules. Les meurtres ont soulevé peu d'indignation publique, donc les autorités locales et fédérales n'avaient pas vraiment envie d'y consacrer beaucoup d'argent. Tu sais ce que c'est.

Elle fronça les sourcils, manifestement agacée.

— Tu m'étonnes, renchérit-elle en reprenant le mètre avant de le fourrer dans l'une des poches latérales de son pantalon. Mais comment as-tu fait alors pour connaître autant d'éléments sur cette affaire ?

— Un heureux concours de circonstances, je dirais. Comme je venais tout juste d'être mutée aux crimes violents et qu'on ne m'avait pas encore confié d'enquête, je me suis dit que je pourrais essayer de m'instruire en lisant des dossiers classés. Et j'ai décidé de commencer par les meurtres du Tueur au symbole, parce qu'ils n'avaient pas été élucidés...

Je passai sous silence mon désir de longue date de mettre la main sur les documents en question. Avant d'arriver aux homicides, je ne pouvais pas justifier cette requête, et à l'approche de la convergence, j'étais décidée à y accéder par tous les moyens possibles. Mon transfert était vraiment tombé à pic et m'avait évité de devoir entrer par effraction dans la salle où ils se trouvaient.

— Et comme j'avais du temps libre..., commençai-je.

— Quoi ? gloussa-t-elle. Vous en avez, aux homicides ? Bon sang, il faut vraiment que je change d'unité !

— On échange si tu veux, rétorquai-je. C'est vrai que ton métier est très difficile ! Tu prends quelques photos, tu mesures des trucs, et parfois, tu mets aussi un peu de poudre à droite et à gauche.

Elle écarquilla les yeux en feignant l'indignation. Je ris.

— Bref, poursuivis-je, le capitaine Turnham m'a donné un gros carton rempli de dossiers, de clichés et de notes et m'a dit : « Allez-y, faites-vous plaisir. Mais que cela ne se ressente pas sur vos autres enquêtes. »

— Donc tu as réellement du temps libre ! exulta-t-elle.

— Non, je n'ai pas de vie privée, c'est tout, lâchai-je avec un geste d'impuissance. Y en a qui sortent en amoureux. Moi, je bûche sur les tueurs en série du coin.

— Mon Dieu ! gémit-elle, tu as carrément besoin de te faire sauter. (Elle détourna le regard vers un point derrière moi.) Tiens, y a Crawford qui arrive, fit-elle remarquer avant que je puisse trouver quelque chose à répliquer à son jugement sur mon existence.

En fait, je savais pas quoi répondre, d'autant qu'à ma grande frustration, elle avait raison. Mais je ne pouvais pas vraiment vivre d'une autre manière. Je détenais trop de secrets pour être intime avec qui que ce soit, et je ne pouvais surtout pas risquer que quelqu'un apprenne l'existence de ma chambre d'invocation au sous-sol. L'absence de compagnie faisait partie du prix à payer pour appeler les démons et je l'avais accepté.

Je n'avais eu en tout et pour tout que deux histoires, qui n'avaient pas dépassé quelques mois, et les deux hommes avaient rompu, me reprochant d'être trop renfermée et de refuser de « m'ouvrir ». J'avais inventé des mensonges et des excuses pour justifier le fait que je n'étais jamais libre les soirs de pleine lune, ou que mon petit ami ne pouvait pas passer la nuit chez moi, mais cette dissimulation permanente s'était révélée fatigante. Pour la même raison, je n'avais jamais invité de copines à dormir à la maison dans mon enfance et, au lycée, je n'avais eu que très peu d'amis, dont aucun proche. *Il y a pire à supporter,* me répétai-je. *Être invocatrice en vaut la peine.*

J'écartai le doute qui surgissait toujours à cette pensée et jetai de nouveau un regard furtif à l'homme qui s'avançait vers nous. Jill gardait une expression neutre, mais je savais qu'elle n'appréciait guère l'inspecteur Cory Crawford. Ce dernier venait comme elle de la côte sud, mais pas de La Nouvelle-Orléans. Il était originaire du comté de Jefferson, qui jouxtait la grande ville à l'ouest, avec un taux de criminalité presque aussi élevé. Il avait travaillé là-bas, au sein du bureau du shérif, pendant près de quinze ans, dont plus de dix aux homicides. Cela faisait de lui le plus expérimenté de la police de Beaulac après le capitaine.

Et il veillait à ce que tout le monde le sache.

— Prépare-toi à être complètement é-blou-ie par son intelligence, me glissa Jill à l'oreille avant qu'il nous rejoigne.

Je dus me mordre la langue pour ne pas éclater de rire.

Cory Crawford était corpulent, pas encore tout à fait gros malgré sa tendance manifeste à prendre du ventre. Il s'obstinait à teindre ses cheveux gris en châtain terne, portait une moustache parfaitement taillée et de la même couleur, si proche de celle de ses yeux que beaucoup le soupçonnaient de vouloir assortir les deux nuances. En opposition totale avec ce marron dévorant, il aimait mettre des cravates bariolées, surtout celles aux motifs quelque peu psychédéliques. Il dégageait en permanence une faible odeur d'infirmerie et de tabac. Le contexte de la scène de crime lui interdisait de cracher son jus de tabac par terre ou dans une bouteille vide, et j'étais soulagée d'éviter ce spectacle.

L'inspecteur Crawford se contenta d'un petit signe de tête en direction de Jill et me regarda légèrement de travers.

— J'ai entendu dire que tu étais la spécialiste maison de l'affaire du Tueur au symbole.

Je levai lentement les yeux du dessin délirant de sa cravate bleu et rouge.

— Spécialiste ? J'ai lu le dossier sur les meurtres précédents, c'est tout.

Il se rembrunit.

— Ce qui apparemment fait de toi celle qui s'y connaît le plus ici. Du moins, c'est ce qu'a décrété le capitaine.

Il était visiblement peiné de ne pas être l'unique puits de science dans le service. Mais l'inspecteur qui avait été chargé de l'enquête était désormais à la retraite depuis belle lurette et avait déménagé en Caroline du Nord. Quant aux deux autres qui avaient travaillé à ses côtés, ils avaient changé d'affectation. J'étais donc plus ou moins la seule du service au point sur cette affaire. Cela dit, je ne m'attendais pas à ce que le capitaine me soutienne autant.

— Eh ben, je suppose que c'est effectivement le cas.

Je me passai la main dans les cheveux, quelque peu embarrassée. *Pas de pression. Stop !*

— Qui a reconnu le symbole ? l'interrogeai-je.

— Personne ne l'a identifié, rectifia Crawford d'un ton acerbe. Ce meurtre n'est pas encore considéré comme celui du tueur en série. Mais le capitaine Turnham m'a demandé de te laisser jeter un coup d'œil.

Merde alors, ça avait dû le mettre en rogne.

— Très bien. Allons-y alors, répliquai-je avec une apparente décontraction.

Je n'allais pas lui montrer à quel point j'étais pressée de le jeter, ce coup d'œil.

Il pinça les lèvres, puis posa les yeux sur Jill.

— Avez-vous assez avancé pour qu'elle puisse observer le corps ?

Elle acquiesça, conservant une expression calme et sereine :

— Oui, bien sûr.

Crawford se retourna et se dirigea d'un pas vif vers le cadavre. J'échangeai avec Jill un regard complice qui signifiait « Quel crétin ! », et nous lui emboîtâmes le pas en tentant de ne pas pouffer.

Mais quand j'aperçus de près les lésions infligées à la jeune femme, mon envie de rire s'évanouit. Je retins ma respiration tandis que mon estomac se nouait.

— Nom de Dieu !

Crawford serra les dents.

— Je n'ai jamais rien vu d'aussi horrible, Kara. Ça me retourne les tripes, et tu sais que je peux encaisser beaucoup de choses.

Rien ne recouvrait le corps. Ce que j'avais pris pour du tulle était en fait la chair de la victime. Ses bras, ses jambes et sa poitrine étaient striés d'entailles parallèles qui partaient du cou. Il y en avait une tous les centimètres, si nettes et si rectilignes qu'en les suivant, j'aurais pu tracer de beaux traits. Seul écart consenti à l'espacement méticuleux des stries : le symbole gravé sur la peau entre ses seins.

Le souffle court, j'observai les centaines de fines incisions. Aucune n'excédait les cinq millimètres de profondeur, mais je savais que j'avais sous les yeux le résultat de plusieurs jours de torture. Je fus presque soulagée d'en arriver aux marques de ligature sur sa gorge, aux profonds sillons dans son cou et à son visage rouge et marbré. Au moins signifiaient-ils le terme de son supplice, même si cela impliquait sa mort.

À ce moment-là, elle devait sûrement prier pour en finir.

Je m'efforçais de rester impassible et objective, en passant en revue ce corps mutilé avec précision, mais il me fallut mobiliser tout mon sang-froid. J'avalai ma salive, la gorge douloureusement sèche, et m'accroupis pour mieux voir. Les entailles n'avaient rien de brutal. Elles étaient esthétiques, presque élégantes en dépit de leur atrocité absolue. *Toutes ces incisions… Elles ont été pratiquées quand elle était vivante.* Cela correspondait au sort subi par les autres victimes. Même quand on avait trouvé les corps en état de décomposition, on avait toujours constaté qu'ils avaient été atrocement torturés.

Je pris une inspiration tremblante et me calmai pour examiner celui-ci de plus près. Au-delà de la strangulation et de la mutilation, il présentait des signes que moi seule pouvais distinguer et qui attiraient davantage mon attention. Je fis appel à mon autrevue, le souffle coupé par le soulagement et le dégoût quand apparut la lumière arcanique vacillante. Elles étaient à demi effacées, mais je percevais quand même les traces de cette énergie réparties sur tout le corps.

Comme sur celui que j'avais vu trois ans auparavant.

Et je ressentis ensuite la résonance arcanique, un bourdonnement électrique semblable à celui que ferait une enceinte si on l'entendait depuis une pièce voisine. La main à une dizaine de centimètres au-dessus du cadavre, j'écartai les doigts au niveau du symbole gravé sur la poitrine pour m'ouvrir davantage à cet écho. Je savais que quiconque m'observait jugerait mon comportement des plus étranges, mais je voulais absorber autant de sensations que possible.

Je retirai finalement la main et jetai un coup d'œil vers Jill et Crawford, soulagée de constater qu'ils regardaient la zone autour du corps et avaient apparemment loupé mon geste digne d'une guérisseuse. Dans tous les cas, ça valait la peine que j'essaie. Le tueur avait œuvré en lien étroit avec les arcanes. Était-ce ce que Kehlirik avait ressenti ? Il avait parlé d'une odeur de sang et de mort, et ce n'était certainement pas ce qui manquait dans ce lieu.

Je repassai en vision normale. Je distinguais encore la résonance, mais au moins, à présent, je n'avais plus ces vibrations jusque dans la mâchoire, qui me donnaient l'impression que ma tête allait exploser.

— Si ce n'est pas le Tueur au symbole, alors c'est un imitateur sacrément doué, lançai-je à Jill et à Crawford.

Mais je savais que ce n'était pas le cas. *Pas avec la marque, les traces arcaniques et la date qui colle aussi parfaitement à la convergence des deux sphères. Ça fait beaucoup trop pour une simple coïncidence.*

— On dirait qu'on va être occupés pendant un petit moment, commenta Crawford tandis que je me redressais. Ah ! Au fait, le capitaine a déclaré qu'il voulait te voir quand tu arriverais.

Je hochai la tête.

— Il est dans le périmètre ?

— Comme si c'était son genre ! grogna-t-il. Non, il s'entretient avec le préfet et d'autres huiles.

Je scrutai la zone de l'autre côté du ruban, en quête de la silhouette du chef de la police judiciaire. Le capitaine Turnham ne franchissait le ruban jaune que si sa présence était absolument indispensable. Il détestait être cité à comparaître juste parce que son nom figurait sur la feuille d'émargement. Et puis rien ne l'agaçait plus que de voir des personnes inutiles sur une scène de crime, à commencer par lui. *Donc il pense que j'ai quelque chose à faire ici,* constatai-je, en m'autorisant un bref accès de satisfaction à cette idée.

Dépassant de près d'une tête la plupart de ceux qui se trouvaient là, il était facile à repérer. Comme je l'avais imaginé, il se tenait juste à l'extérieur du périmètre délimité, en compagnie de Boudreaux, Pellini et Wetzer, les trois autres inspecteurs de l'unité des crimes violents avec Crawford. *Et comment vont-ils réagir en entendant les éléments que j'ai à leur fournir sur cette affaire ? Vont-ils seulement me prendre au sérieux ?* J'avais des doutes, les connaissant. À plusieurs reprises, mes crimes en col blanc s'étaient doublés d'un vol à main armée ou d'un meurtre, et ils m'avaient clairement fait comprendre que je ne pigeais rien à leur métier et qu'ils n'avaient pas besoin de mon avis. Crawford pouvait se comporter comme un véritable idiot, mais au moins il faisait bien son travail et, en général, était ouvert aux idées d'autrui.

Je laissai Crawford et Jill près de la victime et me dirigeai vers le capitaine Turnham. Me voyant approcher, il s'éloigna des autres, pour reporter toute son attention sur moi. Ce grand homme noir et mince, dont les bras et les jambes paraissaient trop longs pour le corps, avait travaillé quinze ans dans la police de La Nouvelle-Orléans avant d'être muté dans « ce bled ». Il était à Beaulac depuis presque dix ans. Les personnes qui ne le connaissaient pas le trouvaient dépourvu d'humour et renfrogné, mais celles qui travaillaient avec lui et sous ses ordres savaient que c'était simplement l'effet de son zèle et d'une conscience professionnelle qu'il ne cherchait pas à dissimuler. Même là, à 3 heures du matin, il portait une chemise impeccablement repassée et un pantalon de toile dont les plis étaient si prononcés qu'ils auraient pu trancher du pain, quand tous les autres inspecteurs étaient en jean et tee-shirt de la police.

— Bonjour Gillian, me salua-t-il en me regardant par-dessus ses lunettes à monture métallique.

— Bonjour, capitaine, répondis-je avec un petit signe de tête. Merci de m'avoir autorisée à venir.

Il plissa les lèvres pour former ce qui ressemblait vaguement à un sourire.

— Je vous confie l'affaire, étant donné que vous êtes, à l'heure actuelle, la personne qui en sait le plus sur le Tueur au symbole.

Je le dévisageai pendant quelques instants, sûre d'avoir mal entendu.

— Vous voulez que je travaille là-dessus avec Crawford et les autres ?

— Non, répliqua-t-il en secouant la tête. Je veux que vous vous chargiez de cette enquête.

Je fus soudain très contente que Crawford soit resté à côté du corps. Je ne voulais même pas imaginer comment il réagirait.

— Monsieur, vous n'avez pas oublié que je n'ai aucune expérience en matière d'homicides, n'est-ce pas ?

— Et l'unique façon d'en acquérir, c'est de traiter une affaire, rétorqua-t-il sans s'émouvoir.

— Euh, c'est vrai, mais…

Il leva la main pour m'interrompre.

— Gillian, tout ira bien. Si vous avez été mutée au sein de cette section, c'est parce que vous avez fait vos preuves à la brigade financière. Et puis ce n'est pas comme si vous alliez vous retrouver seule. Crawford et Boudreaux vous aideront à aller dans la bonne direction, et j'ai l'intention de persuader le chef de former une unité spéciale.

— D'accord, capitaine.

Ça alors ! Il me donne vraiment un meurtre du Tueur au symbole ! Je m'efforçai de lui offrir le sourire le plus confiant possible en essayant de n'avoir l'air ni impudente, ni angoissée. On m'avait raconté que le capitaine Turnham aimait jeter très vite les nouveaux inspecteurs dans le grand bain. Seulement, je ne m'étais pas attendue à devoir nager aussi rapidement.

— Vous êtes un bon élément, poursuivit-il. Vous vous en sortirez très bien. Mais ça ne va pas être du gâteau. L'affaire est dans notre juridiction, ce qui signifie que si nous parvenons à constituer une unité opérationnelle, je m'assurerai que vous la dirigiez.

Vous déconnez ? pensai-je, mais je choisis de répondre d'une voix ferme et calme :

— Merci de me donner cette chance.

Heureusement qu'il ne pouvait pas entendre mon cœur qui battait la chamade. *Putain ! Je supervise une enquête sur un meurtre du Tueur au symbole !*

Il désigna les autres inspecteurs d'un signe de tête.

— Dites à Crawford de vous tenir au courant. Je dois parler au chef.

— D'accord, capitaine.

Voilà qui allait être intéressant. Dès son départ, Crawford et Jill s'approchèrent de moi.

— Alors, il en pense quoi ? demanda Crawford.

Je me tournai vers lui en fournissant un effort supplémentaire pour conserver une attitude posée et professionnelle, même si j'avais envie de faire des bonds ou autre chose qui aurait été totalement déplacé sur une scène de crime.

— Eh bien, il pense que ça ressemble suffisamment à un meurtre du Tueur au symbole pour le traiter en tant que tel.

Crawford haussa les épaules puis acquiesça.

— OK, ça paraît logique. Il faudra que tu me communiques les détails dès que possible.

— Euh, justement…

Il attendit ma réponse avec intérêt.

— Le capitaine Turnham m'a confié l'enquête, ajoutai-je à toute vitesse.

Il écarquilla les yeux, sous le choc.

— Tu te fous de moi ?

Effectivement, il n'était pas du genre à cacher ses émotions.

— Pour tout te dire, non, je ne me fous pas de toi, répliquai-je d'un ton cordial, mais ferme. Il a dit que j'avais besoin de me faire la main, et que comme j'étais celle qui connaissait le mieux l'affaire du Tueur au symbole…

— Tu as parcouru les dossiers il y a deux semaines ! s'écria-t-il en s'empourprant. Ça ne fait pas de toi une spécialiste, bordel !

Je cillai, brièvement impressionnée par la violence de sa réaction. Puis je me ressaisis et plissai les yeux. Au diable l'amabilité. Je me penchai vers lui, baissai la voix et m'appuyai sur mon expérience avec les démons pour ne pas me départir de mon calme.

— Ce n'est pas ma faute, Crawford, lâchai-je avec une pointe de hargne. Ce n'est pas moi qui l'ai demandé, et si ça t'embête à ce point, adresse-toi au capitaine, putain !

Il me dévisagea quelques instants, impassible.

— Le vigile qui a découvert le corps a quatre-vingt-dix ans bien sonnés, et il attend qu'on l'interroge dans le bâtiment administratif, aboya-t-il enfin. Tu n'as pas d'autres témoins. Bonne chance.

Là-dessus, il tourna les talons et s'éloigna d'une démarche furieuse.

Je le regardai en serrant les poings pour empêcher mes mains de trembler.

— OK, c'est un abruti, dit doucement Jill à côté de moi.

— Tu m'étonnes ! renchéris-je, bouillant de colère.

Bien sûr, capitaine. Ils se mettent en quatre pour m'aider.

Jill m'adressa un sourire contrit.

— Tout va bien se passer, poursuivit-elle. Si un idiot comme Crawford parvient à être plutôt compétent, tu vas déchirer comme inspecteur.

Je partis d'un petit rire.

— C'est gentil. En fait, je suis super excitée.

Je n'avais jamais imaginé qu'on me laisserait diriger l'enquête, mais à présent que l'effet de surprise s'estompait, je ne permettais à personne de me priver de mon bonheur. Trois ans auparavant, je n'étais qu'un simple officier qui sécurisait le périmètre d'un corps abandonné comme celui-là, ignorant si j'allais avoir un jour l'occasion d'explorer la raison des traces arcaniques sur le cadavre. J'avais même commencé à douter de ce que j'avais vu et à me demander si ça avait été un hasard.

Mais désormais, j'en avais la certitude. Le Tueur au symbole pratiquait une sorte de magie arcanique et peu importait que ça me plaise ou que je sois prête, j'étais réellement la femme de la situation.

— Je connais cette expression, dit Jill en riant. Tu as mordu à l'hameçon.

— Et comment ! m'exclamai-je avec un sourire. Je vais serrer ce connard.

— Cool. N'hésite pas à faire appel à moi, si tu as besoin de quoi que ce soit. Mets ta fierté de côté.

— D'accord, c'est noté.

Elle leva le pouce en signe d'approbation, puis s'en alla trouver le personnel du bureau du coroner. Je m'appuyai contre le bâtiment en tôles de l'administration et regardai le corps qu'on enveloppait avec précaution dans un sac mortuaire en plastique noir.

C'était décidé, j'allais invoquer un démon la nuit suivante. Un certain nombre d'entre eux pouvaient sans doute m'aider. Peut-être Rysehl ? Il s'agissait seulement d'un démon de quatrième niveau, un luhrek qui ressemblait à un croisement entre un bouc et un chien, avec l'arrière-train d'un lion. Il était également bien moins puissant que Kehlirik, et donc beaucoup plus facile à appeler. Et malgré son statut peu élevé, Rysehl se révélait d'ordinaire une créature très coopérative et une bonne source d'informations ésotériques. J'avais plusieurs questions à lui poser concernant les activités arcaniques qui pouvaient laisser ce genre de marques sur un corps.

Je m'éloignai du bâtiment. *Que Crawford aille se faire foutre,* songeai-je. *Je suis bien le meilleur inspecteur pour cette affaire, et je vais le prouver.*

Chapitre 3

Le pêne de la serrure de la porte d'entrée glissa avec un petit bruit sec en position verrouillée, dernière étape de mes préparatifs pour l'invocation.

J'avais failli changer d'avis et ne pas la mener à bien. Après avoir quitté l'usine de traitement des eaux usées, j'avais passé plusieurs heures au poste pour déblayer le terrain et rédiger mon rapport préliminaire. Mais en début d'après-midi, j'arrivais à peine à garder les yeux ouverts, ce qui n'était pas vraiment étonnant vu que je n'avais pas dormi du tout.

J'avais finalement renoncé à raisonner de manière cohérente et j'étais rentrée chez moi pour faire une sieste, ne parvenant à rester éveillée pendant le trajet qu'en chantant à tue-tête sur de mauvais titres de country, la vitre baissée. En me traînant dans mon lit, je doutais de ma capacité à faire venir un autre démon, même mineur. Mais un profond sommeil de six heures avait fait des merveilles. Avant minuit, j'avais retrouvé mon énergie et je me sentais prête.

Je parcourus ma maison, gagnée par l'excitation et la nervosité habituelles, tandis que je m'assurais que tout était parfaitement prêt. Les précautions élémentaires étaient prises. J'avais fermé le portail au bout de mon allée, contrôlé et bien fermé toutes les fenêtres, clouant notamment des planches sur celle qui était cassée, puis j'avais vérifié les portes, en m'y reprenant à plusieurs reprises. La nuit précédente, j'avais appris à mes dépens qu'une entrée verrouillée n'empêchait pas les intrusions, si bien que j'avais ajouté une pincée de pouvoir autour de mon domicile.

La magie des arcanes pouvait se révéler épuisante, ce qui expliquait que je me cantonnais surtout aux invocations. Mais après avoir frôlé la catastrophe, je devais reconnaître à contrecœur qu'il était nécessaire de déployer de l'énergie. Je n'étais pas très douée pour créer des barrières arcaniques, si bien qu'il me fallut presque une heure pour établir une petite protection qui provoquerait chez d'éventuels intrus une gamme d'émotions allant d'une simple frousse à de la terreur. C'était l'équivalent d'une fréquence subsonique qui, avec un peu de chance, suffirait pour qu'on y réfléchisse à deux fois avant de tenter de pénétrer chez moi.

Toutes les pièces étaient encore impeccables après le ménage intensif auquel je m'étais livrée avant d'invoquer le reyza. Je n'étais pas une fanatique du ménage, mais le désordre qui s'entassait dans une maison pouvait nourrir de fâcheuses poches d'énergie. C'était en tout cas ce qu'avait toujours affirmé ma tante Tessa, même si je soupçonnais que c'était pour elle un moyen de me faire ranger l'endroit au moins une fois par mois. J'avais du mal à me motiver pour lutter contre le bazar, dans la mesure où je n'encourageais pas réellement les visites. Je maintenais l'endroit propre, puisque après tout j'habitais dans le Sud et que, sinon, j'aurais été envahie d'insectes, mais mon linge sale finissait souvent par terre, et je ne faisais mon lit qu'une fois par semaine, quand je changeais les draps.

Je possédais un peu plus de quatre hectares, pour la plupart boisés. Ma maison se situait au milieu du terrain, sur un espace dégagé d'une trentaine de mètres de diamètre, où subsistaient de nombreux arbres qui procuraient une ombre plaisante toute l'année. Au-delà, la forêt et les sous-bois reprenaient leurs droits. La maison elle-même, de plain-pied et de style acadien, était dotée d'un toit à forte pente, de plafonds élevés et d'un large porche sur toute la façade avant. Elle était sacrément difficile à chauffer en hiver à cause de la hauteur sous plafond, mais j'avais depuis longtemps accepté l'existence des couvertures électriques pour cette raison-là. De plus, dans le sud de la Louisiane, il ne faisait jamais froid à ce point-là. La maison était quasi centenaire, et les lattes des murs et du plafond avaient été soigneusement assemblées. L'extérieur était censé être bleu sombre, mais avait malheureusement grand besoin d'un coup de peinture, et l'ancienne couleur blanche apparaissait par endroits.

Mais le principal atout de cette maison était sa situation. Comme elle se trouvait sur une colline assez haute, je pouvais disposer d'un sous-sol. Pourtant, on ne la voyait pas depuis l'autoroute, car les arbres la cachaient. Dans cette région, les habitations dotées d'un sous-sol étaient très rares, et le mien convenait parfaitement aux activités arcaniques que je pratiquais avec ma tante. Cette dernière avait transformé son propre grenier en chambre d'invocation, mais se plaignait souvent que c'était moins bien. Il était beaucoup plus difficile d'isoler les combles du bruit et de la lumière, tandis que la terre qui entourait un sous-sol contribuait à absorber l'excès de résonance des arcanes. Sans compter que dans tous les greniers du coin, la chaleur était presque insupportable en été.

Je retournai dans l'entrée en procédant de nouveau à une vérification générale et je me réjouis intérieurement de la beauté de cet endroit. *Je pourrais quand même bien inviter des gens de temps en temps,* pensai-je soudain. *Pourquoi ne pas organiser un barbecue dans le jardin pour les collègues ?* Cette petite maison avait un charme fou, et quelque part, j'avais envie de la montrer aux autres. Je me souvenais vaguement que mes parents y donnaient des fêtes et recevaient du monde, avant la maladie de ma mère. Mais ils n'avaient pas de liens avec les arcanes, me rappelai-je. Ils n'avaient eu aucune raison d'être discrets et renfermés.

De mon côté, je n'en manquais pas. *Il faudrait que je récure à fond le sous-sol pour effacer toute trace d'un diagramme.* Je grimaçai. *Et que je cache tous mes instruments.* De toute façon, est-ce que les invités viendraient ? J'avais plein de relations au travail, mais Jill était la seule dont je me sentais vraiment proche, et pas une fois je ne l'avais fréquentée en dehors du boulot. *Procède par étapes, Kara,* me réprimandai-je. *Fais-toi des amis, et ensuite tu te préoccuperas d'organiser une fête.*

Je me renfrognai et reportai mon attention sur la tâche à accomplir. Je me soucierais de ma vie sociale à un autre moment. Je vérifiai de nouveau que les rideaux occultaient complètement les fenêtres, puis je me dirigeai vers la porte du vestibule qui menait au sous-sol. Je m'arrêtai devant, pris une profonde inspiration puis inclinai la tête de droite et de gauche, pour chasser la tension. J'étais douée pour ça, me rappelai-je. Je m'apprêtais à invoquer un démon de très bas niveau, ce que j'avais réussi à de nombreuses reprises. Au cours des dix années précédentes, j'avais trimé dur pour en apprendre autant que possible sur l'invocation. Je connaissais les formules, les attaches et les noms. J'avais étudié des rituels vieux de plusieurs siècles, de l'époque où l'on avait découvert que certaines personnes naissaient avec le don de pouvoir ouvrir un portail entre ce monde et un autre, peuplé de créatures qualifiées de démons. Un an auparavant, j'avais économisé et pris un congé afin de passer deux mois au Japon pour suivre l'enseignement de celui qui avait été le mentor de ma tante, ce que j'avais jugé plus tard comme une perte de temps et d'argent. La convergence avait été trop limitée pour faire apparaître des êtres intéressants, et ce petit bout d'homme, qui semblait suffisamment vieux pour avoir assisté à la toute première invocation, s'était avéré en fait un salopard condescendant et mal élevé.

J'enlevai mon peignoir, le pliai soigneusement et le posai sur une étagère dans l'entrée, dérogeant à mon habitude de laisser mes vêtements froissés par terre, là où je les avais ôtés. Cela me fit penser, pour la millième fois, que je devais fixer une patère sur la porte du sous-sol. Je l'ouvris et descendis l'escalier, sentant ma peau nue se couvrir de chair de poule sous la fraîcheur de l'air qui subsistait malgré le feu que j'avais allumé auparavant. C'était la fin du printemps, mais parfois la pièce refusait absolument de se réchauffer. Je pris la tenue qui m'attendait sur le crochet, en bas de l'escalier : un pantalon avec une cordelette en guise de ceinture et une ample chemise grise en soie très douce. Je n'avais jamais investi dans ces longues toges de soie fluide, car je préférais largement ne pas être distraite et pouvoir bouger.

Je descendis la dernière marche, touchant le froid béton de mes pieds nus. Mon sous-sol était très grand et faisait presque la même surface que le rez-de-chaussée. Le mur sud était doté d'une cheminée que j'utilisais souvent, puisque la pièce restait fraîche en été pour devenir carrément glaciale en hiver. Deux ou trois ans auparavant, j'en avais transformé un tiers, celui où se situait la cheminée, en un petit bureau, avec de la moquette à poils longs d'un somptueux rouge intense évitant de justesse qu'on pense qu'elle avait sa place dans une maison close. Une lourde table en chêne et une confortable bergère remportées lors d'une vente aux enchères complétaient l'ensemble. Le reste du sous-sol était en béton lisse, uni, à l'exception du grand diagramme compliqué que j'avais laborieusement tracé à la craie.

Je me frottai les bras en balayant la pièce du regard. Seules la cheminée et les petites bougies autour du cercle apportaient de la lumière, mais cela suffisait. Ce n'était pas comme si j'en avais besoin pour lire. Il n'y aurait pas de place pour la lecture si les choses tournaient mal.

J'avais déjà sorti mon matériel et aligné avec précision les instruments dont j'allais me servir, sans interférer avec la figure complexe. Je réutilisais celle que j'avais dessinée pour appeler Kehlirik, à laquelle j'avais appliqué les changements nécessaires pour invoquer un démon d'un autre niveau. Pour une créature de douzième niveau, le diagramme me demandait d'ordinaire trois bonnes heures de travail. Les modifications requises pour faire venir le luhrek Rysehl ne m'avaient pris que vingt minutes.

Tournant le dos à la cheminée, je m'approchai du bord du diagramme en prenant soin de ne pas le toucher avec les pieds ou mes vêtements.

J'inspirai une longue goulée d'air, m'autorisant à savourer un instant le sentiment réconfortant et enveloppant de satisfaction que me procuraient les invocations. Au cours du rituel, c'était moi qui avais le contrôle. Si les choses dérapaient, je ne pouvais me le reprocher qu'à moi-même. J'étais consciente des conséquences, et même si elles pouvaient s'avérer terribles et extrêmes, surtout si l'honneur d'une créature se trouvait mis en cause, la récompense finale – avoir un démon à mon service – valait le risque et la douleur occasionnelle. Pratiquer les rituels et traiter avec les démons me grisaient beaucoup plus que n'importe quelle drogue, et malheureusement, je parlais en connaissance de cause.

Mais l'invocation de cette nuit-là était simple. Au moins dix fois plus facile que celle de la veille. Je me gardais bien de me montrer présomptueuse, car je portais encore les marques de certaines invocations qui s'étaient mal passées, mais je connaissais Rysehl et savais à quoi m'attendre de sa part.

Je pris une profonde inspiration et levai les bras, ma voix retentissant sur les murs lambrissés tandis que je prononçais les mots. Procédant méthodiquement, je commençai à dresser des protections sur la pièce en elle-même, puis entrepris de mettre en place les barrières sur le diagramme.

Je demeurai dans cette position tout en psalmodiant jusqu'à ce qu'elles soient toutes érigées, puis je m'attaquai aux liens, en les disposant soigneusement, de manière à pouvoir les actionner par la pensée. Ces liens-là étaient infaillibles. Les créatures restaient attachées jusqu'à ce qu'on parvienne à un accord convenable, soit la promesse d'une offrande contre le service du démon. Une fois les conditions définies, l'honneur du démon lui interdisait de rompre l'accord, mais avant ce stade, les liens me préservaient des griffes, des dents et des dangers arcaniques. Cette étape était particulièrement importante avec les démons des niveaux supérieurs, les reyzas, syrazas et zhurns. Avec eux, il fallait avoir la certitude absolue que les clauses étaient fixées pour relâcher les liens. Ils n'aimaient pas être invoqués. En vérité, certains détestaient ça au plus haut point et ne se soumettaient qu'après s'être débattus de manière prolongée et intense contre les liens que l'invocateur avait mis en place.

Je baissai enfin les bras et jaugeai le résultat. La première phase, celle des protections, était terminée. À la périphérie de mon autrevue, je distinguai les liens et les barrières tressés dans toute la pièce.

C'était la partie la plus facile.

À présent, il était temps d'appeler le démon.

Après avoir pris une grande inspiration, je commençai à psalmodier. Impossible de revenir en arrière désormais.

Un vent surgi de nulle part tourbillonna autour de mes jambes et me souleva les cheveux. Le feu dans l'âtre tressauta et crépita, mais je poursuivis d'une voix constante, sans me déconcentrer. Le diagramme se mit à rougeoyer jusqu'à égaler l'éclat qui émanait de la cheminée.

La bourrasque devint froide et souffla rageusement dans la pièce, m'arrachant les mots de la bouche pour les projeter dans le portail qui se formait. Le schéma tracé à la craie brilla soudain avec une incandescence quasi aveuglante. Tandis que le vent hurlait, je vociférai presque les paroles, sans marquer la moindre pause. Si je m'arrêtais, le portail me dévorerait et m'entraînerait dans les ténèbres d'un royaume situé entre la vie et la mort. Le vent tournoya et son cri s'intensifia, puis il se calma.

— Rysehl, articulai-je.

Dès que son nom franchit mes lèvres, le vent et la lumière disparurent comme par enchantement. Le nom du démon sembla bondir de manière discordante dans ce soudain silence alors que l'image rémanente du diagramme rougeoyant me brûlait les yeux. Le feu de la cheminée éclairait toujours la salle, mais après la lumière éclatante que je venais de voir, j'avais l'impression de me retrouver dans l'obscurité la plus totale.

J'invoquai rapidement les liens, puis baissai les bras. Je testai prudemment les protections et poussai un soupir satisfait quand je sentis une présence à l'intérieur du cercle. Ma vision revint doucement tandis que je tenais fermement les attaches, prête à voir le démon me mettre à l'épreuve et tenter de m'échapper. Rysehl ne m'opposait jamais plus qu'une résistance de pure forme, et j'avais déjà préparé mon offrande, un pack de six canettes de panaché. Les démons mineurs avaient l'air d'aimer qu'on les invoque, comme des gamins embarqués dans une aventure et, en matière de cadeaux, ils se limitaient à des objets simples qu'ils estimaient peu communs et intéressants. Avec les créatures des niveaux supérieurs, ce n'était jamais aussi facile, comme en témoignaient les fines cicatrices qui striaient mon avant-bras.

Je clignai des yeux plusieurs fois et regardai dans le cercle pour tenter de distinguer la petite silhouette canine du démon.

J'entendis un grondement guttural et, par réflexe, resserrai ma prise sur les liens, me préparant pour une empoignade avec le petit démon bagarreur.

Un deuxième grondement résonna dans la pièce. C'était un son très différent de tous ceux qu'avaient pu émettre les démons de ma connaissance, tous niveaux confondus.

— Qui… ose… ?

Je faillis sursauter violemment sous le choc et la perplexité. Ce n'était vraiment pas la voix d'un luhrek. Elle était pleine de puissance et lourde de menaces. Elle annonçait de la douleur, des souffrances et une mort lente.

Je sentis mon cœur battre à tout rompre dans ma poitrine tandis que j'observais la silhouette tapie au milieu du diagramme. De toute évidence, ce n'était pas Rysehl. J'avais foiré quelque chose et, sans savoir comment, fait venir un démon plus important. *Je ne comprends pas ! Je croyais avoir fait tout ce qu'il fallait !* Sous le coup de la panique, mes pensées s'embrouillaient, mais je parvins à me reconcentrer suffisamment pour réfléchir. *Les liens. Ils sont encore en place, et intacts.* Je retrouvai un soupçon de calme. *Je suis sauve. Ça va aller.* Renvoyer cette créature-là ne me prendrait que quelques instants, et je verrais plus tard ce qui avait bien pu clocher. Je devais finir de l'attacher, fermer et immobiliser la puissance, puis rouvrir le portail. Je grimaçai. Sans le fichu cambrioleur de la nuit précédente, j'aurais su comment inverser le portail sans me coltiner toutes ces étapes-là.

— Je suis Kara Gillian, dis-je clairement en tissant de nouveau les puissances.

Me nommer faisait partie du processus de fixation. Je n'avais pas l'intention d'établir les conditions et de relâcher les liens, mais il fallait tout de même suivre les règles.

— Je t'ai invoqué pour que tu me serves…

Un rire glacial m'arrêta net, coupant court à mes paroles et me donnant des frissons dans le dos.

— Te servir ? railla la créature tapie d'une voix sereine et cruelle. Je déchirerai la chair de tes os et disperserai ton sang au vent.

Et merde.

En toute hâte, je rassemblai la puissance vers moi. Tant pis pour les formules. Il fallait que j'ouvre le portail sur-le-champ. Je me sentais de plus en plus mal, n'ayant aucune envie de savoir quel motif mes entrailles dessineraient sur le sol. Je me mis à déclamer pour une expulsion.

Le démon se redressa d'un mouvement fluide et gracieux, et le feu de la cheminée l'éclaira tout entier.

Les mots moururent sur mes lèvres et je le contemplai, bouche bée. Depuis que j'étais invocatrice, j'avais eu ma part de surprises, mais je n'avais jamais rien vu de tel. Pas une seule fois. Je cherchai rapidement des signes suggérant que c'était une sorte d'illusion ou de charme, en vain. Il existait douze niveaux de démons, mais il y avait fort peu de chance que cette créature appartienne à l'un d'entre eux.

Il était beau. Angélique. Ses cheveux soyeux, d'un blond presque blanc, retombaient en cascade dans son dos. Il avait un teint si éblouissant qu'à la lueur des flammes, son visage semblait éthéré. Il était fort et grand, et je me fis la réflexion extrêmement absurde qu'il avait sûrement la même taille que le capitaine Turnham. Mais cet… être… ne portait pas des vêtements aussi banals qu'une chemise sur un pantalon de toile beige. Il était vêtu d'une tunique de soie chatoyante qui moulait ses larges épaules et descendait sur sa taille étroite. Quant à son pantalon en cuir de couleur crème, il suivait parfaitement le dessin de ses jambes musclées. Cet être avait un corps d'Apollon.

Et l'air humain.

Seuls ses yeux d'un bleu cristallin m'indiquaient qu'il s'agissait d'une créature au pouvoir fatal et terrifiant. Un regard profond, antique, plein d'autorité et de puissance, qui contrastait avec la beauté angélique de son visage.

Ce… n'est pas un démon ordinaire. Oh merde, Kara ! Qu'est-ce que tu as fichu ?

Un sourire retroussait ses lèvres tandis qu'il promenait son regard sur moi, m'évaluant et me jaugeant.

Je déglutis avec difficulté et repris mon souffle afin de poursuivre le chant scandé pour le congédier. Je tenais encore fermement les liens. Il me restait une chance.

Je sentis la pression se renforcer contre les attaches, alors que je prononçais les mots d'une voix étouffée, je le sentais explorer et tester, mais elles résistaient quand même. Je regagnai un peu de mon assurance ébranlée. J'étais capable de maîtriser cette créature. Il termina sa longue évaluation de ma personne, puis examina la pièce en se tournant doucement, toujours au centre du diagramme. Enfin, il posa de nouveau les yeux sur moi.

— Ah, dit-il en souriant. Voilà qui va être intéressant.

Je sentis les liens trembler et, avant que je puisse réagir, ils avaient claqué comme des élastiques.

J'eus le souffle coupé par l'horreur : les liens avaient cédé et s'étaient dissipés. Comment cette créature avait-elle réussi à les briser avec autant de facilité ? J'abandonnai le chant et m'efforçai de rassembler des lambeaux de puissance. Les barrières représentaient mon unique espoir. Je projetai tout le pouvoir que j'étais arrivée à saisir dans le diagramme, voyant les runes s'illuminer soudain.

Il éclata d'un rire moqueur au moment où, repoussant les barrières comme de vieilles toiles d'araignées, il fit voler les runes en éclats. Puis il sortit du cercle et riva son regard au mien. Il émanait de lui une puissance sauvage, qui me parvenait comme une vague étouffante.

— Je suis vraiment ravi que tu m'aies fait venir ici.

Sa voix était calme et mélodieuse, mais je lisais une fureur noire dans ses yeux.

Incapable de respirer, je commençai à reculer. Malgré tout mon entraînement et ma préparation, la terreur se mêlait à une panique à peine contrôlée. Je savais à quel point les démons majeurs détestaient qu'on les invoque, or d'une manière ou d'une autre, j'avais foiré et appelé cette créature qui dépassait sans conteste de très loin le niveau d'un reyza. J'allais mourir. Et de la pire manière.

Mon instinct de fuite l'emporta : je me retournai et détalai vers l'escalier… pour me retrouver devant un mur blanc.

Horrifiée, je contemplai l'endroit où étaient censées se situer les marches, puis fis volte-face.

— Laisse-moi partir !

Ma voix tremblait, mais cela m'était égal. Je ne me souciais plus de paraître forte.

Il éclata d'un rire dont la beauté et la musicalité ne firent qu'intensifier ma frayeur.

— Je ne te retiens pas, dit-il en avançant encore. (La lumière de la cheminée souligna ses traits angéliques et ses yeux pleins de rage.) Je ne te retiens pas du tout.

Mon estomac se noua. Tous les liens, les barrières et les protections avaient disparu, inutilisables. Même ma formation de policier ne me servait à rien contre cette créature. Je sentais les lambris du mur illusoire derrière moi et luttais contre l'envie de me retourner et de me frayer un chemin en l'arrachant.

— Dans ce cas, où sont les marches ? demandai-je en détestant l'intonation hystérique de ma voix.

Il haussa les épaules pour me montrer clairement ce qu'il en pensait, et se rapprocha encore de moi.

— Suis-je responsable d'une architecture bâclée ? Je ne crois pas.

Il n'était plus qu'à un pas de moi, tandis que je tentais de repousser le mur avec mon dos. Voyant qu'il tendait la main pour me toucher le visage, je reculai brutalement. Un rictus hargneux retroussa ses lèvres puis, avant que je puisse bouger, il prit ma tête entre ses mains et m'immobilisa fermement, sans toutefois me faire mal. *Pour l'instant,* ne pus-je m'empêcher de penser. *Je ne vais vraiment pas tarder à souffrir.*

Il baissa les yeux et les plongea dans les miens pendant de longues secondes, comme s'il cherchait à déterminer mon essence. Son regard était annonciateur de mort, de douleur et de vengeance. J'y percevais la rage qu'il maîtrisait et me sentais trembler violemment sous son emprise, mais j'étais incapable de détourner les yeux. Je n'en avais pas envie.

Puis sa fureur s'évanouit brusquement.

— Je vois, dit-il si doucement que je n'aurais rien entendu s'il ne s'était pas trouvé à quelques centimètres de moi.

Je tentai de reprendre mon souffle alors que mon cœur tambourinait si fort qu'il l'entendait, je le savais.

— Laisse-moi partir… je t'en prie.

Il garda le silence quelques instants de plus, ses yeux me fixant toujours. Puis il me décocha un sourire éblouissant avant d'éclater de rire.

— Mais… tu ne souhaites pas que je te laisse partir.

Il se pencha et frôla mes lèvres des siennes.

Mon cœur bondit sous l'effet combiné de la confusion et du choc. C'était quoi ce délire ? Il devait jouer avec moi. Il allait m'éliminer, mais d'abord m'humilier…

— Non, ne fais pas ça, murmurai-je. Tue-moi vite. Finissons-en rapidement.

Il continuait à tenir délicatement ma tête et il fit descendre ses doigts le long de ma gorge, effleurant ma peau avant de les retirer lentement. Il pencha un peu la tête, ne me quittant toujours pas des yeux.

— Tu es tellement pressée de mourir, chuchota-t-il avant de laisser échapper un rire étouffé tout en secouant la tête.

Il n'avait plus l'air furieux, mais amusé et… captivé ? Je cillai, ma terreur se changeant en perplexité.

Il leva la main et je tressaillis, anticipant une explosion de douleur, mais il se contenta de me caresser les cheveux, puis la fit glisser jusqu'à ma nuque, décuplant mon trouble. Était-ce juste le prélude d'une sorte de torture compliquée ?

— Écoute, dis-je en m'efforçant d'empêcher ma voix de chevroter. Je regrette vraiment de t'avoir invoqué. Je n'en avais pas l'intention. C'était une erreur. S'il te plaît, lâche-moi, et je te renverrai.

Impossible de savoir s'il m'avait entendue. Il promena son autre main sur ma joue, puis ma gorge. Cette caresse sans ambiguïté se prolongea délicatement vers les boutons de ma chemise et sur ma poitrine, pour ne s'arrêter qu'une fois sa main sur ma hanche.

Je me raidis et retins mon souffle, la mâchoire crispée, tandis qu'un souvenir sinistre surgissait soudain. J'avais déjà été plaquée contre un mur et touchée contre ma volonté…

Nos regards se croisèrent et mon corps fut parcouru d'un brusque frisson. Je percevais le mouvement lent et doux de sa main sur ma hanche et le haut de mes cuisses. Ce n'était pas si désagréable. Pas indésirable. Je ne voyais aucune raison de ne pas vouloir qu'il continue et en profiter.

Je fronçai les sourcils. Il y en avait eu une. Non ?

Il me sourit, sans cesser de me caresser lentement. Une vague de chaleur monta en moi. Personne ne m'avait touchée ainsi depuis un moment. Depuis longtemps. Et jusqu'à présent, je n'avais pas mesuré à quel point cela me manquait.

De sa main plaquée contre ma nuque, il m'attira vers lui et m'embrassa, d'abord tendrement, puis avec plus d'intensité et de force.

Oh… waouh. Je n'avais jamais rien connu de tel. Ses lèvres bougeaient avec sensualité contre les miennes tandis que je luttai l'espace d'un instant pour ne pas répondre à ce baiser. Mais j'abandonnai rapidement. J'entrouvris les lèvres et poussai un petit gémissement quand sa langue entra en contact avec la mienne. Bon sang, il était doué. Sans réfléchir, je passai les mains autour de son cou, avant de les retirer aussi vite. Mais sa peau était chaude et douce, et le sentant contre moi, je n'arrivais plus à lui résister. *Ce n'est pas un humain, voyons*, me dis-je en tentant de retrouver ma lucidité. Il embrassait vraiment bien, mais je ne savais rien d'autre à son propos. J'ignorais même ce qu'il était, mais la seule chose dont j'étais sûre, c'est qu'il n'était pas Rysehl.

Je mis fin à ce baiser, le souffle brusquement court.

— S'il te plaît. Arrête.

Je n'étais pas prude, mais j'avais l'impression que c'était mal, dangereux, et bien pire.

Il glissa sa main au creux de mes reins et poursuivit sa caresse légère en me regardant, ses yeux bleu glacier en accord parfait avec le sourire qu'il esquissait. Son contact m'arracha un faible gémissement. Je me comportais peut-être comme une idiote. De toute évidence, il n'allait pas me tuer. Peu importait sa nature. Serait-ce si répréhensible de profiter d'un peu de réconfort et de plaisir ? Je le méritais. J'en avais même besoin.

Il baissa de nouveau la tête vers moi et taquina ma bouche jusqu'à ce que je l'entrouvre, puis son baiser se fit rapidement plus intense. Je grognai en sentant la tiédeur de sa bouche tandis qu'il m'attirait contre lui. Je percevais sa force, les muscles lisses de son torse et de ses jambes, et son érection plaquée contre le creux de mon ventre. Je sentis une vague de chaleur monter en moi tout en savourant la sensation de ses bras puissants qui me tenaient. Ses lèvres étaient chaudes et sucrées, et son baiser reflétait toute la vigueur, la force et l'autorité que j'avais décelées dans son regard.

Il remonta pour me caresser les seins, ses doigts dessinant un cercle autour de mes tétons dressés à travers la fine étoffe de ma chemise. Je posai les mains sur son bras pour tenter de repousser sa main, mais je me heurtai à un muscle à la fois dur comme du fer et doux comme du velours sous la chemise de soie. Je laissai échapper un gémissement et m'accrochai à ses épaules. Ses cheveux brillants retombèrent en cascade sur moi, et une délicieuse odeur musquée envahit mes sens.

Il interrompit notre baiser avec douceur et frotta langoureusement son nez contre ma gorge tandis que je basculai la tête en arrière, haletante, cherchant à retrouver mes esprits. Il me relâcha lentement, et je m'agrippai au mur pour soutenir mes jambes flageolantes. Souriant, il recula et se détourna.

Je le scrutai, mon trouble et ma défiance se teintant d'une indéniable excitation. Il marcha jusqu'à la cheminée puis se retourna vers moi, l'air d'attendre quelque chose.

Qu'est-ce qui vient de se passer, bordel? Je pris une profonde inspiration, comme s'il me fallait plus d'oxygène pour sortir de ma torpeur.

— Est-ce… ? (Ma voix se brisa.) Est-ce que tu vas me tuer ?

— Tu en as envie ? me demanda-t-il, avec une lueur amusée dans son regard bleu cristal.

— Non, me hâtai-je de répondre.

Je m'éloignai prudemment du mur et fis un pas hésitant.

— Non, répétai-je, j'aimerais vraiment que tu m'épargnes.

Il haussa les épaules dans un geste élégant.

— Alors je m'abstiendrai.

Il tendit la main vers moi. Je clignai stupidement des yeux en voyant cette main offerte, puis les reposai sur son beau visage.

— Viens, Kara, dit-il d'une voix profonde et attirante.

— Pourquoi ? lançai-je, encore méfiante. Que vas-tu faire ?

Comme il se tenait à l'autre bout de la pièce, il était plus facile d'avoir les idées claires.

Il rit, la main toujours tendue dans ma direction.

— J'aimerais t'embrasser de nouveau.

— Pourquoi ? répétai-je sans bouger.

La question n'était pas idiote. Je n'étais pas une beauté éblouissante. Je n'avais eu en tout et pour tout que deux petits amis, dont aucun ne l'était resté plus de trois mois.

Une expression de surprise se peignit brièvement sur son visage.

— Parce que ça m'a plu, répondit-il simplement. Tu n'as pas aimé ?

Je me dirigeai lentement vers lui, les sourcils froncés. Je m'arrêtai face à lui sans accepter la main qu'il m'offrait.

— Si. Mais… je ne comprends pas.

Il laissa retomber sa main et pencha la tête en me contemplant.

— Est-ce nécessaire ?

J'ouvris la bouche pour répliquer, puis me ravisai. Quelques minutes auparavant, j'étais persuadée que j'allais mourir dans d'atroces souffrances. Désormais, cette créature à la puissance et à la beauté indescriptibles voulait m'embrasser, et j'allais discuter ?

Il me décocha un sourire étincelant et tendit de nouveau la main. Bon sang, il était vraiment séduisant. Était-il aussi beau parce qu'il n'était pas humain ? Il plongea ses yeux dans les miens, et le mélange de pouvoir et de passion que j'y lus déclencha une nouvelle vague de chaleur qui me submergea. Je détournai rapidement le regard en déglutissant avec difficulté pour retrouver le contrôle de mon corps. La subite colère que je sentais naître au fond de moi m'aidait à présent que j'avais une idée de ce qui se passait.

— Eh bien… oui, c'est nécessaire, dis-je d'un ton ferme. Je suis comme ça.

J'ignorais ce qu'il était, mais je savais qu'il était carrément puissant, et j'avais soudain peur de subir un autre sort qu'une mort douloureuse.

— Je… serais déshonorée, expliquai-je, le cœur tambourinant, si je ne résistais pas à un acte que je ne désire pas, parce qu'on m'aurait privé de ma volonté de me défendre.

Il resta muet pendant un long moment, tandis que je gardais obstinément les yeux sur la table devant la cheminée. Je ne voulais pas formuler ma pensée comme une accusation, mais je tenais à m'assurer qu'il comprenait ce que je voulais dire. Un frisson me parcourut le dos tandis que j'attendais toujours sa réaction.

— Tu peux me regarder, Kara Gillian, annonça-t-il enfin d'une voix basse qui parvenait tout de même à emplir le sous-sol d'une intensité vibrante. Je te donne ma parole que je ne te déshonorerai plus.

Je fus tentée de me détendre un peu, mais préférai finalement lui adresser un coup d'œil prudent. Il se tenait, les mains jointes derrière le dos, et me contemplait de ses yeux pleins de pouvoir, qui voyaient le monde depuis une éternité.

— Je ne te déshonorerai pas, reprit-il. Mais je vais t'offrir ce dont tu as besoin.

Il tendit de nouveau la main, et je sentis ma gorge se serrer. Il savait. Peu importe ce qu'il était, il savait à quel point j'étais seule et avais envie qu'on me touche.

Je rougis et détournai le regard, à la fois gênée et stupéfaite qu'il ait décelé aussi clairement cette faiblesse chez moi.

— Je vais très bien, persistai-je, probablement un peu plus fort que nécessaire.

— Tu invoques les démons, et ce don t'isole de tes semblables. J'ai déjà vu ça des milliers de fois. Il n'y a pas de honte à ça.

Je grimaçai, gardant toujours les yeux baissés. Il s'approcha de moi et posa la main sur ma joue.

— Je t'ai déshonorée en essayant de te contraindre pour mon propre plaisir. Je me rachèterai si tu m'y autorises.

Je tournai la tête et croisai de nouveau son regard.

— De quelle manière ? rétorquai-je. En couchant quand même avec moi ?

Il me caressa la joue du bout du pouce.

— En t'offrant ce que tu n'obtiendras nulle part ailleurs. Du réconfort, sans secrets ni dissimulation. En te libérant de la peur qui t'a empêchée de rechercher de la compagnie. Tu as souffert, mais avec moi, tu ne risques rien, Kara Gillian, dit-il, sa voix virile teintée d'une douceur étrange. Je te jure que je ne te ferai pas de mal. Et je ne te forcerai pas.

L'espace d'un instant, j'eus envie de rire. C'était insensé. Il était fou de penser que le moyen le plus « sûr » pour avoir une relation sexuelle était de coucher avec une créature des arcanes extrêmement puissante apparue par erreur. *Mais il me propose plus que de « tirer un coup ». Il me comprend. Où trouver cette empathie ailleurs ?*

Je glissai ma main dans la sienne. Il m'attira contre lui et je cédai avec une sorte de soulagement.

— Tu es si belle, murmura-t-il en se penchant pour me donner un nouveau baiser.

À qui veut-il faire croire ça ? me demandai-je soudain, cette pensée ravivant une douleur lointaine. Je faillis m'écarter de lui. Libérés de la contrainte que cette créature arcanique faisait peser sur eux, mes mauvais souvenirs, ceux du terrible mois qui avait suivi la mort de mon père, resurgirent. Je frissonnai, brusquement empoignée par le retour d'une image issue de cette période : le fils de ma famille d'accueil, âgé de dix-sept ans, me plaquait contre un mur… J'avais gémi d'horreur quand il avait glissé les mains sous mon chemisier, puis à l'intérieur de mon pantalon, pour me tripoter avec brutalité, anéantissant en moi l'idée qu'un homme pouvait être source de réconfort et de plaisir.

Les attentions maladroites de mes petits amis n'avaient pas fait grand-chose pour dissiper cette impression première. Mais là… c'était différent. Je sentais la chaleur et la force de ses mains dans mon dos, et son baiser était à la fois doux, sensuel et intense. Ce contact me rassurait, me poussait silencieusement au calme et me laissait entrevoir ce qu'un amant habile et prévenant était capable d'offrir. Je me décontractai, pour me sentir encore une fois submergée par une vague de chaleur tandis que je gémissais faiblement. Cette fois, c'était réel, et mille fois mieux.

Il cessa de m'embrasser et s'écarta juste assez pour se débarrasser de sa chemise. Il baissa les yeux sur moi et, après une brève hésitation, je déboutonnai la mienne et la laissai glisser de mes épaules. Il sourit et le regard qu'il promena sur mon corps fit bizarrement naître en moi une satisfaction timide. Il leva la main vers mes seins, effleura un téton, et je frissonnai en le sentant durcir sous sa caresse. Il fit lentement descendre sa main jusqu'à la ceinture de mon pantalon, me couvrant de frissons. Puis il retrouva le chemin de mes lèvres et je m'abandonnai à ce baiser avec un petit grognement.

Sans cesser de m'embrasser, il m'attira sur l'épaisse moquette devant la cheminée. Ses cheveux retombèrent sur moi et je passai la main dans cette masse soyeuse, me délectant de leur texture parfaite. Il me serra dans ses bras et plaqua les hanches contre les miennes. Je frissonnai et rejetai la tête en arrière, tout en me frottant contre lui. Je n'avais jamais rien ressenti de tel. Personne ne m'avait témoigné autant de passion et de désir. Il me dévoilait un monde auquel j'avais renoncé, me restituant ce qui m'avait été volé.

Il changea de position et m'allongea sur le dos, puis écarta mes cuisses, afin de se placer doucement entre elles. Il m'embrassa alors longuement, puis il fit descendre ses lèvres fermes et sensuelles jusqu'à ma gorge. Il s'attarda tendrement sur mon cou avec sa langue, avant de glisser jusqu'à l'un de mes tétons dressés.

Je poussai un gémissement de plaisir quand il se mit à le mordiller. Cabrée, j'enroulai les mains dans sa chevelure. Il me caressa l'autre sein d'une main, puis déposa une lente série de baisers sur mon ventre, tout en continuant à pincer doucement mon téton.

Je retins mon souffle, frémissant sous une avalanche de sensations. Il promena les lèvres sur le cordon de mon pantalon pour tirer dessus avec ses dents, puis continua à descendre et mordilla mon entrejambe tout en faisant rouler mon téton entre ses doigts. Je serrai sa tête en criant, le bassin arqué vers lui.

Il leva le visage pour me regarder, tandis qu'il essayait de dénouer le cordon de mon pantalon.

— Est-ce que tu comptes le garder ?

Je lui souris et admirai en silence ses muscles lisses et son corps magnifique. J'ignorais quelle était sa nature, mais désormais, ça n'avait plus aucune importance. Il m'avait déshonorée en me contraignant, et remboursait à présent cette petite dette en m'apportant tout le bien-être et le soulagement qu'un partenaire attentionné pouvait procurer. Au final, ce n'était pas très différent, et l'ironie de la situation ne m'échappait pas, mais le choix m'appartenait cette fois-ci, et c'était une différence fondamentale.

— Non, répondis-je en riant.

Il ôta mon pantalon d'un geste élégant, puis s'écarta, juste le temps de se débarrasser de ses bottes et du sien. Je crus percevoir une lueur de triomphe dans ses yeux. Il revint sur moi, et plongea brièvement son regard intense dans le mien. Puis il me pénétra, avec une sorte de grondement. Je rejetai la tête en arrière dès que je le sentis en moi, et laissai échapper un gémissement, tremblante d'excitation tandis que la chaleur montait d'un cran. J'harmonisai le mouvement de mes hanches au sien, pour répondre à ses assauts réguliers.

Tout en continuant à aller et venir en moi, il m'embrassa avec avidité, laissant échapper un grognement contre mes lèvres. Je lui rendis son baiser avec passion, fermement accrochée à lui, les ongles enfoncés dans sa chair alors que mon plaisir s'amplifiait. Ses muscles sous mes mains avaient la fermeté du fer, mais ils ondulaient à chacun de ses coups vigoureux.

J'atteignis un orgasme dont l'intensité et la durée me bouleversèrent : je n'avais jamais rien connu d'aussi fort. Je criai et m'agrippai à lui tandis qu'il poussait un râle guttural en se libérant en moi, son bassin frottant contre le mien. Je continuai à soulever les hanches à sa rencontre, alors qu'il jouissait. Enfin, il ralentit, puis cessa de bouger en moi, la respiration profonde et haletante.

Il roula sur le côté et m'enveloppa de ses bras. Je soupirai et posai ma tête sur lui.

— Je ne sais même pas qui tu es, dis-je au bout d'un moment, en levant les yeux sur lui.

Il suivit de l'index la ligne de ma mâchoire.

— Ce n'est pas moi que tu avais envie d'invoquer, dit-il avec une expression que je ne parvins pas à déchiffrer.

Je secouai la tête.

— Non, je voulais faire venir un luhrek. Rysehl.

Un étrange sourire se dessina sur son visage, puis il m'embrassa doucement et se leva. Perplexe, je m'assis et l'observai s'habiller.

— Attends, lui demandai-je quand j'eus retrouvé ma voix. Je t'en prie, dis-moi qui tu es. Comprends-moi, j'essayais de faire apparaître Rysehl, mais de toute évidence, j'ai échoué. Et je n'avais pas l'intention de t'appeler… qui que tu sois. Alors, eh ben… qu'est-ce que… qui es-tu ?

Je me rendis compte que je bafouillais, et serrai les lèvres.

Son regard croisa le mien, et une fois de plus, la puissance qui en émanait me coupa le souffle.

— Je suis Rhyzkahl, répondit-il avec un sourire énigmatique. Et tu peux m'appeler dès que tu en as besoin, Kara Gillian.

Puis il disparut.

Chapitre 4

Je scrutais mon visage dans le miroir. Je n'étais pas belle. J'en étais consciente. Je ne manquais pas de charme et faisais tout mon possible pour entretenir ma silhouette, mais d'habitude, on me décrivait plutôt comme « mignonne », parfois « jolie », de temps en temps « très séduisante », mais presque jamais « belle », sauf ceux qui voulaient obtenir quelque chose de ma part. J'avais des cheveux d'un châtain commun et obstinément raides comme des baguettes, des yeux gris foncé qui refusaient d'être noisette, gris bleu ou même brillants. Je jugeai mes jambes un peu trop courtes, et un petit bourrelet persistait au-dessus de mon jean. Je n'étais pas belle.

Pourquoi donc cela avait-il eu lieu ? Pourquoi étais-je encore en vie ? J'étais trop réaliste pour croire que mon charme, mon physique et ma sensualité avaient dissuadé une créature aussi puissante de me déchiqueter en lambeaux ou de me garder comme un joujou à torturer quand bon lui semblerait. Et pourquoi me séduire ?

La vérité m'avait frappée de plein fouet quelques secondes après son départ, et une angoisse terrible m'avait empoignée pendant près d'une heure. Je me dégoûtais au plus haut point, complètement paralysée par le doute. J'avais fini par aller me coucher, sans parvenir à m'endormir.

Deux questions envahissantes se bousculaient dans mon esprit et augmentaient mon stress. La première était la suivante : *qu'est-ce qui avait cloché, bordel ?* Il s'agissait d'une invocation facile, d'un démon de quatrième niveau, bon sang ! Et j'avais déjà appelé Rysehl des dizaines de fois. Après m'être un peu calmée, j'avais fait le tour du diagramme en vérifiant de manière obsessive tous les sigils et les runes que j'avais esquissés, cherchant une différence, une tache ou un changement susceptible d'avoir affecté le portail, sans rien trouver pour expliquer ce qui s'était passé.

Mais cette créature avait affirmé s'appeler Rhyzkahl. Avais-je mal prononcé « Rysehl » ? Écorché son nom ? Je me repassai l'invocation et le rituel jusqu'à ce que mes souvenirs se brouillent. *Je suis sûre de l'avoir dit correctement. Les noms sont proches, mais pas tant que ça.*

J'avais l'impression que le sol s'était ouvert sous moi. Je croyais tout maîtriser. Je m'estimais douée pour ça. Je frissonnai et me frottai le visage afin de repousser cette incertitude douloureuse.

Mais en me forçant à ne plus songer à cela, je ne faisais que détourner mes pensées vers l'autre problème criant. *Putain de merde,* songeai-je avec affliction, *qu'est-ce qui m'a pris de coucher avec lui, bordel ?*

Je ne pouvais même pas choisir la solution de facilité et mettre ça sur le compte de la contrainte qu'il aurait exercée sur moi. Je savais qu'il en était capable, puisque j'avais réussi à le découvrir et à le lui faire remarquer. *Mais ensuite, il m'a donné sa parole...* Et celle d'un démon était sacrée.

Non, je m'étais juste révélée incroyablement en manque et pitoyable.

Je grimaçai, fis couler l'eau au creux de mes mains et m'aspergeai le visage. Je me frottai les yeux pour me débarrasser des impuretés, utilisant de l'eau froide dans le but de me secouer et de revenir à une réalité compréhensible et acceptable.

Je soupirai et tendis la main vers la serviette. Raté, le miroir me renvoyait encore le même visage défait et perdu. J'avais déjà pris une douche sous une eau aussi brûlante que possible pour chercher à cautériser les souvenirs de la nuit et les chasser.

Mais tu n'as pas envie d'oublier, me reprochai-je. *Ça t'a plu.*

Je poussai un soupir et me redressai. C'était la vérité. Coucher avec ce démon avait été une expérience vraiment incroyable. Aucun doute permis. Je n'avais jamais pris un tel pied.

Ce qui me ramenait à : *pourquoi moi ?* Pourquoi avait-il voulu me séduire ? Le sexe était-il une denrée si rare dans les autres sphères ? Ce n'était pas logique. Il souhaitait obtenir quelque chose de moi. Une alliance ? Posséder son propre invocateur ? Je supposais que c'était possible. J'avais entendu dire que des invocateurs concluaient des pactes avec certains démons, même si ces associations étaient incertaines et dangereuses.

Je devais partir du principe que Rhyzkahl était un type de démon que je ne connaissais pas. Mon portail s'était ouvert dans son royaume, j'en étais plutôt sûre. Les créatures dont j'avais l'habitude étaient des démons au pouvoir arcanique qui peuplaient l'un des rares plans

– parmi la multitude existante – à être accessible depuis le nôtre, si l'on employait les formules et les rituels adéquats.

Il était possible d'invoquer douze variétés ou niveaux de démons, du moins était-ce ce qu'on m'avait enseigné. Au début de ma formation, j'avais commencé par de simples invocations de zrilas, des démons de premier niveau, guère plus grands qu'un chat, mais avec un corps de reptile et six pattes. Leur intelligence était limitée, et ils étaient faciles à contrôler. En dix ans, j'avais progressé jusqu'au douzième niveau : les reyzas. Et au cours de toute cette période, je n'avais jamais vu ou entendu parler d'une créature comme Rhyzkahl. Manifestement, il était doté d'un immense pouvoir, ce qui était évident d'après la façon dont il avait brisé les liens et les barrières. Mais je n'avais aucune idée de son identité ou de sa place dans la hiérarchie des démons.

Je ressassais ce qu'il m'avait dit. *Appelle-moi dès que tu en as besoin.* L'appeler ? L'invoquer ? Qui était-il pour affirmer cela ? Et comment étais-je censée procéder alors que j'ignorais comment je l'avais fait apparaître la première fois ?

Je me dirigeai vers le salon et allumai mon ordinateur, puis lançai un moteur de recherche. Les chances étaient minces, mais j'avais déjà fait mouche grâce à Internet. Il n'existait pas à ma connaissance d'organisation formelle ou de cabale d'invocateurs, mais il y avait quelques forums, de ceux qui s'adressaient aux tarés de paranormal et que les pratiquants de la magie arcanique employaient à l'occasion pour échanger des informations. Plus de 99,9 pour cent des messages étaient un énorme ramassis de conneries fantasmatiques rédigées par des gens qui s'autoproclamaient « maîtres » du pouvoir des arcanes. Mais de temps en temps, il était possible d'extraire de ce fatras un renseignement fourni par une personne qui savait réellement de quoi elle parlait.

Je n'eus pas une telle veine cette fois-là. J'effectuai des recherches avec toutes les orthographes imaginables de Rhyzkahl, mais n'obtins qu'un résultat. Rhizko, qui s'avéra le nom d'utilisateur d'un joueur en ligne pâle et grassouillet dont je ne pus déterminer le sexe.

Je me laissai aller contre le dossier de mon siège et me frottai les yeux.

— Merde.

Les deux heures passées à me retourner et à m'agiter avant la sonnerie du réveil n'avaient pas restauré mon énergie ni ma vivacité intellectuelle.

— Merde, répétai-je pour la forme, avant de me lever.

Il était à peine 7 heures du matin, et l'autopsie de la victime trouvée à l'usine de traitement des eaux était prévue à midi. J'avais du temps devant moi pour chercher des réponses auprès d'une source beaucoup plus fiable.

J'enfilai un jean et un tee-shirt qu'on m'avait offert lors d'un séminaire de formation dans le comté de Miami-Dade, m'attachai rapidement les cheveux en queue-de-cheval et habillai mes cils d'une légère touche de mascara, histoire de ne pas sortir sans maquillage. Après l'autopsie, je reviendrais passer une tenue correcte. Il était très tentant de me plonger dans le travail et de reléguer cette situation dans un coin de ma tête. C'était ainsi que j'avais l'habitude de gérer mon stress.

Mais je me savais incapable de mettre ce problème-là de côté. Il fallait que je comprenne, et comme Internet m'avait déçue, j'espérais que ma tante aurait quelques éléments utiles dans sa bibliothèque.

À présent, je devais trouver comment lui expliquer que j'avais foiré une invocation aussi simple.

La maison de Tessa était une construction centenaire, à un étage, située au bord du lac. Elle était peinte d'un blanc brillant, et de jolies moulures bleues, de style victorien, ornaient le porche. La plupart des anciennes demeures du secteur, tout aussi belles, avaient été rénovées, ce qui les avait transformées en attractions touristiques. Beaucoup pouvaient être visitées. Pas celle de ma tante.

Une pancarte sur sa porte proclamait joyeusement « Bienvenue ! » aux passants et constituait un vieux sujet de plaisanterie, puisque ma tante encourageait aussi peu les visiteurs que moi. J'évitais les autres en habitant au beau milieu de nulle part, tandis qu'elle maintenait des barrières et des protections établies avec soin autour de sa maison. À moins d'être invités ou d'avoir un sérieux besoin de la voir, la plupart de ceux qui venaient jusque chez elle se souvenaient qu'ils avaient plus urgent à faire ou décidaient qu'ils pouvaient revenir plus tard.

Je lui avais demandé un jour pourquoi elle s'embêtait avec son écriteau. Elle m'avait répondu qu'elle ne voulait pas qu'on la croie trop bizarre ou distante, et que ce panneau rassurait les gens.

J'avais appris depuis longtemps que la meilleure manière de réagir quand elle tenait ce type de raisonnement, c'était d'acquiescer et de changer de sujet.

Je perçus le faible picotement des protections en entrant chez elle, comme si je franchissais un rideau de perles invisibles. Je m'essuyai machinalement les pieds, même si je doutais que mes semelles soient sales. Mais tante Tessa gardait sa maison d'une propreté irréprochable, même si elle ne laissait jamais entrer personne à part moi. Elle avait rénové sa demeure elle-même, quand j'avais rejoint la police, et l'endroit semblait toujours aussi parfait que le jour où elle avait terminé les travaux : parquet reluisant, tapisserie aux élégants motifs floraux et charmantes moulures de plafond, le tout immaculé et sans défaut.

— Tante Tessa ? appelai-je.

— Dans le salon, ma puce !

Je découvris ma tante confortablement installée dans une causeuse d'époque, un livre dans les mains. Assise en position du lotus. Je ne savais pas comment une femme de presque cinquante ans pouvait être assez souple pour rester ainsi, mais Tessa Pazhel était exceptionnelle dans bien d'autres domaines encore.

Aux yeux de la majorité de ses concitoyens, elle était la dame un peu excentrique et très imprévisible qui tenait le magasin d'alimentation biologique en ville. Elle s'habillait également en conséquence, portant tantôt une jupe flashy et un tee-shirt aux couleurs dissonantes, tantôt un pantalon de toile pastel avec des rangers. De folles boucles blondes formaient comme des ressorts sur sa tête, tout le contraire de mes cheveux châtains terriblement raides. Tessa était maigre et sèche, tandis que je devais me battre bec et ongles pour perdre un gramme de graisse. Nous n'avions en commun que nos yeux gris.

J'étais le portrait craché de ma mère, la sœur de Tessa. Enfin, c'était ce qu'on m'avait dit et montré sur des clichés. Mes propres souvenirs étaient tout au plus vagues.

Ce jour-là, ma tante était vêtue d'une robe en velours bleu descendant à mi-mollet, avec de grosses chaînes en argent autour de la taille et des bottes noires en daim. Elle leva les yeux de son livre et me scruta quand je pris place à côté d'elle.

— Bien, tu es vivante, dit-elle sans préambule en posant son ouvrage. Ce qui signifie que si tu as invoqué Kehlirik, ça ne s'est pas trop mal passé.

Elle se pencha et plissa les yeux en me dévisageant.

— Mais tu n'as pas l'air de te réjouir d'avoir réussi, à ce qu'on dirait, poursuivit-elle.

— Je n'ai pas eu de problèmes pour appeler Kehlirik, rétorquai-je. Ma formation est officiellement terminée, et je suis maintenant une véritable invocatrice.

Je marquai une pause. Il serait si facile d'en rester là. Mais dans ce cas, je n'aurais aucune réponse.

— Euh, je... j'ai tenté de faire venir un nouveau démon la nuit dernière, et... pour tout dire, les choses ne se sont pas du tout déroulées comme prévu.

Ses traits anguleux semblèrent se durcir.

— Voilà qui est très grave. Quand le plan est modifié lors d'une invocation, on finit normalement en piteux état. (Elle releva un sourcil.) Bon, que s'est-il passé ? Tu as essayé d'invoquer un autre démon majeur et tu n'es pas parvenue à le tenir ? Tu l'as renvoyé ? Il n'est pas sorti en entier ? C'est très risqué d'effectuer deux invocations compliquées à la suite, ajouta-t-elle en secouant la tête.

Je poussai un gémissement.

— Tante Tessa, j'ignore ce qui a cloché. Je n'ai rien tenté d'ambitieux du tout, juste d'appeler un démon de niveau inférieur, Rysehl. Facile. Et j'ai bien prononcé son nom, mais ce n'est pas lui qui est apparu.

Tessa se figea, et quand elle reprit la parole, son ton avait perdu toute trace de gaieté :

— Kara, qu'est-ce qui a franchi le portail ?

Merde. Comment allais-je lui expliquer que j'avais non seulement foiré une invocation, mais également fini par coucher avec la créature ?

Tessa me saisit la main et la serra de ses doigts osseux. Ça faisait mal.

— Ton silence me fait craindre le pire, ma puce. Allez, crache-moi le morceau.

Je grimaçai.

— J'ai bien appelé Rysehl, j'en suis certaine ! Mais ce n'était pas lui. Je ne sais toujours pas ce que c'était, mais il m'a affirmé que son nom était Rhyzkahl.

Elle resta muette, et quand je levai le regard sur elle, je fus frappée par l'expression affligée de son visage.

— Tante Tessa ? Qu'y a-t-il ?

Je la vis déglutir, et le mouvement de sa glotte aurait pu me faire rire dans d'autres circonstances.

— Rhyzkahl, lâcha-t-elle péniblement. Et pourtant tu es là, apparemment en un seul morceau.

Je tentai de lui offrir un timide haussement d'épaules. Je n'étais pas obligée de lui raconter la partie sexuelle de l'aventure, après tout.

— Oui, enfin, je veux dire, euh, je… me suis juste rappelé ce que tu m'as enseigné sur les expulsions.

J'évitai de la regarder dans les yeux. *Tu parles d'une poule mouillée !*

—Bref, voilà... Alors, qui est-ce ?

—Tu... l'as renvoyé, dit Tessa d'une voix blanche qui témoignait de sa perplexité.

—Je suis toujours là, non ? lançai-je en m'efforçant de garder un ton ferme et blasé.

Elle resta silencieuse, si bien qu'au bout de quelques secondes, je me risquai à lui jeter un coup d'œil. Elle croisa les bras et me décocha un regard noir.

—Jeune fille, dit-elle d'un ton si glacial qu'il aurait pu détruire toutes les plantations d'agrumes de Floride, tu vas me raconter exactement ce qui s'est passé hier soir.

Nerveuse, je pris une goulée d'air.

—Pas tant que tu ne m'as pas expliqué qui est ce Rhyzkahl.

Je m'armai de courage pour affronter une remarque cinglante, mais Tessa se contenta de soupirer et de hocher la tête.

—Oui, il faut que tu le saches. Je suis navrée de ne pas te l'avoir enseigné plus tôt, mais les sphères m'en sont témoins, je ne t'aurais jamais cru assez folle pour appeler un représentant de son espèce.

—Je ne l'ai pas fait exprès ! Mais qui c'est, bon sang ? (Je la dévisageai avec méfiance.) Une sorte de créature capable de prendre une apparence humaine ?

Elle secoua la tête.

—Non, ce n'est pas aussi simple que ça. Dans la bibliothèque. Et vite.

Elle se redressa et sortit avant que je sois debout. Le temps que je traverse le couloir jusqu'à la bibliothèque, elle avait eu le temps d'empiler des livres par terre et de s'asseoir en tailleur au centre.

Je posai mon sac sur les papiers qui envahissaient la table. Inutile de chercher de la place. À dire vrai, j'avais toujours pensé que le terme « bibliothèque » était inapproprié, car il laissait imaginer un endroit plutôt ordonné, avec des étagères de livres classés de façon logique ou selon un système. Mais il n'y avait ni ordre ni logique dans ce lieu-là.

On voyait bien des rayonnages sur les murs, tous remplis d'ouvrages ou de papiers divers, mais les livres avaient été poussés là de manière totalement hasardeuse. Tessa n'avait même pas fait l'effort d'en laisser la tranche visible afin de faciliter la recherche d'un titre. Les murs étaient intégralement couverts ; du sol au plafond, jusqu'aux moulures autour de la porte, chaque centimètre carré, sans exception, était occupé par des étagères. Une large table en bois trônait au milieu de la pièce, flanquée de deux vieux fauteuils club. Et des livres, des rouleaux et des documents les jonchaient, tandis que d'autres piles étaient dressées par terre.

Au centre du plafond pendait un énorme lustre en cristal, dont le luxe, plus conforme à la salle de bal d'un paquebot, détonnait dans cette pièce.

Un jour, j'avais eu l'audace de déclarer à ma tante que le chaos de sa bibliothèque pourrait bien attirer des énergies indésirables et interférer avec ses invocations. Elle m'avait répondu sèchement que ce n'était pas parce que je ne comprenais pas son système d'organisation qu'il n'existait pas. Flûte, pour ce que j'en savais, elle possédait bien une certaine méthodologie, mais en dix ans je n'avais pas encore réussi à la saisir.

Elle se gratta l'aile du nez, puis me fit signe d'approcher.

— Es-tu sûre qu'il a dit s'appeler Rhyzkahl ?

Je m'agenouillai à côté d'elle.

— Euh, oui. À 100 pour cent.

Plus que ça. Ses mots étaient gravés dans ma mémoire, avec le souvenir de son corps allongé contre le mien, de sa main posée sur ma hanche et de ses lèvres sur ma peau. Je le revoyais après, en train d'enfiler sa chemise, faisant onduler ses muscles de manière plus harmonieuse que n'importe quel mannequin…

Je me rendis soudain compte que ma tante me regardait fixement, les sourcils froncés. J'adoptai une expression innocente et essayai d'éviter que mes joues s'empourprent davantage.

Elle me jaugea, puis me montra une image dans l'ouvrage ouvert devant elle.

— Voici Rysehl.

Cela représentait une créature sans ailes, qui ressemblait à un bouc/chien/lion, avec la face allongée d'un reptile et de petites cornes recourbées, plantées de chaque côté de sa tête. Une crête piquante partait du milieu de son front pour descendre jusqu'à sa nuque. Rysehl avait été dessiné en position ramassée, la tête inclinée, comme s'il écoutait quelque chose. C'était le démon que je connaissais. Sa tête m'était familière. Il s'agissait bien de Rysehl, démon de quatrième niveau. Celui que j'avais voulu invoquer.

Je secouai la tête.

— Ça n'a rien à voir avec ce qui est sorti la nuit dernière.

Elle haussa les épaules et passa à une page marquée d'une plume noire.

— Bien. Et celui-ci, alors ? C'est Rhial.

Je ne le connaissais pas, mais constatai tout de suite que c'était un mehnta, de niveau neuf, et bien différent de celui que j'avais rencontré. Les mehntas ressemblaient à des femmes, mais dotées d'ailes, de mains et de pieds griffus, avec des dizaines de filaments qui jaillissaient de leur bouche comme des serpents. Rien à voir avec Rhyzkahl.

— Non.

Je commençais à être un peu agacée. Je savais de quoi les démons avaient l'air. Les différences entre les espèces des niveaux inférieurs et les autres étaient nettes. Plus ils appartenaient à un niveau élevé, plus ils étaient imposants et intelligents. À partir du septième, ils avaient des ailes, et les reyzas de niveau douze étaient presque une fois et demie plus grands qu'un humain normal. Leur tête conservait une certaine bestialité, avec une bouche pleine de crocs aiguisés et équipée de longues canines, mais moins que les démons mineurs. Leur corps était également beaucoup plus proche de celui d'un homme, même si aucun homme ne pourrait jamais acquérir autant de muscles et de puissance.

— Ce n'était pas un zrila, un savik, un ilius, un luhrek, un nyssor, un faas, un kehza, un graa, un mehnta, un zhurn, un syraza ou un reyza, énumérai-je à toute vitesse.

— Merci pour la leçon de démonologie, répliqua-t-elle d'un ton sec.

Je soupirai.

— Tante Tessa, j'ai cru que tu avais reconnu le nom de Rhyzkahl. Qui est-ce ?

Elle ne tint pas compte de ma question et se reporta à une autre section du livre.

— Celui-ci s'appelle Rhykezial.

La créature que je découvris m'était totalement inconnue. Elle évoquait un lamentable croisement entre un calmar et une araignée, et je me dis qu'elle faisait partie de ces êtres innombrables, évoluant entre les plans, et impossibles à invoquer. Ou bien venait-elle d'un tout autre plan. Il y en avait une multitude, mais le royaume des démons était à ma connaissance le seul à recouper parfois notre monde.

Je soupirais bruyamment. J'avais presque le sentiment d'assister à une séance d'identification de suspects.

— Ce n'est pas lui, tante Tessa. Tu ne pourrais pas m'expliquer simplement qui est ce Rhyzkahl ?

Elle referma le livre avec un bruit sourd.

— C'est juste que je n'arrive pas à croire que c'est lui que tu as invoqué. Pour être honnête, je trouve ça très difficile à avaler, ajouta-t-elle en m'adressant un regard oblique. Surtout dans la mesure où tu es toujours là et encore toi-même.

Je me sentis de nouveau sur le point de rougir.

— Je suis ici, et je suis moi. Et je te l'ai déjà dit, je ne l'ai pas appelé.

Tessa se leva, les lèvres pincées, et se dirigea vers les étagères qui jouxtaient la porte. Elle chantonnait pensivement – un air peu mélodieux, plutôt discordant – tout en se tapotant le menton du doigt, pendant qu'elle parcourait le contenu des rayonnages. Enfin, elle laissa échapper un petit cri de triomphe et sortit un mince ouvrage de la plus haute étagère, avant de se retourner et de le lâcher devant moi.

Je fronçai les sourcils.

— Tante Tessa, c'est une bande dessinée.

— Un roman graphique, rectifia-t-elle avec une moue de dédain.

Je réussis à ne pas lever les yeux au ciel.

— D'accord, c'est un roman graphique. Mais je pensais que tu allais me montrer Rhyzkahl.

— Eh bien, vois-tu, ces créatures ne sont pas du genre à poser pour un portrait. Mais cet artiste est arrivé à donner les traits de Rhyzkahl à l'un de ses personnages. En tout cas, c'est ainsi qu'on se le figure. (Elle fit défiler les pages jusqu'au milieu du livre.) Là, indiqua-t-elle en m'indiquant une vignette.

J'en eus le souffle coupé. C'était lui, ou du moins tel qu'un artiste humain pouvait le saisir. La même carrure, les mêmes cheveux, et le dessinateur était également parvenu à rendre en partie l'éclat dominateur de ses yeux.

— Il l'a vu, murmurai-je, incapable de détacher le regard de l'illustration.

Rhyzkahl était représenté sur un rempart, un reyza à sa gauche, un sourire au coin des lèvres et les yeux baissés sur un homme vêtu d'un costume de style médiéval, à genoux devant lui.

— Il ne le nomme pas expressément, mais il l'a rencontré, constatai-je en cherchant d'autres images sur la page.

Tessa marmonna quelques mots qui m'eurent tout l'air orduriers et vulgaires.

— Et toi aussi, on dirait.

Elle referma brusquement le roman graphique et me l'arracha des mains pour le remettre à sa place sur l'étagère.

— Comment ? Comment as-tu survécu ? demanda-t-elle en faisant volte-face, un doigt accusateur pointé dans ma direction.

Je relevai le menton.

— Tu ne m'as toujours pas dit qui c'était ! m'entêtai-je.

Tessa se massa les tempes en grimaçant.

— Je vais te le dire, mais toi, tu dois me raconter ce que tu as fait pendant ton rituel, pour lui permettre de franchir le portail.

— Mais je l'ignore ! (Seul l'encombrement de la pièce m'empêcha d'y faire nerveusement les cent pas.) Je voulais invoquer Rysehl, bon sang ! J'ai tracé un diagramme de niveau quatre ! J'ai prononcé son nom !

— Tu as forcément commis une erreur, ce n'est pas possible autrement ! s'exclama-t-elle avec hargne. Ça m'étonnerait que Rhyzkahl soit juste venu pour prendre le thé.

— Mais je n'en sais rien ! C'est pour ça que je suis venue te voir, bordel, pour essayer de comprendre !

Je serrai les poings pour empêcher mes mains de trembler, mais le frémissement de ma lèvre inférieure trahissait à quel point j'étais perturbée.

Tessa soupira.

— Pardon, dit-elle. Mais je m'inquiète pour toi, c'est tout.

Je hochai la tête, la gorge nouée.

— Désolée de t'avoir crié dessus, ajouta-t-elle, secouant la tête, comme si elle avait perdu le combat avec elle-même.

Rhyzkahl… n'est pas un démon ordinaire, que l'on peut invoquer de la manière habituelle. Ou du moins pas avec les moyens que nous utilisons pour appeler les créatures des douze niveaux, précisa-t-elle en jouant avec les chaînes nouées autour de sa taille. Je sais que je t'ai parlé des démons de son espèce, mais en passant, si bien qu'il n'y a rien d'étonnant à ce que tu n'aies jamais pensé que l'un d'entre eux pourrait apparaître. (Elle accompagna son soupir d'un geste de désarroi.) Rhyzkahl est un seigneur. Un seigneur démon.

Je la dévisageai.

— Attends. Je croyais qu'ils étaient comme des demi-dieux.

— C'est le cas. Ils sont extrêmement puissants et refusent d'être attachés ou soumis. C'est pour cela qu'ils sont si dangereux.

Je déglutis avec difficulté.

— Tous ?

Elle me regarda droit dans les yeux.

— Sans exception, répondit-elle, baissant la tête sans cesser de m'observer. Rhyzkahl est très vieux, et figure parmi les seigneurs ayant le plus grand nombre d'adeptes. Il est ambitieux, retors, et prend les questions d'honneur très au sérieux. À supposer qu'on puisse l'invoquer, il n'accepterait jamais aucune condition, et détruirait quiconque aurait osé le faire venir.

Je m'efforçai d'analyser cette nouvelle information. Je ne doutais pas des connaissances de ma tante, mais sa description de Rhyzkahl ne correspondait pas à ce que j'avais vécu. Ou bien si ? *Il m'a quand même terrifiée, à son arrivée. J'ai cru qu'il allait m'anéantir.* Ma frayeur initiale témoignait du danger qui émanait de lui. C'était peut-être exact. *Alors pourquoi ne m'a-t-il pas réduite en poussière?* me demandai-je, sans doute pour la millième fois.

Je me répétai les paroles de Tessa, puis reportai subitement mon attention sur elle. J'étais inspectrice au bureau des homicides, et désormais dotée d'un peu d'expérience. Ce n'était pas pour rien : elle me cachait quelque chose.

— Comment sais-tu que le dessin lui ressemble ? l'interrogeai-je avant de pointer un doigt accusateur sur elle. Toi aussi, tu l'as vu !

À ma grande surprise, elle pâlit et s'assit par terre.

— Tu as raison, bon sang ! J'étais une adolescente écervelée. Et c'est seulement pour cela que je suis toujours en vie, c'est qu'il... était occupé ailleurs.

L'intonation de ma tante m'en disait plus que ses mots. J'en savais suffisamment sur les démons pour en déduire que si une invocatrice puissante et expérimentée comme elle était toujours bouleversée par un souvenir remontant certainement à plus de trente ans, c'était que l'expérience avait sans doute été affreuse.

Je posai la main sur son genou pour la réconforter.

— Je suis navrée, tante Tessa. Tu vas bien ? Tu veux que j'aille te chercher quelque chose ?

— Oh, arrête, pour l'amour des sphères, je ne vais pas tomber plus bas !

Elle roula des yeux et reprit des couleurs, puis elle se leva en secouant une poussière imaginaire de sa jupe. Elle jeta un coup d'œil au roman graphique sur l'étagère.

— J'ignore comment tu as survécu, mais je lui suis profondément reconnaissante de t'avoir épargnée. Je sentis ma gorge se serrer. Je savais ce qu'était un seigneur démon, mais j'avais tout simplement exclu de pouvoir en appeler un, même involontairement. Les créatures des autres plans, que je connaissais sous le nom de démons, respectaient une hiérarchie stricte, et chacun luttait pour la première place au sein de son niveau. Les seigneurs évoluaient tout au sommet, au-dessus des douze niveaux. C'étaient des êtres puissants, capables d'exercer un pouvoir dévastateur, qui utilisaient les forces et les compétences des démons à leur service. Je n'avais jamais pensé qu'on pouvait les invoquer, ce qui expliquait pourquoi je m'étais si peu intéressée à eux.

— Tu m'as toujours dit que les démons n'étaient ni bons ni mauvais, déclarai-je en la scrutant.

Elle secoua la tête.

— N'interprète pas n'importe comment ce que je t'ai dit. Je n'ai pas dit qu'il était méchant, mais retors, précisa-t-elle en remettant des ouvrages sur les rayons, sans se soucier de la place disponible ou des lois de la physique. Rappelle-toi, le bien et le mal sont des termes humains, qui ne s'appliquent qu'à la morale humaine. Les démons servent exclusivement leurs intérêts, tout en étant focalisés sur l'honneur. Ce qui est une bonne chose, car sans cela, rien ne serait jamais accompli dans leur royaume. Tout y est lié à cette notion et au statut. (Elle me lança un regard perçant.) Et un seigneur se sent extrêmement insulté par une invocation. N'importe quelle créature démoniaque qui ne se vengerait pas d'une telle injure serait considérée comme faible, et perdrait sa prééminence. On offense un démon ou un seigneur à ses risques et périls.

Je demeurai silencieuse. Tessa ne croirait jamais que Rhyzkahl s'était contenté de me laisser partir.

Est-ce vraiment ce qui a eu lieu ? M'a-t-il juste épargnée ? Je suppose que oui, puisque je suis là, encore en vie, mais comment cela peut-il être aussi simple ?

Tessa soupira.

— File. De toute évidence, tu n'es pas prête à me raconter précisément ce qui s'est passé. Tu le feras plus tard.

Elle rajusta les chaînes autour de sa taille, tout en secouant la tête.

— Tu as survécu, poursuivit-elle. C'est l'essentiel.

Comme je me levai, elle déposa un petit baiser sur ma joue, et me guida jusqu'à la porte, en me tenant par le coude.

— Je t'en reparlerai plus tard.

Elle referma la porte de la bibliothèque derrière elle.

Je la regardai faire, à la fois soulagée et perplexe. Au moins, je savais désormais qui était ce Rhyzkahl. Mais il aurait peut-être mieux valu que je reste dans l'ignorance.

Chapitre 5

Le travail. Je peux désormais noyer mon stress dedans, me dis-je tandis que je roulais vers la morgue. Passer voir Tessa n'avait pas suffi à calmer mes inquiétudes. Heureusement, une autopsie m'attendait, et j'espérais qu'elle empêcherait les événements de la nuit précédente de me hanter. Une fois que mon esprit serait absorbé par l'affaire plutôt que par mon visiteur, je me sentirais sans doute mieux.

Si une telle tâche n'arrivait pas à m'absorber assez pour me faire oublier mes coucheries avec un démon, rien d'autre ne le pourrait.

J'entrai à l'accueil de la morgue, grimaçant sous l'effet de l'odeur caractéristique qui me parvenait depuis la salle d'autopsie. Même s'il s'agissait de mon premier homicide, j'avais déjà assisté à un certain nombre d'autopsies. Le capitaine Turnham aimait que ses inspecteurs, quelle que soit leur affectation, connaissent les procédures de tous les types d'enquêtes. Beaucoup rouspétaient et se lamentaient, mais jamais en présence du capitaine. De mon côté, je trouvais les dissections de cadavres absolument fascinantes et ne m'étais jamais plainte de devoir y assister, même lorsque mes dossiers s'entassaient.

Le docteur Jonathan Lanza, médecin légiste pour le bureau du coroner de Saint-Long, leva les yeux quand j'entrai.

— Bonjour, Kara. Vous pouvez laisser la porte ouverte.

Je ne pus retenir un sourire. Visiblement, l'odeur était aussi un peu trop forte pour lui. Ce n'était pas la puanteur des corps en décomposition qui en était à l'origine, comme on peut s'y attendre dans un tel lieu, mais Carl, le technicien de la morgue. Il avouait lui-même être atteint du TOC de propreté. Par conséquent, plutôt que la vague odeur de chair putréfiée et de formol, on sentait celle, écrasante, d'un détergent industriel, d'eau de Javel ou de tout autre produit du genre. Le doc disait régulièrement qu'il ne serait pas étonné d'arriver un jour et d'apprendre que Carl était mort, asphyxié par les émanations toxiques de ses mélanges.

— Bonjour, doc, le saluai-je en calant la porte avec une pierre qu'on avait laissée là à cet effet. Est-ce la seule autopsie du jour ?

Il secoua la tête.

— Non, j'ai une probable overdose dans le frigo, mais je m'en occuperai cet après-midi. (Il grimaça.) En fait, j'étais en congé cette semaine. Mes premières véritables vacances depuis que j'ai commencé à travailler ici, expliqua-t-il en haussant les épaules. Mais je suis content qu'on m'ait quand même appelé pour ce travail. Sinon, on aurait envoyé le corps à La Nouvelle-Orléans, et leur bureau est vraiment surchargé.

Je comprenais parfaitement. Même plusieurs années après Katrina, la ville et ses environs n'avaient pas encore fini de réparer les dégâts. Et certaines choses ne seraient plus jamais comme avant.

— J'ai jeté un coup d'œil à votre victime en arrivant, poursuivit-il. On dirait bien que c'est l'œuvre du Tueur au symbole, non ?

Un sentiment de malaise m'envahit.

— Sûrement, doc. Peu de personnes connaissent les éléments précis relatifs au symbole. Pour moi, il ne saurait s'agir d'un imitateur.

Je le regardai écrire le numéro de dossier sur des étiquettes qu'il colla sur des fioles et des récipients en plastique.

— Quand finirez-vous par rejoindre le XXIe siècle et acheter une imprimante ? demandai-je en riant.

— Pfft ! J'aimerais déjà passer au XXe siècle.

La morgue du comté reflétait le budget scandaleusement faible dont le bureau devait se contenter. L'espace où se déroulaient les autopsies leur était prêté par un hôpital de la région, et naturellement, les problèmes de maintenance n'étaient pas souvent traités.

Vingt ans auparavant, les murs avaient probablement été blancs, mais à présent, ils étaient d'un beige terne marbré de taches douteuses. Lors de ma première autopsie, l'un des employés de la morgue m'avait conseillé de mettre des gants avant même d'entrer dans la salle, car il y avait des taches de sang un peu partout, et l'on pouvait être contaminé rien qu'en s'appuyant contre un mur. Après avoir assisté pour la première fois à une autopsie pendant laquelle la poussière d'os du crâne découpé avait envahi la pièce, j'avais suivi ce conseil et j'enfilais toujours des surchaussures et des gants.

— Bon, allons-y, dit le doc en se levant avant de revêtir une blouse en plastique bleu et un tablier à usage unique.

C'était un homme svelte, presque de la même taille que moi, aux cheveux et aux yeux bruns, avec un sourire amical sous un nez grec. Il était très expérimenté, ayant passé plusieurs années au bureau du coroner de Las Vegas, puis à Houston. J'ignorais comment le petit patelin perdu de Saint-Long avait réussi à décrocher quelqu'un d'aussi qualifié, mais je n'allais pas m'en plaindre, pas plus que mes collègues.

La salle où l'on pratiquait les autopsies semblait tout droit sortie d'un film de série B des années 1940. Une table métallique, qui jouxtait un long évier en inox, supportait le corps de la victime, déjà lavé et préparé. La planche de découpe et une panoplie d'instruments cauchemardesques – un scalpel, des ciseaux, un grand couteau et d'autres outils qui portaient des noms sympathiques comme « burin à crâne » – étaient soigneusement disposés sur le plan de travail à côté de l'évier.

J'entrai et observai la victime de plus près, ce qui était plus aisé, maintenant qu'elle avait été nettoyée. Il était plus facile de constater les lésions qu'on lui avait infligées et la torture qu'elle avait dû endurer. Sans le sang et la poussière, je pouvais distinguer ses traits et supposer qu'on ne l'avait jamais accusée d'être belle, ni même jolie. Elle avait un nez crochu, un menton fuyant et des sourcils qui ignoraient la chaleur de la cire d'épilation. Ses yeux étaient d'un marron terne, mais la mort pouvait éteindre les regards les plus lumineux. Ses jambes étaient maigres, et son ventre flasque. Je jetai machinalement un coup d'œil à son abdomen, en quête de vergetures ou d'autres signes indiquant qu'elle avait eu des enfants, mais les entailles parallèles empêchaient de voir quoi que ce soit. Le doc pourrait me le dire avec certitude, quand il aurait examiné l'utérus. *Qu'est-ce qui serait le pire,* me demandai-je, *qu'elle ait laissé des orphelins, ou qu'elle n'ait personne pour remarquer sa disparition, aucun parent proche pour s'en préoccuper ?*

Carl enchaîna les photos du corps, d'abord d'ensemble, puis des gros plans du visage et des mains. Les clichés des blessures prenaient du temps, mais il était important que tout cela soit minutieusement enregistré, et cela ne me dérangeait pas d'attendre. Il reposa enfin son appareil, puis récupéra une seringue sur la table près de l'évier. Il me décocha un regard interrogateur teinté d'une lueur amusée.

— Vous voulez essayer ?

Il me le proposait chaque fois. À ma connaissance, c'était la seule plaisanterie que le placide employé s'autorisait.

— Pas question, répliquai-je en frissonnant.

Il haussa les épaules puis se dirigea vers le cadavre et plongea l'aiguille dans le coin d'un œil. J'eus un mouvement de recul quand il préleva l'humeur vitrée qui montait lentement dans la seringue. Même si je savais que ce liquide permettait d'effectuer des tests toxicologiques indispensables, je ne pouvais m'empêcher de frémir en voyant une aiguille plantée dans un œil, et Carl adorait me taquiner à propos de ma sensibilité exacerbée.

Je me détournai pour regarder le doc.

— Vous l'avez déjà identifiée ?

Le bureau du coroner était chargé de cette tâche et d'avertir ensuite les proches, sans oublier de transmettre les informations aux forces de l'ordre.

— Pas encore, répondit-il d'un air affligé. Nous allons prendre ses empreintes dentaires et établir son profil ADN afin de le comparer, si quelqu'un se manifeste, mais Jill a dit que ses empreintes digitales n'avaient rien donné. Si c'est comme pour les autres victimes du Tueur au symbole, ça ne va pas être évident. (Il soupira.) Et les précédentes étaient en général dans un état de décomposition trop avancé pour qu'on puisse relever des empreintes. Nous avons de la chance avec celle-ci, sauf qu'elle n'a jamais été arrêtée et ne figure pas dans la base de données.

Je soupirai à mon tour.

— Pour l'instant, elle ne correspond à aucun signalement du fichier des personnes disparues. Personne n'a dû regretter sa disparition.

— Pas plus que celle des autres, dit le doc. Combien y en a-t-il eu déjà, douze ? Treize ?

— Treize. On a envoyé les crânes à un anthropologue légiste de Tulane, qui a réalisé des reconstitutions faciales pour chaque victime. Quatre ont pu être identifiées, donc je suppose que l'effort en valait la peine.

J'avais passé des heures à étudier attentivement les photos de ces visages d'argile pour tenter de concevoir un lien entre les victimes, autre que leur statut social, mais en vain.

Je scrutai le dessin des coupures sur la peau de la femme.

— Toutes ces entailles… auraient-elles pu provoquer une hémorragie fatale ?

Le doc en suivit une du bout de son doigt ganté.

— J'en doute. Aucune n'est très profonde, mais ça a dû la faire sacrément souffrir. Nous allons sûrement découvrir que la cause du décès, c'est la strangulation, expliqua-t-il en désignant les marques autour du cou. Elle a un paquet d'hémorragies pétéchiales.

Il tira la paupière inférieure de la femme pour me montrer ses yeux injectés de sang, signe évident de strangulation. Je vis des marques similaires, comme de petites piqûres, sur tout le cou et le visage. Je ressentis aussi un léger picotement d'énergie arcanique, mais tellement vague et fugace que si je ne le connaissais pas d'avance, je ne l'aurais certainement pas perçu.

— C'est bon, vous pouvez la mettre sur le côté, dit le doc à Carl.

L'employé contourna la table, saisit la femme par le poignet et la hanche et la fit rouler sur le flanc d'un geste expert afin que le médecin puisse examiner son dos.

— Tiens…, voilà qui est intéressant, déclara ce dernier en fronçant les sourcils.

J'observai le dos pour essayer de comprendre ce qui suscitait son intérêt. Je ne remarquai rien sauf d'autres entailles au milieu du rouge foncé des taches cadavériques. Je jetai un coup d'œil au doc pour savoir s'il allait me donner plus de précisions.

— Ces blessures résultent d'une chute.

Il palpa l'arrière de la tête puis glissa ses mains au niveau des hanches, saisissant le bassin et le faisant pivoter dans une position effroyable et anormale.

— Et je dirais qu'elle est tombée d'une hauteur considérable, ajouta-t-il. Entre trois et six mètres. Il semble qu'elle ait atterri sur le dos et le flanc gauche. Le bassin est fracturé. L'arrière du crâne est dans un état épouvantable, tout comme l'épaule.

Il prit des clichés tandis que Carl, toujours muet, maintenait le corps. Puis le doc lui fit signe de le rallonger.

— Était-elle encore en vie ? demandai-je. Pourrait-ce être la cause du décès ?

Il secoua la tête.

— La peau est un peu abrasée, mais il n'y a ni ecchymoses ni bosses, donc elle était déjà morte.

Je songeai aux citernes de l'usine de retraitement. Se pouvait-il que le tueur ait transporté le corps dans l'escalier pour essayer de le planquer là-haut ? Peut-être l'avait-il lâché par accident ? Cela expliquerait pourquoi cette victime avait été découverte aussi facilement. S'il l'avait laissée au sommet d'une des cuves, on ne l'aurait trouvée que bien plus tard.

Le médecin poursuivit son analyse des blessures.

— Certaines coupures sont guéries ou en cours de cicatrisation.

Je n'aimais pas cela.

— À quel point ? Je veux dire, pendant combien de temps lui a-t-il infligé ça ?

— Quelques jours. Une semaine peut-être. Pas plus d'une semaine, à mon avis, précisa-t-il en pointant du doigt un endroit du mollet, où une croûte s'était formée.

Merde.

— Ça fait sacrément long quand on est torturé !

— Et j'ai malheureusement le pressentiment qu'on n'est qu'au début de nos peines, répliqua-t-il en saisissant son scalpel pour commencer l'incision en Y. Je suppose que notre type reprend du service après ses petites vacances.

Je fis une grimace pour acquiescer, avant de reculer un peu pour éviter les giclures de sang, tout en restant assez près pour ne rien rater d'intéressant ou d'inhabituel. On voyait que le docteur Lanza avait pratiqué des milliers d'autopsies. En trente secondes, il incisa le torse et enleva la peau. Mais après avoir ouvert le cadavre, il se montra méticuleux et exhaustif, répertoriant tous les traumatismes et les anomalies.

Sans savoir pourquoi, je me sentais étonnamment bien en sa compagnie. Il était l'une des rares personnes avec qui je me sentais à ma place. Peut-être parce qu'il s'adressait à moi comme à son égale, même s'il m'était incomparablement supérieur en matière de diplômes, de formation et d'expérience. Ou peut-être parce qu'il répondait toujours très patiemment à mes questions sur les blessures et l'anatomie, même quand elles étaient idiotes. Il ne montrait jamais qu'il les trouvait bêtes, alors que les autres inspecteurs levaient les yeux au ciel. Il me donnait toujours une explication complète sans se départir de son calme, sans manquer de faire le lien avec un aspect de l'affaire en cours.

— Alors, Kara, reprit-il en sortant les poumons, comment avez-vous réussi à entrer aux homicides et à vous faire confier cette affaire par surcroît ?

Je haussai les épaules.

— Le capitaine dit que j'ai assez trimé à la brigade financière, et que gérer une grosse enquête comme celle-ci m'apportera une bonne expérience.

Il leva les yeux vers moi, un poumon dans la main.

— En tout cas, c'est une immense preuve de confiance.

Je lui adressai un sourire pincé.

— Maintenant, il ne me reste plus qu'à assurer.

Il fit une moue désapprobatrice et posa l'organe sur la planche pour le découper lentement, à la recherche d'anomalies.

— Vous avez derrière vous une équipe, vos chefs, vos collègues, et même moi, dit-il avec un grand sourire, en pointant son couteau ensanglanté sur sa poitrine. La seule manière de tout faire foirer serait de ne pas demander de l'aide si vous êtes dépassée.

Il préleva un échantillon de tissu et le mit dans un flacon de formol.

— Méfiez-vous, je vais peut-être finir par vous embêter sans arrêt, le taquinai-je. Mais je ne me fais pas d'illusion : à mon avis, on m'a confié cette enquête parce que les victimes du Tueur au symbole sont généralement des « anonymes ».

Il eut l'air agacé.

— Je voudrais bien vous contredire, mais je crois que vous n'avez pas tort, tueur en série ou pas, annonça-t-il. Tout le monde se fiche de cette femme. Personne n'a signalé sa disparition, et apparemment, elle n'a jamais été appréhendée. C'était sans doute une malade mentale, et probablement une sans domicile fixe ou une habituée des refuges depuis des années. (Il prit une paire de grands ciseaux et commença à découper le cœur.) Le tueur en série de Baton Rouge a beaucoup fait parler de lui, parce qu'il s'attaquait à des jeunes femmes de bonnes familles. Celui de Saint-Charles n'a pas récolté un dixième de cette attention, parce qu'il assassinait des sans-abri qui

« l'avaient bien cherché ». (Il soupira.) À mon avis, on ne s'est jamais suffisamment occupé de ce meurtrier. Mais ça n'engage que moi.

— Eh bien, moi, ça me fait quelque chose.

Il leva le regard vers moi et sourit.

— Je sais, Kara. Et c'est pour cela que vous allez très bien vous débrouiller.

Je me sentis rougir et baissai la tête tandis que le doc reprenait son travail.

J'entendis quelqu'un taper à la lucarne, sans pouvoir distinguer qui se tenait de l'autre côté de la vitre. Ceux qui redoutaient l'odeur et le sang pouvaient observer l'autopsie depuis la pièce voisine, plongée dans l'obscurité. Manifestement, le doc savait qui avait frappé. Il lui fit signe d'entrer, en agitant sa main ensanglantée.

La porte s'ouvrit sur un type vêtu d'un costume bleu marine et portant une cravate quelconque, à rayures jaunes et bleues. Il avait des cheveux châtains tirant sur le roux, assez longs pour onduler dans la nuque. Ses yeux verts tachetés d'or, pratiquement trop beaux pour être réels, éclairaient un visage aux traits durs qui, s'il n'était pas joli, parvenait tout de même à dégager de la beauté. D'une stature athlétique, il faisait presque une tête de plus que moi, soit un mètre quatre-vingts, calculai-je. Et il était agent fédéral. C'était flagrant.

Il m'accorda un bref coup d'œil, presque dédaigneux, puis se tourna vers le doc.

— Bonjour, docteur Lanza. Veuillez excuser mon retard. J'espère que je n'ai pas raté trop de choses ?

Je demeurai impassible, ne tenant pas à montrer que j'étais agacée par la façon dont il m'avait traitée. Bon, d'accord, je ne faisais pas très « inspecteur » avec mon jean, mon tee-shirt et ma queue-de-cheval, mais j'avais appris à mes dépens à ne pas porter de vêtements élégants dans une salle d'autopsie. Avait-on déjà formé une unité spéciale ? S'agissait-il d'un des fédéraux nommés sur l'enquête ? J'aurais aimé qu'on m'en informe.

— Comment allez-vous, agent Kristoff ? demanda le doc. Est-ce que vous vous connaissez ? Voici Kara Gillian, inspecteur de la police de Beaulac, chargée de cette affaire.

L'homme posa de nouveau les yeux sur moi, puis les plissa pour m'évaluer une fois de plus, et manifestement j'échouai encore au test, car il se contenta de hocher la tête.

— Non, pas encore. Agent spécial Kristoff, FBI.

Il me serra la main par politesse, puis s'empressa de la relâcher, pour faire de nouveau comme si je n'étais pas là. Il me contourna sans se gêner pour s'approcher du cadavre.

Le doc croisa mon regard et haussa légèrement les épaules. Je soupirai. Et dire que j'avais eu hâte d'obtenir de l'aide du FBI.

— Docteur Lanza, demanda l'agent Kristoff (penché, les mains dans le dos, sur le torse ouvert), est-ce que le symbole gravé sur cette victime est identique à celui qu'on a trouvé sur les autres ?

Le médecin lui adressa un petit sourire perplexe, à mon grand plaisir : je savais qu'il jouait la comédie.

— Je ne peux pas me prononcer, agent Kristoff. Je n'ai pas réexaminé les anciens dossiers, répondit-il avant de marquer une pause. C'est l'inspecteur Gillian, la spécialiste de ce tueur.

À ce moment-là, je bénis le doc.

Kristoff me jeta un nouveau coup d'œil.

— Vous connaissez l'affaire ? demanda-t-il.

Le soupçon d'incrédulité dans sa voix était si faible que je n'étais même pas certaine de son existence. Il était possible que je sois trop susceptible.

— En effet, répondis-je, avant de l'interroger à mon tour : Excusez-moi de vous poser la question, mais faites-vous partie de l'unité spéciale ? (Il plissa légèrement les yeux.)

— Oui, j'ai eu mon affectation ce matin. Je suis venu en voiture de La Nouvelle-Orléans.

Je m'efforçai de sourire amicalement, même si j'avais du mal à y arriver.

— Ah, je vois. Il faudra que je vous mette au courant, alors.

— J'ai lu les dossiers, dit-il sèchement. J'espérais seulement que le docteur Lanza se souviendrait des marques du premier Tueur au symbole.

Le légiste secoua la tête.

— Navré de vous décevoir. L'unique victime de ce meurtrier sur laquelle j'ai travaillé remonte à trois ans, juste après mon arrivée ici. Nous en avons bavé pour retrouver le symbole, au début, et même après, nous avons eu du mal à le déchiffrer. J'ai été obligé de croire les inspecteurs sur parole quand ils ont affirmé que c'était le même.

Je croisai les bras.

— Excusez-moi, agent Kristoff, mais vous venez de dire « le premier Tueur au symbole ». Qu'est-ce qui vous fait penser que ce crime est l'œuvre d'un autre ?

Il eut l'air mi-content, mi-agacé.

— Il est trop tôt pour tirer cette conclusion. Cela mettrait l'enquête sur une piste trop restrictive, et à ce stade, ce serait risqué.

Nom de Dieu, comme j'avais envie de lui flanquer une gifle pour lui enlever cet air suffisant ! Mais je parvins à résister à cette tentation, me contentant de hausser les épaules.

— Je peux comprendre ce point de vue. Mais à mon avis, envisager d'autres pistes quand il y a tant d'indices montrant qu'il s'agit du même assassin, c'est perdre du temps et de l'énergie.

Et pour l'empêcher de répliquer, je m'empressai de préciser :

— Bien sûr, nous ne devons pas exclure les autres possibilités, mais je préfère les mettre de côté pour l'instant, à moins que l'on découvre des preuves incontestables qu'il s'agit d'un deuxième assassin. (J'inclinai la tête et souris.) Je connais bien l'affaire, le symbole et le mode opératoire du meurtrier. (*Et les traces arcaniques*, pensai-je.) Alors je me dis que si ce type est vraiment un imitateur, il est drôlement doué. Autrement dit, il va probablement procéder de la même manière que son modèle, et il serait vraiment judicieux d'étudier sa façon de faire habituelle.

Je me retins de sourire. Je n'en revenais pas de lui avoir tenu ce discours. Il serra les dents et s'apprêtait à répondre quand le doc intervint :

— Elle a subi plusieurs strangulations.

Je me tournai vers lui, et l'agent Kristoff aussi. Je m'approchai de la table.

— Plusieurs strangulations ? demandai-je en scrutant les muscles du cou, que le légiste avait détachés.

— Vous voyez les contusions ? dit-il en pointant du bout de son scalpel les caillots de sang dans le muscle. On voit plusieurs lignes sur les muscles infra-hyoïdiens. Ce qui veut dire que la victime a été étranglée avec une cordelette qu'on a serrée et desserrée plusieurs fois.

— Il n'a pas lésiné sur la torture, murmurai-je. La pauvre !

Exactement comme avec ses précédentes victimes, voulus-je ajouter pour l'agent Kristoff, mais je résistai à cette envie.

Le doc grimaça.

— Oui, le moins qu'on puisse dire, c'est qu'elle n'a pas connu une fin paisible.

Je jetai un coup d'œil à l'agent Kristoff. Il me regardait de nouveau, mais ses beaux yeux ne laissaient rien transparaître. Quand il s'aperçut que je l'observais, il se remit à scruter le cadavre, sans rien dire.

Je sentis une nouvelle vague d'agacement me submerger. Est-ce qu'il me prenait de haut parce que j'exprimais de la compassion pour la victime ? J'avais connu ça une ou deux fois chez d'autres policiers, un mépris affiché pour les personnes dont le comportement faisait d'elles des cibles faciles.

Eh bien, s'il est de ceux-là, il ne va pas rester longtemps dans mon unité, décidai-je. Je n'étais même pas sûre d'avoir le droit de renvoyer qui que ce soit, mais cela me réconfortait de l'imaginer.

Tout le monde recula pour laisser Carl prendre des photos de chaque couche de muscles afin d'enregistrer la profondeur et la position des ecchymoses. Puis le docteur

Lanza s'empara d'une paire de ciseaux et sectionna la gorge. Je l'observai palper la trachée.

— Fracture de l'os hyoïde. Elle est morte par strangulation, je suis formel.

Ce n'était pas une surprise, étant donné la grande lividité des marques sur le cou et l'abondance des pétéchies sur ses yeux et son visage. Mais c'était toujours pénible d'entendre un tel verdict énoncé à haute voix. Tant que cela restait tacite, on avait presque l'impression de pouvoir nier la cruauté monstrueuse qui avait eu lieu.

— C'est indubitable ? demandai-je.

Le doc acquiesça, reposant le morceau de gorge.

— C'est ce que je vais écrire dans mon rapport, en tout cas. Enfin, elle a subi bien d'autres traumatismes, mais aussi atroces qu'ils soient, aucun n'aurait pu entraîner la mort. On l'a probablement torturée pendant près d'une semaine, puis tuée lentement.

— Tu parles d'un salaud, marmonna l'agent Kristoff.

Je lui jetai un coup d'œil, puis me retournai vers le corps.

Enfin un point sur lequel nous étions d'accord.

— Mais je pense qu'elle a été également saignée, poursuivit le doc.

Je sentis mon estomac se nouer.

— Qu'est-ce que vous voulez dire ?

Le médecin leva le bras de la femme et désigna une entaille au creux du coude.

— Il y a une coupure de la veine sur les deux bras, ainsi que sur les chevilles.

Mon sentiment d'horreur augmenta quand il indiqua les entailles. Je n'avais pas remarqué ces incisions profondes, au milieu de toutes les autres qui n'étaient que superficielles. Les autres cadavres en présentaient-ils de semblables ? Au bout de deux ou trois semaines de décomposition, il était impossible de déterminer la profondeur des blessures.

— Donc il se peut qu'elle soit morte d'une hémorragie ? demanda l'agent Kristoff.

Le doc secoua la tête.

— Non. Elle a été tuée par strangulation, mais elle a pu perdre jusqu'à un litre de sang, sans mourir, avant qu'il décide de l'achever avec la cordelette.

J'eus du mal à ne pas frémir. C'était une révélation des plus inquiétantes, compte tenu des traces arcaniques sur le corps et du moment choisi pour ce nouveau meurtre. Le sang versé et la magie mortifère se combinaient d'une façon qui me conduisait aux hypothèses les plus terribles.

Le docteur Lanza s'écarta et fit signe à Carl de venir recoudre le cadavre. Il ôta ses gants, puis se débarrassa de son tablier et de sa blouse jetables dans une poubelle.

— On a de la chance d'avoir trouvé ce cadavre si vite. Je dirais qu'elle n'était morte que depuis quelques heures quand on l'a découverte. La rigidité commençait à s'estomper et les lividités n'étaient pas fixées.

— Pouvez-vous déterminer plus précisément le moment du décès ? demanda l'agent Kristoff alors que je quittais mes gants et surchaussures pour les jeter moi aussi.

— Non, répondit le doc d'un ton catégorique en prenant des notes sur son porte-bloc. C'est très difficile à établir car cela dépend de beaucoup trop de facteurs. Il ne faut pas croire ce qu'on nous montre à la télé. Quand on n'a pas de témoins, on peut seulement déduire une fourchette de temps en se basant sur les autres indices. Le glissement de la peau, lorsque le corps atteint le degré de décomposition où l'épiderme commence à muer, intervient normalement au bout de trois jours, mais il peut être accéléré ou ralenti par l'humidité, la température, etc. La rigidité cadavérique fluctue entre trois et trente-six heures, en fonction de la condition physique de la personne et de ce qu'elle faisait juste avant sa mort. La lividité et l'accumulation de sang dans le corps sont aussi de bons indices, mais nous laissent quand même avec une fourchette assez large.

Je résistai à la tentation de sourire ironiquement. J'avais déjà abordé cette question avec le doc. Les gens essayaient toujours de le mettre au pied du mur à propos de l'heure du décès, mais il soutenait que s'il devait se présenter à la barre et en témoigner, il ne se contenterait pas d'un calcul au pifomètre. D'autant plus que, dans la plupart des cas, cela n'avait pas une importance décisive.

— Bon, très bien, déclara l'agent Kristoff en lui tendant la main. Merci de m'avoir laissé assister à cette autopsie, docteur Lanza. Je vais retourner au bureau.

Le docteur Lanza lui serra la main.

— C'était un plaisir.

L'agent Kristoff me gratifia d'un petit hochement de tête, puis il sortit, en me bousculant au passage.

Le doc me regarda.

— Ne t'énerve pas, Kara. Si ça se trouve, il a des soucis.

— Ouais, bien sûr, dis-je sans y croire, en fronçant les sourcils.

Ces beaux yeux m'avaient tout l'air d'être un gâchis sur un tel connard.

Chapitre 6

Fidèle à la promesse que je m'étais faite, je rentrai chez moi pour me changer après en avoir terminé avec la morgue. Cette fois, je m'efforçai de m'habiller comme l'aurait fait à mon avis un véritable inspecteur, et enfilai un pantalon en sergé noir et un chemisier bleu cintré, avant d'accrocher mon Glock 9 mm et mon insigne à la ceinture, en me disant que cela n'avait aucun rapport avec la possibilité de recroiser l'odieux agent spécial Kristoff. J'essayais simplement d'avoir l'air professionnel. *Ben voyons,* se moqua une petite voix dans ma tête. Mais je pris également le temps de brosser mes cheveux et de me maquiller convenablement. *Juste pour obtenir une allure professionnelle.*

En fin d'après-midi, j'arrivai au poste. À ma grande surprise, deux camionnettes de journalistes de La Nouvelle-Orléans stationnaient devant. On avait dû les avertir que le Tueur au symbole était peut-être de retour. J'aperçus le chef de la police, Eddie Morse, debout devant le bâtiment, qui s'adressait aux reporters. Il s'était placé habilement, de sorte que l'inscription « Police de Beaulac » et la reproduction de l'emblème soient bien visibles au-dessus de son épaule droite. Cet homme aux cheveux gris impeccablement coiffés était légèrement plus grand que la moyenne et n'avait pas un gramme de graisse superflue. Son visage aux traits anguleux et ciselés semblait avoir été sculpté dans la pierre brute et jamais poli, pourtant son aspect « tendu » poussait beaucoup de gens à murmurer qu'il avait eu recours à la chirurgie esthétique. Ses yeux bleus étaient toujours en mouvement, comme s'ils essayaient de localiser dans une pièce la personne avec qui il fallait être vu. Il se revendiquait comme un exemple de forme physique et déclarait souvent vouloir inspirer les hommes et les femmes qui travaillaient sous ses ordres. Il courait, soulevait de la fonte, faisait du vélo et mangeait de manière saine et équilibrée. Il semblait avoir la quarantaine, même si en réalité il devait dépasser les soixante ans. Il ne tombait jamais malade, et attribuait à son mode de vie le fait de n'avoir pas eu besoin de consulter un médecin depuis plus de dix ans. Il prétendait que la chaleur ne l'affectait pas, allant jusqu'à faire de l'exercice en pantalon et en maillot à manches longues.

Il était ouvertement détesté.

Je grimaçai en passant devant lui. J'étais tout à fait d'accord pour me maintenir en forme, surtout en tant que policière, mais je n'aimais pas qu'on m'y force.

Je me garai à l'autre bout du parking, à bonne distance de la petite conférence de presse qui se tenait devant l'entrée. Je n'avais aucun doute quant à son objet. Ce meurtre était le seul événement intéressant survenu dans le comté au cours du mois écoulé, et dans la mesure où j'étais censée diriger l'enquête, je ne voulais pas risquer que l'on m'interpelle pour que je dise quelques mots face à la caméra. J'étais même un peu étonnée que le chef leur accorde une interview ; d'ordinaire, il laissait le responsable de l'information se charger de ce genre d'exercice. Il ne courtisait pas les médias, contrairement à la plupart des personnages publics locaux. Mais étant nommé, et pas élu, il n'y était pas forcé. Je supposais toutefois qu'un éventuel crime du Tueur au symbole présentait assez d'importance pour qu'il se sente obligé de faire une déclaration. Je marchai d'un pas rapide et silencieux jusqu'à la porte de service et parvins à me glisser à l'intérieur sans me faire remarquer. J'étais passée à la télé une fois, après la résolution d'une grosse affaire de chèques frauduleux, et je n'avais réussi qu'à donner la merveilleuse image d'une idiote bafouilleuse. Je n'avais aucune envie de réitérer mon exploit.

— … attendons les résultats de l'autopsie avant de relier ce meurtre à ceux du Tueur au symbole, disait Morse au moment où la porte se refermait derrière moi.

J'avançai dans le couloir lambrissé pour gagner mon minuscule bureau. Mis à part son addiction à la culture physique, le chef ne semblait pas un mauvais bougre, même si j'avais tellement peu eu affaire à lui que j'étais incapable de me forger une opinion personnelle le concernant. Il avait été nommé par le maire dix ans auparavant, ce qui avait blessé l'ego de membres éminents de la police de Beaulac à l'époque. Eddie Morse n'était pas du coin. Après avoir occupé la fonction de chef adjoint dans une petite ville au nord de la Louisiane, il avait déménagé à Beaulac à peine un an avant son affectation. Quand son prédécesseur était mort d'une crise cardiaque, les policiers les plus gradés s'étaient bousculés pour obtenir le poste, avant qu'il leur passe sous le nez et soit confié à un parfait étranger. Ils étaient nombreux à penser que ce poste aurait dû revenir à quelqu'un connaissant mieux la région.

Quant à moi, je me fichais des origines du chef tant qu'il maîtrisait son métier, et au cours de la décennie qui venait de s'écouler, celui-ci avait réussi à éviter tout scandale majeur, ce qui tenait presque du miracle en Louisiane. Je lui reprochais seulement de rarement fréquenter – voire jamais – les agents de patrouille ou les inspecteurs de base. Mais bien entendu, c'était à double tranchant. Il était souvent agréable de passer inaperçu.

Je vis Boudreaux et Pellini au bout du couloir, devant la machine à café. Ils me tournaient le dos et je m'arrêtai. *Est-ce que je dois me montrer diplomate et leur demander des conseils ? Ce n'est pas que j'étais persuadée qu'ils vaudraient grand-chose,* mais il fallait parfois agir avec diplomatie pour favoriser son intégration. Je me renfrognai. Il fallait que je leur donne un signe de bonne volonté, car ils n'allaient sûrement pas me proposer spontanément leur aide.

— … que des affaires pourries, se plaignait Pellini de sa voix nasale de baryton. Ce n'est pas moi qui devrais me retrouver avec ces conneries de violences conjugales. C'est Gillian, vu que c'est une nana.

— Tu m'étonnes, répliqua Boudreaux. Je n'arrive pas à croire que le capitaine lui ait filé le meurtre. C'est du n'importe quoi.

Je ne pouvais pas distinguer son visage, mais percevais sa colère.

— Elle couche avec lui, c'est forcé, poursuivit-il. Je te parie que c'est aussi comme ça qu'elle a eu sa mutation.

Pellini ricana, mais je n'attendis pas sa réponse. *Tant pis pour la diplomatie,* songeai-je en marchant à grands pas vers eux.

— Salut les mecs ! clamai-je gaiement, en tendant la main pour prendre une tasse. Purée, j'ai bien besoin d'une dose de caféine, là. (Je leur adressai un sourire super joyeux en me versant du café.) Je suis crevée, à force de baiser avec le capitaine pour obtenir les meilleures enquêtes ! m'exclamai-je en les saluant avec ma tasse tandis qu'ils me regardaient fixement. Vous devriez essayer un de ces jours ! ajoutai-je avant de me pencher et de baisser la voix. Mais d'abord, vous feriez mieux de vous entraîner l'un sur l'autre pour ne pas vous mettre la honte. Parce que ça fait un bail que vous avez pas niqué autre chose que votre main.

Sur ce, je tournai les talons et remontai le couloir d'un pas nonchalant. J'aurais juré entendre un éclat de rire s'élever dans le bureau de Crawford, même si quand je passai devant, il avait le dos tourné et semblait absorbé par un rapport sur son ordinateur. En revanche, Wetzer apparut sur le seuil de son bureau, et à ma grande surprise, il rit et leva la main pour un tope-là.

— Sérieux, c'était carrément génial ! s'écria-t-il.

Je lui souris à mon tour et lui tapai dans la main. En entrant dans mon bureau, je l'entendis encore dire à Pellini et Boudreaux :

— Les gars, elle vous a bien mouchés !

Je refermai la porte en gloussant. Les insinuations sur mon activité sexuelle étaient plus lassantes qu'insultantes. J'y étais habituée depuis longtemps et avais accepté de ne pas pouvoir parler à un représentant de la gent masculine sans être soupçonnée d'avoir des vues dessus. Toutefois, c'était extrêmement plaisant de me rendre compte que je venais de marquer des points auprès de certains membres du service en mettant au tapis ces deux crétins fouille-merde. *Je suis une des leurs, maintenant. Je viens de prouver que je suis capable de me défendre.*

Je me faufilai derrière mon bureau et m'affalai sur mon siège. La pièce était à peine plus grande que le dressing de ma chambre, mais c'était mon domaine. Les murs étant entièrement blancs, j'avais l'intention d'y afficher des photos et des posters, mais n'avais pas encore trouvé le temps pour m'en occuper. J'avais un bureau, un fauteuil, un classeur à dossiers, et tout juste assez de place pour une chaise supplémentaire. L'exiguïté du lieu ne me gênait pas. Ça m'évitait d'avoir à partager.

Je passai les heures suivantes à taper mes notes sur ordinateur et à effectuer des vérifications dans le fichier des personnes disparues, en calmant ma faim avec les barres de céréales que j'avais en réserve dans un tiroir, pour les jours où je travaillais tard. Quelques cas de disparition pouvaient coller avec celui qui m'intéressait, et je les mis de côté. Il y avait probablement peu de chance, mais je contacterais le docteur Lanza plus tard pour lui demander s'il pouvait comparer les fichiers dentaires, au cas où ils existaient. Les tests ADN seraient pour plus tard, une fois qu'on serait presque certains d'avoir trouvé l'identité de la victime, car cela coûtait cher et prenait une éternité.

Je penchai la tête en arrière et fermai les yeux. Je me remémorai les remarques de l'agent Kristoff, qui refusait d'exclure la moindre piste, et fronçai les sourcils. Était-ce justement ce que je faisais en m'accrochant à ma conviction profonde qu'il s'agissait de nouveau du Tueur au symbole ? Et si j'étais réellement bornée ? Il était possible, bien que très peu probable, que ce soit l'œuvre d'un autre assassin, lui aussi spécialiste des arcanes. Le symbole sur cette victime-là pouvait être le fruit d'une coïncidence. Personne, y compris plusieurs experts en arcanes que j'avais consultés, n'avait compris ce que ce signe était censé représenter.

Je réfléchis à ces éventualités, les paupières toujours closes. Et cet agent Kristoff, était-il tout le temps aussi con ? Peut-être était-il simplement dans un mauvais jour. *En tout cas, il a de très beaux yeux...* Mes pensées s'égarèrent vers un autre regard, d'un bleu cristal, plein de pouvoir, regardant le monde depuis une éternité, et si puissant...

Il se tenait derrière moi, m'entourant de sa puissance, m'enlaçant tendrement tandis que je regardais, par-delà un rempart en pierre, en direction d'un canyon à la végétation luxuriante. Au-dessus se trouvaient des escarpements séparés par une cascade aux reflets chatoyants qui plongeait dans la brume. Des créatures volaient. Je les avais d'abord prises pour des oiseaux, avant de me rendre compte qu'il s'agissait de reyzas et de syrazas qui tournoyaient et piquaient dans un combat d'entraînement des plus complexes. Je jetai un coup d'œil à ma droite et vis, sur le mur de pierre, un reyza, le corps ramassé, et à côté de lui un homme vêtu de ce qui semblait être un uniforme de garde médiéval, une épée à la ceinture. Il ne paraissait pas éprouver la moindre peur du reyza. En fait, ils avaient l'air en grande conversation. Je baissai les yeux et, étrangement, ne fus pas surprise de constater que je portais un chemisier en soie et un pantalon de cuir noirs, ainsi qu'une épée sur la hanche.

Il se pencha pour m'embrasser dans le cou et je souris en me laissant aller contre lui pour l'inciter à resserrer son étreinte.

— Je suis tout à toi, ma chérie, murmura-t-il. Appelle-moi, et je t'offrirai tout.

— Tout quoi ? Tout ça ?

Il promena ses mains sur mes seins, les taquina et les caressa. Je renversai la tête sur lui et soupirai langoureusement.

— Ce monde. Le tien. Tous, souffla-t-il. Appelle-moi.

— Mais tu ne m'as pas donné ton numéro, dis-je. Tu as un portable, n'est-ce pas ? Ce n'est pas ça qui sonne… ?

Je me réveillai en sursaut, à ce bruit insistant. Je clignai plusieurs fois des yeux pour tenter de chasser les fragments de rêve qui persistaient, et remarquai enfin que le son provenait de mon bipeur et non du mobile d'un seigneur démon.

Je le cherchai à tâtons et grimaçai de douleur : j'avais attrapé un torticolis. Je fis taire l'appareil et le lançai sur mon bureau. *Ça m'apprendra à m'endormir au travail.* J'esquissai un sourire ironique en repoussant et en arrangeant sommairement les cheveux tombés sur mon visage. Ça ne m'étonnait pas beaucoup d'avoir piqué du nez, ni d'avoir fait ce rêve insensé qui m'avait projetée dans la bande dessinée de ma tante. Cela avait sans doute un rapport avec mes deux pauvres heures de sommeil en deux nuits.

Je ramassai l'appareil et essayai d'y voir plus nettement. *Pourquoi m'ont-ils bipée au lieu de m'appeler ici, bordel ?* Je levai le regard sur la pendule, cillai puis me hâtai de consulter l'heure indiquée sur l'appareil.

— Putain, murmurai-je, choquée.

Je ne m'étais pas juste assoupie. Il était 5 heures du matin ! Mon torticolis n'était pas surprenant. J'avais été presque inconsciente !

Puis je me concentrai sur le message reçu, et ma gorge se serra quand je compris. Une autre victime. Soit deux en trois jours. Aucun doute, le Tueur au symbole avait repris du service.

On avait retrouvé le corps dans le parc Leelan, situé à seulement trois kilomètres du centre-ville de Beaulac, sur la rive est du lac. L'endroit, créé il y avait moins de dix ans, était l'une des fiertés de la commune. Il résultait de l'effort conjoint des habitants et des entreprises locales, auquel était venue s'ajouter la fortune de l'ancien maire de Beaulac, le regretté Price Leelan. Le parc était équipé de terrains de sport, notamment de basket, de courts de tennis et d'une immense aire de jeux, dotée de presque toutes les cages à grimper et balançoires imaginables. Les jours de beau temps, la rampe de mise à l'eau des bateaux fonctionnait en continu, et le week-end, quand la météo était agréable, le parc était bondé.

À 5 heures du matin, je pouvais au moins espérer que ce n'était pas un enfant qui avait découvert le cadavre.

Malgré la superficie du parc, je n'eus aucune difficulté à savoir où aller. Cinq ou six véhicules de police étaient agglutinés du côté le plus éloigné du lac, près des terrains de base-ball. Je garai ma petite Taurus dès que je trouvai de la place, vérifiai et retouchai en vitesse mon maquillage dans le rétroviseur, puis pris mon carnet avant de sortir. Je balayai rapidement la zone du regard, légèrement soulagée de ne pas voir Kristoff.

Comme j'avais dormi assise, mon visage n'était pas trop chiffonné. C'était toujours cela. Il fallait vraiment que je laisse des affaires de rechange dans mon bureau, ou au moins dans ma voiture. Je sentais que mes habits étaient sales, et j'avais comme l'impression que cela se détectait aussi sur le plan olfactif.

J'aperçus Pellini et Boudreaux appuyés contre l'un des véhicules banalisés. Ils ne semblaient pas très contents d'être debout à cette heure-là, ni désireux d'offrir de l'aide. En fait, je me fichais de leur assistance, mais j'éprouvais un plaisir pervers à constater qu'on les avait sortis du lit. Pellini tirait sur une cigarette et se renfrogna quand il remarqua ma présence, tandis que Boudreaux restait plongé dans sa lecture de la page sportive du journal. Je cessai tout net de m'inquiéter de mon apparence. Pellini ne luttait plus contre la graisse de son ventre depuis de nombreuses années, ce qui signifiait que son bide retombait désormais par-dessus sa ceinture. Il portait un tee-shirt dont l'inscription « Police de Beaulac » était si délavée qu'on ne la lisait plus que difficilement et, affront supplémentaire pour les badauds, chaque fois qu'il portait sa cigarette à la bouche, le tissu remontait et dévoilait cinq centimètres de peau rebondie, pâle et poilue. Boudreaux, lui, n'avait pas de problèmes de poids, mais sa chemise était si froissée que je me demandais si elle n'était pas restée roulée en boule au fond d'un panier à linge pendant des semaines. Et je n'avais pas envie de découvrir si elle était destinée au lavage ou au repassage.

Je savais qu'ils m'avaient vue, mais ni l'un ni l'autre ne jugea bon de me saluer de quelque manière que ce soit. *Inutile d'attendre de l'aide de ce côté-là. Ça m'est égal.* L'avantage, c'était que je le savais d'entrée de jeu, de sorte qu'ils ne pouvaient me décevoir, j'étais tranquille là-dessus.

L'air étant plutôt frais, je regrettais d'avoir laissé ma veste au bureau. Le soleil était déjà haut dans le ciel, mais à l'ouest, celui-ci gardait obstinément les nuances violines de l'aurore. Le ruban jaune qui délimitait la scène de crime s'agitait mollement sous la brise matinale, interdisant l'accès à l'un des terrains de base-ball. Je m'en approchai, éparpillant la rosée et trempant mes chaussures.

Le policier chargé de consigner les entrées avait été l'un de mes coéquipiers lorsque je patrouillais en ville. Scott Glassman, qui se décrivait lui-même comme un « brave garçon » de la cambrousse, commençait à prendre un peu de ventre et n'avait aucun désir de passer inspecteur. Rester toute sa vie agent de patrouille lui suffisait amplement. Et en mon for intérieur, je ne pouvais que l'approuver, car la rue était l'endroit qui lui convenait le mieux. Il savait comment se comporter avec la population, connaissait tout le monde sans exception, et deviendrait peu à peu dingue s'il devait endurer le rythme plus lent et la paperasse imposés dans mon service. Son uniforme était toujours bien repassé, ses cheveux coupés à ras et son nez propre. À mon avis, il allait finir par prendre sa retraite après avoir passé trente ans au même poste.

Scott me fit un vague signe de la main en me voyant approcher.

— Une nouvelle victime pour toi, mon chou. Ça n'a pas l'air bien beau à voir.

Puis il fronça les sourcils, une expression inquiète sur le visage :

— Toi non plus d'ailleurs, ajouta-t-il. Qu'est-ce que tu as fichu ?

— J'ai passé deux nuits difficiles, expliquai-je en signant la fiche. Pas beaucoup dormi.

Il rit.

— Toi ? Toi qui mènes une vie si normale et ennuyeuse ? Alors, t'as enfin ramené un homme chez toi ?

Stupéfaite, je restai un instant sans répondre, en me demandant comment il pouvait être au courant, avant de comprendre qu'il me taquinait. Mais c'était trop tard. Son rire s'amplifia.

— Oh mon Dieu, j'ai raison !

— Pas du tout ! me défendis-je en essayant de maîtriser mon expression coupable. Allez, Scott. Tu me connais. Je n'ai pas de vie. Où est ce corps ?

Il redevint sérieux.

— On dirait que ton type a encore frappé. Mêmes signes de torture, mêmes marques, même symbole. La police scientifique finit ses clichés.

Il indiqua l'endroit où gisait une silhouette, juste derrière le monticule du lanceur. Jill, accroupie près du cadavre, prenait des photos.

— Qui l'a trouvé ? demandai-je, tout en la regardant s'activer autour de la dernière victime.

— Un gars qui promenait son chien. Un pasteur.

Jill se leva puis se dirigea vers nous, et je la vis frissonner quand elle s'approcha.

— Pouah ! Je déteste ce Tueur au symbole, dit-elle en se frottant les bras. C'est vraiment horrible, ajouta-t-elle avant de m'adresser un sourire. Salut, mon chou. Sympa comme réveil, hein ?

— Salut, toi. C'est pour ça que j'aime ce métier. Pas besoin d'investir dans un réveil.

Elle rit, puis me dévisagea.

— Tu as l'air… différente. Tu vas bien ?

Je haussai les épaules en feignant la décontraction.

— J'ai été occupée. Pas beaucoup de sommeil. Le boulot, tu sais ce que c'est.

— Non, ce n'est pas ça, répliqua-t-elle en secouant la tête. Tu as quelque chose de changé. Je ne sais pas comment l'expliquer. (Elle me décocha un sourire malicieux, une étincelle dans les yeux.) Tu t'es enfin tapé un mec ?

— Non, mais arrêtez ! Pourquoi tout le monde me rebat les oreilles avec ça ? m'écriai-je en les foudroyant tous les deux du regard.

— J'en sais rien, répondit Jill en souriant et en haussant les épaules. Peut-être à cause de ta tignasse décoiffée, on dirait que tu viens juste de t'envoyer en l'air.

Je ris et me passai vainement la main dans les cheveux pour essayer de les plaquer.

— Non, ça, c'est plutôt le look « je-me-suis-endormie-au-bureau ».

Elle posa les poings sur les hanches et me lança un regard furieux.

— C'est incroyable ce que tu peux être pathétique. Ça te tuerait de lever un peu le pied et de sortir t'amuser ?

— Eh oui, j'avoue, je suis pitoyable, admis-je avec un sourire de convenance.

Ouais, je suis pathétique au point d'avoir une liaison sans lendemain avec un démon. Pathétique et désespérée. Je fais même des rêves bizarres sur lui quand je suis au bureau.

— En plus, ce n'est pas vraiment le moment de lâcher prise alors que je dirige ma première enquête, lui rappelai-je.

— D'accord. Je te laisse tranquille pour le moment, affirma-t-elle en me regardant droit dans les yeux. Mais dès que cette affaire sera bouclée, je te traîne dans un bar.

Une chaleur réconfortante m'envahit, comme si j'avais descendu un cognac d'un trait, par une journée d'hiver.

— Ça marche, dis-je avec un sourire. Et maintenant, montre-moi ce qu'on a.

Elle grimaça et retourna vers le corps. Je lui emboîtai le pas en me préparant mentalement à ce que j'allais trouver.

J'en avais vu des cadavres. Des décès naturels, des suicides, des homicides, des accidents de la route. Quand vous passez plusieurs années dans la police, vous avez l'occasion d'en voir plus souvent qu'à votre tour. Peu importait combien de fois j'avais observé l'horreur dont les humains étaient capables entre eux, j'étais toujours choquée par le résultat. Mais là, c'était pire que tout ce que j'avais connu. Pire encore que la femme retrouvée trois nuits auparavant. *C'est la deuxième victime, ou peut-être la quinzième, selon la façon de calculer. Et le tueur monte déjà d'un cran.* En général, des mois s'écoulaient entre la découverte des corps. Cette fois, il avait seulement fallu quelques jours.

Il s'agissait d'une victime masculine dont la maigreur indiquait une addiction à la drogue. Il devait avoir une vingtaine d'années, même si c'était difficile d'en être sûr. Ses cheveux bruns étaient gras, et il portait une barbe et une moustache hirsutes qui ne semblaient pas avoir été taillées depuis des mois. L'espace d'un instant, étrangement, je crus que c'était mon cambrioleur de l'autre nuit, avant de me souvenir que sa barbe à lui était clairsemée.

Mais le dessin des blessures ne tarda pas à attirer mon attention. Le tueur avait changé de technique par rapport à sa précédente victime. Au lieu de pratiquer des incisions nettes et précises avec la lame de son couteau, le tueur avait dessiné son motif en brûlant sa victime. Tout ce qui me vint à l'esprit, c'était que le meurtrier avait simplement retourné et chauffé la lame, en utilisant le fin tranchant pour appliquer des centaines de marques terribles sur tout le corps. *Mille fois plus douloureux,* songeai-je. Même ses organes génitaux portaient ces lésions soigneusement apposées. J'avais constaté ce genre de torture rituelle sur les photos de victimes précédentes, mais c'était très différent de les voir en réalité.

Je frissonnai rien qu'en pensant à ce que cet homme avait dû endurer. *C'est étonnant qu'il ne soit pas mort sous le choc. Et combien de temps cela a-t-il pris ? Pendant combien de temps a-t-il été torturé avant qu'on l'achève ?* Et je pris conscience d'un élément perturbant : *le Tueur au symbole a séquestré cet homme et la femme de l'autre nuit en même temps. Il en a seulement terminé avec elle plus tôt.*

Comme je savais désormais ce que je cherchais, je constatai que la victime avait les mêmes entailles profondes au niveau des coudes et des chevilles, et le symbole était également présent, sous la forme d'une brûlure parfaite, juste au-dessus de la zone pubienne. C'était un motif à la fois étrangement beau et troublant, un entrelacs complexe de formes arrondies qui évoquaient des dents et des griffes, tournant sur lui-même et résistant à toute identification. Il paraissait vaguement celtique, mais avec un soupçon d'influences égyptiennes ou peut-être orientales. Ma frustration augmenta. Bon sang, comme j'aurais aimé découvrir ce que c'était ! Le symbole était sur toutes les victimes, mais pas toujours au même endroit. Et j'étais certaine de sa nature arcanique. J'avais montré les photos à tante Tessa et passé un nombre incalculable de jours plongée dans les livres et parchemins de sa bibliothèque, mais si Tessa partageait ma conviction quant au caractère occulte du symbole, nous n'avions pas réussi à trouver sa signification ou à quoi il pouvait se rapporter.

Je remarquai les marques profondes sur la gorge, la chair rouge et violacée comprimée entre les entailles, ainsi que les hémorragies pétéchiales indiquant que l'homme avait été étranglé, comme l'autre victime. Et les traces arcaniques étaient là aussi. Je fronçai les sourcils et m'accroupis. Des sigils vacillants émanaient du corps, à peine perceptibles par mon autrevue. Juste des traces, comme des empreintes digitales presque effacées, mais dont la présence ne s'expliquait que si l'assassin utilisait cette mort dans le cadre d'un rituel.

Ce ne pouvait être qu'une invocation. Tout collait, surtout l'interruption de trois ans qui coïncidait avec la convergence des sphères. Mais quel est l'intérêt d'employer la magie de sang et celle de mort, à part celui de faire venir un démon avec qui il était impossible de négocier ? Avec qui l'on ne pouvait fixer des conditions favorables ?

Mais quel démon pouvait valoir toute cette peine et ces mutilations ? Tout cela n'avait aucun sens à mes yeux.

Énervée, je serrai les mâchoires. Si je trouvais un moyen pour que ma tante voie ces traces, nous pourrions les déchiffrer à coup sûr, ou du moins mieux les interpréter à deux que toute seule. Malheureusement, il n'y avait même plus assez de traces et de sigils pour que j'arrive à les dessiner. Je me passai la main sur le visage en soupirant. Il fallait absolument que Tessa examine le corps elle-même.

Mais je ne voyais malheureusement pas comment ce serait possible. Vaguement consciente des mouvements de Jill derrière moi, je continuai à me concentrer sur les traces afin de recueillir le plus d'éléments possible. Elles continuaient à s'estomper pendant que je les étudiais, ce qui était plus que frustrant.

Je finis par me relever, faisant craquer mes genoux ankylosés par une station accroupie prolongée.

— C'est bon, je pense que nous pouvons appeler le coroner.

Je me retournai et revins sur mes pas.

— Je suppose qu'on a ratissé le reste de la zone ? demandai-je.

— Sans succès, répondit Jill. Enfin, des mégots de cigarette et des déchets, comme d'habitude, mais rien d'autre. C'est un terrain de sport, du coup il y a des empreintes de pied partout. Mais ni traces de pneu ni marques indiquant que le corps a été traîné sur le terrain.

Je l'examinai ainsi que les alentours pour déterminer sa position par rapport à la route et aux allées.

— Transporter un cadavre jusqu'ici ne présente pas une grande difficulté. La victime ne semble pas bien lourde.

— Ouais. C'était un petit con maigrichon, renchérit-elle. Probablement un SDF accro au crack.

— Peut-être qu'il possède un casier judiciaire, celui-ci. Comme ça, on aurait une chance de l'identifier.

— Je prendrai ses empreintes dès que le coroner sera là, et je les contrôlerai en arrivant au bureau.

— Tu assures, lui dis-je avec un sourire de gratitude.

— Je ne te le fais pas dire, répondit-elle en riant.

J'entendis quelqu'un siffler et, levant les yeux, j'aperçus le capitaine de l'autre côté du ruban jaune, qui me faisait signe de le rejoindre. À côté de moi, Jill laissa échapper un ricanement méprisant.

— Ça lui ferait mal de venir sur une scène de crime, à celui-là ! s'exclama-t-elle en roulant des yeux.

Je réprimai un grognement. Le capitaine avait ses raisons pour ne jamais pénétrer les lieux, et je les respectais. Sincèrement. Mais malheureusement, le capitaine Turnham voulait aussi savoir ce qui se passait derrière la ligne, et il avait pris la fâcheuse habitude de siffler ses enquêteurs toutes les cinq minutes pour qu'ils viennent le mettre au courant.

Il n'était pas encore 6 heures du matin, mais il était déjà douché et rasé. Ses vêtements contenaient plus d'amidon que tous ceux que j'avais portés dans ma vie.

— Bonjour, Gillian, dit-il quand je le rejoignis. Qu'est-ce que vous avez ?

— Bonjour, capitaine. Le dessin correspond. La torture a été insensée. Cette fois, il a tracé toutes ses petites lignes avec une pointe incandescente, expliquai-je en frissonnant. Ça serait magnifique si ça n'était pas aussi horrible.

— Un symbole sur le corps ?

— Juste au-dessus de l'os pubien. Et on établira sûrement qu'il est mort étranglé.

Il hocha la tête, le visage impassible.

— J'ai retiré Boudreaux et Pellini des autres affaires pour la journée, afin qu'ils trouvent d'éventuels témoins, mais je m'emploie à vous obtenir une aide permanente.

— J'ai fait la connaissance de l'agent Kristoff, hier, durant l'autopsie.

Une certaine amertume avait dû transparaître dans ma voix, parce que le capitaine éclata d'un petit rire sec.

— Il n'a pas allumé une étincelle en vous ?

— Il m'a à peine adressé la parole.

— Vous savez comment sont certains fédéraux. Il n'a pas encore reçu son affectation officielle. Il m'a appelé après la découverte du corps à l'usine de traitement des eaux usées et m'a demandé le dossier.

— Tiens, c'est bizarre, constatai-je en fronçant les sourcils.

Kristoff n'avait-il pas affirmé faire partie d'une unité spéciale ?

Le capitaine haussa les épaules.

— En fait, pas vraiment. Il appartient à une autre unité opérationnelle, qui travaille sur les crimes rituels et les sectes. Il est certainement en train d'évaluer l'affaire pour voir si elle entre dans cette catégorie.

— Bon sang, gémis-je, ne me dites pas qu'il sera de ceux qui vont soutenir que ce sont des rituels sataniques ?

Le capitaine eut un petit sourire.

— Je sais parfaitement ce que vous en pensez.

— Excusez-moi, capitaine, c'est juste que ça devient un peu lassant qu'on étiquette tout comme « satanique », surtout lorsque les gens n'ont en fait aucune idée de la chose. C'est presque aussi pénible que quand ils se mettent à crier à la sorcellerie.

— Votre tante ne s'est toujours pas calmée ?

— Bon sang, si vous l'entendiez quand elle a vent de ce genre de chose. Parce qu'on la considère comme une spécialiste du paranormal et des sciences occultes.

— Oh oui, je le sais. (Il inclina la tête.) Je suis toujours étonné qu'elle ne soit pas enquiquinée à cause de cela. Nous sommes quand même dans une région très religieuse.

Je haussai les épaules.

— Tout le monde la voit comme une excentrique inoffensive.

Il hocha la tête en essuyant distraitement ses lunettes sur sa manche.

— Alors, est-ce que la police scientifique a découvert des éléments avec lesquels on va pouvoir travailler ?

— Pas encore. (Je m'arrêtai et décidai de tenter ma chance.) Écoutez, capitaine, je me rends bien compte que ça va vous sembler insensé, mais y aurait-il un moyen que je fasse venir ma tante ici, afin qu'elle jette un coup d'œil au cadavre ?

Il fronça les sourcils.

— Vous plaisantez ? Écoutez, je sais qu'elle est experte en sciences occultes, mais le chef deviendrait fou si je faisais venir un civil pour voir un corps. Mais je vous autoriserai à lui montrer quelques clichés, si ça peut vous aider à identifier le symbole, ajouta-t-il après une hésitation.

C'était ce que j'avais fait dès que j'avais récupéré le premier dossier sur le Tueur au symbole, mais bien entendu, je n'allais pas le lui avouer.

— Au fait, est-ce qu'une unité spéciale va être formée ? Je pense que ce serait vraiment bien.

Même avec monsieur Ego, poursuivis-je intérieurement. *Boudreaux et Pellini ne se bousculent pas vraiment pour me prêter main-forte.*

Il grimaça.

— Je suis d'accord avec vous, Kara. Nous avons assez d'éléments pour en créer une, et je suis en train d'avancer sur ce point. Mais le chef n'a pas l'intention d'annoncer qu'on a affaire à des meurtres du Tueur au symbole. La peur d'avoir mauvaise presse, vous comprenez ? lança-t-il avec un geste d'impuissance.

Je regardai de nouveau le corps supplicié.

— Ouais, en tout cas, si l'une des victimes avait été le fils ou la fille d'un membre de la bonne société, l'endroit aurait fourmillé d'agents du FBI, de la CIA, la NSA, la FAA, la totale !

— Il choisit bien ses cibles. Des gens dont personne ne se soucie.

— Non, il se trompe, répliquai-je en plissant les yeux. Parce que moi je m'en préoccupe.

— Et c'est pour ça que vous dirigez cette enquête. Parce que vous êtes une teigneuse obstinée, une garce qui ne lâche pas le morceau.

Je crus distinguer une lueur d'approbation dans le regard noir de cet homme qui montrait rarement ses émotions.

— Eh ben dites donc, capitaine, j'ignorais que ça vous touchait !

— Que ça reste entre nous. J'ai une réputation à tenir.

Il leva le menton en direction des gradins. Il y avait là un homme tenant un énorme rottweiler en laisse.

— Voici le révérend David Thomas. C'est lui qui a découvert le corps.

— Merci, capitaine. Je vous tiendrai au courant de ce que je trouve.

Je lui tournai le dos et me dirigeai vers l'homme.

Il leva les yeux, et ma première impression fut qu'il ne ressemblait pas du tout à un pasteur. Il portait un survêtement gris et des baskets usées. Puis je pris conscience que je m'attendais à voir un col blanc, mais il était pasteur et non prêtre. Il avait les cheveux poivre et sel et le visage hâlé, quoique peu ridé. Il semblait avoir largement dépassé la cinquantaine. Peut-être même avait-il déjà atteint la soixantaine. Mais comme il avait l'air en forme, cela rendait toute estimation difficile. J'avais rencontré des personnes de quarante ans, en mauvaise condition physique, qui paraissaient plus âgées que des octogénaires énergiques et en bonne santé.

Le chien poussa un grondement sourd à mon arrivée. Je ralentis, et le pasteur posa la main sur le collier de l'animal. Il leva ses yeux bleu clair vers les miens.

— Je suis navré, dit-il, les sourcils froncés. D'ordinaire, il est très gentil.

Il sent le démon sur moi, songeai-je sans réfléchir. Puis je me rendis compte que ce n'était pas logique. Deux jours s'étaient écoulés depuis mon invocation accidentelle de Rhyzkahl, et il allait de soi que je m'étais lavée depuis.

Je ne voyais pas comment son odeur ou sa présence pouvaient persister sur moi.

— Ce n'est pas grave, le rassurai-je en restant à bonne distance.

Ce ne serait pas la première fois qu'un propriétaire affirmerait que son chien était tout à fait inoffensif juste avant que celui-ci attaque.

— Je vais rester ici, ce n'est pas un problème. Pourriez-vous répondre à quelques questions ?

Il hocha la tête, puis donna une petite secousse au collier de l'animal qui continuait à gronder.

— Doucement, Butch, lui intima-t-il, avant de reposer les yeux sur moi. Allez-y, madame.

Je lui posai les questions habituelles concernant son identité. Griffonnant rapidement les réponses sur mon carnet, je fus surprise de découvrir qu'il avait un peu plus de soixante-dix ans. Il officiait en ville, dans une église œcuménique que je connaissais, sans pour autant la fréquenter. C'était une église qui attirait tellement de monde qu'elle engageait des policiers de relâche pour réguler la circulation, le dimanche. Je l'avais fait deux ou trois fois, à une époque, quand j'avais cruellement besoin de revenus supplémentaires.

— Pouvez-vous me raconter ce qui s'est passé ?

— Je promenais Butch ce matin. Je le sors tous les jours vers 5 heures, sauf s'il pleut. Heureusement, ajouta-t-il avec un petit rire, ça arrive assez souvent en Louisiane, comme ça je peux me reposer de temps à autre.

Je lui rendis son sourire et attendis qu'il poursuive.

— Butch s'est mis à se comporter de manière très étrange, il tirait sur la laisse et aboyait. Puis il a fini par m'échapper et à courir jusqu'au terrain. (Il grimaça.) Il devenait fou, alors j'ai dû aller voir ce qu'il avait trouvé et le tirer vers moi. J'ai vu qu'il s'agissait d'un… corps, donc dès que j'ai réussi à éloigner Butch, je l'ai attaché ici et j'ai appelé les urgences. Dieu merci, j'ai toujours mon portable sur moi, précisa-t-il en tapotant sa poche.

— Avez-vous croisé quelqu'un d'autre dans le parc lors de votre promenade ?

— Non, d'ordinaire je suis tout seul à une heure aussi matinale. Ce n'est pas vraiment un problème, parce que Butch a l'air assez intimidant, dit-il avec un sourire contrit tandis que le rottweiler ne cessait d'émettre un grondement guttural et redoutable à mon encontre. Je suis sincèrement désolé. Il semble féroce, mais en temps normal, c'est un chien incroyablement calme et affectueux. Je suppose qu'il est perturbé par le cadavre.

— Ce qui n'est pas votre cas, visiblement, soulignai-je.

Il me regarda droit dans les yeux.

— J'ai été fait prisonnier pendant la guerre du Vietnam. J'ai donc vu, malheureusement, toutes les atrocités dont les humains sont capables entre eux.

— Je comprends, dis-je, tout en notant mentalement de vérifier son livret militaire. Est-ce que vous vous promenez toujours dans le même parc ?

Il secoua la tête.

— Non, je varie un peu, j'alterne entre celui-ci, le bord du lac et d'autres parcs, plus au sud. Mais celui-ci est le plus près de chez moi, donc j'y vais au moins trois fois par semaine.

— S'il y avait eu quelque chose d'inhabituel, pensez-vous que vous l'auriez remarqué ? Des véhicules, par exemple ?

— Je crois que oui, répondit-il. Mais je suis presque certain de n'avoir vu aucune voiture à part la mienne, ce matin. (Il m'adressa un nouveau sourire penaud.) En revanche, je pense pouvoir l'identifier, ajouta-t-il en faisant un signe de tête affligé en direction du corps.

— Vous le connaissez ?

Ce serait un sacré coup de chance.

— Je… pense que oui. Il faudrait que je l'observe de plus près, mais il me semble qu'il s'agit d'un jeune homme qui a fait un séjour dans le centre de désintoxication où je travaillais à une époque. (Il soupira et se passa la main sur le visage.) C'est tellement démoralisant quand ces jeunes plongent dans la drogue. On dirait qu'ils se noient, mais qu'ils ne s'en rendent compte que trop tard.

J'acquiesçai, entièrement d'accord.

— Je sais. J'ai vu des gens se détruire complètement. Avant, ils prenaient du crack ; mais ces derniers temps, ils sont passés au crystal meth, affirmai-je en refermant mon carnet. Seriez-vous prêt à venir jeter de nouveau un coup d'œil à cette victime, pour vérifier que vous la reconnaissez bien ?

— Oui… oui, bien entendu, dit-il après quelques secondes d'hésitation.

Il vérifia que la laisse était solidement attachée aux gradins, puis se leva. Le chien geignit doucement, et son maître lui caressa la tête.

— Je reviens tout de suite, Butchie, le réconforta-t-il avant de me suivre vers la scène de crime.

Les employés du bureau du coroner finissaient juste de placer le corps dans le sac mortuaire quand j'arrivai. Le pasteur se pencha sur lui, puis poussa un gros soupir.

— Oui, c'est bien lui.

— Vous savez comment il s'appelle ?

— Mark Janson. Il vivait avec sa mère, mais elle est décédée il y a deux ans, à la suite de divers problèmes de santé. Après ça, il a connu une véritable descente aux enfers. Il avait toujours eu des problèmes, mais elle parvenait à lui garder plus ou moins la tête hors de l'eau. Quand elle n'a plus été là, il a craqué.

Je notai ces informations dans mon carnet.

— Révérend Thomas, vous m'avez été d'une aide précieuse. Je vous recontacterai si j'ai d'autres questions à vous poser.

— Merci pour tout ce que vous faites, vous et vos collègues, dit-il avec un sourire sincère et chaleureux. N'hésitez pas à m'appeler ou à passer à l'église.

— Je n'y manquerai pas, affirmai-je en lui serrant la main.

Je comprenais pourquoi son église était aussi prisée. Dommage que son chien me déteste.

assortie aux couleurs de l'emblème de la police de Beaulac, qui avait été peint sur le mur du fond. Les livres étaient classés par taille. Les diplômes et les plaques accrochés formaient un ensemble parfaitement harmonieux. Une étagère était consacrée aux trophées, et le bref regard que je pus leur jeter m'apprit qu'il les avait remportés lors de manifestations sportives ou de concours de tir.

Il me désigna un siège à l'aide du dossier qu'il avait dans la main. Je m'exécutai donc en essayant de masquer mon manque d'assurance. Le chef Morse ne convoquait jamais les inspecteurs de base ou les agents de patrouille. Même si quelqu'un s'était mis dans le pétrin, il préférait confier à ses subalternes directs le soin déplaisant de le rappeler à l'ordre ou de le renvoyer.

Il se cala dans son siège, tandis que je restais bien droite. Ouvrant le dossier, il en examina le contenu pendant un instant, puis grommela avant de me scruter.

— C'est vous qui enquêtez sur ces meurtres, dit-il.

Ça n'avait pas l'air d'une question, mais j'acquiesçai timidement.

— Oui, monsieur.

Il fronça davantage les sourcils, mais j'étais incapable de déterminer si cela dénotait mécontentement ou réflexion. C'était la première fois que je passais plus de cinq secondes en sa présence et n'avais donc pas beaucoup d'expérience sur laquelle m'appuyer.

— J'ai lu votre rapport préliminaire concernant la première victime, déclara-t-il d'une voix saccadée. La dernière présentait-elle aussi le même symbole ?

— Oui, monsieur.

— Vous avez étudié les affaires précédentes ?

— Oui, monsieur.

J'avais envie de remuer, mais résistai.

— Vous êtes donc la spécialiste attitrée.

Son ton ne me laissait toujours pas deviner où il voulait en venir. Il n'avait pas formulé sa phrase comme une question, mais me regardait comme s'il attendait une réponse de ma part.

J'hésitai brièvement avant de parler. Je ne souhaitais pas paraître impudente, mais de tout le département, j'étais probablement la personne la plus informée.

— J'ignore si le terme convient, monsieur, affirmai-je enfin, mais j'ai une bonne connaissance de ce dossier.

Il posa la chemise, le visage impassible.

— Le capitaine Turnham m'a indiqué que vous aviez demandé à le consulter récemment.

— C'est vrai, monsieur. Je ne suis affectée à la section des crimes violents que depuis quelques semaines, alors je me suis dit que j'allais jeter un coup d'œil à quelques anciennes affaires, pour découvrir ce qui m'attendait.

Il fit la moue et se pencha vers moi. Il avait posé les avant-bras sur son bureau, mains croisées.

— Pourquoi avoir choisi celle du Tueur au symbole ?

— Eh bien, monsieur, commençai-je en tentant de donner une forme cohérente à mes pensées, il est rare qu'un inspecteur ait l'occasion de travailler sur ce type d'enquête, ou même d'en voir les détails. Je ne suis inspecteur que depuis deux ans, et je les ai passés à la brigade financière, alors je me suis dit qu'en étudiant ce dossier, je pourrais apprendre comment marchaient les investigations pour homicide. Et il s'agit de notre plus grosse affaire non résolue, et… bref, je m'y intéresse depuis un certain temps.

Il me regardait de façon insistante, comme s'il croyait que j'allais poursuivre.

— Je vois. Donc, il s'agit simplement de vous perfectionner en tant qu'inspecteur ?

Je ne parvenais pas à décrypter le ton de sa voix, ce qui était très frustrant.

— Oui, monsieur. J'aime vraiment mon métier, et j'ai l'intention de faire carrière dans la police.

Je sentais l'agitation me gagner malgré tous mes efforts pour la maîtriser.

— Excusez-moi, monsieur, mais y a-t-il quelque chose qui cloche ?

— Je vous ai observée à l'usine de retraitement, inspecteur Gillian, répliqua-t-il sans tenir compte de ma question. Vous semblez plutôt méticuleuse et méthodique.

Ça se voyait qu'il n'avait jamais jeté un coup d'œil dans mes placards de cuisine.

— Je fais de mon mieux, monsieur.

— Que faisiez-vous avec le corps ?

— Euh, pardon ?

Il se rembrunit.

— Vous étiez accroupie près du cadavre et passiez votre main au-dessus, dit-il en reproduisant mon geste avec la sienne. Qu'est-ce que vous faisiez ? Avez-vous touché le corps ?

Merde. Il m'avait vue quand je tentais de ressentir la résonance arcanique.

— Non, monsieur, je ne l'ai pas touché, affirmai-je en réfléchissant à toute vitesse. Je, euh… j'essayais de mieux examiner certaines entailles, et j'étais aveuglée par les halogènes.

Il se redressa.

— La réverbération… Et Tessa Pazhel est votre tante ?

Je hochai juste la tête, par crainte de dire quelque chose qui me donnerait encore plus l'air d'une idiote. L'éblouissement ? C'était ça la meilleure excuse que je pouvais imaginer ?

— Elle a la réputation d'être un drôle d'oiseau, précisa-t-il. Mais je suis sûr que vous êtes au courant.

C'était un affront, et je ne pus dissimuler mon irritation.

— Monsieur, ma tante est…

Il leva la main pour m'interrompre.

— Je sais, je sais. Je dépasse les bornes en calomniant votre famille. Je n'aurais pas dû dire ça. Mais que ce soit bien clair, inspecteur Gillian, affirma-t-il sans détacher son regard perçant du mien, je souhaite que ces meurtres cessent et que le tueur aille en prison, et je ne veux aucune combine bizarre sur une scène de crime. Résoudre une affaire, c'est bien, mais il faut aussi que nous puissions aller en justice. Vous ne portiez pas de gants, et vous aviez l'air de toucher le corps.

— Oui, monsieur.

Que pouvais-je ajouter ? Il avait raison.

— Je n'avais pas l'intention de m'en approcher autant. Je prendrai plus de précautions, monsieur.

Il me dévisagea pendant ce qui me parut une éternité, même si elle ne dura en réalité que quelques secondes. Je fis appel à tout mon calme et parvins à rester impassible tandis qu'il m'observait. Je m'étais contentée d'utiliser ce que j'avais appris pendant ma formation d'invocatrice.

Finalement, il fit un signe de la main.

— Vous pouvez disposer, inspecteur. N'oubliez pas ce que je vous ai dit.

— Non, monsieur, répondis-je en me levant, avant de tourner rapidement les talons.

La secrétaire leva les yeux quand je passai devant elle et m'adressa un petit clin d'œil et un sourire discret qui réussirent à me redonner un peu le moral. Elle avait sûrement assisté à un certain nombre de remontages de bretelles au fil des ans, et je me sentis un peu mieux après ce signe de réconfort silencieux.

Une fois dans mon bureau, je fermai la porte et m'affalai dans mon siège. *Je l'ai mérité,* admis-je. Au moins, il ne m'avait pas retiré l'enquête. Je tentai de me consoler avec cet argument, et ce n'était pas facile après avoir subi les reproches du chef. Mais apparemment, il m'estimait toujours capable de gérer l'affaire. Je devais simplement me montrer plus prudente. La dernière chose dont j'avais besoin, c'était que les gens me croient aussi étrange que ma tante. Même si c'était vrai, ce n'était pas la question, et ça ne voulait pas dire que j'avais envie qu'ils le pensent. *Mais qui espères-tu embobiner,* songeai-je avec ironie. *C'est déjà certainement le cas.*

Je soupirai d'accablement et posai les mains sur mon bureau. *Je suis à la hauteur. Je vais élucider ces crimes en employant tous les moyens possibles, quitte à faire une entorse au règlement.* Personne n'y était parvenu la dernière fois que le Tueur au symbole avait sévi, et alors ? Aucun des enquêteurs ne percevait les signes arcaniques. Cela me donnait un avantage.

À présent, il me suffisait de l'exploiter.

Je me penchai en arrière pour atteindre mon classeur à dossiers. Après quelques recherches dans le tiroir du milieu, je tombai rapidement sur l'épaisse chemise contenant les photos de tous les meurtres précédents. La Série Une, comme je commençais à l'appeler en moi-même. Je la passai vite en revue. Tous les corps avaient été abandonnés dans des endroits peu fréquentés, et la plupart du temps, on ne les avait pas découverts avant plusieurs jours ou semaines. Le cadavre trouvé à l'usine de retraitement l'avait été sans tarder, mais les fractures me laissaient penser que le tueur avait eu l'intention de le placer au sommet de la cuve, soit dans un lieu moins visible.

En revanche, il avait voulu que l'on repère rapidement la victime du terrain de base-ball. Pourquoi ce revirement ?

Je continuai à examiner les clichés et remarquai un autre élément. Les victimes de la Série Une avaient été tuées de plusieurs manières, à l'exception des deux dernières, qui avaient été étranglées. Toutes portaient les traces d'une torture prolongée, mais ce qui avait relié les meurtres entre eux, ça avait été le symbole. Toujours le même, bien qu'il ne soit pas toujours placé sur les mêmes parties du corps. Parfois, d'ailleurs, on ne pouvait pas le voir tout de suite. Les deux victimes de mon enquête, la Série Deux, avaient été étranglées. Que signifiait ce changement ? Pouvait-ce vraiment être l'œuvre d'un imitateur ?

Peu importe, finis-je par décider. *Ça reste quand même une enquête pour homicide.*

Mais il existait une autre ressemblance frappante entre les deux séries. Toutes les victimes, sans exception, n'avaient personne pour signaler leur disparition. C'étaient des sans-abri, des prostitués, des drogués ou des fous.

Parfois, ils cumulaient tous ces facteurs. Noirs, Blancs, Hispaniques, Asiatiques, toutes les origines étaient représentées. Et elles avaient été soigneusement choisies, j'en avais la conviction. Il ne s'agissait pas de kidnappings au hasard. L'assassin les observait, les suivait, s'assurait qu'ils étaient seuls et que personne ne constaterait leur absence avant un certain temps.

Je me calai contre le dossier de mon siège en tapotant mon menton avec un stylo. Comment les enlevait-il ? Les analyses toxicologiques n'avaient jamais montré davantage que des traces de drogues « en vente » dans la rue. Rien d'étonnant avec le type de cibles sur qui le tueur jetait son dévolu. Mais il les retenait pendant des jours avant de les achever, donc s'il se servait d'une substance pour les maîtriser, cette dernière avait probablement le temps de s'évacuer de leur organisme. Cela dit, il fallait que je demande plus de précisions au doc là-dessus. Est-ce qu'il avait obtenu leur confiance ? Existait-il un lien entre eux ? L'inspecteur chargé de l'enquête à l'origine n'en avait pas trouvé entre les victimes, mais j'ignorais jusqu'à quel point il avait creusé. Le Tueur au symbole parvenait à enlever ses proies sans aucun témoin, puis les transportait dans un lieu sûr où elles subissaient des tortures abominables pendant plusieurs jours avant d'être tuées selon un rituel. Elles souffraient parfois pendant une semaine avant d'être exécutées. Et toujours des traces arcaniques sur le corps, ainsi que le mystérieux symbole.

Mais pourquoi ? Qu'y avait-il d'arcanique dans ce meurtre ? Un certain nombre de pratiques impliquait la mort et le sang, mais malheureusement, ou heureusement, tante Tessa n'y connaissait rien, excepté deux ou trois principes élémentaires concernant les Mauvaises Choses.

Je pris le cliché de la fille découverte à l'usine et examinai minutieusement les entailles parallèles ainsi que le symbole gravé sur sa poitrine. *Ça a dû provoquer une douleur inimaginable.* Et, à en juger par la précision des incisions, le couteau était forcément extrêmement aiguisé.

Je soupirai et sortis les photos du tout premier corps, qui remontait à sept ans. La victime était un jeune homme noir d'environ vingt-cinq ans, qui cumulait trois des quatre facteurs : sans domicile, prostitué et toxicomane. J'examinai rapidement les clichés pour en trouver un du symbole. Le motif avait été soigneusement tracé avec une pointe incandescente, à l'intérieur de la cuisse gauche, juste sous le scrotum.

Je rangeai ce dossier puis passai au suivant : un homme blanc, la soixantaine, sans abri ni famille, atteint de troubles mentaux. Sur lui, le symbole avait été directement marqué au fer rouge sur les organes génitaux. *Une torture encore plus grande. Une brûlure, mais infligée pour faire naître une souffrance incroyable.*

Mais pourquoi cela devait-il m'étonner ? Cela ne m'apprenait rien de nouveau à propos du tueur. Mais cela me donnait peut-être un indice concernant le symbole lui-même. S'il s'agissait d'une marque arcanique, il se pouvait que la douleur engendrée en fonction de sa localisation ait une importance, et produise, d'une manière ou d'une autre, plus de puissance ?

Je remis le dossier à sa place et pris celui de la victime que j'avais vue en tant qu'agent de patrouille. Mais je n'avais pas besoin de regarder les photos. Je me rappelai très bien où se situait le symbole. En fait, au début, les inspecteurs s'étaient dit que ce n'était pas l'œuvre du même tueur, car ils n'avaient trouvé aucun symbole sur le corps de cette femme. Jusqu'à ce que le légiste enlève la langue et la trachée au cours de l'autopsie et le découvre, à la base de sa langue.

Je sursautai en entendant frapper et me retins de crier.

— Entrez, dis-je.

Je dus faire alors de gros efforts pour contrôler mon expression quand Cory Crawford ouvrit la porte. Il balaya de son regard terne les photos et les documents éparpillés sur mon bureau, puis il posa les yeux sur moi, un sourire contraint sur les lèvres.

— Le docteur Lanza a téléphoné pour prévenir qu'il serait au tribunal dans la matinée, et qu'il ne découperait pas ta dernière victime avant demain après-midi.

— OK, répondis-je, sur mes gardes. Merci de m'avoir informée.

— Tu avances ?

— J'ai… beaucoup d'éléments à vérifier. Là, j'essaie d'établir un lien entre les victimes.

Il acquiesça d'un air pincé, ouvrit la bouche pour répliquer, puis se ravisa et secoua la tête.

— Kara, je me suis comporté comme un crétin l'autre nuit. Tu vas très bien t'en sortir. Je te présente mes excuses.

— Pas de souci, soufflai-je.

Il hocha encore la tête, puis referma la porte. Je l'entendis s'éloigner dans le couloir et me laissai aller contre le dossier de ma chaise, avec l'impression qu'on venait de me retirer une partie du poids qui pesait sur mes épaules. *Oui, tout va mieux maintenant. Il ne te reste plus qu'à stresser à propos du chef qui te pense cinglée et incapable, de l'agent Kristoff qui te croit incompétente, et de ton aventure d'un soir avec un démon... oh, j'oubliais, et d'un tueur en série qui court toujours.* Je grimaçai et me redressai de nouveau afin de disposer les clichés devant moi. Pour la millième fois, je souhaitais trouver le moyen de prendre en photo des traces arcaniques.

C'est impossible, admis-je, *mais... je pourrais faire entrer discrètement tante Tessa pour qu'elle y jette un coup d'œil.* Puisque le doc n'autopsiait pas le corps avant le lendemain après-midi, j'avais assez de temps pour cela.

Je me mordillai la lèvre inférieure en ressassant la stupidité absolue d'une telle idée.

— Ah, et puis merde ! marmonnai-je en attrapant mon sac. Après tout, ce n'est que ma carrière.

CHAPITRE 8

Entrer par effraction à la morgue était un véritable jeu d'enfant. Le bureau du coroner souffrait plus que tout autre organisme d'un manque de moyens, notamment parce que les gens n'aimaient pas penser à la mort et donc ne souhaitaient pas la financer plus que le strict nécessaire.

— J'en ai fait des choses folles dans ma jeunesse, ma puce, dit sèchement tante Tessa en me regardant crocheter la serrure, mais pour autant que je m'en souvienne, je ne me suis jamais introduite dans une morgue en plein milieu de la nuit.

— Oui, c'est vrai que ça aurait été bien trop banal pour toi, répliquai-je tandis que je glissais la lame de mon couteau pliant dans le jambage de la porte, constatant avec un amusement désabusé qu'on l'avait déjà entaillé une dizaine de fois, probablement des membres du personnel.

La porte s'ouvrit avec un « clic » et j'entrai en grimaçant en réaction aux odeurs omniprésentes, un mélange de détergent, de chair en décomposition et de Javel, chacune luttant pour dominer les autres.

J'allumai rapidement ma lampe-torche – une lampe porte-clés à LED – puis avançai en tirant tante Tessa à l'intérieur, avant de refermer.

— Il faudrait de l'encens, l'entendis-je grommeler derrière moi.

Je promenai la petite lampe en un arc de cercle et sa lumière bleue se refléta étrangement sur la table métallique et les murs tachés.

— Espérons simplement que personne ne soit amené ici pendant notre petite visite.

Le frigo était verrouillé, mais je savais que la clé était très intelligemment cachée dans un tiroir juste à côté. Une vague d'air glacial s'échappa de la porte ouverte, et une fois de plus, je traînai ma tante à l'intérieur, avant de caler la porte avec un siège de bureau. J'éclairai la pièce, soulagée de ne découvrir qu'un seul brancard portant un sac mortuaire. Je lus l'étiquette, pour être sûre. C'était bien ma victime, Mark Janson.

Le sac était fermé avec un lien plastique, que je coupai avec mon couteau. J'enfilai rapidement des gants en latex, défis la fermeture à glissière et soupirai. La vue du jeune homme touchait de nouveau une corde sensible. Puis je grimaçai. Comme je l'avais craint, les traces arcaniques s'étaient considérablement amenuisées.

— Il n'en reste plus beaucoup, tante Tessa. Tu vois quelque chose ?

Elle se pencha au-dessus du sac et scruta lentement le cadavre, grimaçant quand elle sentit la faible odeur de sueur, de sang et de mort.

— Je comprends de quoi tu parles. (Elle fronça les sourcils.) Éteins ta lampe, s'il te plaît.

Je lui obéis et réprimai un frisson dans l'obscurité presque complète qui régnait désormais à l'intérieur du frigo. Il y avait juste une vague lueur qui filtrait par la porte légèrement entrouverte. Dans le noir, il était beaucoup plus facile de distinguer les traces avec le don d'autrevue.

— Il n'y a pas grand-chose à voir, déclara Tessa, mais c'est sans conteste un homme qui les a laissées.

— Tous les profils réalisés indiquent un individu de race blanche d'environ trente ans…

— Qui vit seul, dont les parents sont divorcés, bla-bla-bla, m'interrompit-elle en riant. Tu ne trouves pas ça marrant que tous les profils soient quasiment les mêmes ?

— Tu m'étonnes ! Mais j'étais sur le point de te dire que moi aussi je recevais une impression masculine.

— Humm… Mais ça ne signifie pas que ce soit le tueur.

— Bien sûr, mais cela constitue une preuve plutôt accablante pour lui. (Je haussai les épaules.) Enfin, si c'était recevable au tribunal.

Tessa se racla la gorge.

— Pour eux.

Il me fallut une minute pour que la remarque de ma tante fasse son chemin.

— Attends, il n'est pas seul ?

— Non. Il y a au moins deux sources différentes sur ce corps, affirma-t-elle avant de soupirer. Mais je ne peux presque rien indiquer à propos de la seconde. Ni son sexe ni son espèce.

— Son espèce ? répétai-je, surprise.

Tessa tourna la masse sombre de sa tête vers moi.

— Oui, ma puce. Ce n'est pas forcément un humain.

Je grognai.

— Oh merde ! Donc ce type pourrait faire équipe avec un démon ?

— Tu n'as pas écouté, me réprimanda-t-elle. J'ai dit que je ne pouvais pas me prononcer. Ça pourrait être un humain, un démon… ou un encornet venu de Mars.

Je laissai échapper un petit ricanement, puis souris.

— D'accord, tatie chérie.

— Oh, je t'en prie, protesta-t-elle. Arrête avec ça. Maintenant, éclaire un peu, nièce adorée.

J'allumai de nouveau la lampe, que Tessa m'arracha des mains pour la braquer directement sur le bas-ventre de l'homme, à l'endroit où se trouvait le symbole. Elle le contempla en marmonnant entre ses dents, puis finit par soupirer et secouer la tête.

— Je n'arrive pas du tout à comprendre ce truc, expliqua-t-elle en me rendant la lampe. Sur ce coup-là, il faudrait qu'on demande conseil à un démon. Si seulement nous découvrions comment tu as foiré l'invocation de Rysehl !

Je serrai les dents.

— Je ne l'ai pas foirée.

Elle grimaça.

— Désolée, je ne voulais pas le formuler aussi sèchement. Mais quelque chose a cloché, et je me sentirais beaucoup mieux si je savais quoi, précisa-t-elle avant de sourire et de me tapoter la joue. Ne t'inquiète pas, ma puce, nous allons trouver.

Je refermai le sac, sortis un lien plastique neuf de ma poche et le refermai.

— Si tu le dis. Allons-y !

Je quittai le frigo avec ma tante et le verrouillai, mais elle s'arrêta avant que nous soyons sorties de la morgue.

— Je ne suis pas contre toi dans cette histoire, Kara. Je sais que j'ai commis des erreurs par le passé, mais là, j'essaie véritablement de t'aider.

Je me détendis. Je me comportais comme une conne en rejetant mon stress sur elle.

— Tu n'as fait aucune erreur.

Elle secoua la tête.

— Nous savons toutes les deux que c'est faux. Ce mois que j'ai passé à tergiverser au Japon, en te laissant dans cette horrible famille d'accueil…

— Tu as rectifié le tir, l'interrompis-je d'une voix un peu âpre.

Je la regardai. La culpabilité se lisait encore sur son visage.

— Tante Tessa, c'est du passé. Tu… as fait ce qu'il fallait faire. Tu as arrangé les choses, répétai-je.

Elle souffla puis acquiesça.

— J'aurais quand même dû faire en sorte que tu aies plus d'amis au lycée. Peut-être que tu sortes davantage…

— Bon, est-ce qu'on va rester plantées là toute la nuit à se flageller ? lançai-je en feignant d'être furieuse. Parce que si c'est vraiment ce que tu veux, je préférerais que ce ne soit pas dans un endroit aussi nauséabond.

Elle rit et me serra brièvement dans ses bras osseux.

— Espèce de petite garce insolente, je me demande bien pourquoi je m'embête avec toi.

— Moi aussi, mais il est trop tard pour te débarrasser de moi, rétorquai-je en la prenant dans mes bras, avant de la relâcher. Allez, filons d'ici !

Chapitre 9

Je consacrai les jours suivants à un travail passionnant, que je n'aurais jamais pensé effectuer au sein de la police.

Mais alors, jamais de la vie !

Je soupirai, poussai une autre cassette dans le magnétoscope et m'installai confortablement sur mon lit en appuyant sur le bouton lecture de la télécommande. On ne montrait jamais ça à la télé, les heures interminables que les policiers passaient à éplucher les vidéos de surveillance avec le simple espoir d'apercevoir *peut-être potentiellement avec un peu de chance* un indice qui *pourrait éventuellement* fournir une piste à l'inspecteur. Le lendemain de notre visite nocturne à la morgue, je m'étais rendue dans tous les commerces, supérettes et stations-service dans un rayon de plus d'un kilomètre de chaque scène de crime pour récupérer les enregistrements de surveillance du crépuscule à quelques heures après la découverte des corps.

J'avais ensuite apporté le carton de cassettes chez moi et m'étais mise à l'aise pour les regarder. En boucle. Jusqu'à en loucher. Je cherchais un élément susceptible de m'aider, des événements communs qui se seraient produits durant les heures qui encadraient les deux meurtres. Espérant voir quelqu'un rentrer dans l'une des stations-service, vêtu d'un tee-shirt proclamant « JE SUIS LE TUEUR AU SYMBOLE ! »

Je me frottai les yeux. Cela faisait presque une semaine que j'étais là-dessus. J'avais visionné dix-sept vols à l'étalage, quatre larcins venant d'employés, neuf transactions de drogue, vingt et un cas de filouterie et un couple en train de faire l'amour contre un frigo à bières, mais rien de pertinent concernant les homicides.

Je finis par éteindre le poste et m'affaler sur mon oreiller, observant les ombres mouvantes projetées par la lune descendante qui filtrait entre les arbres. Je détestais l'idée que ces crimes soient impossibles à élucider. L'assassin avait forcément commis un faux pas et laissé des indices. Peut-être était-ce vraiment le cas et je passais à côté. Sans aucune piste, je n'allais pas pouvoir me consacrer exclusivement à cette affaire encore longtemps, on allait me mettre sur autre chose. Je pédalais dans la semoule à chercher obstinément de nébuleuses probabilités tandis que les autres avançaient sur mes enquêtes en cours, les agressions et les vols qui ne cessaient pas malgré le Tueur au symbole. La police de Beaulac n'avait pas assez d'agents pour que les inspecteurs travaillent uniquement sur les homicides, et j'étais consciente que la rancœur couvait parmi mes collègues qui se retrouvaient avec plus de dossiers à traiter. Boudreaux et Pellini m'avaient bien fait comprendre qu'ils n'étaient pas contents de me voir chargée d'une affaire de premier plan.

Je soupirai et arrangeai mon coussin dans une position plus confortable. Bien entendu, il me restait toujours la piste des arcanes. Mais avant de pratiquer une nouvelle invocation, j'aurais bien aimé avoir ne serait-ce qu'une vague idée de ce qui avait mal tourné quand j'avais appelé Rysehl.

— J'ai merdé, dis-je à haute voix, détestant cet aveu.

Cela m'apparaissait encore comme un terrible couac. Je n'étais pas une perfectionniste maniaque, et j'avais déjà commis des erreurs lors de précédentes invocations, mais j'avais toujours réussi à trouver où je m'étais trompée. Et si j'appelais de nouveau un démon et provoquais l'arrivée accidentelle d'une autre créature puissante, qui n'aurait aucun scrupule à me tuer d'une manière spectaculaire au lieu de se contenter de me baiser jusqu'à l'épuisement ?

J'esquissai un sourire désabusé. Ouais, je m'en étais vraiment tirée à bon compte, même si j'allais sans doute en être quitte pour me demander pendant le restant de mes jours pourquoi Rhyzkahl avait préféré me séduire plutôt que m'assassiner.

Et je me suis suffisamment reproché d'avoir couché avec lui, décidai-je avec fermeté. D'accord, je n'avais pas de vie sexuelle. OK, j'avais eu l'équivalent d'une liaison sans lendemain. C'était terminé, ça appartenait au passé, et au moins le plaisir que j'avais pris en avait valu la peine.

Une fois trouvé ce petit arrangement avec mon psychisme, je mis un coup de poing dans mon oreiller afin de lui donner une forme plus agréable et m'installai pour dormir.

Un léger bruit me réveilla, une chaussure qui raclait le sol ou le frôlement d'un vêtement contre un meuble. Aussitôt, j'ouvris les yeux en grand, mais ne bougeai pas et respirais le plus régulièrement possible, même si je sentais mon cœur battre à tout rompre dans ma poitrine.

Mon pistolet est dans le tiroir de la table de nuit, songeai-je en inspirant à peine pour tenter de réentendre ce qui m'avait tirée du sommeil.

Rien. Juste les bruits nocturnes, le ronronnement assourdi de la clim, une voiture qui passait au loin sur l'autoroute. J'attendis et écoutai en comptant mentalement jusqu'à cinquante avant de tendre lentement le bras pour ouvrir le tiroir. Dès que j'eus en main la crosse rugueuse de mon revolver, je me sentis beaucoup mieux. J'allumai ma lampe de chevet en braquant l'arme vers le pied de mon lit.

Et Rhyzkahl se trouvait là, immobile comme une statue, dégageant la même virilité et la même force que la dernière fois, je m'en souvenais parfaitement. Ses longs cheveux ivoire ondulaient sous l'effet d'un vent que je ne sentais pas, et il plongeait ses beaux yeux dans les miens, un sourire aux lèvres. Il portait une toge de soie pâle.

Stupéfaite, je le contemplai, soudain parcourue d'un frisson de terreur. *Il est ici. Comment est-ce possible ?* Mes pensées s'embrouillaient tandis que je gardais mon revolver braqué sur lui. *Ce n'est même pas la pleine lune. Putain, comment peut-il se trouver ici ?*

Il finit par ouvrir la bouche.

— Tu ne m'as pas appelé.

Je cillai, brièvement désorientée en me remémorant des bribes imprécises du rêve que j'avais fait au bureau.

— Qu… quoi, t'appeler ? Que veux-tu dire ?

Il se déplaça pour la première fois avec une grâce inhumaine, et vint s'asseoir sur le lit à côté de moi.

— Tu ne m'as pas appelé, répéta-t-il avec un sourire éblouissant.

Je contemplai l'arme dans ma main, puis l'abaissai lentement. De toute façon, ça ne me servirait à rien face à un seigneur démon. *Merde. Il y a un seigneur démon dans ma chambre !*

— Tu te répètes, répliquai-je en balayant la pièce des yeux dans l'espoir vain d'y voir quelque chose qui pourrait expliquer sa présence. Comment peux-tu être là ? Qu'est-ce qui se passe, bordel ?

Il leva le bras et me caressa la joue du revers de la main.

— Je voulais te voir, répondit-il. Tu m'intéresses.

— Du coup, tu fais un saut dans cette sphère pour me rendre visite ? demandai-je d'une voix un peu plus aiguë que je ne l'aurais souhaité. Mais je pensais avoir le droit de flipper un peu après être tombée sur un seigneur démon dans ma chambre.

Il partit d'un rire cristallin, qui me ravit tout en me donnant des frissons.

— Ce n'est pas aussi simple, répondit-il en promenant ses doigts sur mon menton avant d'effleurer mes lèvres. Je ne suis pas réellement là. Je touche juste tes rêves.

— Mes… rêves.

Je ne parvenais pas à déterminer si c'était rassurant ou pas.

— Ce n'est pas facile à faire, même pour quelqu'un comme moi.

Je le considérai, les yeux plissés. Ma surprise et ma frayeur initiales avaient laissé place à une perplexité empreinte de méfiance.

— Alors pourquoi le fais-tu ?

Il inclina la tête, un sourire éclairant son visage d'ange.

— Tu n'es pas contente de me revoir ? Tu n'as pas apprécié notre… rendez-vous ?

Au fond de moi, je devais reconnaître que j'éprouvais une certaine joie de le revoir. Même en sachant désormais ce qu'il était, je ne pouvais nier qu'il était terriblement beau et encore moins que j'avais pris plaisir à notre « rendez-vous ».

— Tu n'as pas répondu à ma question, rétorquai-je sans répondre à la sienne.

Il acquiesça d'un petit signe de tête.

— Comme je te l'ai dit, tu m'intéresses. Je n'ai pas rencontré quelqu'un comme toi depuis des siècles. Et le bref moment que nous avons partagé était… plaisant.

Sans prévenir, il glissa la main sous ma nuque et m'embrassa. Prise de court, je me laissai faire, sans opposer de résistance, et avant qu'il ne me vienne l'idée que je devais réagir d'une manière ou d'une autre, son baiser avait gagné en intensité et en sensualité, promettant du plaisir, une chaleur torride et une passion ardente. Au bout de quelques secondes, il me libéra de son étreinte et s'écarta afin de me regarder en souriant.

— Eh ben, merde, soufflai-je d'une voix tremblante.

J'étais furieusement tentée de l'attraper et de l'attirer vers moi pour qu'il continue, mais la mise en garde de Tessa me revint en mémoire et me refréna. *Pourquoi fait-il ça ? C'est tout bonnement impossible qu'il soit à ce point fou d'amour pour moi.*

— Je… je suis flattée de savoir que je te fais ce genre d'effet, dis-je avant d'inspirer pour me calmer. Mais s'il te plaît, ne recommence plus.

— Tu as des remords ? demanda-t-il en fronçant ses sourcils soyeux.

— Je… l'ignore, répondis-je avec sincérité, un peu plus détendue à présent que je savais qu'il n'était pas vraiment avec moi dans la pièce.

Je grimaçai et écartai les cheveux de mon visage.

— En fait, ce n'est pas dans mes habitudes, les coucheries épisodiques, poursuivis-je en croisant son regard. Et si tu ne m'avais pas donné ta parole, j'aurais peur que tu m'aies contrainte.

Ses traits se durcirent très brièvement.

— Je n'ai pas manqué à ma promesse. Tu as pris la décision de ton plein gré.

Je hochai la tête.

— Je le sais, et je suis contente que tu m'aies permis de faire ce choix.

Il se leva et croisa les bras, les yeux baissés sur moi.

— J'aimerais que tu me fasses confiance.

— Je ne te connais même pas, déclarai-je d'une voix un peu âpre. Et tu es un seigneur démon. Qu'est-ce que ça peut bien te faire que je t'accorde ma confiance ?

— Pourquoi évites-tu et fuis-tu délibérément la compagnie ? riposta-t-il. Toi et moi avons partagé un plaisir très fort. Je t'ai donné ma parole : je ne te ferai jamais de mal et jamais je ne te forcerai. Tu as envie de quelque chose que je t'offrirais volontiers. Pourquoi te prives-tu ?

Il n'allait quand même pas faire mon analyse psychologique ! Je me renfrognai.

— Ce n'est pas qu'une question de sexe, tu sais.

— Tu désires un partenaire qui pourrait partager tes espoirs, tes rêves, tes envies et tes peurs. Quelqu'un avec qui affronter les épreuves de la vie et te projeter dans l'avenir.

Je le regardai fixement, surprise. *Waouh.* Il avait tout compris.

— Je ne peux pas remplir ce rôle, poursuivit-il avant que je puisse dire quelque chose. Mais pourquoi refuser le plat que tu as devant toi sous prétexte que tu ne peux pas commander le menu entier ?

Il savait se montrer convaincant, c'était indéniable. Mais le doute subsistait.

— D'accord, eh bien… je vais filer ta métaphore. Disons que si je ne mange que le dessert, je vais être trop écœurée pour apprécier le festin s'il se présente un jour.

Il rit et se rassit à côté de moi.

— Tu es aussi intelligente que forte. Pas étonnant que j'aie encore envie de toi.

Il tendit la main vers moi, puis s'arrêta juste avant de me toucher. Il plongea ses yeux dans les miens.

— Je peux ?

Cette simple demande provoqua une décharge érotique qui faillit me renverser. *Il est incroyablement puissant, et pourtant il respecte mes limites… Ou au moins, il fait merveilleusement semblant*, souligna la cynique en moi.

— Qu'est-ce que tu veux faire ? lançai-je d'une voix un peu haletante.

— Te toucher. C'est tout. Je peux ?

— Oui, réussis-je à souffler, mon pouls s'accélérant soudain.

Il leva les doigts vers ma poitrine et la caressa doucement, à travers l'étoffe de ma chemise de nuit, enveloppant mon téton d'un geste naturel. Je sentis le désir me submerger, mais je n'avais plus peur : ce n'était pas le résultat d'une contrainte qu'il aurait exercée sur moi. La réaction m'appartenait pleinement.

Je lus un sourire dans ses yeux bleus, puis il s'empara de mon téton et le pinça légèrement, le relâchant quand j'inspirai, avant de reprendre sa lente caresse, terriblement sensuelle.

— C'est réellement un rêve ? demandai-je avec un sourire hésitant.

Il éclata d'un rire à la beauté cristalline, vif et joyeux.

— Oui, vraiment.

— Mais… je ne suis pas seulement en train de rêver que tu es ici. Je veux dire, tu es entré dans mon rêve, comme… comme par télépathie, c'est ça ?

Le mouvement inexorable de ses mains m'empêchait de penser clairement. Il pencha un peu la tête.

— On peut voir ça comme ça.

J'inspirai tant bien que mal.

— Écoute, même si ce n'est pas… réel, je ne suis pas certaine de souhaiter coucher de nouveau avec toi.

— Et je le respecte, répliqua-t-il avec sérieux. Toutefois, je suis disposé à te donner du plaisir, si tu l'acceptes.

Ce n'est qu'un rêve. Pas de danger. Je déglutis, le cœur tambourinant sous l'effet de l'anticipation et de l'appréhension mêlées.

— Pourquoi ? Enfin, ne le prends pas mal, mais… qu'est-ce que tu en retires ?

Il demeura silencieux pendant un long moment, et une expression de tristesse se peignit sur son visage, si fugace que je faillis ne pas la remarquer. Mais quand il replongea son regard dans le mien, je ne distinguai plus que la puissance virile qui brillait dans ses yeux.

— J'aime ta compagnie. Je souhaite que tu me fasses confiance.

Est-ce qu'il se sent seul? m'interrogeai-je brusquement. Les seigneurs démons pouvaient-ils souffrir de la solitude ? *D'accord, c'est insensé.* Mais il me scrutait intensément, et je me retrouvai à lui indiquer d'un hochement de tête que je consentais à ce qu'il continue.

Il posa la main sur ma poitrine et m'allongea doucement sur le dos. Il me tenait sans brutalité, et je savais qu'il percevait les battements affolés de mon cœur sous sa paume. Il fit glisser son autre main entre mes jambes et commença à me caresser doucement.

— Je peux te donner beaucoup de plaisir, dit-il d'une voix tendre. Tu es en sécurité avec moi.

Il introduisit un doigt dans mon sexe et approfondit son experte caresse. Je renversai la tête, la respiration hachée.

— Mon Dieuuuuuu !!

Il était indéniablement doué et il avait sans doute des siècles d'expérience derrière lui. Je gémis et agrippai les draps.

— Merde alors… ! Tu fais ça souvent ? demandai-je d'un rire mal assuré.

Il ne me répondit pas et m'adressa juste un sourire, sans cesser ses caresses. Avec son autre main entre mes seins, il me donnait la vague impression d'être plaquée sur le matelas, sans que je me sente piégée ou menacée. Mon orgasme approchait et je gémis, les yeux clos, folle d'excitation. De ses doigts habiles, il jouait à m'amener aux frontières de l'extase pour ensuite laisser mon plaisir redescendre en ralentissant la cadence, jusqu'à ce que je crie presque de frustration.

Quand, au bord de la jouissance, je fus sur le point de perdre la raison, il immobilisa brusquement ses doigts en moi, me laissant palpitante et ivre de désir.

— Ce n'est pas le seul cadeau que je pourrais t'accorder, dit-il d'une voix douce mais intense.

Je poussai un petit gémissement. J'étais au bord de l'orgasme, je le sentais. Il n'avait qu'à me caresser encore un tout petit peu, comme il était en train de le faire.

Je pris une inspiration saccadée.

— Je t'en prie… Qu'est-ce que tu attends de moi ?

— Appelle-moi, Kara.

Il bougea la main, faisant monter mon plaisir avec dextérité et poursuivit ses mouvements parfaits tandis que je criais et cambrais le dos, secouée par une extase vertigineuse qui dura bien au-delà de ce que je pensais possible.

Je haletais encore quand il ralentit sa caresse et retira doucement ses doigts. J'ouvris les yeux et le dévisageai, au prix d'un gros effort. Il m'observait attentivement, avec une expression indéchiffrable sur le visage. Mais dès qu'il croisa mon regard, il s'éclaira d'un sourire éclatant. Puis il se releva.

— Appelle-moi. Je peux te donner bien davantage.

La sonnerie stridente du réveil me surprit tellement que je me retrouvai à lutter contre mes draps enchevêtrés. Il me fallut presque trente secondes pour que le son familier, traversant la brume de mon cerveau, me permette de comprendre que Rhyzkahl n'était plus dans la chambre. J'écrasai ma main sur le réveil, toujours en proie aux échos chatoyants de l'orgasme. La lumière du jour filtrait à travers les stores, mais j'allumai à tâtons la lampe de chevet en plus, puis examinai minutieusement la pièce.

Aucun doute, il était parti. Et en poursuivant mon inspection, je constatai que mon revolver était rangé comme d'habitude, dans ma table de nuit.

— Voilà qui était… inattendu, murmurai-je en fronçant les sourcils.

Il pouvait donc toucher mes rêves ? Je repoussai la couverture et me levai, prise d'une envie ridicule de parcourir ma maison et d'éclairer toutes les pièces, incapable de chasser une inquiétude persistante. Je ne me sentais pas fatiguée, ce qui signifiait que quoi qu'il ait fait, ça ne m'avait pas privée de sommeil. À vrai dire, je me sentais même très reposée.

Je me mordillai la lèvre inférieure tout en me dirigeant pieds nus vers la cuisine. *Mais il peut entrer dans mes rêves. C'est… dégueulasse.* Même avec un orgasme bouleversant. Ou peut-être à cause de cela. Je n'avais jamais pensé le revoir, et pourtant il m'avait cherchée dans mes songes juste pour… pour quoi ? Simplement pour me procurer du plaisir ?

Je me préparai un café avec de la chicorée et, le temps qu'il soit prêt, laissai mon esprit vagabonder. *L'appeler. Il veut que je l'appelle.* Il me l'avait dit à plusieurs reprises. Mais zut, qu'est-ce que c'était censé signifier ? Il voulait que je l'invoque encore une fois ? Ça ne tournait pas rond dans sa tête s'il croyait que j'allais essayer d'invoquer un seigneur démon, surtout après avoir, je ne savais comment, raté l'invocation d'un démon de quatrième niveau.

Je grognai. D'accord, je n'étais pas du tout prête à courir le risque de l'invoquer, mais un puissant seigneur démon des arcanes m'avait rendu visite dans mon rêve, et j'avais complètement laissé passer l'occasion. *J'aurais pu l'interroger à propos des traces et du symbole !*

Je soupirai et me versai une tasse de café, en ajoutant une quantité considérable de crème et de sucre pour atténuer la saveur piquante de la chicorée. *Si jamais je l'appelle, Rhyzkahl va-t-il vraiment me révéler ce que je souhaite apprendre ?* À supposer que je sache ce qu'impliquait le verbe « appeler ». *Il a employé « appeler », pas « invoquer »*, songeai-je. Quelle était la différence ?

Je sortis avec mon mug sous le porche de derrière et m'assis sur la balancelle en bois. La vue se limitait à un petit abri de jardin en bois et à la forêt encerclant la maison, mais l'endroit, tranquille et serein, me permettait d'ordinaire d'oublier le monde extérieur. Je n'entretenais rien de comparable à une pelouse, et à cette époque de l'année, les fleurs sauvages poussaient de manière anarchique, là où la lumière était suffisante. Un oiseau moqueur chantait à qui mieux mieux, non loin de là. Je ramenai les pieds sous moi, les mains pressées autour de ma tasse pour qu'elles soient réchauffées. Il faisait frais, ce matin-là, et j'avais besoin de calmer mes nerfs.

— C'est sûr que tu vas calmer tes nerfs en descendant une dose de café extra-fort, marmonnai-je.

Mais cette boisson figurait sur la liste des aliments qui me réconfortaient, juste devant le chocolat et les chips.

Le souvenir de la visite de Rhyzkahl était encore très net, contrairement à celui d'un rêve, qui se serait déjà estompé. Avait-il seulement atteint mes rêves ? Je ne disposais d'aucun élément concret sur mon corps ou dans ma chambre, pour prouver qu'il avait été là en chair et en os, je devais bien le reconnaître.

Rien qu'un rêve. Juste le rêve étrange, érotique et troublant d'une visite de la part d'un seigneur démon avec qui j'avais couché une fois. Vraiment pas de quoi se prendre la tête.

Je grimaçai et terminai mon café, puis me douchai avant de m'habiller. Et sur le chemin du bureau, je m'arrêtai pour acheter six beignets au chocolat.

Je consacrai la matinée à effectuer des recherches sur Internet sur tout ce qui me venait à l'esprit, notamment les démons, la symbologie, et la magie de sang. À midi, j'avais obtenu une somme ridicule d'informations inutiles, erronées pour la plupart, et avais mangé toutes mes pâtisseries.

Je poussai un gémissement et m'appuyai contre le dossier de ma chaise, légèrement écœurée par l'énorme quantité de sucre et de graisses désormais en circulation dans mon organisme, frustrée et inquiète de voir l'enquête si peu progresser.

Oui, et puis sans oublier le visiteur de mes rêves, qui me paraissait tout sauf un rêve. Encore un truc sympa à prendre en considération.

Une migraine sourde commençait à battre dans mes tempes. Je soupirai et les massai puis, sur un coup de tête, lançai une recherche sur le titre de la bande dessinée que m'avait montrée ma tante.

— Mince alors ! soufflai-je.

Il s'agissait manifestement d'un roman graphique assez connu, avec un site très complet qui lui était dédié, précisant les modalités de commande, l'histoire et l'intrigue, et proposant même pas mal d'illustrations.

Dont certaines de Rhyzkahl.

D'accord, ce n'était probablement pas tout à fait lui, mais bon sang, comment ce type était-il parvenu à s'en approcher autant ? J'appuyai sur la touche impression de mon clavier sans cesser de scruter les dessins. Je n'avais pas regardé la bande dessinée de très près, chez ma tante, si bien que j'en profitais pour le faire à présent.

C'était lui. Plus je l'observais, plus j'en étais sûre. Ces cheveux d'un blond presque blanc, cette carrure d'Apollon, ce sourire énigmatique, et ce regard d'un bleu cristallin, qui se posait sur le monde depuis une éternité… Merde, ces yeux ! D'une façon ou d'une autre, l'artiste avait vu ou rencontré Rhyzkahl.

Au gré des clics, je cherchai des renseignements sur ce créateur, mais ils étaient étonnamment limités. C'était bizarre. En général, les artistes cherchent plutôt à se mettre en avant. Je ne disposais que d'un nom : Greg Cerise.

Or, malgré le manque de précisions sur le dessinateur, une page entière du site était consacrée aux modalités de commande. À ma grande surprise, l'adresse de règlement correspondait à une boîte postale de la région.

— Mais comment cet artiste l'a-t-il donc rencontré ? murmurai-je en effectuant une nouvelle recherche sur son nom dans LexisNexis, que j'avais choisi sur un coup de tête.

Les informations que j'obtins me stupéfièrent. N'était-ce pas énorme ? Non seulement il existait bien un Greg Cerise, mais comme par hasard, il habitait à Beaulac.

Un frisson d'excitation me parcourut. Je pouvais aller lui parler et découvrir ce qu'il connaissait sur Rhyzkahl, pour avoir un autre point de vue que celui de ma tante. Et je pouvais même m'y rendre pendant mes heures de service, puisque je savais que les meurtres avaient un rapport avec les arcanes. Ça se tenait, non ?

Bon, OK, c'était tiré par les cheveux. Le type dessinait mon amant démon. Ce n'était pas vraiment ce que l'on pouvait appeler un lien. Je refoulai la pointe de culpabilité qui me taraudait et tentai de ne pas entendre la petite voix qui me rappelait que le chef m'avait récemment passé un savon à cause de mon comportement de cinglée. *Oui, mais le chef ne se doute pas une seconde que le Tueur au symbole pratique la magie arcanique.*

Je me permis de sourire avec condescendance, tandis que j'imprimais rapidement les coordonnées de Cerise. *Si ça se trouve, être cinglée est une qualité essentielle pour une enquêtrice.*

Chapitre 10

La maison ne payait pas de mine. Elle était en briques, de plain-pied, dotée de fenêtres sans ornements et d'un aménagement paysager quelconque. On avait tondu la pelouse au cours des jours précédents, et il n'y avait pas d'ordures dans le jardin, mais cet entretien minimum me portait à penser que M. Cerise était locataire. Une Toyota Corolla bleu foncé ayant deux pneus à plat était garée dans l'allée. Je jetai un coup d'œil à l'intérieur et distinguai, sur la banquette arrière, ce qui ressemblait à un sac de sport, une pile de papiers contenant peut-être des dessins, et plusieurs sacs froissés de différentes enseignes de fast-food. Je notai à tout hasard le numéro de la plaque d'immatriculation dans mon calepin, puis remontai l'allée, dont les dalles étaient fissurées.

— Il n'est pas là dans la journée, entendis-je dans mon dos avant d'atteindre la sonnette.

Je me retournai et vis une femme au bout d'une allée, de l'autre côté de la rue. Elle avait largement plus de quatre-vingts ans, portait un pantalon de survêtement en velours jaune vif et une veste assortie. Ses cheveux argentés étaient tirés en un chignon si serré que je me dis que cette femme devait avoir en fait deux fois plus de rides qu'il n'y paraissait au premier abord.

— Normalement, il est absent toute la journée, dit-elle.

Puis elle regarda à droite et à gauche et traversa la rue, le menton relevé, un sourire figé sur le visage. Elle me détaillait activement, de ma tenue à mon insigne et à mon arme, me passant en revue jusqu'à mes chaussures.

Ce n'était pas bien difficile de cataloguer cette femme. La voisine curieuse par excellence. Quand il s'agissait de mon travail, je les adorais, la plupart du temps. Sur le plan personnel, elles expliquaient pourquoi ma maison se trouvait à plus de vingt minutes de la civilisation.

Je lui adressai un sourire éclatant.

— Merci beaucoup pour cette information. Je suis l'inspecteur Kara Gillian de la police de Beaulac. Savez-vous où il travaille ?

La femme grimaça.

— Enchantée, mademoiselle Gillian. Je m'appelle Nora Dailey. Et M. Cerise ne travaille pas.

Elle avait sciemment omis mon grade, cela ne m'avait pas échappé, mais ce n'était pas la peine d'en faire toute une histoire pour le moment.

— Ah bon ? Alors où est-il pendant la journée ?

— Oh, il traîne avec toutes sortes d'individus louches dans cette église, là, ce centre d'accueil, dit-elle d'un air pincé.

Ça, c'était une première. D'habitude, je n'entendais jamais les mots « individus louches » et « église » dans la même phrase. Enfin, sauf chez ma tante.

— Excusez-moi, mais je ne suis pas sûre de comprendre. Qu'est-ce qu'il fait là-bas ?

Elle leva les yeux au ciel.

— Oh, sapristi, il s'assoit et gribouille sur un cahier, parfois il discute et plaisante avec des toxicomanes. (Elle poussa un grognement de dégoût.) S'il n'y prend pas garde, il va finir comme eux !

Oui, il ne faudrait surtout pas que quelqu'un tende vraiment la main à ces gens. Je connaissais l'endroit dont elle parlait. Deux ans auparavant, plusieurs églises locales avaient collaboré afin de créer un centre d'accueil communautaire, qui, je devais bien l'avouer, se révélait assez efficace. Même si j'étais très loin d'être pratiquante, j'avais moi aussi parfois orienté vers ce lieu-là des gens qui avaient du mal à s'en sortir. Il était également devenu tendance chez les hommes politiques du coin, qui s'impliquaient volontiers dans son fonctionnement, et presque toutes les personnalités locales étaient membres de son conseil d'administration.

Mais à présent, c'était M. Cerise qui m'intriguait.

— Pardon, mais je ne saisis pas, répliquai-je en jouant les idiotes. Il se drogue avec eux ?

Elle écarquilla les yeux.

— Eh bien, c'est possible ! Mais s'il n'y avait que ce centre d'accueil ! Il se balade dans les coins chauds de la ville, traîne dans le parc, donne de l'argent à des clochards..., lança-t-elle en frissonnant de manière exagérée. En plus, il s'habille comme un hippie, et avec ses longs cheveux... (Elle fit une moue.) J'ai appelé plusieurs fois sa propriétaire à son sujet, mais tout ce qu'elle dit, c'est qu'il paie son loyer à temps et qu'il ne lui pose aucun problème, ajouta-t-elle en grimaçant. J'ignore pourquoi elle refuse de m'écouter.

— Est-ce qu'elle a vécu ici ?

J'avais ma petite idée de la raison pour laquelle elle ne prêtait pas attention à Mme Dailey.

La femme acquiesça.

— Oh oui, pendant plusieurs années. Ensuite, elle s'est mariée et a déménagé à l'autre bout de la ville. Elle a mis la maison en location, et lui est arrivé en début d'année.

Pas étonnant qu'elle ne tienne pas compte de ce que vous racontez. Elle a eu affaire à vous en personne, songeai-je en contrôlant mon envie de ricaner.

— Est-ce que M. Cerise a des ennuis ? poursuivit-elle.

L'impatience et l'espoir que je lus sur son visage montraient combien elle était désireuse que ce soit effectivement le cas pour obtenir la confirmation de ses soupçons.

— Oh, non ! m'exclamai-je en feignant la surprise. Je suis venue lui parler de son bénévolat auprès d'enfants handicapés, mentis-je légèrement.

Son sourire devint forcé et factice. Visiblement, sa déception était cuisante, mais elle faisait bonne contenance.

— Ah, je vois. Comme c'est gentil !

— M. Cerise est-il un mauvais voisin ?

Elle agita la tête.

— Oh, c'est juste que je me fais un sang d'encre pour lui.

Voilà qu'elle jouait les voisines inquiètes.

— Il rentre et sort à des heures tellement bizarres, ajouta-t-elle avant de se pencher vers moi et de baisser la voix. Mais au moins, il n'est pas noir, me dit-elle avec un hochement de tête complice. J'ai eu peur quand Dana m'a informée qu'elle allait louer, et je lui ai même demandé de veiller à ne pas choisir n'importe qui.

Je parvins, sans trop savoir comment, à ne rien laisser paraître.

— En tout cas, inutile de vous faire du souci, madame, et merci de m'avoir indiqué où j'ai une chance de le trouver.

Mme Dailey fit une grimace de dédain, puis tourna les talons et regagna sa maison. Ses pas vifs faisaient crisser le velours jaune vif de son survêtement.

Je la regardai s'éloigner, vaguement nauséeuse, puis retournai à ma voiture. À la place de la propriétaire, je crois que j'aurais été tentée de louer à « n'importe qui », juste pour enquiquiner Mme Nora Dailey.

La plupart des églises qui avaient participé au financement du centre d'accueil se situaient en centre-ville. C'était un endroit agréable aux rues propres, planté d'arbres en fleur et offrant une jolie vue sur le lac. Le centre d'accueil n'était pas franchement à côté, car les sympathiques personnes qui fréquentaient assidûment les lieux de culte ne voulaient pas que ce quartier touristique soit entaché, ni avoir les drogués sous les yeux. Par conséquent, le centre se trouvait à plusieurs kilomètres de là, à la périphérie, à bonne distance du lac et des touristes.

Dans ce quartier éloigné, les ordures restaient un peu plus longtemps dans les rues, les trottoirs étaient fissurés, et ce n'était pas l'allure irrégulière et misérable de quelques arbres qui contribuait à en améliorer l'aspect général. Les commerces n'avaient rien à voir avec les magasins d'antiquités et les boutiques de vêtements chic du centre-ville. C'étaient, çà et là, des friperies et des prêteurs sur gages, parfois quelques garants de cautions judiciaires.

Un café-restaurant à la propreté douteuse tournait plutôt correctement en face du centre d'accueil.

Le bâtiment qui abritait celui-ci était quelconque, une structure blanche à deux étages, construite en parpaings et aluminium. L'enseigne bizarrement inclinée au-dessus des portes vitrées de l'entrée s'écaillait, mais les vitres étaient impeccables, et il n'y avait pas de déchets devant.

Je poussai les portes et franchis un petit couloir pour pénétrer dans ce qui semblait être une salle commune. Tous les regards se tournèrent vers moi avant de se baisser rapidement quand on comprit que j'étais flic. Il y avait là cinq ou six personnes, qui regardaient la télévision, feuilletaient des magazines ou jouaient en silence à des jeux de société. Dans un coin se trouvait une table de billard inoccupée, ainsi qu'un ordinateur inutilisé sur un bureau métallique abîmé, poussé contre le mur. Des posters jaunis, destinés à stimuler la motivation des personnes accueillies, étaient affichés à divers endroits, agrémentés de commentaires et de dessins « artistiques », vraisemblablement ajoutés par ceux qui étaient censés être inspirés. Je balayai le foyer du regard, reconnaissant vaguement deux ou trois visages rencontrés dans la rue, mais ça ne me disait pas si Greg Cerise était parmi eux. Je savais qu'il s'habillait comme un hippie et qu'il avait les cheveux longs. Malheureusement, avec ces précisions-là, je n'éliminais pas beaucoup de gens.

— Inspecteur Gillian ?

Je me retournai en entendant mon nom, puis souris : le pasteur que j'avais interrogé la semaine précédente s'approchait de moi. Cette fois, il était vêtu d'une manière permettant d'identifier plus facilement sa fonction : un pantalon foncé, une chemise Oxford et un crucifix de taille modeste qui pendait à son cou.

— Révérend Thomas, dis-je avec un sourire, c'est un plaisir de vous revoir. Je n'aurais pas pensé vous croiser ici.

Il sourit et de petites rides se formèrent au coin de ses yeux.

— Mon église est très impliquée dans ce centre. J'aime venir donner un coup de main quand je ne suis pas trop occupé. (Son expression devint plus grave.) Alors, qu'est-ce qui vous amène ? Avez-vous du nouveau concernant Mark ?

Je secouai la tête.

— Non, je suis navrée. L'enquête est en cours. En vérité, pour l'instant, je cherche un certain Greg Cerise. On m'a indiqué qu'il fréquentait cet endroit. Vous le connaissez ?

Une lueur de ce qui pouvait être de la surprise traversa le regard du pasteur, si furtive que je ne fus pas sûre de l'avoir vraiment vue.

— Oui, répondit-il d'une voix très légèrement hésitante. Oui, il est ici. Il a des ennuis ?

Pourquoi tout le monde pensait-il que ce type en avait ?

— Non, je voulais juste lui parler de certaines de ses œuvres.

Le soulagement se peignit sur les traits du pasteur.

— Ah ! J'aime mieux ça ! s'exclama-t-il en m'adressant un sourire désolé. Excusez-moi, mais j'aime bien Greg, sincèrement, et je trouve qu'il a un talent fou. Mais parfois, je m'inquiète pour lui.

— Pourquoi ?

Il eut un geste d'impuissance.

— Je n'arrive pas vraiment à m'expliquer pourquoi. Il est sympathique, mais il semble très seul. Même si ce n'est pas un « solitaire », précisa-t-il en esquissant des guillemets. Il s'entend avec tout le monde, et je pense qu'il a réellement contribué à faire changer certaines des personnes qui fréquentent ce centre. C'est un artiste formidable, et il fait souvent le portrait de ceux qui se trouvent ici, mais… (Il sourit.) C'est difficile à définir, mais c'est comme s'il leur montrait ce qu'ils pourraient être. C'est pour cette bande dessinée qu'il publie. Et quand les gens voient comment il les représente, ça… ça les aide énormément.

J'étais intriguée à présent.

— De quelle façon ?

— Je crois qu'ils prennent conscience de leur potentiel et que cela les motive.

— C'est fascinant ! Il est là ?

Le pasteur acquiesça.

— À l'étage, dans le bureau à gauche, tout au fond du couloir. Vous traversez la salle de réunion, et vous aurez l'escalier en face de vous. En général, Greg passe la matinée ici avec les autres ou au parc, et ensuite il travaille dans son bureau, là-haut, pendant l'après-midi. Il nous le loue, déclara-t-il avec un petit rire. Nous lui avons dit qu'il pouvait l'avoir gratuitement, mais il insiste pour payer. Il affirme qu'il ne peut pas avancer aussi vite chez lui, parce qu'il y a toujours autre chose à faire, et que de cette manière, il ne voit pas le linge à laver et la vaisselle sale. Vous pouvez monter, ajouta-t-il en me montrant le chemin. Cela ne le dérange pas d'être interrompu.

— Merci, Révérend Thomas. Et je vous informerai dès que j'aurai plus d'éléments sur Mark.

Il m'adressa un sourire chaleureux et me serra doucement la main.

— Je vous suis très reconnaissant pour ce que vous faites. Tenez-moi au courant si je peux vous aider en quoi que ce soit.

Je répondis à sa poignée de main, puis me dirigeai vers les portes qui menaient à la salle de réunion et pris l'escalier.

Même si la moquette était tachée et élimée, l'endroit était aussi propre que possible pour un vieux bâtiment. On ne voyait pas les mêmes affiches qu'en bas. Les murs étaient nus, ainsi que toutes les portes sauf une. Il n'était pas difficile de deviner quel était le bureau de Greg : il s'agissait évidemment de celui dont la porte était décorée de croquis au crayon et de fragments de BD. Je passai les dessins en revue et souris quand j'y découvris des ébauches de créatures ressemblant vraiment à des démons de plusieurs niveaux.

Je tapai poliment.

Pas de réponse. Je collai mon oreille à la porte et crus entendre quelqu'un bouger à l'intérieur. Je toquai un peu plus fort.

Toujours rien. Je grimaçai. Je n'avais pas envie d'aller jusqu'à marteler la porte, mais je ne voulais pas non plus repartir bredouille. Je soupirai et frappai comme pour une visite de police.

La porte s'ouvrit si brusquement que je reculai d'un pas, avant de me ressaisir et de regarder l'homme qui se tenait sur le seuil du bureau. Plus grand que la moyenne, il portait un jean usé et un tee-shirt foncé, avait les yeux bleus et une silhouette élancée et peu musclée. Il était plus vieux que je ne l'avais pensé : du gris parsemait le châtain clair de ses cheveux mi-longs, et des rides donnaient du caractère à son visage. À vue d'œil, il devait avoir à peu près le même âge que ma tante et avait un petit sourire, très accueillant, qui me le rendit extrêmement sympathique, avant même que je lui adresse la parole. Il dégageait une odeur de fumée de cigarette, et je vis de la cendre sur son tee-shirt.

Son petit sourire s'élargit, et il partit d'un rire franc.

— Excusez-moi, dit-il. J'écoutais de la musique sur mon iPod, et j'étais absorbé par un projet. Quand vous avez frappé, vous m'avez fait sursauter : je croyais qu'on m'appelait pour une urgence. Et au lieu de ça, je me retrouve devant une femme splendide, à me demander à quel genre de loto j'ai gagné !

Son sourire était plus que communicatif, et je ne pus m'empêcher de sourire à mon tour.

— Ce n'est pas une loterie, répondis-je. Navrée. En fait, je travaille pour la police, expliquai-je en lui tendant ma carte de visite. Je suis l'inspecteur Kara Gillian. Je voulais savoir si vous auriez quelques minutes à m'accorder ?

Son sourire s'effaça, laissant place à un mélange de crainte et d'admiration. Il écarquillait les yeux comme un petit garçon.

— Mon Dieu, la police ! Qu'est-ce qui se passe ? Rien de grave, j'espère.

S'il n'était pas aussi innocent qu'il en avait l'air, il jouait parfaitement la comédie.

—Non. Pour être honnête, il ne s'agit pas vraiment d'une affaire de police. J'espérais que vous seriez en mesure de m'aider.

Cela allait s'avérer étrange et gênant s'il n'avait jamais réellement rencontré Rhyzkahl. Le peu de réputation que j'avais serait très rapidement terni.

—Vous êtes bien Greg Cerise, le créateur de la bande dessinée *Le Royaume brisé*?

Le sourire réapparut, exprimant désormais une fierté timide ainsi qu'une pointe de méfiance.

—Oui, c'est ma plus belle réussite. Que voulez-vous savoir?

Je saisis mon calepin et fis une petite moue.

—Cela va peut-être prendre un peu de temps. Ça vous dérange si j'entre pour discuter?

—Oh, bien sûr que non. Excusez-moi. Allez-y! me dit-il en reculant pour m'inviter à entrer.

Il me faisait penser à un chiot désireux de faire plaisir. Une forte odeur de nicotine m'enveloppa dès que je pénétrai dans la pièce, qui était si petite que je pouvais presque toucher les murs opposés en écartant les bras. Il y avait un petit bureau avec une table à dessin portable où je vis un croquis inachevé qui représentait, semblait-il, une sirène. Elle fuyait devant une créature marine. Un cendrier débordant de mégots tenait en équilibre précaire sur l'accoudoir d'un fauteuil, et les murs avaient la légère coloration jaunâtre due à la nicotine. Ils étaient tous recouverts d'esquisses et de dessins, quelques-uns en couleurs, mais la plupart exécutés au crayon ou à la plume. Je constatai que la pièce ne contenait rien d'arcanique.

Pas de traces de résonance, qui auraient été présentes si une magie de ce genre avait été pratiquée à cet endroit.

— Asseyez-vous, m'invita Greg avant que je puisse examiner plus attentivement ses œuvres.

Il enleva une pile de cahiers d'une chaise et les posa par terre. Je m'assis avec précaution, tandis qu'il s'installait sur le bord de son siège et m'observait, en attendant que je prenne la parole.

Je pris une profonde inspiration. On en arrivait aux choses étranges.

— Voilà, ça va avoir l'air quelque peu… incongru, commençai-je avant de sortir l'image que j'avais imprimée à partir du site Internet. Qui est-ce ? demandai-je en montrant du doigt le personnage qui ressemblait tant à Rhyzkahl.

Greg se figea en baissant les yeux sur le dessin. Je le scrutai attentivement tandis que son visage animé se fermait et s'éteignait, perdant de ses couleurs comme une robe qu'on aurait laissée trop longtemps en vitrine. Il haussa les épaules de façon décontractée, comme je m'y attendais.

— C'est un simple dessin. Toutes mes œuvres sont fictionnelles, voyez-vous.

Il leva les yeux et me dévisagea, l'air stupéfait, mais j'avais vu sa vivacité auparavant, et je savais que son expression ne montrait que vaguement ses véritables émotions. Il haussa de nouveau les épaules, qui remuaient comme sur commande.

— Ce n'est personne. Pourquoi ?

J'effleurai l'image du bout de l'index.

— Je ne vous crois pas, répondis-je en levant les yeux sur lui, avec un petit sourire. Je pense qu'il s'agit de quelqu'un que vous avez déjà rencontré.

Je le vis déglutir, et hausser encore les épaules. À mesure qu'il répétait ce geste, celui-ci devenait de plus en plus agité et maladroit. Greg y perdait en crédibilité. Pouvait-il être ingénu à ce point ? Dans le cas contraire, c'était un excellent acteur.

— Vous plaisantez ? dit-il en secouant imperceptiblement la tête. Ce n'est personne. Juste un produit de mon imagination.

Je me penchai vers lui et baissai la voix pour qu'il ait à faire un effort s'il voulait m'entendre.

— Non, ce n'est pas vrai. J'ai besoin de savoir où et quand vous l'avez rencontré.

Cette fois, il devint complètement blême.

— J'ignore de quoi…

— Si. Vous savez, rétorquai-je doucement. Vous connaissez son nom. Vous l'avez vu.

Un peu de sueur perla sur son front, et avec une fascination morbide, j'observai une goutte descendre le long de son visage.

— Vous ne savez pas de quoi vous parlez, répondit-il, la voix sur le point de se briser. Vous ne vous rendez pas compte.

Il me jeta un regard où je lus de la peur, et je compris soudain qu'il ne s'agissait pas du sentiment qu'inspire généralement la police aux gens, mais de la peur que je sois plus que ça. *Eh bien, il n'a pas tort*, songeai-je.

Je retournai la feuille pour qu'il puisse voir la totalité du dessin.

— Il s'appelle Rhyzkahl, n'est-ce pas ?

Greg laissa échapper un gémissement étranglé et se leva. Je l'imitai, pensant qu'il allait peut-être détaler.

— Comment… oh mon Dieu ! Comment le savez-vous ? me demanda-t-il avec un regard terrifié.

Je soufflai, soulagée. J'avais un peu peur de me ridiculiser en soutenant qu'il s'agissait de Rhyzkahl. Aidée en cela par Tessa, bien entendu. Elle m'avait déjà mise sur de nombreuses autres pistes farfelues, qui s'étaient révélées embarrassantes et vaines. Il était étrangement réconfortant de découvrir que celle-là pouvait effectivement marcher comme prévu.

Mais pour le moment, Greg avait une peur bleue de moi. En fait, cela avait ses avantages, du moins tant que c'était une peur raisonnable. Je me redressai.

— Parce que je l'ai fait venir.

Surprise et consternée, je le vis rire et se détendre.

— Oui, c'est ça. Vous, vous avez appelé Rhyzkahl. Vous ? Qui êtes-vous ?

Je cillai.

— Je suis invocatrice.

Il se rassit, pour se caler contre le dossier de son siège, et leva les yeux vers moi.

— D'accord, je peux pourquoi pas avaler ce dernier point. Admettons, ajouta-t-il avant de secouer la tête. Mais en aucun cas vous n'avez pu appeler Rhyzkahl.

Je me rembrunis et me rassis, sentant que je perdais du terrain dans cet interrogatoire.

— Alors comment saurais-je que vous le connaissez ?

Il haussa les épaules, avec conviction cette fois.

— Par une image ? Quelqu'un qui vous l'a dit ? (Il se pencha vers moi.) Bon, si vous êtes invocatrice, qui est votre mentor ?

Je réprimai un soupir. J'avais sans conteste foiré l'entretien.

— Comment êtes-vous au courant pour les mentors ? Vous êtes invocateur, vous aussi ? demandai-je en m'efforçant de regagner le contrôle de la conversation.

Il rit.

— Ah non alors ! J'ai choisi une autre voie.

Il tendit le bras jusqu'à la table, secoua un paquet pour attraper une cigarette, puis se la ficha dans la bouche. Il m'en offrit une que je refusai.

— J'en ai juste fréquenté quelques-uns, dit-il en allumant sa cigarette.

J'inclinai la tête.

— Ah bon ? Qui ?

Il m'adressa un sourire redevenu bienveillant.

— Comment vous vous appelez, déjà ?

— Kara Gillian, dis-je, sans prendre la peine de refréner mon soupir.

— C'est pas vrai ! s'exclama-t-il en riant. Je n'avais pas prêté attention quand vous vous êtes présentée. J'ai tendance à ne pas retenir les noms, enfin, je ne le fais pas exprès. Mais je souffre d'une sorte de déficit de l'attention, et les noms m'échappent. Deux secondes après avoir rencontré quelqu'un, je dois lui redemander comment il s'appelle. (Il me sourit.) Est-ce que Tessa est votre tante ?

Mince alors !

— Oui, en effet, répondis-je, manquant de tomber à la renverse.

— Bon, acquiesça-t-il, dans ce cas, effectivement, vous êtes capable d'invoquer des démons. (Il tira une longue bouffée sur sa cigarette et secoua la tête.) Mais vous essayez de me faire gober que vous avez fait venir Rhyzkahl ? poursuivit-il en levant les yeux au ciel. C'est un peu gros pour toute personne ayant une idée de sa nature.

Tout sympathique qu'il m'ait paru au début, ce type devenait profondément exaspérant. Je me calai contre le dossier de ma chaise pour m'éloigner de la fumée, et croisai les bras.

— Et pourquoi cela ? lançai-je d'une voix calme, mais assurément teintée de défi.

Greg me regarda, la cigarette en suspens.

— Parce qu'on ne peut pas juste l'invoquer. Et survivre. C'est un seigneur démon. (Il eut un petit grognement qui me rappela bien trop ma tante.) Donc soit vous êtes une invocatrice qui ne connaît rien à rien, et qui ne restera pas en vie longtemps, soit, dit-il en pointant sa cigarette vers moi, vous essayez de vous foutre de ma gueule pour que j'avoue un truc.

Il tira une taffe puis se pencha pour écraser son mégot sur l'accoudoir.

— Inutile de me prendre pour un con, poursuivit-il en m'adressant un sourire de nouveau normal et chaleureux. Dites-moi simplement ce que vous voulez apprendre.

Je plaquai un sourire aimable sur mon visage.

— J'aimerais beaucoup apprendre comment vous savez à quoi ressemble Rhyzkahl.

Il soupira et se frotta le visage.

— Votre tante est au courant. Je veux dire, j'étais avec elle.

Je fronçai les sourcils.

— Vous êtes amis ?

Tessa ne m'avait jamais parlé de lui.

Il eut un geste d'impuissance accompagné d'une expression de regret.

— Nous étions des amis d'enfance, et nous sommes même sortis ensemble un moment, pendant l'adolescence. Mais même les meilleurs copains se perdent de vue. Il y a longtemps que nos chemins se sont séparés. Je ne sors pas tant que ça. J'aime ce que je fais, et pas tellement les gens.

Je ne pus m'empêcher de sourire.

— Oui, je peux comprendre.

— Sans doute, répondit-il en plissant les yeux. Vous, vous avez l'occasion de voir le pire de ce que l'humanité peut offrir. L'un des avantages d'une petite ville, à mon avis, c'est que j'ai moins de monde à éviter. (Il sourit.) J'ai habité à New York pendant quelques années pour essayer de percer en tant qu'artiste, mais je n'ai pas réussi à m'habituer à la grande ville et j'arrivais à peine à subsister. Et puis, en décembre dernier, j'ai trouvé un investisseur pour ma BD, et je suis revenu m'installer ici en janvier. Et depuis, j'ai de plus en plus de succès.

— C'est formidable, dis-je, sachant que c'était la réaction attendue.

Mais ce n'était pas ses succès de librairie qui m'intéressaient.

— Pouvez-vous me raconter comment vous avez vu Rhyzkahl ?

Il sortit une autre cigarette, mais ne l'alluma pas.

— Ça date de presque trente ans. Tessa et moi, on venait de fêter nos dix-sept ans. (Il grimaça.) Mon père était invocateur, expliqua-t-il en tapotant lentement sa cigarette sur le paquet. Je passais beaucoup de temps avec Tessa. Même quand on était petits, vous savez, à l'époque où les gamins s'amusaient encore dehors, au lieu de rester plantés chez eux devant des jeux vidéo…

— Ou à lire des bandes dessinées ? ne pus-je me retenir de lancer.

Greg s'esclaffa.

— Oh non ! On en avait déjà en ce temps-là, on en dévorait. Mais ensuite, on sortait pour jouer à incarner ces super héros et ces méchants, répondit-il en souriant à l'évocation de ses souvenirs. On créait des scénarios longs et compliqués… (Il secoua la tête.) Puis on a grandi, et on s'est intéressés à autre chose. Bref. Mon père était invocateur, tout comme la mère de Tessa.

Je fus incapable de garder un visage complètement impassible, en entendant cette information stupéfiante. Heureusement, Greg ne me regardait pas et ne parut pas remarquer ma réaction. *Ma grand-mère ?*

Il poussa un profond soupir.

— Mon père était expérimenté. Il n'avait aucun mal à appeler les démons mineurs et même ceux des niveaux plus élevés assez régulièrement. (Ses traits s'assombrirent.) Puis ma mère est tombée malade. Un cancer. Je lui ai fait consulter un médecin, mais…, dit-il avant de secouer la tête comme pour chasser un souvenir désagréable, mon père a décrété qu'elle avait besoin d'une aide… que seul un seigneur démon pouvait lui apporter. (Il froissa la cigarette dans sa main et observa les miettes de tabac voleter çà et là vers le sol.) Ma mère et celle de Tessa, Gracie, étaient les meilleures amies du monde, et donc

Gracie a aidé mon père pour invoquer un seigneur démon. En tout, six invocateurs s'étaient réunis : mon père, Gracie, un couple marié de Beaulac, et deux autres qui pratiquaient en solo à La Nouvelle-Orléans. Et bien sûr, ma mère était là, même si elle ne faisait par partie du groupe à proprement parler. Tous voulaient avoir l'occasion de procéder à un rituel de cette importance.

J'essayais de respirer sans bruit, de peur de commettre ou de dire quelque chose qui pourrait le détourner de son récit.

— Je savais que mon père préparait cette cérémonie. Il avait choisi d'appeler Szerain, un seigneur mineur, en théorie mieux disposé à fournir ce type d'assistance, si on l'appelait convenablement et en lui proposant de bonnes conditions. Je… je m'opposais à la décision de mon père. Je le lui avais dit à plusieurs reprises. (Une douleur ancienne se lut dans son regard.) Je savais qu'ils allaient tenter l'invocation et je n'avais pas envie d'être seul, alors j'ai invité Tess. Avec elle… en fait, on avait l'habitude de descendre au sous-sol pour baiser.

Il sourit comme l'aurait fait un adolescent dans ce genre de circonstances, tandis que j'essayais de ne pas laisser paraître la surprise que provoquait cet aveu. Puis une expression honteuse se peignit fugitivement sur son visage.

— Je ne lui avais pas expliqué pourquoi je voulais qu'elle vienne. Je lui avais simplement laissé supposer que… Bref, on était en pleine action quand on a entendu des pas dans l'escalier, alors on s'est cachés et on a regardé.

Il inspira péniblement.

— Je n'ai aucune idée de ce qui a mal tourné, poursuivit-il, j'ignore si c'était la formulation de l'appel ou la façon dont il a été reçu dans l'autre sphère. Plus tard, Tessa m'a confié que, d'après elle, il fallait utiliser différentes formules, protections et conditions pour invoquer un seigneur démon. Je ne suis pas invocateur, ajouta-t-il en haussant les épaules, donc je ne savais pas vraiment de quoi elle parlait.

Je déglutis et restai muette.

— Bref, le groupe a appelé Szerain, reprit-il après une pause, et une créature est apparue. Sauf que ce n'était pas la bonne.

— Rhyzkahl, murmurai-je, oubliant que je tenais à demeurer silencieuse.

Greg hocha la tête.

— Ils ont invoqué les liens, mais… (Il frissonna.) Ils ne se sont pas rendu compte de ce qu'ils avaient fait. Au début, ils n'ont pas compris que ce n'était pas Szerain, qu'ils avaient invoqué un seigneur qui n'était pas soumis à de telles choses, précisa-t-il en frissonnant. Ils n'avaient pas mesuré le danger qu'il représentait, sa puissance. Il est si…

— Beau.

Il leva les yeux vers moi.

— Vous l'avez vu, vous aussi.

Je me contentai de hocher la tête.

— Bon sang, souffla-t-il. Un jour, j'aimerais bien que vous me racontiez comment c'est arrivé.

— Racontez-moi d'abord votre histoire, s'il vous plaît, insistai-je.

Il se passa la main dans les cheveux.

— Il était… en colère. Mon Dieu, qu'il était furieux ! Je sentais sa colère, comme une couverture étouffante. Les liens dont disposaient les invocateurs étaient inutiles. Rhyzkahl les a fait exploser et…

Il devint blême et ses mains se mirent à trembler. Je me penchai vers lui.

— Que s'est-il passé ?

Il croisa les mains.

— Je ne me souviens pas de tout. Mais ce dont je suis certain, c'est qu'il savait que j'étais là avec Tess. J'ignore pourquoi il ne nous a pas anéantis, comme les autres, mais il était conscient de notre présence.

— Pourquoi en êtes-vous sûr ?

Il posa le regard sur moi.

— Parce qu'il nous l'a dit, expliqua-t-il, la voix de plus en plus incertaine. Il nous a montrés du doigt alors que ses mains étaient encore…, encore couvertes du sang de ma mère.

Il poussa un petit gémissement et enfouit le visage dans ses mains.

— Mon père lui avait demandé de retirer son cancer. Et il s'est exécuté. Pour ça, il l'a fait. Il lui a tout arraché. Cela fait presque trente ans, mais je m'en souviens comme si c'était hier. Mon père mort, gisant à ses pieds, et ma mère…

Il secoua la tête, refusant de poursuivre, ou incapable de le faire.

Je restai silencieuse quelques instants, puis me décidai à lui toucher le genou.

— Est-ce que quelqu'un d'autre a été tué ?

Greg prit une profonde inspiration.

— Oui. Ça a été un vrai massacre. Un putain de carnage. Après le départ de Rhyzkahl, Tess m'a entraîné dehors. (Il se frotta le visage.) Elle a gardé son sang-froid, il faut le reconnaître. J'étais complètement hystérique, presque catatonique. Elle m'a fait sortir, m'a conduit dans un endroit sûr, puis elle est retournée là-bas. Elle a balancé là-dedans tous les bidons d'essence qu'on avait et elle y a mis le feu. Pour faire disparaître toutes les traces de cette invocation.

Il soupira, et je constatai qu'il tentait de refouler ses souvenirs.

— Sa mère aussi était morte, mais elle a tenu bon jusqu'à ce que tout soit terminé.

Je trouvai soudain la réponse à beaucoup de questions demeurées sans réponses à propos de ma tante. *Quel horrible fardeau à porter pendant toutes ces années* ! Je me sentis étrangement coupable d'avoir eu certaines pensées peu charitables à son encontre. Et quelque chose en moi refusait de croire que c'était le même Rhyzkahl, le même seigneur démon, qui avait tué toutes ces personnes. Mais au fond, je savais que c'était la vérité : il était capable d'assouvir ce genre de vengeance si son honneur était en jeu. J'avais moi-même perçu la rage qui émanait de lui : il s'en était fallu de peu qu'il ne me massacre, moi aussi, avant de changer mystérieusement d'avis et de décider qu'il allait me séduire.

— J'ai toujours entendu dire que la chaudière avait explosé au cours d'un cocktail.

Greg haussa les épaules, tout en reprenant quelques couleurs.

— L'enquête n'a pas été très approfondie. À l'époque, la police scientifique n'existait pas. Et l'incendie avait été si violent qu'il ne restait pas grand-chose, de toute façon. Ils ont trouvé des fragments d'os et des dents, et ils se sont dépêchés de conclure que c'était une affreuse tragédie. Beaulac est une petite ville, ajouta-t-il avec un petit rire. Ce qui est assez drôle, quand on sait le nombre d'invocateurs qui vivaient dans le coin.

Je hochai la tête, mais cela me semblait parfaitement logique. Il y avait dans la région des zones de pouvoir arcanique qui attiraient ceux qui pouvaient les exploiter. Cela expliquait en partie pourquoi La Nouvelle-Orléans était un tel foyer du « surnaturel ».

Je refermai mon calepin.

— Merci pour tout ce que vous m'avez raconté, Greg, lui dis-je en me levant.

Il fit de même.

— Vous l'avez vu et vous avez survécu. Comment avez-vous fait ?

Je haussai les épaules, l'imitant sans même m'en rendre compte.

— J'aimerais bien le savoir, justement.

Chapitre 11

Je me tenais devant chez ma tante, les yeux rivés sur la porte peinte en bleu et blanc et bordée de fleurs au pochoir, ainsi que sur le « Bienvenue » bien trop joyeux qu'annonçait le panonceau. J'essayais de m'armer de courage pour frapper et lui faire face. En fait, mon problème n'était pas de la voir, mais de lui avouer ce qui s'était passé lors de mon invocation. *Elle va piquer une crise. Carrément flipper.* En soupirant, je frappai. Il était grand temps que je lui parle. Au cours des jours précédents, j'avais trouvé tous les prétextes possibles pour reporter cet instant, et deux semaines s'étaient écoulées depuis le rituel.

Il ne lui fallut qu'une fraction de seconde pour ouvrir la porte.

— Tu en as mis du temps avant de toquer, fit-elle remarquer avec un sourire interrogateur. Je commençais à me demander si tu ne t'étais pas endormie sur le seuil.

J'entrai, après m'être machinalement essuyé les pieds. Ce jour-là, Tessa portait un kimono japonais habilement ceinturé par une obi, et ses cheveux blonds étaient ramenés en couettes de chaque côté de sa tête. De manière étonnante, cela lui allait très bien.

— Si tu savais que j'étais dehors, pourquoi tu n'as pas ouvert ?

— Tu étais manifestement plongée dans tes pensées. Et je déteste qu'on m'interrompe quand ça m'arrive, alors j'ai préféré te laisser finir, expliqua-t-elle avec un sourire radieux, tout en refermant la porte du bout de sa sandale. OK, ma puce. Qu'est-ce qui te chagrine ?

Elle m'observait avec acuité. Il ne fallait pas se fier à son excentricité et à ses manies, ma tante était intelligente, perspicace et plus que dangereuse. Enfin, pas pour moi. Pas pour le moment. Mais elle pourrait bien me tuer après avoir entendu ce que j'avais à lui confier.

— J'ai besoin de te parler de mon invocation. Plus précisément, de ce qui s'est passé pendant.

Comme si on avait actionné un commutateur, Tessa était redevenue très sérieuse.

— Oui, c'est effectivement le moment d'en parler, mais je savais qu'il était inutile qu'on ait cette conversation tant que tu n'étais pas prête.

Elle me prit par le bras avec douceur mais fermeté, puis me guida dans la cuisine, où elle me poussa sur un tabouret en fer forgé. Comme par magie, je me retrouvai avec une tasse de thé fumant entre les mains. *Arrête tes bêtises, elle ne peut pas faire apparaître des objets. Elle t'a vue arriver et elle a préparé du thé.*

Tessa s'assit sur le tabouret de l'autre côté du comptoir et croisa les bras.

Je bus une gorgée de thé. Il était sucré à point, à la bonne température, et il ne s'agissait pas d'un de ces affreux parfums fruités qu'elle affectionnait d'habitude. *Elle se fait du souci pour moi*, constatai-je. Connaissant désormais les circonstances du décès de ma grand-mère, je comprenais, ou du moins, j'acceptais plus volontiers l'attitude de Tessa. Elle avait dix-sept ans et sa sœur, Ellyn, ma mère donc, en avait dix-neuf quand Gracie Pazhel et les autres invocateurs avaient trouvé la mort. Michael Pazhel avait noyé son chagrin dans le Jack Daniel's. Environ un an plus tard, Ellyn s'était réfugiée dans les bras de mon père, Marcus Gillian, et Tessa avait dû se débrouiller seule et voler de ses propres ailes.

Je n'y avais jamais vraiment songé auparavant, mais Tessa avait dû se sentir terriblement abandonnée par son aînée. Ajoutez à cela le stress de devoir trouver sa voie en tant qu'invocatrice débutante, et l'on comprenait un peu mieux pourquoi elle avait décidé de se foutre de ce que les gens pensaient d'elle. Dans des circonstances « normales », sa mère serait devenue son mentor et l'aurait formée. Au lieu de cela, ma tante avait été obligée d'aller jusqu'au Japon pour trouver un invocateur disposé à l'accueillir comme élève.

J'avalai une nouvelle gorgée de thé pour essayer de gagner du temps. *Pas étonnant si ma mère et elle s'adressaient à peine la parole. Et pas étonnant non plus qu'elle ait mal supporté, avant même ses trente ans, de mettre sa vie entre parenthèses pour élever une préadolescente.* Nos premières années ensemble avaient été désagréables sur bien des plans. Tessa n'avait pas fait beaucoup d'efforts pour dissimuler ce qu'il lui en coûtait de devoir bouleverser son existence et de s'occuper d'une nièce qu'elle n'avait vue qu'une fois jusque-là. Et moi, j'avais réagi comme n'importe quel pré-ado confronté à la perte de tous ses repères : j'étais devenue rebelle et indisciplinée. Bref, une chieuse absolue.

En fait, sans ma capacité d'invoquer, nous aurions sans doute toutes deux renoncé. Appeler les démons nous avait fourni un terrain d'entente, juste à temps pour recoller les morceaux. À peine entrée au lycée, j'avais déjà largement dépassé le stade des « expériences » auxquelles s'adonnent les ados avec les drogues. Mais dès que Tessa avait été certaine que j'avais le potentiel pour devenir invocatrice, elle avait enfin fixé des règles : je pouvais moi aussi pratiquer la magie arcanique, à condition de faire le ménage dans ma vie et de me montrer digne de recevoir son enseignement.

Et je l'avais écoutée. Il m'avait fallu deux ans pour décrocher et me remettre sur les rails, mais elle m'avait apporté un soutien de tous les instants.

— Bon, commençai-je en posant ma tasse. Voilà. Je suis certaine d'avoir appelé Rysehl. J'y ai repensé mille fois, et c'est ce nom que j'ai prononcé, j'en suis sûre.

Elle demeura silencieuse un instant, puis hocha la tête avec réticence.

— Ce n'est pas la première fois qu'une créature franchit le portail sans avoir été appelée.

J'hésitai, brûlant de l'interroger sur l'invocation que Greg m'avait décrite. *Non, je dois d'abord résoudre ce problème. Ensuite seulement, je lui poserai la question.*

— Donc, j'ai appelé, et cet autre… démon est venu. Enfin, je croyais que c'en était un, et j'ai invoqué les liens et les protections habituels, dis-je en posant les mains sur le granit noir du comptoir, sans oser la regarder. Il a éclaté de rire et a dit, texto : « Voilà qui va être intéressant. » Puis il a brisé les liens. Non, ajoutai-je en secouant la tête, c'était encore plus fort. Il les a balayés comme s'il n'y avait rien.

— Oui, répondit-elle. Ce genre de liens est totalement inutile face aux créatures de son espèce.

— J'ai essayé de m'échapper, expliquai-je en me rongeant un ongle. Enfin, j'ai voulu m'enfuir. Mais il a réussi à faire disparaître l'escalier.

— C'est une illusion assez facile pour lui.

— Oui, et même si je savais que c'en était une, rien n'y a fait.

Tessa poussa un profond soupir.

— Un seigneur démon, c'est bien trop fort pour qu'une simple négation fonctionne.

— Et donc ensuite, il… il est venu jusqu'à moi et… (J'inspirai une grande goulée d'air.) OK, je me croyais foutue, tu vois ? Enfin, j'ignorais qui il était, mais je voyais qu'il était maléfique, et puissant. Au début, je me suis dit que ça allait vraiment mal tourner pour ma pomme, qu'il allait me donner en pâture à ses subalternes ou un truc de ce genre. Et puis il a totalement changé, il est devenu super sexy et je…

— Kara ! s'exclama ma tante, sur un ton qui me fit l'effet d'une gifle. Raconte-moi ce qui s'est passé.

Je poussai un gémissement et laissai ma tête retomber sur le comptoir. Cela fit un bruit sourd.

— J'ai couché avec lui. Enfin, il m'a baisée. Non, on a baisé. Et merde.

Comme elle restait muette, je finis par lever légèrement la tête pour l'observer derrière ma frange. Le regard dans le vide, elle se mordillait la lèvre inférieure.

— Qu'a-t-il dit ? demanda-t-elle au bout d'un moment.

— Quand ? Avant, pendant ou après ?

Elle partit d'un petit rire sec.

— J'imagine sans mal ce qu'il a dit pendant : « Oh oui, mon chou, c'est bon ! » ou quelque chose de ce style.

Je lui adressai un sourire contrit.

— Pas vraiment, mais je suppose que ça n'a pas d'importance.

— Alors qu'est-ce qu'il a dit après, petite effrontée ?

Je me redressai.

— Qu'il savait que ce n'était pas lui que j'avais appelé.

Elle fronça davantage les sourcils.

— Et ensuite ?

— Il s'est rhabillé et m'a confié : « Kara Gillian, tu peux m'appeler chaque fois que tu en as besoin ». Puis il a disparu.

Tessa s'approcha de l'évier et fit couler de l'eau dans sa tasse. Elle me tournait le dos.

— Bizarre, commenta-t-elle enfin.

Je la regardai laver sa tasse. Ses mains tremblaient tandis qu'elle l'essuyait et la posait sur l'égouttoir. Je pris soudain conscience qu'elle était profondément bouleversée. C'était pour cela qu'elle s'était détournée, pour que je ne le remarque pas.

— Oui, c'est plutôt étrange, dis-je d'un air faussement détaché, pour lui donner le temps de récupérer. J'ai cru que j'étais cuite, puis il a semblé changer d'avis. Mais ça n'a plus d'importance, maintenant. Parce que je ne vais pas l'invoquer de nouveau.

Mais il peut entrer dans mes rêves…

Tessa se retourna vers moi, froissant le torchon dans ses mains.

— Non, petite sotte, tu ne comprends pas. Tu n'as plus besoin de l'invoquer maintenant. Tu peux te contenter de l'appeler.

Je clignai des yeux, oubliant la visite onirique.

— OK, je vois, mais… (Je m'interrompis, puis secouai la tête.) Bon, peut-être que je ne saisis pas, en fait. Je peux le faire venir sans passer par un rituel formel ?

C'était ça que Rhyzkahl voulait dire ? Mais en quoi était-ce extraordinaire ?

Tessa se sécha les mains d'un geste brusque.

— C'est ce qu'il a dit. De l'appeler. De l'appeler intentionnellement. Ça ne va pas marcher si tu te contentes de prononcer son nom normalement, et tant mieux, vu la façon dont tu le lances à tout bout de champ.

Je perçus une certaine âpreté dans sa voix, et j'en fus curieusement soulagée. Elle redevenait fidèle à elle-même.

— Mais il a établi une sorte de lien avec toi, à présent. J'en ai déjà entendu parler, mais seulement dans la littérature ancienne.

Elle replaça le torchon sur le porte-serviettes, pour se donner une contenance.

— Le seul problème, c'est que tu n'auras pas pour autant le contrôle sur lui. Ton appel aura l'effet d'un laisser-passer, expliqua-t-elle, avant de se retourner vers moi, le regard grave. Il se retrouvera dans cette sphère sans entraves, sans conditions, sans promesse sur l'honneur pour maîtriser ses actes. Alors, ne l'appelle sous aucun prétexte, Kara.

— Bien sûr que non ! m'exclamai-je. Tu me prends pour une idiote ?

Tessa m'observa, courroucée.

— Arrête tes conneries, Kara. Je sais bien que tu n'es pas une idiote. Je veux juste m'assurer que tu mesures bien le danger.

— Je ne vais pas l'appeler, répétai-je en soupirant.

Elle hocha la tête, apparemment peu convaincue.

— Contente de l'entendre, parce que la dernière chose dont cet endroit a besoin, c'est d'un Rhyzkahl en liberté, qui cherche à étendre sa base de pouvoir. Ce serait pire que s'il était invoqué et contrôlé par un invocateur sans scrupule.

Je fronçai les sourcils.

— Attends. Il est donc possible de l'invoquer et de le maîtriser ?

Elle reprit place sur le tabouret.

— Je pense que oui. Mais cela nécessiterait une puissance et une préparation incroyables.

Un horrible pressentiment commençait à se faire jour en moi. Mais ce n'était pas le moment d'approfondir la question. Je pris donc ma tasse et me dirigeai vers l'évier.

— Au fait, est-ce que je pourrais t'emprunter le roman graphique que tu m'as montré l'autre jour ? demandai-je en lavant et en essuyant mon mug. Je suis curieuse de le lire.

Et j'avais envie d'en savoir davantage au sujet de ce Greg.

Tessa sourit, manifestement soulagée de changer de sujet.

— Bien sûr, ma puce, je vais te les chercher.

Les ? Je n'eus pas le temps de m'interroger qu'elle était de retour avec une dizaine de volumes.

— Voici toute la collection. S'il te plaît, prends-en soin, ils sont en bon état. Autrement dit, fais attention à la couverture, ne renverse rien dessus, et ne les lis pas dans le bain !

Je lui pris les ouvrages des mains, réprimant une moue. Adieu, lectures dans la baignoire !

— Je ferai attention, promis.

Elle hocha la tête, satisfaite.

— Tu vas adorer.

J'espérais bien, car je ne pouvais pas m'empêcher de penser qu'ils étaient importants.

— Je te tiendrai au courant, tante Tessa. Mais il faut que je file, maintenant, dis-je en soulevant la pile de BD, avant de me diriger vers la porte.

En atteignant ma voiture, je jetai un coup d'œil à la couverture du premier tome. *Les Aventures du Royaume Brisé, Tome 1 : Visites et Rêves.* J'avais omis de mentionner le fait que Rhyzkahl pouvait entrer dans mes rêves. Je fis volte-face pour retourner le dire à Tessa, quand la sonnerie de mon bipeur m'arrêta. Je plaçai les livres en équilibre sur un bras et, de ma main libre, j'arrachai l'appareil de ma ceinture, pour lire le message. Je ne m'étais pas inquiétée pour rien : un autre corps. Une femme, trouvée dans une ruelle derrière le centre commercial.

Ce que je m'apprêtais à révéler à Tessa devrait attendre.

Chapitre 12

Une nouvelle victime. Tandis que je roulais, les doigts serrés sur le volant, mon sentiment de malaise augmentait. Cela portait à trois le nombre de meurtres en moins de deux semaines, et ils n'avaient jamais été aussi rapprochés auparavant. *Il tend vers quelque chose, qui va avoir lieu bientôt.* Sinon, pourquoi courir un tel risque ? Le rythme des crimes précédents avait été d'un tous les deux ou trois mois, jamais plus d'un par semaine.

Mais avec trois en moins de quinze jours, l'affaire prenait de l'ampleur.

Je me demande si on va me laisser continuer à travailler dessus. Je serais déçue qu'on me retire cette affaire, mais je savais, compte tenu de mon inexpérience, que c'était désormais assez probable. Bref, ça ne me plairait pas, mais je comprendrais. *Vois le bon côté des choses : cette fois, ils vont peut-être se décider à mettre en place une unité spéciale.* Je pris soudain conscience que j'étais partagée à ce sujet. Ce serait formidable de disposer d'hommes et de moyens supplémentaires, mais comment allais-je expliquer les aspects arcaniques de l'investigation, sans passer pour une folle ? En plus, est-ce que j'allais être forcée de travailler avec l'agent Odieux ?

Je soupirai. Mon raisonnement était idiot. J'avais bien besoin de toute l'aide possible. Et je devais également accepter qu'on m'écarte complètement de cette affaire pour la confier à quelqu'un de plus chevronné que moi. Autant dire, pratiquement n'importe qui dans le service.

Je m'arrêtai au bout de la ruelle qui longeait l'arrière des boutiques, rejoignant la multitude des véhicules de police. La zone où l'on avait découvert le corps était connue sous le nom de « centre commercial », qui lui convenait très mal. Dix ans plus tôt, c'en était un, effectivement, mais il n'avait même pas tenu un an : l'agencement s'était avéré catastrophique, l'emplacement peu judicieux et les politiciens locaux trop cupides. Dès la deuxième année, les propriétaires avaient commencé à retirer leurs billes pour éviter la faillite. Désormais, ce n'était plus qu'une rue délabrée, un alignement de devantures vides, çà et là interrompu par la vitrine d'un commerçant combatif, attiré par le faible niveau des loyers. Malheureusement, même ceux qui essayaient de s'accrocher finissaient par mettre la clé sous la porte, parce que le décor environnant était si lamentable que personne ne voulait s'y rendre, de crainte de se faire agresser ou de voir sa voiture abîmée.

Descendue de mon véhicule, je longeai les autres voitures de police, étudiant le coin avant de me rendre sur la scène de crime. Cinq ou six bennes jaunes cabossées étaient réparties dans la ruelle, chacune entourée de déchets qui n'avaient manifestement pas atteint leur cible. On aurait dit qu'elles n'avaient pas été vidées depuis plusieurs mois, et l'odeur des vieilles ordures collait à ce lieu comme la moisissure dans un bac de douche. Il y avait suffisamment d'espace pour passer en voiture, mais peu de gens se seraient aventurés à passer au-dessus des immondices.

Aucune chance de pouvoir visionner une vidéo de la scène. Même si quelques caméras subsistaient à l'angle de certains immeubles, positionnées là où l'on ne pouvait ni les atteindre ni les voler, elles ne filmaient plus rien depuis des années.

Droit devant, le capitaine était en conversation avec trois hommes près du ruban tendu sur un tronçon de la ruelle. Je ralentis mon allure. Je ne m'étais pas trompée, j'allais enfin obtenir de l'aide. *Fais attention à ce que tu souhaites, tu pourrais bien finir par l'obtenir, comme dit le proverbe,* songeai-je en grimaçant. *Mais avec un peu de chance, cela signifie que je vais rester sur cette enquête.* Après tout, on m'avait bipée pour que je vienne. Ce devait être bon signe.

L'agent spécial Kristoff, alias Odieux, se trouvait parmi les interlocuteurs du capitaine Turnham. Un autre individu, beaucoup plus petit que Kristoff, se retourna, et je réprimai un grognement : James Harris, inspecteur au bureau du shérif de Saint-Long. Hautain et plein de suffisance, il n'inspirait pas vraiment la sympathie. Cet homme, plus petit que moi d'environ cinq centimètres, était costaud, et ses chemises à manches longues laissaient deviner un ventre proéminent. Un visage rougeaud, dont la couleur avait tendance à foncer quand il était contrarié, complétait le tableau. Malheureusement, il était assez compétent, possédait de vastes connaissances sur les meurtres rituels et occultes, et sans nul doute, était plus qu'enthousiaste à la perspective d'intégrer une unité spéciale dans le cadre d'une telle affaire.

Le troisième individu m'était inconnu, même si, d'après son costume et sa coupe de cheveux, je compris qu'il s'agissait aussi d'un fédéral. Il n'avait pas l'air d'avoir plus de dix-huit ans, et sa blondeur comme son bronzage lui donnaient plutôt l'apparence d'un surfeur. Il était forcément plus vieux, mais j'aurais bien aimé savoir depuis combien de temps il travaillait pour le FBI.

— Super, à présent, absolument tout le monde va penser que je suis cinglée, marmonnai-je en refrénant mon envie de regagner ma voiture pour vérifier mon maquillage en vitesse.

Comme j'étais passée voir Tessa sur le chemin du boulot, j'étais au moins en tenue d'inspecteur, avec un chemisier rouge cintré et un tailleur-pantalon bleu marine. J'avais même pensé à compléter ma tenue, ce qui revenait pour moi à mettre des boucles d'oreilles ornées de perles.

Le capitaine Turnham m'adressa un signe de tête.

— Messieurs, je vous présente l'inspecteur Kara Gillian. C'est elle qui dirige cette enquête. Et, ajouta-t-il en me jetant un bref coup d'œil, comme je vous l'ai déjà dit, je tiens à ce que cela reste ainsi.

Je m'efforçai de garder un sourire professionnel. Le capitaine avait bien l'intention de laisser à une débutante la responsabilité de l'affaire. Incroyable ! Et j'avais la nette impression que ce point avait même fait l'objet d'une discussion. Kristoff affichait une expression glaciale, alors qu'Harris, le visage rouge, fronçait les sourcils. Seul le surfeur me regardait en souriant.

— Gillian, voici l'agent Zachary Garner, dit le capitaine en me le désignant. Je pense que vous avez déjà rencontré l'agent Ryan Kristoff, et je suis certain que vous connaissez l'inspecteur Harris, du bureau du shérif.

Je leur serrai la main tour à tour, mais le cadavre que je distinguais derrière captait toute mon attention. Je leur souris en murmurant une remarque de circonstance, puis me retournai pour passer sous le ruban. Les trois hommes m'avaient emboîté le pas, mais j'y prêtai à peine attention. L'énergie arcanique que dégageait le cadavre faillit me couper le souffle.

Je m'arrêtai à plus d'un mètre de la victime, levant machinalement le bras pour arrêter l'agent Kristoff. Je levai les yeux sur lui et lui fis une grimace d'excuse.

— Désolée…, j'ai cru qu'il y avait quelque chose, là, par terre.

Il fronça les sourcils et enleva ses lunettes de soleil pour scruter le sol. *Bon sang, quels yeux magnifiques*, pensai-je de nouveau, avant de m'infliger une claque mentale pour retrouver ma concentration.

En m'approchant prudemment, je contemplai les étincelles arcaniques qui s'enroulaient autour de la dépouille. *Il s'en est débarrassé récemment. Voilà donc à quoi cela ressemble avant de s'estomper.* Je poussai un grognement de frustration. Je n'avais aucun moyen de faire venir ma tante sur place, pas en présence des fédéraux.

— Tout va bien, inspecteur Gillian ? s'enquit l'agent Kristoff.

Je pris soudain conscience que je n'avais pas reposé le pied. Je m'empressai de reprendre une posture normale, évitant néanmoins un fil d'énergie qui s'était échappé du corps et commençait déjà à s'évanouir.

— Oui. Je fais juste attention à ne détruire aucun indice.

Kristoff plissa les yeux et rechaussa ses lunettes. Harris se racla la gorge et passa les pouces dans sa ceinture.

— Évidemment, ma grande. C'est pour ça que nos agents responsables de la scène de crime et les vôtres vont en couvrir chaque centimètre et travailler aussi sur la victime.

« Ma grande » ? C'est « inspecteur », pauvre con, fus-je tentée de rétorquer. Au lieu de quoi, j'observai Harris, oubliant au passage de dissimuler mon air menaçant, tant je me réjouissais d'être plus grande que lui pour pouvoir le toiser.

— Est-ce que je peux prendre quelques minutes, avant que vos gars n'interviennent pour sauver le monde ?

Il rougit. *Merde, tu vas encore remporter la palme du tact et de la diplomatie, Kara.*

— Inspecteur Gillian, intervint Kristoff d'une voix insupportablement froide et neutre, notre plus cher désir est de collaborer avec les forces de l'ordre locales afin d'appréhender et de condamner l'auteur de cette série d'actes criminels.

Je cillai puis lui adressai un large sourire.

— Génial ! Merci, mon grand ! m'écriai-je en lui donnant une petite tape sur le bras avant de me retourner vers le corps. Ça ne me prendra pas plus d'une minute.

J'entendis un rire étouffé derrière moi. Je savais qu'il ne pouvait venir de Kristoff ou de Harris, et en déduisis que ce devait être Garner. Les fédéraux auraient-ils la capacité de rire ? J'avais toujours pensé qu'on la leur ôtait au cours de leur formation.

Sans tenir compte de mes trois acolytes, je m'accroupis à trente centimètres de la victime. Alors même que je la regardais, les fils se dissipaient. Encore vingt minutes, et ils seraient réduits à l'état de traces. Le meurtre était sans conteste récent. Et, malheureusement, il n'y aurait aucun témoin. À tous les coups.

— Qui a trouvé le corps ? demandai-je à la cantonade, sans quitter des yeux les vestiges arcaniques.

— On a reçu un appel anonyme, répondit Garner. Nous n'avons pas réussi à le localiser.

Le tueur souhaitait qu'on tombe dessus rapidement. Mais pourquoi ? Je ne pouvais imaginer aucune raison logique. Je voulais bien qu'on soit tombé rapidement sur celui de l'usine par hasard, mais celui du terrain de base-ball était mis en évidence. Et à présent, on nous passait un coup de téléphone pour s'assurer que nous allions le découvrir sans tarder. Il me manquait un lien essentiel : ce qui avait poussé l'assassin à changer de mode opératoire.

Je me penchai davantage et examinai le sol autour du cadavre. Je ne distinguais plus qu'un seul fil d'énergie en vrille, et je me rendis compte avec surprise qu'il formait par intermittence une rune. Je me hâtai de sortir mon calepin et de la dessiner, en me dissimulant de mon mieux du regard des autres. Lorsque j'eus terminé, je répétai l'opération sur un nouveau fil. J'étais si occupée que j'en oubliais complètement tout ce qui m'entourait. Enfin, quand les traces arcaniques eurent disparu, je me levai et refermai mon carnet.

Kristoff avait de nouveau ôté ses lunettes et me contemplait, les sourcils froncés. Harris était debout, les bras croisés, la mine furieuse. *Merde, ils me croient complètement folle.* Il ne me restait plus qu'à espérer que le chef n'en entendrait pas parler.

Kristoff tourna les yeux vers le corps. Je suivis son regard et me rendis compte avec un sursaut de culpabilité que je n'avais pas encore accordé d'attention au cadavre lui-même.

La femme était nue, et ses cheveux bruns avaient subi quelques permanentes de trop. Je sentis la bile me monter à la gorge quand je vis ses yeux. Je crus d'abord qu'elle était simplement morte, les yeux grands ouverts, puis je remarquai en tressaillant de dégoût que ses paupières avaient été découpées. Comme les autres, elle portait de profondes marques de strangulation sur la gorge, et aussi des centaines d'entailles précises sur les membres et le torse, comme la première fille. Je cherchai et trouvai les coupures dans les veines à l'intérieur du coude, mais lorsque je vérifiai ses chevilles, j'eus un nouveau choc : on lui avait sectionné les tendons d'Achille.

On ne lui avait laissé aucune chance de s'échapper. Avait-elle tenté de s'enfuir ? S'était-elle défendue ?

— Mon Dieu, souffla l'agent Garner. Il lui a enlevé les paupières.

Je lui jetai un coup d'œil et acquiesçai, puis poursuivis mon examen du corps. Je ne voyais pas le symbole, pourtant il était forcément quelque part. C'était le même meurtrier. J'en étais sûre.

— Je n'aperçois le fameux symbole nulle part, dit Kristoff en fronçant les sourcils.

— Il y est, répliquai-je.

Harris prit la parole en desserrant le nœud de sa cravate :

— Ce pourrait être un imitateur. Les détails concernant le symbole n'ont jamais été dévoilés, si ?

Je me tournai vers lui.

— En effet, vous avez raison, mais ce n'est pas parce que vous ne le voyez pas qu'il ne se trouve pas quelque part sur elle. Dans deux ou trois cas, c'est le légiste qui l'a repéré. Mais toutes les victimes l'avaient.

Harris fit une moue désapprobatrice.

— Les meurtres n'avaient jamais été aussi rapprochés non plus, ni les victimes découvertes avec autant de facilité. Il serait donc logique d'envisager que les crimes les plus récents soient l'œuvre d'un imitateur.

— Non, dis-je en secouant la tête. Il y a des… (Je m'interrompis. Comment expliquer les traces arcaniques ?) D'autres éléments sont semblables.

— Lesquels ? me défia Harris. Nous avons lu tous vos rapports.

Merde. Je n'aurais pas cru qu'ils s'informeraient aussi consciencieusement.

— Tous mes rapports ? Comment cela ?

— Votre capitaine nous a tout envoyé après la découverte du corps au parc, précisa l'agent Garner avec le sourire. En fait, nous étions en train de mettre au point l'unité spéciale quand on nous a appelés pour ce meurtre, donc nous nous sommes immédiatement dirigés ici.

Bon, c'était bien un bleu, aucun doute. Il n'avait pas encore appris à se comporter comme un con.

— Eh bien, c'est simplement que je n'avais pas encore complété mes notes. Je n'étais pas au courant que mon capitaine vous avait parlé.

Je me retournai vers ce dernier avec un regard furieux, mais il était trop loin pour s'en apercevoir.

— Qu'est-ce que vous dessiniez, inspecteur Gillian ?

La question émanait de l'agent Kristoff, qui me dévisageait avec une attention presque troublante.

Je lui adressai un sourire ingénu.

— Oh, rien de spécial. Je griffonne pour ordonner mes idées.

OK, ils allaient donc me prendre pour une folle doublée d'une incompétente. Génial.

— Écoutez, les gars, et si on se rejoignait au poste pour passer tout ça en revue ?

J'avais réellement besoin de l'aide qu'ils pouvaient m'offrir. Mais je voulais éviter qu'ils me croient cinglée.

— Ça peut se faire, souffla Harris en consultant sa montre. On se retrouve là-bas dans une heure.

Ce n'était pas une proposition.

Je souris d'un air conciliant.

— Dans une heure, ça marche.

— Et apportez toutes vos notes, dit-il.

— Oh, bien sûr. J'ai hâte d'avoir votre avis à propos de cette affaire, les gars.

Et j'étais sincère. Enfin, plus ou moins. Mais je me rendais compte que j'allais devoir veiller à ne pas me laisser piétiner par Harris.

Comme quand je maîtrisais un démon.

Harris et Garner repartirent vers leurs véhicules. Sur le point de les imiter, je m'arrêtai quand je sentis la main de Kristoff se poser sur mon bras.

Je fronçai les sourcils et tournai les yeux vers son visage.

— Y a-t-il un problème ? lançai-je d'un ton glacial en me retenant d'ajouter une remarque agréable, du genre : « *Enlève ta putain de main de mon bras, connard.* »

Il ne me lâcha pas. Au lieu de ça, il vérifia rapidement que les autres s'éloignaient toujours, puis se pencha un peu plus.

— Vous avez vu quelque chose par terre. Qu'est-ce que c'était ?

Je serrai les mâchoires et dégageai mon bras de son emprise.

— Je n'ai rien vu. Je prenais des notes, c'est tout.

Son visage s'assombrit.

— Inspecteur Gillian, nous n'avons pas besoin de nous dissimuler des informations. Si vous avez remarqué quoi que ce soit, vous devez m'en faire part.

Pour que tu me fasses passer en commission ? Tu rêves, mon grand.

— Si j'avais des éléments dont vous pourriez tirer le moindre profit, je vous promets que je vous les transmettrais.

Il se racla la gorge, puis remit ses lunettes d'un geste brusque et partit d'un air furieux. Je le regardai s'éloigner. *Il va s'éborgner s'il continue ses conneries*, songeai-je avant de lui emboîter le pas.

Je me sentais d'humeur hargneuse, c'est pourquoi je pris mon temps pour rassembler mes notes, en laissant volontairement mes collègues attendre quelques minutes de plus. J'avais aussi intérêt à traîner parce qu'après avoir supplié, prié, amadoué et même promis des billets pour un match des Saints au docteur Lanza, je lui avais extorqué la promesse de faire l'autopsie de la dernière victime dans l'après-midi.

— Je vous mettrai au courant dès que je découvrirai le symbole, m'avait-il assuré.

Je lui avais rabâché six fois de suite que j'avais vraiment besoin de savoir où il l'aurait déniché.

Je ne doutais pas un instant qu'il le trouverait. Mais je voulais avoir l'info rapidement, pour prouver aux fédéraux et à Harris que je connaissais mon affaire.

Maintenant, tu dois juste leur démontrer que tu n'es pas cinglée, me dis-je en entrant dans la salle de réunion et en posant mes notes sur la table. Les gars levèrent les yeux sur moi, puis se replongèrent dans les photos étalées devant eux. Une partie de la table était allouée à chaque meurtre des deux séries, avec les tirages des reconstitutions faciales ou les photos d'identité en haut et les clichés pris sur la scène de crime répartis en dessous.

Je m'éclaircis la voix, et ils me regardèrent de nouveau, chacun avec une expression différente : Kristoff les sourcils froncés, Harris en colère, et Garner le sourire aux lèvres.

— Les… premiers cadavres étaient tous trop décomposés pour permettre une identification, commençai-je en indiquant les photos des visages d'argile. Les enquêteurs précédents ont donc demandé à un anthropologue légiste de procéder à des reconstitutions, afin d'avoir un point de départ.

— Qu'est-ce que ça a donné ? s'enquit l'agent Garner.

— On a pu identifier quatre victimes, dont l'identité a été confirmée par l'ADN, dis-je.

— Pas mal.

— Je ne sais pas combien de temps vous avez eu pour lire les dossiers, poursuivis-je, le nez dans mes notes. Je tenais à souligner que le symbole n'est pas toujours immédiatement visible, expliquai-je en évitant de scruter Harris.

Kristoff acquiesça, les sourcils encore froncés sur son visage taillé à la serpe.

— Sur la langue, là, c'était particulièrement sordide, renchérit-il sur le ton qu'il aurait adopté pour parler d'un dessert.

— Oui, et ce sont toutes des blessures *ante mortem*, ajoutai-je. En fait, le tueur les a infligées à chaque victime, pendant plusieurs jours, parfois une semaine durant.

— Elles sont toutes mortes étranglées avec une cordelette ? demanda Garner.

Je fis « non » de la tête.

— Les onze premières ont été tuées de diverses façons : poignard, arme à feu, noyade, et j'en passe. Les numéros 12 et 13, avant l'interruption de trois ans, ont été étranglées avec une cordelette, comme les trois dernières. Sur les deux premiers des meurtres récents, le légiste a repéré des indices montrant que la ligature avait été serrée et relâchée à plusieurs reprises. Les ecchymoses sur les muscles infra-hyoïdiens le montrent. Il va faire l'autopsie de la dernière victime aujourd'hui, et m'appellera pour me communiquer ses conclusions.

Kristoff se redressa et croisa les bras.

— Strangulation répétée. Pour les faire souffrir le plus possible.

Je hochai la tête et m'assis.

— Aucune d'entre elles n'a connu une mort paisible ou rapide. C'est comme s'il se délectait de leur douleur.

— Ou de leur peur, dit-il doucement.

Je levai les yeux sur lui.

— Ou des deux.

Nous nous dévisageâmes pendant un moment, et je détournai les yeux la première, avant de me racler la gorge.

— Bref, repris-je, l'inspecteur de l'époque n'a pas pu établir un rapport entre les victimes, excepté que c'étaient toutes des personnes sans attaches. (Je grimaçai.) Mais je ne sais pas exactement jusqu'à quel point il a creusé la question.

— Vous n'avez pas trouvé de lien non plus, lança Harris sans que je puisse déterminer s'il s'agissait d'une question ou d'une provocation.

— Non, répliquai-je de ma voix la plus neutre. Mais je n'ai l'affaire que depuis deux semaines.

— Je suis certain que vous faites de votre mieux, répondit-il.

Une fois de plus, je ne pus décider s'il se montrait compréhensif ou condescendant.

Je décidai de faire comme si de rien n'était. Le reste de la réunion se déroula sans histoires, et, à mon grand soulagement, se révéla intéressant. Si les agents pouvaient se comporter de manière paternaliste et pénible, c'étaient des professionnels aguerris et ils avaient accès à plus de moyens de renseignement que mon petit département de rien du tout. Même Harris apportait une contribution utile quand il arrêtait d'être exécrable et de me rabaisser.

C'est cool, pensai-je, même si je n'avais pas beaucoup d'espoir de réussir par le biais d'une piste ordinaire.

En revanche, le rythme des meurtres s'accélérant, peut-être le tueur allait-il se tromper et commettre une erreur. *S'il n'était pas déjà passé à la dernière étape.* Je me massai les tempes. Je ne parvenais pas à chasser le pressentiment toujours plus vif que le tueur se préparait pour quelque chose d'énorme.

— Inspecteur Gillian ?

La voix de l'agent Kristoff vint interrompre ma réflexion. Je soupirai et levai les yeux sur lui, puis constatai avec surprise que les autres étaient déjà partis. Plongée dans mes pensées, je ne l'avais même pas remarqué.

— Vous connaissez cet assassin mieux que nous tous, poursuivit-il. Vous estimez qu'il va continuer à tuer aussi rapidement ?

Je cillai, un peu étonnée de le voir admettre que je pouvais comprendre la démarche du meurtrier. Je me passai la main dans les cheveux.

— Je..., commençai-je en grimaçant. Je crois qu'il élabore un plan d'une ampleur considérable.

— C'est-à-dire ?

— Je... ne sais pas trop, reconnus-je plutôt honnêtement.

J'avais ma petite idée, mais je ne pouvais certainement pas la formuler à voix haute.

Il se pencha vers moi par-dessus la table et plongea ses yeux vert et or dans les miens.

— Mais vous avez des hypothèses ?

Mince, était-il capable de lire dans mes pensées ?

— Eh bien, oui, avouai-je, en m'efforçant de cacher ma gêne. Mais elles sont encore très vagues.

Il se redressa et m'adressa un sourire qui me parut amical.

— Alors pourquoi ne pas m'en faire part ? Parfois, ce genre de brainstorming peut donner d'autres pistes à explorer.

Ce qui, en langage fédéral, signifiait : « *Dites-moi tout ce que vous savez.* »

Tu rigoles, mon grand, pensai-je. Mais je pouvais toujours lui dire deux ou trois petites choses.

— Eh bien, je crois qu'il..., qu'il tente d'accomplir quelque chose d'arcanique. Ou du moins, il se l'imagine.

Il acquiesça d'un air grave.

— Ce serait donc une sorte de magie de mort ? Une espèce de rituel ?

— Oui, quelque chose de ce genre-là, répondis-je en le regardant attentivement.

— Peut-être une façon d'obtenir un genre d'influence ou de puissance ?

Je sentis que mon expression allait me trahir et je me forçai à rester impassible.

— Bien sûr. Sinon, pourquoi le tueur ferait-il ces efforts ? Toute cette torture et ces meurtres, c'est sûr que ce n'est pas pour rien.

Il hocha de nouveau la tête.

— Peut-être cherche-t-il à invoquer une créature des arcanes ? (Il me jeta un coup d'œil.) Enfin, il pourrait agir en étant convaincu qu'il peut réaliser ce genre de chose.

— Exactement. (La conversation prenait un tour bizarre.) Pour tenir et contrôler une telle créature, il faudrait beaucoup de magie de mort.

— Il cherche peut-être à invoquer un démon ? suggéra-t-il, inclinant la tête tout en haussant les épaules.

Un étrange frisson d'excitation me parcourut.

— Oui. C'est parfaitement logique. Je pense qu'il… enfin, je crois qu'il pense pouvoir en invoquer un.

Je guettai sa réaction. À ma grande surprise, il ne donna aucun signe de surprise.

— J'aurais tendance à être d'accord, dit-il.

— Ah bon ?

— Oui. Il pourrait envisager d'appeler un démon, renchérit-il en se tapotant le menton d'un air songeur.

Je l'observai, mes pensées se bousculant. Je me souvins que le capitaine m'avait dit que l'agent Kristoff faisait partie d'une unité spécialisée dans les meurtres rituels. *OK, donc ce raisonnement ne lui paraît pas complètement saugrenu,* songeai-je, étrangement soulagée. *Il pense probablement à un démon bien différent des vrais, mais au moins, il ne rejette pas l'hypothèse d'emblée.*

— C'est vrai. Il…, il croit qu'il rassemble de la puissance par le biais de la torture et des morts lentes, et surtout du sang. À mon avis, il va tenter d'invoquer un…

Je m'interrompis. J'avais failli dire « un démon d'un niveau élevé », mais j'avais soudain pris conscience que ce n'était pas cela. Même pour invoquer un reyza réticent, on n'avait pas besoin de commettre tous ces meurtres, d'accumuler autant d'énergie. J'eus la chair de poule.

— Il prévoit d'appeler un seigneur, soufflai-je. Un seigneur démon. Ça tombe sous le sens. Ça dure depuis presque dix ans, ce qui correspond certainement à la préparation que nécessite ce genre d'invocation quand on veut éviter d'être mis en pièces…

Laissant ma phrase en suspens, je levai les yeux vers l'agent Kristoff. Venais-je vraiment de prononcer ça tout haut ? *Merde.*

— Enfin, c'est ce qu'il pense. Il croit pouvoir faire apparaître un seigneur démon.

Merde.

— L'hypothèse se tient, répondit-il d'une voix calme et sérieuse.

Je scrutai son visage, stupéfaite, mais j'avais beau l'observer, je ne percevais rien de moqueur ni de taquin dans son expression ou son comportement.

— Pardon ?

Il ne me quittait pas des yeux.

— Vous esquissiez des runes, n'est-ce pas ? Quand vous étiez près du corps.

— Êtes-vous réellement un fédéral ? demandai-je, la gorge étrangement sèche.

— Je pourrais voir vos dessins, s'il vous plaît ? Je n'ai pas réussi à bien les voir tout à l'heure.

Je le regardai sans réagir.

— Non, vraiment, qui êtes-vous ?

Il crispa ses mâchoires.

— Je suis bel et bien un fédéral. Je le jure. C'est juste que j'ai… en fait, ma grand-mère a toujours appelé ça le don d'autrevue. Il n'est pas très développé, mais il m'a déjà aidé sur plusieurs enquêtes. Et c'est pour cela qu'on m'affecte à des affaires censément liées au « satanisme » ou à ce genre de chose.

Il leva les yeux au ciel et je souris, surprise et satisfaite.

J'hésitai encore quelques instants, puis ouvris mon calepin à la page des croquis et le lui tendis. Il les examina minutieusement en se mordillant la lèvre inférieure, trahissant une émotion peu courante chez un fédéral. Au bout d'un moment, il tourna les yeux vers moi.

— Je pense que votre autrevue est beaucoup plus forte que la mienne, dit-il sans une pointe d'amertume ou de jalousie.

Je haussai les épaules. *Ne baisse pas trop ta garde,* songeai-je. *Ce n'est pas parce qu'il te comprend qu'il ne va pas t'entuber plus tard.*

— Qu'est-ce que ces runes représentent, au juste ? Je ne les reconnais pas, admit-il, une note de dépit dans la voix.

— Je l'ignore, répondis-je franchement. Je vais devoir consulter quelqu'un qui en sait plus que moi.

Il hocha la tête.

— J'aimerais beaucoup que vous me teniez au courant si vous en apprenez plus, dit-il en me rendant mon carnet. Et merci de me faire confiance, ajouta-t-il.

Son sourire me semblait sincère.

— Ne me le faites pas regretter, c'est tout, répondis-je en lui souriant avec retenue.

Mon portable sonna tandis que je regagnais mon véhicule, et je vis le numéro du docteur Lanza s'afficher.

— Bonjour, doc, dis-je en décrochant. Alors, il était où, ce symbole ? Vous l'avez trouvé, non ?

— Kara, répondit-il d'une voix étrangement rauque, cela fait près de quinze ans que j'exerce la médecine légale, j'ai autopsié plus de cinq mille cadavres, mais je n'ai jamais rien vu de pareil.

— De quoi s'agit-il ?

— J'ai repéré le symbole.

— Bien. Où cela ?

Le docteur resta muet.

— Doc ? l'encourageai-je. Où était-il ?

— Bon sang, Kara. Vous n'allez pas me croire, et je suis complètement incapable de comprendre comment il est arrivé là. Je veux dire, il n'y a pas de blessure qui puisse expliquer comment il est entré là-dedans… Je suppose que c'est possible, mais…

— Doc, où l'avez-vous trouvé, à la fin ?

— Il était… à l'intérieur de son utérus, Kara. Ne me demandez pas comment il y a atterri.

Après avoir raccroché, je m'assis dans ma voiture et regardai pensivement mon portable. Si je cherchais une preuve concrète que ces meurtres étaient de nature arcanique, je venais de l'obtenir. Est-ce qu'un démon avait pu graver ce symbole ? Tessa avait perçu deux sources pour les traces. Se pouvait-il que le tueur se fasse aider d'une créature qu'il invoquait dans ce but ? Une fois de plus, je me sentais franchement dépassée.

Va donc m'expliquer ça, Harris.

Chapitre 13

Je rentrai chez moi, scannai les croquis des runes et des sigils, puis les envoyai par mail à ma tante, mais à ma grande déception, elle n'en reconnut aucun. *J'ai besoin de l'avis d'un expert. Il faut que j'appelle un démon.* Je ressentis un léger malaise, à mon grand agacement. Je ne devais pas avoir peur d'invoquer. Il était impossible que j'arrête de pratiquer. C'était désormais une part trop importante de ma personnalité, qui m'avait permis de me construire.

La porte menant au sous-sol m'attirait, mais j'hésitais encore. Je ne savais toujours pas comment le dernier rituel avait pu aussi mal tourner. Il s'en était fallu de peu que j'en meure. *Et j'y ai survécu seulement parce que… pourquoi? Par chance?* La question me hantait encore, malgré tous mes efforts pour l'écarter. Aussi complaisante que je sois pour mon physique, je savais que je n'avais ni la beauté ni assez de charme pour paralyser un seigneur démon.

Je tergiversais toujours. Si je devais invoquer, cette nuit convenait plutôt bien. Il n'y avait pas de lune, ce qui conférait une certaine stabilité à la cérémonie, mais la puissance était faible. Il était plus facile de faire venir un démon par une nuit de pleine lune, surtout ceux des niveaux supérieurs, mais ce n'était absolument pas dans mon intention. *Peut-être que je pourrais quand même appeler Kehlirik ?* Il me devait un service, ce ne serait donc pas très dangereux de le faire apparaître. Et un reyza serait sûrement en mesure d'identifier les runes.

J'y réfléchis pendant plusieurs minutes, mais finis par abandonner cette idée, à contrecœur. Certes, je n'aurais pas à déployer autant d'énergie pour les protections et les liens, mais le seul fait d'invoquer un démon de douzième niveau nécessiterait plus de puissance que celle disponible sous une lune noire. Il me faudrait attendre la prochaine pleine lune pour faire venir Kehlirik.

J'allais me contenter d'un démon de deuxième ou de troisième niveau, qui, avec un peu de chance, pourrait me donner des indices à propos des corps et me traduire les runes et les sigils. Un petit rituel très simple.

En fait, il vaut peut-être mieux que je le fasse tant que la lune n'est pas pleine, décidai-je. Si tout se passait bien, le manque de puissance réduirait le risque de voir se produire d'autres événements inattendus. *Même si cela m'aurait vraiment rendu service de savoir ce qui s'était mal passé la dernière fois.*

Pour m'empêcher de changer d'avis ou de me dégonfler, je me dirigeai d'un pas vif vers la porte du sous-sol et l'ouvris brusquement.

Je reçus une bouffée d'air froid, qui sentait le renfermé, et je me rendis compte, en frémissant, que je la rouvrais pour la première fois, depuis ma fameuse nuit avec Rhyzkahl. Cette idée me chagrina au plus haut point. Je ne pouvais pas me permettre d'être aussi faible. De perdre ma concentration. Et certainement pas d'avoir peur. Pas si je voulais être une invocatrice accomplie. Les invocateurs devaient se montrer prudents, méfiants et vigilants, tandis que la crainte rendait moins attentif. C'était après l'invocation qu'elle pouvait être utile : à ce moment-là, on pouvait en tirer des enseignements.

J'appuyai sur l'interrupteur en haut de l'escalier pour éclairer la pièce. Sous les néons, le sous-sol était loin de ressembler à une chambre d'invocation. Mon irritation ne fit que croître quand je jetai un coup d'œil alentour et remarquai les instruments oubliés la dernière fois : les bougies par terre, le couteau sur la moquette, la craie et l'huile près du diagramme que j'avais griffonné.

— Tu crains, pestai-je.

Mais je pouvais tout de même faire une invocation. Il était tôt, à peine 19 heures, ce qui me laissait largement le temps de procéder au nettoyage et aux préparatifs requis.

Je fis rapidement le ménage. D'ordinaire, je n'étais pas une maniaque de l'ordre et de la propreté, mais quand j'étais préoccupée, cela me permettait de me ressaisir.

La maison fut prête bien avant minuit : la chambre était nettoyée et mes vêtements accrochés en bas de l'escalier. Je pris une douche, puis m'enveloppai dans mon peignoir duveteux pour aller vérifier que le verrou était mis et les rideaux tirés.

Je sursautai vivement en entendant frapper au moment même où je tournais le verrou. Je pris une profonde inspiration pour me calmer. Bon sang, qui pouvait bien passer à cette heure-là ? Personne ne me rendait jamais visite, ce qui me convenait parfaitement. Ma maison était trop à l'écart de la route pour que ce soit quelqu'un dans une situation d'urgence.

Merde. Je n'avais encore placé aucune protection arcanique autour de la maison. J'avais prévu de le faire en dernier, car cette opération était pénible. Je restai immobile pendant un moment, attendant de voir si la personne allait partir. Cet espoir s'évanouit quand j'entendis frapper de nouveau, cette fois-ci violemment. À la manière de la police. *Putain, merde, fais chier.*

Je regardai par le judas et découvris avec stupeur que c'était l'agent Kristoff. J'essayai de voir s'il était accompagné ; personne d'autre n'était visible, mais l'œilleton n'offrait qu'une vue limitée.

Je resserrai mon peignoir, puis déverrouillai la porte et l'entrouvris. Il portait une chemise Oxford noire et un élégant pantalon beige, tenue qui le mettait en valeur, notai-je, troublée. De plus, la lumière du porche rehaussait avantageusement les traits de son visage, qui semblait taillé dans le granit, comme celui d'un homme courageux, modelé par une vie en plein air. Je ne pus m'empêcher de le comparer au visage de Rhyzkahl, à la beauté parfaite et surnaturelle, et je me demandai qui je trouvais le plus attirant.

Je me secouai pour revenir à la réalité.

—Agent Kristoff, vous vous êtes perdu ?

—Non, inspecteur Gillian, répondit-il. Je me demandais si vous aviez quelques minutes pour qu'on parle un peu de l'affaire. Vous savez, de ces choses dont nous n'avons… pas pu discuter au poste ?

—Maintenant ? répliquai-je en le regardant fixement.

Il haussa légèrement les épaules.

—Eh bien, oui. Je suis désolé. Je sais qu'il est tard, mais je n'aurai pas beaucoup d'occasions de vous parler en l'absence des autres.

C'était probablement la vérité. Je grimaçai et jetai un coup d'œil au ciel machinalement. *Non, tu ne verras pas la pleine lune, idiote. Tu vas pratiquer une invocation sans lune.* Je posai de nouveau le regard sur lui.

— Le moment n'est pas très bien choisi.

Il fronça les sourcils, sa bouche frémit.

— Oh, je suis navré. Je n'avais pas pensé que vous pouviez avoir de la compagnie. Je n'ai pas remarqué d'autre voiture dans votre allée.

Je marmonnai quelque chose. Ouais, c'était exactement ce dont ça avait l'air, de répondre en peignoir et de ne pas l'autoriser à entrer.

— Oh, mon Dieu, non ! Je suis toute seule, dis-je avant de me passer la main dans les cheveux encore mouillés. Non, j'étais juste… en train de me préparer pour quelque chose.

Il m'adressa un sourire contrit.

— Excusez-moi. J'espère ne pas avoir été indélicat.

— Ne vous inquiétez pas, déclarai-je en réprimant un soupir. Mais si vous me connaissiez mieux, vous sauriez qu'il est très rare que quelqu'un vienne me rendre visite.

— Et c'est sacrément dommage, répliqua-t-il sans cesser de sourire.

Est-ce qu'il flirtait avec moi ?

— Non, je parlais de n'importe quelle visite, féminine ou masculine… Zut ! Tant pis. Allez, entrez, l'invitai-je en ouvrant la porte en grand.

Je tournai précipitamment les talons pour aller me réfugier dans la cuisine. Cela m'éviterait de m'humilier complètement, si jamais ce n'était pas déjà fait. Pourquoi ne lui avais-je pas carrément avoué que je n'avais pas eu de petit ami depuis trois ans ? Et que je n'avais pas fait l'amour depuis…

Je fis la moue en dosant le café dans la machine. Non, j'avais baisé deux semaines auparavant. Même si littéralement parlant, je pouvais toujours prétendre que je n'avais pas eu d'homme depuis un moment.

Je versai de l'eau dans le réservoir de la cafetière et je l'allumai, avant de me retourner vers Kristoff. Il se tenait à l'entrée de la cuisine, appuyé contre le chambranle, les mains dans les poches, et m'observait avec une expression à la fois amusée et intriguée.

— Pardon. Je n'avais pas l'intention de soulever un sujet sensible.

Je secouai la tête.

— Non, ce n'est pas ça, dis-je en resserrant ma ceinture. C'est juste que je n'aime pas avoir des gens ici. Je n'aime pas vraiment recevoir.

C'est seulement après l'avoir dit que je me rendis compte à quel point je venais de me montrer malpolie.

Mais il ne sembla nullement perturbé. Il promena son regard à travers la pièce, parcourant des yeux le carrelage blanc immaculé, les fleurs jaunes peintes près du plafond, les torchons coordonnés, les dessous-de-plat en cuivre accrochés au mur.

— Eh bien, même si vous n'attendiez personne, votre intérieur est agréable et bien rangé.

— Désolée de vous décevoir, mais d'habitude, cet endroit ne ressemble pas à ça, répondis-je, les bras croisés.

— Ah bon ? lança-t-il en fronçant les sourcils. Alors, vous attendiez bien quelqu'un ce soir ?

J'hésitai. Manifestement, il avait entendu parler des arcanes et acceptait l'idée qu'on puisse « invoquer des démons », mais cela ne signifiait pas pour autant qu'il savait avec quel genre de démons je traitais et quelle sorte de rituel je pratiquais. Les invocateurs comme moi n'étaient pas légion. Je n'avais jamais interrogé sur ce sujet une créature démoniaque, mais je pensais que nous n'étions guère plus d'une centaine sur la planète. On racontait que plusieurs siècles auparavant, il y en avait davantage, mais le monde avait évolué, et la connaissance des arcanes s'était raréfiée au fil du temps.

Mieux valait jouer la prudence.

— Je n'attendais personne, répliquai-je. J'essaie simplement de faire le ménage au moins une fois par mois. Vous êtes tombé le bon jour.

— Ah, commença-t-il. Je pensais que peut-être…

Il n'acheva pas sa phrase, l'air déçu.

— Peut-être que quoi ?

Il haussa les épaules.

— Eh bien, vous semblez calée en matière de démons et de seigneurs démons. J'ai imaginé que vous pouviez être, enfin… (Il partit d'un rire gêné.) J'ai cru que, peut-être, vous étiez invocatrice.

Merde alors ! Il est au courant !

— Humm… (Oh, après tout…) OK, j'en suis une, lançai-je avant de changer d'avis. Et je comptais essayer d'invoquer cette nuit.

Son visage s'éclaira, et il fit un pas dans ma direction.

— Vraiment ? Vous êtes invocatrice ? De démons ? C'est trop cool ! s'exclama-t-il, avec une expression enthousiaste. Merde, comment je parle ! Désolé. On dirait un ado.

Je lui souris.

—Non, ce n'est pas grave. Mais comment avez-vous appris l'existence des invocateurs ?

Il sourit tristement.

—Je comprends votre surprise. Ce n'est pas un don commun, du moins à ce qu'on m'a expliqué. Mais dans le cadre de mon travail et avec les affaires que j'ai suivies, j'ai appris des choses sur le sujet. Et bien sûr, ma grand-mère me racontait des histoires, ajouta-t-il avec un sourire enfantin.

—Était-elle invocatrice ?

—Non. Enfin, je ne crois pas. Selon ma théorie personnelle, un de ses parents l'était, et c'est de là qu'elle a hérité sa capacité à percevoir les éléments arcaniques. Mais quelle que soit la façon dont elle ait obtenu ce don, il était bien atténué quand il s'est transmis à ma génération.

Il haussa les épaules. Visiblement, cet aveu ne lui coûtait pas.

—Alors, vous allez vraiment appeler un démon cette nuit ?

Je haussai les épaules à mon tour, en disposant les tasses pour nous servir le café.

—J'en avais effectivement l'intention. Je voulais essayer de faire reconnaître ces runes. Du lait et du sucre ?

—Une sucrette, si vous en avez. Je pensais que vous ne pouviez invoquer que par nuit de pleine lune.

Je lui tendis sa boisson. Il en connaissait bien plus que ce que j'avais cru.

—Normalement, oui. Les nuits de pleine lune, il y a plus d'énergie arcanique. Mais quand la convergence est élevée, comme en ce moment, il est possible de se passer de la lune, s'il s'agit simplement de maîtriser une créature mineure. Et bien qu'il n'y ait pas autant de puissance, la stabilité est plus importante.

Il entoura son mug des mains.

— C'est ce que vous allez invoquer ? Un démon mineur ?

Il tentait de garder l'air calme et détaché, mais je remarquai ses doigts crispés sur la tasse et je décelai une pointe d'enthousiasme dans sa voix.

— Oui… mais à présent, je crois que je ne vais pas le faire.

— Oh, pourquoi ? demanda-t-il, manifestement déçu.

Je ne pus m'empêcher de sourire. Son comportement était à l'opposé de celui d'un fédéral, bien différent de celui qu'il avait adopté lors de notre première rencontre.

— Même pour un démon mineur, les rituels nécessitent beaucoup de préparation, dont une grande partie est mentale.

Il grimaça.

— Et j'ai tout gâché ! Je suis sincèrement navré. Maintenant, je comprends pourquoi vous vivez retirée.

— C'est bon, dis-je en m'asseyant. Je pourrai encore faire une invocation demain soir. J'ai eu une… expérience étrange la dernière fois, alors, je ne veux plus courir aucun risque.

Il prit place en face de moi.

— Que s'est-il passé ?

Je posai le menton sur la main et le regardai droit dans les yeux.

— C'est l'agent spécial Kristoff qui me le demande ?

— Non, répondit-il en riant, c'est Ryan.

Bon sang, c'était vrai qu'il avait des yeux superbes. Et il était bien plus charmant quand il ne se la jouait pas « FBI ».

— J'essayais d'appeler un démon plutôt accessible, de niveau inférieur, que l'on invoque très souvent et très facilement. Il est rare qu'il cause des problèmes.

— Et là, il a décidé de faire des siennes ?

— Non. Il n'a pas franchi le portail du tout. Une autre créature est apparue, un démon extrêmement puissant et mille fois plus dangereux. Il a anéanti d'un seul geste les liens que j'avais tendus et mes protections. (Je me frottai les bras, frissonnant encore au souvenir de ce moment de terreur.) Et j'ignore toujours pourquoi il est apparu à la place de Rysehl.

Il garda le silence un instant, les sourcils légèrement froncés.

— Mais vous avez survécu, finit-il par affirmer. Comment l'avez-vous battu ?

Je me redressai sur ma chaise.

— Je ne l'ai pas vaincu. C'est compliqué, mais il est parti sans… me faire de mal.

Je ne pouvais certainement pas dire « sans me toucher ».

Il effleura pensivement le rebord de sa tasse, en me regardant.

— Qu'est-ce que c'était ?

— Un seigneur démon.

Il plissa les yeux.

— J'ai cru vous entendre déclarer qu'on ne pouvait pas les invoquer.

— Eh bien, normalement, on ne peut pas. D'ailleurs, je ne l'ai pas invoqué. Il est arrivé à la place du démon que j'avais appelé. Et je ne sais ni comment ni pourquoi.

C'est justement ce qui m'embête, ajoutai-je avec une grimace.

Son regard se fit plus perçant.

— Je pense que vous devriez quand même essayer de faire une invocation ce soir.

Je fronçai les sourcils.

— Ce n'est pas vous qui risquez de voir votre sang dessiner de jolis motifs sur le carrelage, en cas de problème.

— Et demain, vous allez encore reporter le rituel ? demanda-t-il d'un ton provocateur. Ce pourrait être décisif pour l'enquête d'élucider le sens de ces runes.

Je me renfrognai, piquée au vif.

— Vous croyez que je n'en suis pas consciente ? Je sais que nous avons besoin de les déchiffrer, et qu'interroger un démon est probablement le meilleur moyen d'y parvenir. Mais je le ferai quand je serai prête, physiquement et mentalement, et pour le moment, vous ne m'y aidez pas.

Il soupira et se frotta l'arête du nez.

— Excusez-moi. Vous avez raison. Ce n'est pas à moi de vous dire de faire quelque chose de dangereux. Je ne demanderais pas à un collègue de courir après un homme armé, dans un cul-de-sac, sans pistolet et sans renforts. Ce serait la même chose de vous demander d'invoquer sans préparation. J'ai parlé sans réfléchir, sans doute parce que la possibilité d'assister à une telle cérémonie m'exalte. (Il hésita.) Écoutez, je ne sais pas vraiment comment fonctionnent ces rites, mais... serait-il possible que j'y assiste ?

Il me jeta un regard rempli d'espoir.

— Non.

Ma réponse fut catégorique.

Il s'esclaffa brièvement.

— OK, bon, vous devez mieux vous y connaître que moi…

Je secouai la tête.

— Agent Kristoff…

— Ryan, s'il vous plaît.

Je pris une profonde inspiration.

— Ryan, ce n'est pas que je souhaite vous dissimuler des indices ou des informations. Mais c'est simplement trop dangereux. Et pour l'instant, j'ai assez de soucis à cause de mon invocation ratée. La dernière chose dont j'ai besoin, c'est d'avoir un tiers dans la pièce pour détourner mon attention. Par ailleurs, je sais me protéger, mais je n'ai jamais eu à m'occuper de quelqu'un d'autre en même temps. Les seules fois où je n'étais pas seule, j'étais avec un autre invocateur qui se protégeait lui-même.

— J'aurai au moins essayé, lança-t-il en souriant. Qui ne tente rien n'a rien.

Je lui rendis son sourire.

— J'aurais fait la même chose à votre place.

La pendule du couloir sonna minuit, et il inclina la tête.

— Est-ce vrai que les invocations doivent avoir lieu avant minuit ?

— Non, répondis-je, pas du tout. Mais c'est mieux de les achever avant l'aurore, car tout devient un peu instable quand les puissances passent du lunaire au solaire. Quelques rares invocateurs travaillent le jour, et ils s'efforcent toujours de finir avant le crépuscule, suivant le même principe.

Ryan sourit.

— Je crois que je devrais prendre des notes. C'est très intéressant.

Je haussai les épaules.

— C'est l'une des raisons pour lesquelles les invocateurs ne sont pas tout-puissants et ne peuvent pas soumettre durablement les démons. C'est sacrément difficile d'en appeler un, et c'est encore plus difficile de le contrôler plus de quelques heures durant. Surtout ceux des niveaux supérieurs. En plus, ils n'aiment pas qu'on les invoque.

Il était certainement possible d'en maîtriser un pendant plus longtemps que cela, mais je n'avais pas encore acquis cette compétence.

Il se carra dans sa chaise.

— Alors, comment êtes-vous entrée dans les forces de l'ordre ?

Je serrai mon mug entre mes mains.

— Ma mère est morte d'un cancer lorsque j'avais huit ans, mon père a été tué par un chauffard ivre trois ans après, et ma tante est venue habiter avec moi.

Mieux valait ne pas mentionner qu'elle était invocatrice et laisser Ryan le comprendre par lui-même.

— Je suis devenue un peu rebelle, j'ai dépassé les bornes et j'ai fait de grosses bêtises, mais j'ai réussi à sortir du lycée avec une moyenne correcte.

Je ne le connaissais pas assez bien pour lui raconter comment j'avais failli gâcher mon existence en me droguant et comment la découverte de mes capacités d'invocatrice m'avait remise dans le droit chemin.

— Bref, poursuivis-je, après le bac, ma tante m'a prise entre quat'z'yeux pour me faire la leçon sur l'importance capitale des études universitaires de nos jours. Je me suis prise en mains et j'ai obtenu un diplôme en histoire de l'art, précisai-je en levant les yeux au ciel. Dans le genre inutile… Je me suis rendu compte qu'il y avait très peu de débouchés, et après avoir passé trois mois à me lamenter faute de trouver un boulot convenable, j'ai poussé ma tante à bout. Elle a menacé de me mettre à la porte et m'a conseillé d'aller postuler à la police de Beaulac, parce qu'ils embauchaient. C'est le plus grand service qu'elle m'ait rendu, précisai-je avec un sourire. Donc, à l'âge avancé de vingt-deux ans, je suis devenue agent de patrouille, même si je pense que ma tante imaginait plutôt un poste sans risque, comme opératrice, quand elle m'a conseillé de présenter ma candidature.

— Elle semble être une personne très sensée.

Je laissai échapper un petit rire.

— Elle ne s'en laisse pas conter, c'est sûr ! Je suis restée cinq ans à cet échelon, puis j'ai été mutée à la section des enquêtes. Depuis deux ans, je suis inspecteur.

— Vous avez assez d'homicides pour vous occuper, ici ?

— Eh bien, avant le Tueur au symbole, il y en avait très peu. On en avait trois ou quatre, les pires années. Mais notre service est petit, et aucun inspecteur ne travaille exclusivement sur des meurtres. En vérité, c'est ma première affaire d'homicide. (Je faillis me tortiller sur ma chaise, gênée.) Avant, j'étais affectée à la brigade financière.

— Donc, vous êtes entrée dans la police à peu près quand le Tueur au symbole est apparu ?

Je hochai la tête.

— On a trouvé le premier corps le lendemain de ma sortie de l'École de police. Bien entendu, en tant que bleue, je n'ai pas pu m'en approcher. (Je remuai le marc de café dans ma tasse.) De plus, à l'époque, le tueur se débarrassait des cadavres dans des endroits isolés, si bien que quand on les découvrait, ils étaient dans un état de décomposition avancée. Mais j'ai eu l'occasion de me trouver là où il avait abandonné l'une de ses victimes, il y a environ trois ans, quand j'étais encore à la patrouille. La mort remontait seulement à deux semaines environ, et j'ai perçu avec certitude des traces arcaniques. Depuis, cette affaire me fascine, conclus-je en levant les yeux vers lui.

Son expression devint grave.

— Et vous pensez qu'il se prépare pour une invocation majeure, dit-il avant de froncer les sourcils et de se pencher vers moi. N'avez-vous pas dit qu'à votre avis, il cherchait à invoquer un seigneur ?

— Oui. Ça me paraît probable.

Il resta silencieux quelques instants.

— C'est assez bizarre.

— Quoi ? demandai-je avec un regard interrogateur.

— Eh bien, commença-t-il d'une voix étrangement douce, les meurtres se sont multipliés juste au moment où vous avez reçu la visite d'un seigneur.

Je le regardai, interloquée. La sensation agréable que j'éprouvais en sa compagnie s'évanouit. Ma bouche était sèche.

— Non, je rectifie, il est venu sans que je l'aie appelé.

— Quand même, la coïncidence me semble étrange, répliqua-t-il, l'air calme, les yeux rivés sur moi.

— Oui, en effet, dis-je. Je ne peux pas l'expliquer. Mais Rhyzkahl n'est pas le seul seigneur démon de l'autre plan, lui fis-je remarquer froidement.

Il me regarda sans se troubler, et j'eus l'impression que désormais, je n'avais plus affaire qu'à l'agent spécial Kristoff.

— Je me dis juste que c'est très étonnant que vous soyez invocatrice, et il paraît évident que l'assassin est soit invocateur, soit grand connaisseur des arcanes. Si l'on ajoute le fait que les meurtres ont commencé juste après votre arrivée dans la police…

Je me levai, sous l'effet d'une bouffée de colère.

— Êtes-vous en train de m'accuser ?

Il demeura imperturbable, sans doute grâce à son entraînement de fédéral.

— N'aurais-je pas raison ? Vous ne pensez pas que les coïncidences sont troublantes ?

J'inspirai profondément, m'appliquant à garder tout mon sang-froid d'invocatrice, plutôt que d'entrer dans une rage folle ou d'éclater en sanglots. Je risquais de faire aussi bien l'un que l'autre.

— Je crois que vous ignorez vraiment de quoi vous parlez.

Je fus contente de constater que ma voix était calme et stable, même si je bouillais intérieurement.

— Vous vous demandez s'il y a beaucoup de chances de trouver plus d'une seule personne qui s'occupe de magie arcanique dans cette région. Eh bien, si vous aviez la moindre compétence en la matière, vous sauriez que cette zone est située sur un point de convergence de forces arcaniques. Il est donc très probable qu'il y ait, dans le coin, plusieurs individus qui s'adonnent à cette pratique. Et même si l'invocation n'est pas un don courant, je vous l'assure, je ne suis pas la seule au monde à l'avoir.

(J'inspirai de nouveau en essayant de ne pas trembler.) D'ailleurs, vous êtes-vous demandé pourquoi on m'a affectée à cette affaire, tout comme vous ? Peut-être parce que nous sommes tous les deux sensibles aux arcanes ?

Il me dévisagea, puis haussa légèrement les épaules.

— Bien entendu. Je ne sais pas ce qui m'a pris.

— Vous avez cru que j'étais suspecte, rétorquai-je d'un ton sec.

— Pouvez-vous me le reprocher ? demanda-t-il en se levant. Vous n'êtes pas surprise par la coïncidence ?

— Bien sûr que si, mais ce n'est rien de plus que cela, bordel ! Et oui, je vous en veux. Vous ne me connaissez pas. Je me suis montrée très franche avec vous, compte tenu de qui je suis et de ce que je fais. Merde, si j'étais le meurtrier, pourquoi j'irais vous dire qu'à mon avis il s'agit d'un invocateur, pour vous révéler ensuite que je suis une invocatrice ? Vous débarquez chez moi à l'improviste, en pleine nuit, je réponds à toutes vos questions, et pour finir, vous m'accusez d'être le Tueur au symbole. Alors oui, j'ai largement de quoi vous en vouloir. Si c'est votre façon d'enquêter, je n'ai pas besoin de votre aide. Au revoir et merci.

Il fronça les sourcils.

— Je vous rappelle que vous n'avez pas le droit de me virer de cette affaire. Le FBI travaille avec vous, et non sous vos ordres.

— J'ai le droit de vous dire de foutre le camp de chez moi, agent Kristoff ! m'exclamai-je d'une voix qui trahissait ma colère.

— Oui, certainement, inspecteur Gillian, répondit-il en insistant exagérément sur mon titre. Puisque je suis votre invité, cette fois-ci.

Sur ce, il tourna les talons et sortit de la cuisine d'un pas furieux. Quelques secondes plus tard, j'entendis la porte d'entrée se refermer bruyamment. Un peu plus et il l'aurait carrément claquée.

Chapitre 14

Je m'appuyai contre l'évier, le cœur battant à tout rompre. J'entendis le moteur de sa voiture vrombir et le gravier crisser sous les pneus. Bordel, comment en étions-nous arrivés là ? En moins d'une minute, la conversation était passée d'amicale et détendue à une engueulade pleine d'accusations. Et j'avais le sentiment désagréable de savoir ce que sous-entendait son « cette fois-ci ». S'il me considérait vraiment comme une suspecte, la prochaine fois, il viendrait muni d'un mandat de perquisition.

Tu as été bête de lui faire confiance ! me réprimandai-je. Avait-il été ne serait-ce qu'un peu sincère avec moi ? Ou m'avait-il simplement joué la comédie pour m'amener à avouer tout ce que je savais ?

Je gémis et me passai les mains sur le visage. Tout cela, alors que je commençais à l'apprécier. À aimer son côté gentil, son côté Ryan. Quel dommage !

Bon, tant pis pour l'invocation. S'il y avait le moindre risque qu'il revienne avec un mandat de perquisition – et j'étais bien placée pour savoir que si Kristoff y tenait, il pouvait en obtenir un –, je devais dissimuler mes instruments et toute trace de mes activités d'invocatrice. Je n'avais pas moyen de justifier l'existence de ma chambre d'invocation. On ne manquerait pas de m'étiqueter comme une « sataniste », je perdrais sûrement mon boulot, et ma modeste réputation dans le coin serait détruite.

Tout en pestant entre mes dents, j'allai verrouiller la porte, après avoir vérifié à travers l'œilleton que Kristoff était vraiment parti. J'ôtai mon peignoir et enfilai un survêtement, puis je me précipitai au sous-sol. J'étais persuadée que certaines cachettes résisteraient à une fouille réglementaire, mais l'agent Kristoff risquait de remarquer la moindre trace d'activité arcanique.

Il me fallut presque trois heures pour camoufler mes instruments et nettoyer la pièce, en frottant le béton du sol pour effacer toutes les marques de diagrammes. Une heure de plus fut nécessaire pour rassembler les puissances, afin de disposer quelques fausses pistes et quelques petites protections, en m'attendant sans cesse à entendre frapper à la porte. Je me dis que s'il ne revenait pas avec un mandat de perquisition, toute cette agitation me ferait toujours un bon exercice de dissimulation et d'utilisation des puissances. En fait, j'aurais dû m'y essayer plus tôt que cela.

J'examinai la pièce. Pour n'importe quel œil non entraîné, elle ressemblait à une bibliothèque ordinaire au sous-sol d'une maison, à un petit bureau confortable et tranquille avec un sol en béton lisse et des murs lambrissés. Pour quelqu'un de sensible aux arcanes, il y avait bien d'autres signes à relever, mais la plupart d'entre eux prêtaient à confusion, étant brouillés. *Ouais, il faut vraiment que je m'améliore pour couvrir plus vite mes traces.* En fait, me dis-je, je devrais prendre l'habitude de nettoyer et de cacher mes outils après chaque invocation, juste par précaution. J'étais devenue beaucoup trop paresseuse et confiante. C'était l'un des inconvénients lorsqu'on recevait peu de visites.

Quand je remontai du sous-sol, le soleil commençait à filtrer à travers les rideaux de l'entrée, mais au moins, j'étais prête à voir Kristoff débarquer avec un mandat. Je poussai un gros soupir et m'affalai sur le canapé du salon. La pendule de la cheminée indiquait 5 heures du matin. Il ne réussirait probablement pas à faire signer un mandat par un juge avant 8 heures, sauf s'il en réveillait un. Et ensuite, il lui faudrait au minimum une heure pour réunir une équipe. Ce qui me laissait le temps de dormir un peu, décidai-je, sentant déjà mes paupières se fermer. Je me blottis sur le canapé et me couvris d'un plaid. Qu'il aille se faire foutre. J'étais parée.

— Tu reçois des hommes chez toi ? Est-ce que je devrais être jaloux ?

J'ouvris les yeux et cillai à cause du soleil qui tombait sur le sofa. Quelqu'un se tenait devant la fenêtre, je ne distinguai qu'une grande silhouette.

— Hein ? (Je m'abritai les yeux de la main.) Ryan ?

La silhouette partit d'un rire qui me glaça le sang. Ce n'était pas Ryan. Il s'approcha et je pus alors voir la cascade de ses cheveux si blonds, ses traits angéliques et sa beauté parfaite. Il portait un pantalon et une chemise comme la nuit où je l'avais rencontré pour la première fois, sauf qu'à présent, le cuir de son pantalon était noir et sa chemise, d'un vert chatoyant qui semblait capter la lumière et la réverbérer. Je me sentis inquiète, tout en m'asseyant.

— Rhyzkahl, c'est un nouveau rêve, ou je me trompe ?

Il m'adressa un large sourire.

— Tu n'arrives pas à faire la différence ?

Il s'avança encore et s'agenouilla, puis tendit le bras pour me caresser la joue du revers de la main. Un frisson de plaisir me parcourut.

— Est-ce que, quand je te touche, tu as l'impression que c'est un rêve ?

J'en eus le souffle coupé.

— Tu… tu m'as paru réel la dernière fois, mais ce n'était qu'un songe.

Une lueur amusée passa dans son regard.

— Sait-on jamais. Peut-être que c'était la réalité, et que tout ce qui a suivi était un rêve.

Il se pencha vers moi et il murmura dans mon cou :

— La frontière s'estompe, n'est-ce pas ?

Je m'écartai de lui.

— Ne te moque pas de moi comme ça, lui dis-je. Je ne t'ai pas invoqué, donc c'est forcément un rêve. Tu n'es pas vraiment là.

— Quelle importance ? demanda-t-il d'une voix douce et sensuelle. En tout cas, tu as toujours du plaisir quand je te touche.

— Il n'y a pas que le plaisir qui compte.

Il s'assit lentement en me dévisageant.

— Mais sans plaisir, l'existence serait difficile à supporter.

Je ne pus retenir un sourire.

— C'est vrai. J'aurais peut-être dû préciser que la satisfaction sexuelle n'était pas tout.

Il inclina la tête en signe d'assentiment.

— Il y a une grande variété de plaisirs dans cette existence, dit-il en me caressant le menton. Si tu le voulais bien, je t'en ferais connaître beaucoup.

J'inspirai doucement.

— À condition que je t'appelle.

— Oui. De toute manière, dans l'état de rêve, je ne peux pas faire grand-chose.

Mais désormais, je savais ce qu'un tel appel pouvait entraîner. Je m'efforçai de changer rapidement le sujet de la conversation avant qu'il puisse insister davantage.

— En fait, tu pourrais m'aider sur un point.

Il fronça les sourcils.

— Continue.

La tête me tourna soudain, d'excitation.

— J'avais l'intention d'invoquer un démon mineur cette nuit. Mais ça n'a pas pu avoir lieu. Peut-être que tu pourrais éclairer ma lanterne ?

— Je possède de vastes connaissances, ma douce Kara, lança-t-il en riant. Que souhaites-tu donc apprendre ?

— J'ai vu des runes aujourd'hui, sur un corps, et je me demandais si tu pouvais me dire ce qu'elles signifient, expliquai-je en l'observant attentivement.

Il s'assit par terre avec grâce, le bras passé autour de son genou relevé.

— Je suis intrigué, ma chérie. Dis-m'en plus.

Je me penchai vers lui.

— Elles se trouvaient sur le cadavre d'une jeune femme qui a été torturée avant d'être tuée. J'ai remarqué des traces arcaniques.

— C'est bien triste, dit-il en secouant la tête.

Je le regardai durement, intriguée par le ton de sa réponse. Sur son visage se lisait une compassion de circonstance, mais sa voix en était totalement dépourvue.

— Oui, en effet, répliquai-je au bout d'un moment. Elle a eu une mort atroce, et j'essaie de découvrir son assassin, alors, tu pourrais jeter un coup d'œil à ces runes, pour moi ?

Ses yeux bleus s'allumèrent.

— Bien sûr, ma chérie. Je ne demande pas mieux.

Je me levai d'un bond et courus chercher mon carnet, sans même me rendre compte de ce que je faisais. Je le pris sur la table, tout en me disant que si je rêvais, je serais sans doute incapable de lire. Et pourrais-je me rappeler, au réveil, ce qu'il me révélerait ? Cela devenait compliqué.

Je retournai près de Rhyzkahl, et lui montrai mes croquis. Il se redressa pour les examiner en effleurant le papier du bout des doigts. Le souffle coupé, je le vis attraper une rune et l'extraire de la page. Elle devint un motif de lumière pourpre qui ondulait, et il la fit pivoter lentement au-dessus de sa paume. Il n'avait plus l'air amusé ou complaisant. Les yeux plissés, sans rien dire, il regardait la rune tournoyer.

Après ce qui me parut durer une éternité, je me manifestai prudemment.

— Seigneur Rhyzkahl, peux-tu me dire ce qu'elles signifient ?

— Je le peux, déclara-t-il d'une voix soudain grave et menaçante, désormais loin de plaisanter.

Je reculai instinctivement.

— Ce sont des sigils de contrôle, d'attachement, poursuivit-il.

— Donc… son tueur a utilisé les runes pour la maîtriser ?

Il grimaça, et je perçus la colère qui montait en lui.

— Non. Ce sont des runes destinées à maîtriser quelqu'un d'autre.

Il agita légèrement la main et la rune se dissipa, les fragments lumineux dérivant et se dispersant comme des gouttelettes de sang.

J'avais la bouche affreusement sèche.

— De qui s'agit-il ? osai-je demander.

Il gronda, et la vague de fureur qui émana de lui me projeta contre le mur. Son aura augmenta et sa puissance m'étouffa : son courroux était encore plus profond et effrayant que la nuit où il avait franchi mon portail pour la première fois. Je me laissai glisser au sol et me recroquevillai, pleurant de terreur tandis que l'aura brûlante de colère et de rage me suffoquait.

J'entendis des coups retentir au loin, mais je restais clouée au sol par la puissance menaçante qui m'empêchait de respirer. Je sentis qu'on m'attrapait et je m'agrippai à l'aveuglette aux mains qui me serraient.

— Kara !

J'essayais de reprendre haleine, mais la peur m'asphyxiait et m'empêchait d'émerger. D'autres mains me saisirent et m'enfoncèrent davantage.

— Kara !

Je hurlai en m'agitant pour me dégager de leur emprise. On me frappa violemment sur la joue et, soudain, la puissance en furie disparut.

Haletante, je clignai des yeux, éblouie par la lumière. Quelqu'un me secouait et criait mon nom. Je sentis une nouvelle claque, et je levai les bras pour me défendre.

— Bon sang, Kara, réveillez-vous !

Je baissai craintivement les bras. L'agent spécial Kristoff se tenait accroupi, à côté de moi, les mains sur mes épaules, l'air troublé et perplexe.

— Nom de Dieu, Kara ! Vous allez bien ?

Je déglutis et m'assis, balayant la pièce du regard, même si je savais que Rhyzkahl n'était plus là. J'avais du mal à respirer normalement.

— Putain !

— Ça va ? s'enquit-il sans me lâcher, le visage empreint d'inquiétude. Je me suis arrêté devant chez vous, et je vous ai entendue crier. J'ai dû fracturer votre porte. J'ai cru qu'on vous égorgeait ou un truc de ce genre !

Je me passai une main tremblante sur la figure.

— Non. Enfin, si, ça va. C'était juste… juste un cauchemar.

Il desserra lentement son étreinte et se redressa.

— Ça devait être affreux !

Je frissonnai.

— Oui, on peut le dire.

Ce n'était pas simplement un mauvais rêve. Je viens d'avoir un avant-goût d'un Rhyzkahl furieux, sans pouvoir me défendre. J'avais la gorge sèche. Ses visites précédentes m'avaient fait oublier sa nature et ce dont il était capable.

Je levai les yeux sur Ryan avec une soudaine méfiance.

— Que faites-vous ici ? Vous avez un mandat de perquisition ?

Il eut l'air confus.

— Un quoi ? Un mandat de perquisition ? De quoi parlez-vous ?

Je croisai les bras, me sentant un peu ridicule.

— C'est-à-dire que… après notre dispute d'hier soir, j'ai pensé que vous alliez peut-être en demander un.

Il me dévisagea pendant un moment.

— Inspecteur Gillian, vous avez perdu la raison, finit-il par déclarer. Je suis venu ici ce matin pour m'excuser de m'être comporté comme le dernier des abrutis. Je ne sais vraiment pas ce qui m'a pris.

— Sérieusement ? demandai-je avec un sourire en coin.

— Oui, je vous assure, répondit-il en riant. Mais j'ai entendu vos hurlements, alors, j'ai défoncé la porte.

Je lançai un regard vers la porte et les bras m'en tombèrent : complètement tordue et brisée, elle ne tenait plus guère que par une charnière, et son chambranle était cassé. Des éclats de bois jonchaient l'entrée.

— Merde alors, vous avez utilisé votre voiture pour faire ça ?

Il eut la bonne grâce de paraître gêné.

— J'ai vraiment cru qu'il vous arrivait quelque chose de terrible.

— OK, c'est plutôt gentil de votre part, même si c'est une drôle de façon de me rendre service, dis-je avec un petit rire. Mais je vous excuse.

Je me levai, tirai sur mon sweat, puis je m'approchai des vestiges de la porte.

— Mais comment avez-vous pu causer autant de dégâts ?

— Je suis plus fort que j'en ai l'air, déclara-t-il d'un ton qui trahissait son exaspération. Kara, ça va ?

— Oui.

Il me scruta, la tête légèrement inclinée, le regard grave.

— Avez-vous fait une invocation la nuit dernière, après mon départ ?

Je réfléchis rapidement à ce que je pouvais lui confier, puis je répondis :

— Pas exactement… mais j'ai réussi à obtenir des infos sur les runes. Venez, j'ai besoin d'un café, et je vous expliquerai.

Je me dirigeai vers la cuisine, comptant qu'il me suivrait. Mais il dit :

— Attendez, je reviens tout de suite.

Et il sortit par la porte qu'il venait de démolir. Quelques minutes plus tard, il était de retour, portant une boîte blanche qu'il posa sur la table de la cuisine. Il haussa légèrement les épaules.

— Comme vous n'êtes pas venue à la réunion de ce matin, je me suis dit que vous étiez en rogne après moi. J'ai donc décidé de vous apporter ça en signe de réconciliation, précisa-t-il en soulevant le couvercle de la boîte pour me montrer qu'elle était remplie de beignets au chocolat.

— Comment avez-vous su ? murmurai-je en saisissant un gâteau, tandis que mon estomac gargouillait.

Il ébaucha un sourire.

— J'ai mes sources.

Je lui souris en retour et mordis dans le beignet.

— Peu importe.

— Alors, ces runes ?

Je m'assis en balayant les miettes du bout des doigts.

— Ce sont des runes de contrôle et d'attachement. Je crois que mon idée était juste, le tueur prépare une invocation majeure et construit une prison arcanique, en utilisant ses victimes pour obtenir de l'énergie.

Mon esprit commençait à échafauder des hypothèses déplaisantes. Rhyzkahl s'était mis en colère en voyant la rune. Était-ce à l'idée que tout seigneur démon puisse être asservi et maîtrisé ? Ou était-ce pour quelque raison plus personnelle ?

Ryan prit place en face de moi, l'air préoccupé.

— Vous voulez dire que c'est une sorte de magie de mort ?

— Dans un certain sens, oui, même si c'est plus complexe que ça.

— Inutile d'entrer dans les détails. Je mettrais sans doute trop de temps à les comprendre, et ce n'est pas réellement nécessaire. Alors, poursuivit-il en recouvrant son calme, comment avez-vous eu ces renseignements ?

— C'est très compliqué. Il faut simplement que vous me fassiez confiance, quand je vous affirme que je suis pratiquement sûre de leur fiabilité.

— Pratiquement sûre ? répéta-t-il, les sourcils froncés.

— Eh bien, ça va vous sembler bizarre, mais je les ai plus ou moins obtenus dans un rêve.

Il cligna des yeux, puis resta silencieux un instant. Enfin, il haussa les épaules.

— Bon, je suppose qu'il y a beaucoup d'éléments que je ne saisis pas, ce qui m'oblige à vous faire confiance.

— Merci. Comme je vous l'ai dit, je ne suis pas sûre à 100 pour cent, mais au moins à 98.

— Alors, vous allez tenter une nouvelle invocation ce soir ?

— En fait, ce n'est plus urgent, puisque j'ai déjà les informations sur les runes.

Je faillis grimacer en comprenant soudain que je me cherchais des raisons pour éviter d'en pratiquer une. *Ça ne va pas le faire du tout.* Mais je n'avais pas le temps de m'occuper de ma nouvelle névrose.

Il me dévisagea pendant quelques instants, puis se redressa.

— Bien. Il faut que je retourne au bureau. Nous avons fixé une autre réunion pour cet après-midi, à 15 heures.

— J'y serai, acquiesçai-je.

Il hésita, comme s'il souhaitait ajouter quelque chose. Puis sur un signe de tête, il me sourit et sortit par le trou béant de l'entrée.

Chapitre 15

Après le départ de Ryan, je balayai les éclats de bois dans l'entrée puis m'efforçai de remettre en place ce qui restait de la porte, et plantai quelques clous dans les planches du cadre détruit, en guise d'attelles rudimentaires.

Au milieu de mon travail, je reculai et observai la porte, interloquée. *Un coup de pied latéral volant ? Du haut des marches et en traversant le perron ?* Bon sang, comment avait-il pu provoquer autant de dégâts ? L'avantage, c'était qu'il m'avait réveillée de ce cauchemar. Toutefois, j'allais être obligée de quémander quelques planches de contreplaqué afin de mieux sécuriser mon entrée. La saison des cyclones ne débuterait pas avant un mois, et je pouvais donc certainement emprunter à Tessa l'un des panneaux dont elle se servait pour barricader son magasin pendant les tempêtes.

Je rangeais mes outils dans un tiroir de la cuisine quand mon téléphone sonna. Numéro inconnu.

— Inspecteur Gillian, répondis-je.

— Inspecteur ? C'est Greg Cerise.

Je me redressai machinalement.

— Bonjour, monsieur Cerise. Que puis-je faire pour vous ?

Il éclata d'un rire où je crus déceler un soupçon d'indécision.

— Appelez-moi Greg. Écoutez, je ne sais pas ce que vous allez penser, mais… je… je me demandais si vous aviez eu l'occasion de lire ma bande dessinée. Parce que si vous le souhaitez, je peux vous en passer un exemplaire.

Son enthousiasme m'évoqua celui d'un jeune chiot.

— En fait, ma tante m'a prêté toute la série. Et j'ai bien l'intention de les parcourir, dès que possible.

— Cool. C'est super. (Il se tut quelques instants.) En fait… j'ai vu un article dans le journal, sur les meurtres. Les crimes du Tueur au symbole.

— Oui, et ?

— Et… j'ai lu que vous étiez chargée de l'enquête. C'est bien ça ?

— Oui, c'est exact. Avez-vous des informations à me communiquer ?

— Non. Je… je me demandais juste si vous étiez venue me parler l'autre jour parce qu'il existait un rapport entre mon livre et ces meurtres. Je suis même passé au poste, au cas où, mais vous n'y étiez pas.

— Non. J'étais simplement curieuse à propos de l'image de Rhyzkahl.

Je jetai un coup d'œil à la pendule. *Merde. Je vais encore être en retard.* Je commençai à rassembler et à empiler les dossiers et les notes étalés sur la table de la cuisine.

— Pourquoi ? poursuivis-je. Est-ce que vous avez des informations à me communiquer, monsieur Cerise ?

— Non ! Oh, non… malheureusement. Je me posais la question, c'est tout. Et puis, je voulais avoir votre avis sur ma BD.

— Eh bien, j'ai été occupée, mais je promets de vous téléphoner dès que je l'aurai lue, lui assurai-je tout en essayant de dénicher mon carnet dans tout le bazar général.

— D'accord. Très bien. Alors… merci.

Il raccrocha. Je fixai mon portable pendant une seconde, de plus en plus perplexe. Quel était le but de cet appel ? Cherchait-il à me dire quelque chose ? Ou était-ce une tentative de drague ?

— Je comprends pourquoi tu es toujours célibataire, Greg, marmonnai-je en me dirigeant vers ma chambre pour me changer.

J'arrivai au bureau les bras chargés de toutes les notes, photos et coupures de presse sur les meurtres que je possédais chez moi. Ce qui faisait pas mal de paperasse. J'avais tout jeté en vrac dans un carton, en me rendant compte que j'allais être en retard. C'était déjà assez gênant d'avoir raté la réunion du matin. Si j'en manquais une autre, je passerais pour une véritable excentrique.

À mon grand soulagement, la salle de conférence était vide. Je pris un siège, puis commençai à réviser mes notes, espérant qu'un fait nouveau me sauterait aux yeux. Un peu plus tard, la porte s'ouvrit, et les fédéraux entrèrent comme un seul homme, suivis de l'inspecteur Harris, la mine revêche. Je consacrai plusieurs minutes à leur montrer mes notes et mes clichés, avant de faire un point sur nos progrès respectifs, qui étaient loin d'être flagrants. Après ces exposés, chacun examina en détail les éléments de l'affaire, ajoutant parfois quelques remarques ou commentaires.

Au bout d'une heure de réunion, l'agent Garner se leva et poussa un gémissement avant de s'étirer, faisant craquer son dos.

— Je suis tellement fatigué que je n'ai plus les yeux en face des trous. (Il regarda le carton.) Hé, qu'est-ce que c'est ? demanda-t-il en sortant la pile de bandes dessinées. Ça a un rapport avec l'enquête ?

— Oh, merde, je les ai mises là par erreur.

Mais au moment où je prononçai ces paroles, j'eus un déclic : une idée qui devait mijoter au fond de ma tête depuis un moment venait de faire surface, s'imposant à mon esprit. *À qui cette rune d'attachement est-elle destinée ? Est-ce une coïncidence que Greg Cerise en connaisse autant sur ce seigneur démon précis ?*

— Pour être honnête, je pense en effet qu'il peut exister un lien, mais je ne sais pas encore lequel.

Harris me dévisagea.

— Un pressentiment ?

— Eh bien, oui, en quelque sorte, répondis-je avec un haussement d'épaules un peu gêné.

À ma grande surprise, il hocha la tête.

— Il ne faut pas négliger les intuitions. C'est comme ça que votre inconscient vous indique sur quoi jeter un coup d'œil.

Il prit le premier volume et commença à le feuilleter. Garner suivit son exemple et s'empara du suivant.

— Des démons, hein ? commenta Harris. Ça conforte votre hypothèse que ce sont des meurtres en série rituels ?

J'acquiesçai, encore trop étonnée pour parler. James Harris ne m'avait pas du tout donné l'impression d'être du genre à accepter de prendre en compte le surnaturel dans une enquête sans broncher. J'ouvris la bouche pour m'expliquer, mais il me devança.

— J'ai beaucoup étudié ce domaine et assisté à plusieurs conférences sur les meurtres rituels. Enfin, tout ça c'est des conneries, bien sûr, mais l'essentiel, c'est que notre tueur pense réellement que ce truc peut lui offrir une sorte de puissance mystique.

Je restai muette, soulagée de ne pas en avoir trop dit. Je lançai un bref regard à Ryan. Il m'adressa un hochement de tête et un haussement d'épaules à peine perceptibles. OK, donc Harris ne croyait pas à l'existence des arcanes, mais au moins, il était prêt à suivre des pistes allant dans cette direction.

— Hé, lança soudain Garner en se redressant. Hé, c'est une de nos victimes ! s'exclama-t-il en indiquant une vignette de l'ouvrage qu'il avait en main.

— Quoi ? Laquelle ? Vous en êtes sûr ?

Il avait le doigt pointé sur la vignette située en haut à droite.

— Regardez cette fille. Ce n'est pas celle dont on a retrouvé le corps dans le marais, il y a environ cinq ans ? Je crois que c'était le quatrième ou cinquième meurtre.

Je scrutai le dessin. Était-ce possible ?

— Vous en êtes certain ? demandai-je, sans cacher mon incrédulité.

Garner hocha vigoureusement la tête et chercha dans une pile de clichés, extirpant les photos d'un buste d'argile, reconstitution faciale de la victime en question.

— Regardez. C'est la même fille.

J'observai la BD, puis les tirages.

— Vous êtes vraiment certain ? répétai-je, sceptique.

Difficile à dire. Les reconstitutions avaient beau être aussi fidèles que possible, elles ne remplaçaient pas la photo d'une personne vivante, en chair et en os, dont nous ne disposions que pour les quelques victimes identifiées. Celle-là n'en faisait pas partie. Les clichés pris sur la scène de crime montraient une jeune femme noire, les cheveux coupés très court, le visage gonflé par la décomposition, les orbites remplies d'asticots, les joues et la gorge brûlées en divers endroits. On était très loin de l'image de la bande dessinée, qui représentait une femme vêtue d'une robe fluide, des fleurs dans les cheveux, levant la main pour accueillir une petite créature ailée et brillante.

— Regardez la reconstitution, insista Garner en faisant glisser la photo sur la table. Observez le contour des yeux et la forme des pommettes.

J'étudiai attentivement le cliché, puis le comparai de nouveau à l'illustration.

— Ouais… ça pourrait être la même fille. Ou pas. Je veux dire, on n'a aucun moyen d'être sûrs.

Garner soupira.

— Écoutez, je sais que ce n'est pas évident. Mais je suis vraiment doué pour ça.

— C'est exact, affirma Ryan en hochant la tête. Il est très physionomiste.

Je regardai de nouveau le dessin, puis le tirage. Je sentis une pointe d'excitation. Je poussai brusquement les autres bandes dessinées vers Garner.

— Vérifiez s'il y en a d'autres là-dedans !

Il parut d'abord surpris, avant de finir par comprendre.

— Purée, si on pouvait en trouver d'autres…

— C'est le lien que nous cherchions, compléta Harris, souriant, contrairement à son habitude.

Le souffle coupé, j'observais Garner qui feuilletait lentement les pages. Après ce qui me sembla une éternité, il leva les yeux, très calme.

— En voici une autre.

Je lui bondis pratiquement dessus, imitée par Harris et Ryan.

— Laquelle ? m'enquis-je.

— La numéro 3, répondit Garner en souriant. Là, le soldat sur le rempart.

Il désignait un homme roux à la barbe épaisse, en armure, une lance à la main. Le personnage était solidement charpenté, dégageant une force et une confiance difficilement comparables à la victime, un sans-abri toxicomane qui faisait les poubelles pour se nourrir.

Je m'assis de nouveau, mon cœur battant la chamade. Bon sang, on tenait peut-être une piste !

— Nous avons trouvé le point commun. J'ai rendu visite à l'artiste, Greg Cerise, il y a quelques jours. Et il m'a téléphoné aujourd'hui même. Je crois que nous avons un motif suffisant pour rédiger un mandat de perquisition, ajoutai-je en jetant un coup d'œil à Ryan.

Il acquiesça, tout comme Harris.

— Sans aucun doute, approuva ce dernier.

Je lâchai un petit rire, tellement je me sentais soulagée. Enfin, on avançait dans cette enquête.

— J'y vais tout de suite, alors.

Le temps que je finisse de taper le mandat et que je trouve un juge pour le signer, Garner avait repéré cinq victimes supplémentaires, dont une de ma Série Deux, Mark Janson. Il apparaissait sous les traits d'un musicien gracile au sourire décontracté. Greg avait-il perçu cela en lui ? Ou peut-être l'avait-il entendu jouer ? Je ne savais rien de Mark, ni même s'il pratiquait un instrument, mais il était pénible de penser que quelqu'un de doué soit mort.

— J'ai dû en manquer d'autres, admit Garner en secouant la tête. C'est pas évident, avec certaines de ces reconstitutions.

— J'espère que nous en trouverons plus chez ce type, dis-je. Par exemple, un autre élément qui nous permettrait de tout comprendre.

Greg m'avait-il joué la comédie ? Lui avais-je offert l'occasion de se débarrasser de certaines preuves ? Ou m'avait-il appelée quelques heures auparavant, juste pour vérifier si je le soupçonnais ? Bon sang, j'aurais voulu avoir assez d'indices pour obtenir un mandat d'arrêt, mais le juge Finn s'était montré inflexible. On avait déjà eu du mal à lui faire accepter le mandat de perquisition. Les sourcils froncés, le magistrat avait longuement observé les photos des victimes et les dessins correspondants, avant de hocher la tête, et de dire qu'il n'était pas sûr de voir la ressemblance. « Je crois que vous vous raccrochez aux branches, inspecteur Gillian », avait-il lancé en signant le document à contrecœur. Autant dire que, lorsque j'avais demandé un mandat d'arrêt, la réponse avait été catégorique : « Ce n'est pas parce que vous pensez qu'il les a dessinées qu'il les a forcément tuées. »

On va trouver quelque chose chez lui, me répétai-je tandis que l'on convenait d'un plan opérationnel avec les autres. *On va rapporter des preuves et boucler cette affaire.*

Chapitre 16

Le bois de la porte vola en éclats sous l'impact de la lourde masse. Un autre coup, porté par un membre du groupe d'intervention, tout de noir vêtu, la fit céder. Immédiatement, ses coéquipiers la franchirent en se lançant des ordres, au fur et à mesure de leur avancée dans la maison. Les gars voulaient éviter de prendre des risques.

Je me faufilai entre eux, en m'excusant mentalement auprès de la propriétaire pour les dégâts commis. Ryan me suivit et nous progressâmes lentement, arme au poing, dans le sillage des hommes. Mon cœur battait à tout rompre, je sentais une montée d'adrénaline, même si je savais que l'équipe était capable de gérer presque toutes les créatures que nous pourrions rencontrer. *Sauf si un démon est ici*, songeai-je avec gravité. Dans ce cas, les choses tourneraient mal, très rapidement. Ce genre d'opération était dangereux de toute façon, et ce type le serait dix fois plus s'il avait vraiment un démon à ses ordres.

L'intérieur était peint dans des teintes mornes, des nuances de marron plus ou moins foncées, dont l'effet aurait pu être qualifié « d'automnal » dix ans plus tôt, mais qui, à présent, assombrissaient la maison et lui donnaient une atmosphère déprimante. *Pas étonnant que Greg aille travailler ailleurs*, pensai-je. La porte d'entrée s'ouvrait sur un séjour meublé d'un canapé du même marron que le mur. Il n'y avait pas de télévision, juste un lampadaire dans un angle et une table basse en verre devant le canapé. Un couloir partait sur la gauche, et à droite une porte battante menait probablement à la cuisine. Les cloisons étaient nues, sans étagères ni cadres ou autres objets de décoration. L'endroit était d'une propreté impeccable. On distinguait encore les traces du passage de l'aspirateur sur la moquette d'un fauve terne, désormais marquée d'une multitude d'empreintes de semelles crantées.

Je m'immobilisai en sentant un léger frôlement, tel l'obscur murmure d'un arcane. Je fronçai les sourcils pour essayer de percevoir de nouveau cette impression fugace. Jusque-là, je n'avais vu aucune manifestation arcanique chez Greg, aucune barrière ou protection, ni aucun signe d'une quelconque activité de cette nature. Pourtant, quelque chose clochait.

Au moment où je me faisais cette réflexion, un cri retentit derrière la porte battante, puis j'entendis la voix du sergent Dimera, le chef du groupe d'intervention :

— Gillian ! Vous devriez venir ici.

J'accourus, puis me figeai, avant de pester. À présent, je comprenais ce que j'avais senti.

Ryan arriva derrière moi.

— Putain, merde !

Greg Cerise était étendu sur le linoléum, au milieu de la cuisine, les bras en croix, comme *L'Homme de Vitruve* de Léonard de Vinci, encerclé de façon désordonnée par des runes et des sigils peints avec du sang. Le symbole occupait presque tout son torse, et semblait avoir été creusé à la hâte avec un couteau de boucher. Grâce à mon autrevue, je distinguai d'affreux petits caillots pourpres de puissance arcanique qui s'enroulaient autour du cadavre, gonflés de haine et de colère. Le meurtre, comme les signes arcaniques, indiquait clairement qu'il s'agissait d'une exécution rapide et grossière. Même si je n'avais pas parlé à Greg quelques heures auparavant, j'aurais remarqué qu'il manquait ici la précision et le soin qui caractérisaient les autres crimes.

— Il y a quelqu'un d'autre dans la maison ? demandai-je à Dimera, sans quitter le corps du regard.

Le tueur pouvait être encore sur place, même si c'était très peu probable.

Le sergent secoua la tête.

— Personne.

Je pestai de nouveau et rangeai mon revolver dans son étui.

— Signalez le meurtre, s'il vous plaît. Et nous allons avoir besoin du labo.

Dimera acquiesça avant de sortir, et la porte se referma derrière lui. Je l'entendis transmettre l'information par radio, tandis qu'il se dirigeait vers le couloir pour donner des instructions au reste de son équipe. Je m'accroupis et observai le sang et les marques sur le corps de l'artiste.

— Ce ne sont pas les mêmes runes que j'ai vues sur l'autre cadavre, dis-je en levant les yeux vers Ryan.

— Vous savez ce qu'elles signifient ?

Je scrutai ces runes tracées avec du sang, puis me déplaçai vers la tête de Greg, en prenant soin de ne rien altérer ou toucher.

— Oui, ce sont des diagrammes de protection, ceux que l'on utilise lors d'une invocation.

— Attendez voir un peu. C'est lui, le tueur ? Il a raté un rituel ?

— Non, ce n'est pas lui, répondis-je en secouant la tête. (Et merde.) Je lui ai parlé, il y a quelques heures seulement, il a donc sûrement été assassiné peu de temps après.

Je frissonnai.

— Il ne s'agit pas d'un vrai diagramme d'invocation, poursuivis-je. Il manque certains éléments. Mais on l'a dessiné exprès pour qu'il soit reconnu par quiconque s'y connaît.

Nerveuse, je me frottai la nuque.

— C'est un message, fit remarquer Ryan d'une voix calme. Et il vous est destiné.

Je lui jetai un regard sévère.

— Ou un test. Pour vérifier l'étendue de mes connaissances, savoir ce que je suis capable de voir.

Ce que cette idée impliquait me troublait profondément. *Le tueur sait que je peux utiliser les arcanes. Alors, que va-t-il faire maintenant ? Je suis sûrement en train de me rapprocher du but.* Dans ce cas, pourquoi avais-je toujours l'impression de tâtonner dans le noir ?

— Kara ! Ryan ! appela Garner. Venez voir ça !

— Allez-y, me dit Ryan. Je vais rester ici pour éviter que quelqu'un y mette la pagaille, avant la prise des clichés.

Je hochai la tête puis traversai le salon et le couloir. Sur le seuil du bureau, je compris l'enthousiasme de Garner.

— Oh, waouh !

Cette pièce était manifestement l'atelier où Greg avait fini le travail sur sa bande dessinée. Les murs étaient ornés de couvertures encadrées de la série, et peints avec des motifs désordonnés, des couleurs vives qui contrastaient avec l'encadrement noir des images et avec les couleurs sourdes du reste de la maison. Entre les couvertures se trouvaient des photos de divers formats, punaisées ou scotchées, entourées de dessins fixés de manière aléatoire.

— Waouh ! répétai-je, en m'approchant pour examiner les croquis placés autour des photos.

Certains étaient de simples esquisses au crayon, d'autres étaient déjà passés à l'encre et colorés. Je reportai ensuite mon attention sur les clichés.

— Ce sont d'autres victimes. Nom de Dieu. Elles sont toutes là. Toutes les victimes.

— Et aussi des tas d'autres, ajouta Harris, l'air sinistre. On a trouvé ce qui les lie. (Il désigna la porte d'un brusque mouvement de tête.) Alors, est-ce que notre type est mort ? Une victime s'est défendue et l'a trucidé ?

— Non, Greg n'est pas le Tueur au symbole, répondis-je, toujours préoccupée par les photos. Mais une chose est sûre, c'est qu'il le connaissait ou collaborait étroitement avec lui, expliquai-je en me tapotant le menton. Est-ce que Greg travaillait seul sur sa BD ? Sinon, il nous faut la liste de tous ceux qui ont pris part à la conception. Et il faudrait les mettre sous surveillance.

Garner secoua la tête.

— On dirait qu'il fonctionnait seul, affirma-t-il avant de laisser échapper un petit sifflement admiratif. Une somme de travail impressionnante. (Il me jeta un coup d'œil.) D'habitude, c'est le fruit de plusieurs équipes, qui ont toutes une tâche différente : l'idée, le script, le crayonnage, l'encrage, la mise en couleurs, le lettrage et ainsi de suite. En tout cas, il avait un talent fou, ajouta-t-il en montrant l'une des couvertures encadrées.

Je m'approchai du mur.

— Toutes ces personnes lui ont servi de modèles.

— Il n'était peut-être pas doué pour imaginer des personnages, suggéra Garner. De nombreux artistes prennent des modèles. En fait, il existe même des sites Web où l'on trouve des photos sur lesquelles s'appuyer.

Je grimaçai.

— J'en déduis que vous aimez la bande dessinée.

— J'adore ! s'exclama-t-il sans retenue.

Je ne pus refréner un sourire. Et dire que c'était moi que l'on jugeait excentrique. Avec son bronzage et ses cheveux blonds de surfeur, il ressemblait beaucoup plus à un athlète qu'à un bédéphile.

— OK, donc il a pris des clichés de ces personnes pour s'en inspirer ? Pourquoi les a-t-il choisies ?

— Il ne souhaitait probablement pas payer de véritables modèles, expliqua Garner en tapotant un cliché de son doigt ganté de latex. Tous ces gens sont SDF, toxicomanes ou prostitués. Il achetait deux heures de leur temps pour 10 dollars ou un repas chaud.

— Mais il y a plus de photos que de victimes. (Je fronçai les sourcils.) Ce qui veut dire que ceux qui ne sont pas morts courent sans doute un risque, raisonnai-je. Il faut les localiser.

— Cela ne va pas être évident, intervint Harris en calant ses pouces dans sa ceinture, manquant de faire sauter les boutons de sa chemise. Mais si on en trouvait au moins un, on aurait enfin une piste sérieuse.

Je serrai les poings.

— On touche au but. Je le sens.

Garner me fit un signe d'approbation, tandis qu'Harris, silencieux, promenait lentement le regard sur le mur.

— Pourquoi pensez-vous que cet artiste n'est pas le tueur ? demanda-t-il. Tous les liens sont là. Sa mort pourrait bien être le fruit d'une vengeance, de quelqu'un qu'il connaissait ou d'une potentielle victime.

Je secouai la tête.

— La façon dont il a été exécuté et le motif de sang autour de son corps n'indiquent ni représailles ni légitime défense.

Harris devait le savoir. Réfléchissait-il encore tout haut, ou cherchait-il à me taquiner ? À me tester ? Difficile à dire avec lui.

— Le dessin est trop précis, ajoutai-je, plus pour moi-même qu'à son intention.

— Précis ? reprit-il avec un regard perçant.

— Oui, répliquai-je.

En cet instant, peu m'importait de passer pour une cinglée. Le plus important était d'attraper ce type.

— Ce ne sont pas des gribouillages réalisés au hasard. Seule une personne possédant une connaissance intime des arcanes peut faire une telle mise en scène. Il est fort peu probable qu'une victime potentielle soit aussi savante dans ce domaine, expliquai-je avant de me passer la main dans les cheveux. Non, je pense que Greg commençait à comprendre, et qu'on s'est occupé de son cas.

— Donc, il était sûrement impliqué, fit remarquer Harris en scrutant les photos et les croquis, les sourcils froncés. Peut-être qu'ils étaient complices, et que l'autre a décidé de se débarrasser de Greg avant qu'il le balance.

Il me dévisagea, les bras croisés.

Je pris une profonde inspiration pour maîtriser mon irritation. Possible. Greg m'avait paru très sympathique, ce qui ne signifiait pas pour autant qu'il ne m'avait pas complètement bernée.

— Oui, c'est une hypothèse qui se tient, admis-je à contrecœur.

D'autant que Tessa avait en effet indiqué qu'ils étaient deux. Je faillis en dire plus, puis me ravisai. Greg savait que j'étais invocatrice. Or, très peu de personnes étaient au courant : ma tante, Ryan, et lui. Et ce n'était pas le genre de don qui se lisait sur le visage. Enfin, les humains, du moins, ne pouvaient pas le déceler. Certains démons, en revanche, parvenaient à percevoir cette capacité.

Par conséquent, soit Greg a révélé à quelqu'un que j'étais invocatrice, soit un démon me tourne autour, sans que je l'aie remarqué. Cette hypothèse, bien qu'envisageable, restait très peu probable. Toute créature maîtrisant bien les arcanes pouvait rester inaperçue, mais…

— Inspecteur Gillian, tout va bien ?

Je me rendis compte que j'avais les yeux dans le vide. Je reportai mon attention sur Harris.

— Oui, pardon, je viens juste de penser à un truc.

— Vous avez envie de nous en faire part ?

Je sentais l'excitation me gagner de nouveau.

— Il a merdé. C'est la première fois qu'il se plante.

— Comment ça ? demanda Harris en décroisant les bras.

— En tuant Greg. Désormais, nous savons que le Tueur au symbole a un lien avec lui. Il a dû ressentir la nécessité de l'éliminer. Peut-être que Greg allait le trahir, ou que sais-je ?

Une autre pensée surgit dans mon esprit, moins rassurante, celle-là.

— Il a foiré, mais il s'en fiche.

— Que voulez-vous dire ?

— Le diagramme autour du corps. Il n'a d'autre but que de se moquer de nous.

De moi, rectifiai-je mentalement.

— Ça lui est égal, poursuivis-je, parce qu'il aura bientôt terminé.

Garner m'observait avec attention.

— Il aura terminé quoi ? Ses préparatifs ? demanda-t-il.

J'acquiesçai.

— Et vous croyez qu'il s'apprête à appeler un puissant démon, ajouta Harris.

— À faire une invocation, oui.

Harris fronça les sourcils.

— Donc, si ça se trouve, il va nous donner un grand spectacle pour finir, une sorte de cérémonie grandiose, déclara-t-il. De nombreuses personnes sont peut-être en danger. Et il pourrait aussi mettre fin à ses jours. Il n'a rien à perdre.

Je cillai. Bon sang, d'où sortait cette théorie ? Je secouai la tête.

— Oh, vous pensez qu'il va tuer encore pour finir par se suicider ? Mon Dieu, non. Il a soif de pouvoir. La raison même de ses préparatifs si minutieux, c'est qu'il souhaite vraiment survivre.

Harris se rembrunit.

— Inspecteur Gillian, comment se fait-il que vous soyez à ce point experte en meurtres rituels ?

Son ton était quelque peu agressif, je devais me méfier. C'était lui, le spécialiste local des sectes et des crimes rituels, et je marchais sur ses plates-bandes. Le seul problème était que les arcanes relevaient effectivement de mon domaine, mais je ne pouvais pas l'avouer. Merde, j'aurais voulu que Ryan soit dans la pièce.

Je respirai profondément pour me calmer, choisissant mes mots avec beaucoup de soin.

— Je ne fais pas autorité en matière de meurtres rituels, commençai-je avant de lever la main quand il voulut m'interrompre. Mais j'ai grandi entourée de gens qui s'y connaissaient en traditions arcaniques, mythologie, vaudou, Wicca, phénomènes paranormaux, et autres religions ou croyances mystiques parallèles. Je reconnais le dessin sur le sol de la cuisine et, selon moi, il a été réalisé par quelqu'un qui a l'intention d'invoquer un démon.

Harris plissa les yeux et son visage s'empourpra.

— D'accord, supposons que notre assassin croie vraiment à ces conneries. D'après vous, dit-il en insistant sur ce dernier mot d'une façon vexante, il aura besoin de combien de victimes, pour son grand final ? Et qu'est-ce qu'il va faire quand le démon ne viendra pas au rendez-vous ?

Tu ferais mieux de demander ce que nous, nous allons faire, quand il viendra, songeai-je, lugubre.

— Il recommencera, s'il est toujours en vie. Il recommencera tout depuis le début, s'il le faut.

Harris esquissa un petit sourire de dédain, si fugace que je faillis ne pas le remarquer, avant de reprendre sa contenance professionnelle. Sur un signe de tête, il sortit de la pièce sans un mot. Je le regardai s'éloigner et soupirai.

De toute évidence, il se foutait de mes connaissances arcaniques. Pire encore, cela me faisait encore baisser dans son estime. Pour lui, j'étais manifestement une folle incapable de formuler un raisonnement logique.

Garner se racla discrètement la gorge.

— Il… semble très terre à terre, mais j'ai déjà travaillé à ses côtés. En réalité, c'est un bon enquêteur, assura-t-il en levant les yeux de la pile de feuilles où il fouillait d'un air désabusé.

Je me passai la main sur le visage.

— Oui, je n'en doute pas. Par ailleurs, ça doit être l'une des enquêtes les plus étranges auxquelles il ait pris part.

À ma grande surprise, Garner secoua la tête.

— Oh non, je ne dirais pas ça. Il a déjà intégré des unités spéciales avec nous, sur des affaires très bizarres impliquant notamment des massacres suivis de suicides, des pratiques sectaires, des sacrifices rituels… Celle-ci est plutôt tranquille, en fait.

Je tentai de réprimer un sourire. Sauf que là, le surnaturel était vrai. Peut-être, d'ailleurs, que c'était aussi le cas dans certaines autres affaires dont il s'était occupé, sans qu'il en ait eu conscience.

— Eh bien, conclus-je, heureusement, on semble être sur la bonne piste.

— Kara ? dit-il l'air surpris, en soulevant l'une des feuilles du tas.

— Oui, Zack ? Qu'y a-t-il ?

— Kara… c'est… vous, répondit-il en me tendant le papier d'un geste lent.

Ryan entra derrière moi et vint regarder par-dessus mon épaule, tandis que je prenais la feuille des mains de Garner.

— Nom de Dieu, souffla-t-il. C'est vous… mais, waouh ! On dirait une « super vous ».

J'étais incapable de détacher les yeux de ce dessin. Il représentait une femme vêtue à la manière des guerrières de Fantasy : soutien-gorge en cuir et métal, jupe courte assortie, élégants protège-bras en métal et cheveux au vent. En d'autres termes, une tenue terriblement peu pratique pour le combat. Elle tenait une épée d'une main et une dague de l'autre, son visage empreint d'une expression féroce, s'apprêtant à affronter un reyza que je reconnus sans peine. Elle était belle, forte, féminine et dégageait une incroyable impression de puissance.

Pourtant, c'était bien moi. Impossible de le nier. *Ça alors ! C'est ça qu'il a vu en moi ?* Le pasteur m'avait expliqué que Greg percevait le potentiel des gens. *Est-ce cela, mon potentiel ? Pourrais-je un jour ressembler à cette image ?*

J'ignorais si je devais me sentir flattée ou déprimée.

— J'apprécie tout particulièrement le costume, dit Ryan dans mon dos, d'un air pince-sans-rire.

Je me retournai et le foudroyai du regard. Il se contenta de sourire.

— Je crois que vous devriez adopter une tenue de ce genre au boulot, ajouta-t-il.

Je ne pus m'empêcher de sourire, reconnaissante qu'il détende un peu l'atmosphère. Je n'avais pas envie de réfléchir à la différence flagrante qu'il existait entre ce portrait et la réalité.

— C'est un super dessin, c'est clair. Je peux cependant vous jurer que vous ne me verrez jamais habillée comme ça.

Mais je glissai pourtant le dessin dans mon carnet. Au diable l'interdiction de toucher aux preuves !

Chapitre 17

La fouille de la maison ne s'acheva qu'à l'heure où le ciel avait déjà les teintes rose orangé de l'aurore. À la grande déception de Harris et des autres gars, il n'y avait pas de cave secrète abritant une chambre de torture et d'exécution, pas de placards dissimulés renfermant des instruments arcaniques de mort et de destruction. Rien ne prouvait que Greg ait été le tueur ni même qu'il ait été lié à lui, à part les photos de victimes, affichées dans son atelier. Je rentrai chez moi, en empruntant la porte de derrière, et je faillis oublier de la verrouiller, tant j'étais fatiguée. J'ôtai mes vêtements et m'écroulai sur le lit avant de m'endormir sur-le-champ.

Je me réveillai en début de soirée, avec le souvenir vague d'avoir rêvé de Rhyzkahl. C'étaient des images floues qui n'avaient rien de commun avec les messages puissants de ses visites précédentes. Allongée sur le dos, je regardai le lambris du plafond, le temps de finir de me réveiller. *Il s'agissait probablement de rêves ordinaires*, me dis-je tandis que j'essayais de me remémorer leur contenu, sans succès. Il m'en restait quelques fragments confus, des visions de Rhyzkahl qui m'observait d'un air menaçant et m'appelait, ainsi que la sensation brumeuse de m'être retournée dans mon lit et de lui avoir dit de partir, de me laisser dormir. Ce n'était rien de plus qu'un rêve. Je n'aurais certainement pas osé ordonner ainsi à un seigneur démon de me ficher la paix.

Le réveil sur ma table de chevet indiquait 19 heures. Je m'assis et passai les doigts dans mes cheveux emmêlés. Mon horloge interne était désormais complètement détraquée après deux nuits blanches d'affilée. Une fois de plus.

L'avantage d'avoir dormi toute la journée, c'était qu'il me serait plus facile de passer une partie de la nuit dehors, pour rechercher les anciens modèles de Greg. Je pris une douche, puis enfilai un jean et un tee-shirt sans aucun signe d'appartenance à la police – contrairement à ceux que je portais habituellement. J'attachai à ma cheville l'étui contenant mon Kel-Tec calibre 32, et cachai sous mon tee-shirt le holster suspendu à ma ceinture, où se trouvait mon Glock 9 mm. Il était hors de question que j'appelle Ryan pour m'accompagner. Je voulais que les gens aient envie de me parler. Avec son allure de fédéral, il risquait de les faire fuir.

Je traversai lentement la ville en voiture, en me demandant par où commencer. Beaulac n'était pas exactement une métropole animée, même si sa population et celle du comté avaient considérablement augmenté après Katrina, comme d'ailleurs dans toutes les communes autour de La Nouvelle-Orléans. Et, bien entendu, à la suite de cet accroissement, les zones « sensibles » s'étaient multipliées. Certains quartiers, autrefois qualifiés de « pas très agréables », étaient devenus « fortement déconseillés après la tombée de la nuit », au grand mécontentement des dirigeants locaux.

Je tapotai sur le volant. C'était dans ces zones que j'avais des chances de trouver les gens que je cherchais. Mais même armée, j'étais réticente à y aller sans renforts. Pourtant, j'avais en tête quelques lieux où je pourrais trouver des personnes susceptibles de m'aider. En fait, le centre d'accueil où Greg avait travaillé était sûrement le meilleur point de départ. Avec un peu de chance, le pasteur Thomas serait dans les parages et en mesure de mettre un nom sur certains des clichés.

Je passai devant le centre et maugréai en constatant que les portes étaient fermées par une grille. Visiblement, les responsables du lieu avaient le bon sens de veiller à sa sécurité. Mais cela signifiait aussi que je n'aurais pas l'occasion de parler avec le pasteur, ce soir. Cinq ou six individus se tenaient devant le bâtiment. Je leur jetai un coup d'œil, avant de les dépasser, esquissant un sourire satisfait quand je reconnus l'un d'entre eux. Le pasteur n'était pas le seul à pouvoir me donner certaines informations.

Je me garai un peu plus loin, puis munie des photos, je me dirigeai vers le groupe. Les types s'écartèrent en me voyant approcher. Même en vêtements civils, je savais que j'avais une allure de flic. Je les dévisageai rapidement en les saluant d'un petit hochement de tête, ne souhaitant pas me montrer trop aimable d'emblée.

— Qu'est-ce qu'tu veux, chef ? me demanda un homme noir qui avait les cheveux grisonnants et des dents en moins.

Large d'épaules, musclé, il semblait avoir entre quarante-cinq et cinquante ans, et l'on voyait des cicatrices aux jointures de ses doigts. Adossé contre le mur, il croisa les bras en me dévisageant.

Je lui adressai un sourire décontracté. Je le connaissais, c'était justement pour cela que je m'étais arrêtée. J'avais appréhendé Tio à plusieurs reprises, mais j'avais toujours été sympa avec lui, et il m'en savait gré. Il n'était jamais allé jusqu'à devenir mon indic, mais il m'avait tout de même aidée, notamment en se portant garant de moi auprès de ses copains, qui n'étaient pas toujours sûrs de pouvoir me faire confiance. Dans une vie précédente, il avait essayé de percer dans la boxe, mais il avait perdu un combat de trop et il en était arrivé à gagner sa vie par des moyens douteux. Il s'était battu avec la plupart des autres policiers du service, mais j'arrivais toujours à lui faire entendre raison. Heureusement d'ailleurs, car je savais qu'il pouvait me mettre facilement au tapis.

— Salut, Tio. Je ne suis pas là pour t'embêter, je cherche simplement quelqu'un, dis-je sur un ton rassurant.

Il fit la grimace.

— T'as un mandat ? Personne ici va t'aider à attraper des gens.

Je secouai la tête.

— Non, mec, rien à voir. Je vais coffrer personne. Je cherche des gens pour être sûre qu'il leur arrive rien. Tu sais, ces conneries de protéger et servir, lui expliquai-je avec le sourire.

J'avais beaucoup appris lors de mes années de patrouille. Leçon la plus importante : il était beaucoup plus facile d'obtenir un coup de main si on se montrait poli et gentil. Autre enseignement capital : il y avait aussi un temps pour arrêter d'être aimable.

Je fus soulagée de l'entendre rire.

— Protéger et servir ! Ouais, t'as raison. Alors, comment tu vas faire ça pour nous ici ?

Je sentais que les autres observaient attentivement notre échange. La tournure que la conversation allait prendre déterminerait l'aide qu'ils me fourniraient. Je sortis la photo de Greg et la montrai à Tio.

— Tu vois ce mec ? J'essaie de trouver si quelqu'un l'a déjà aperçu dans le coin en train de discuter avec des gens, de leur proposer des petits boulots ou des trucs de ce genre.

Tio jeta un coup d'œil au cliché, puis secoua la tête.

— Non, il a l'air trop sympa pour traîner ici. Il se ferait remarquer comme… comme une fliquette, lança-t-il avant de s'esclaffer.

J'en fis autant.

— Ouais, je sais, mais je t'assure, je ferais pas un truc pareil si je voulais pas aider les gens. (Je me rapprochai de lui.) Écoute, vous avez entendu parler du Tueur au symbole, pas vrai ?

Il se renfrogna.

— Ça a l'air d'être un vrai dégueulasse, ce type, fliquette.

— Je sais, Tio, dis-je en baissant la voix. Mais je vais le coincer, ce connard.

Je sortis les photos que j'avais récupérées chez Greg, des clichés qui montraient l'avant-dernière victime en vie, une femme souriante, à mille lieues du cadavre déchiqueté et torturé qu'on avait retrouvé. J'en passai un à Tio.

— C'est une de ses victimes. Tu la reconnais ?

Tio se figea.

— Ouais, je la reconnais. Je la connaissais, Katy, mais j'ai pas son nom de famille. J'ai vu aux infos que ce salaud avait encore découpé quelqu'un. J'savais pas que c'était elle.

Je gardais un air impassible, tout en me réjouissant qu'il l'ait identifiée, même incomplètement. C'était déjà un grand pas.

— C'était horrible, Tio. Tu sais que j'en ai vu des choses dégoûtantes, mais ce que fait ce type dépasse toutes les bornes. J'ai vraiment besoin que vous m'aidiez, tous, dis-je.

— Katy était cool, précisa-t-il en s'écartant du mur. Elle était un peu paumée, mais elle faisait des efforts pour s'en sortir. Elle méritait pas ça.

— Personne ne mérite ce que ce gars leur fait subir.

Il fit craquer ses grosses jointures.

— Refais-moi voir le premier type.

Je lui tendis la photo en m'efforçant de rester calme. Tio s'approcha du réverbère pour mieux l'examiner.

— Ouais, lâcha-t-il après un moment. J'ai aperçu ce mec dans le coin. Il vient au centre pour dessiner, puis il file 10 ou 20 dollars aux gens pour qu'ils posent pour lui. J'l'ai remarqué ailleurs, aussi.

— Où ? demandai-je, dissimulant mon émotion avec peine.

Je ne pouvais pas me permettre de manifester trop d'impatience, sinon Tio allait vouloir monnayer ses informations.

Il gratta son menton mal rasé.

— Merde, j'en sais rien. P't-être bien au parc.

— Est-ce qu'il lui arrive de photographier ceux qui posent pour lui ?

Tio acquiesça.

— Ouais, c'est dans ses habitudes. Alors, c'est lui ? C'est lui, l'assassin ? demanda-t-il en serrant les poings. Sérieusement, la prochaine fois que je tombe sur lui, je l'éclate !

Je lui repris le cliché des mains.

— Non. Il est mort. Le tueur l'a eu, lui aussi.

— Merde !

— Tu l'as dit.

Je lui montrai une feuille où j'avais scanné toutes les photos des individus que nous n'avions pas encore identifiés. Ceux que l'on espérait toujours en vie.

— Et eux ? Tu sais où je peux les trouver ?

Il étudia la feuille, puis fit signe à l'un de ses copains. Un type blanc et maigre aux bras couverts de tatouages mal faits s'approcha en traînant les pieds. Tio lui montra le document.

— Je crois que j'en connais certains, dit l'homme. Enfin, pas personnellement, mais j'les ai déjà vus.

— Il faut absolument que je les retrouve, soulignai-je. Ils sont peut-être les prochaines cibles du Tueur au symbole.

Tio fronça les sourcils.

— Pourquoi il leur en voudrait ?

— Je ne sais pas trop pour l'instant, mais on a des pistes qui suggèrent, expliquai-je en insistant sur le mot, que toutes ces personnes pourraient être liées, les victimes et celles-ci. Je dois absolument les trouver. (J'adressai un regard appuyé à Tio.) Si elles ont peur de la police, dis-leur au moins d'être prudentes. De ne pas aller chez des gens qu'elles ne connaissent pas.

Tio garda le silence un moment, puis il hocha la tête.

— Elle, c'est Anne-Marie, affirma-t-il en montrant la photo d'une fille blanche au visage joufflu et aux cheveux noirs. Et là, c'est Moustique, ajouta-t-il en pointant le doigt sur un homme noir, maigre comme un clou.

Puis il se tourna vers sa bande :

— Vous reconnaissez quelqu'un, les gars ?

Je tentai de cacher mon soulagement. Les copains de Tio commencèrent à me donner des noms que je griffonnai, le souffle coupé. L'attitude de Tio les incitait à me dire ce qu'ils savaient. Je n'obtins aucun patronyme, mais étant donné que j'étais partie de rien, ces prénoms constituaient une avancée importante.

Quand ils m'eurent dit tout ce qu'ils savaient, Tio me regarda.

— Ça te va ?

— C'est un très bon début, lui dis-je avec un sourire plein de gratitude. Et si tu pouvais faire passer le message autour de toi, ça serait génial.

Il hocha la tête d'un air grave.

— Je m'en occupe, fliquette.

— Très bien, Tio. Je te remercie du fond du cœur.

Je lui laissai des doubles des photos et quelques cartes de visite.

— Si certains pensent avoir des renseignements intéressants, qu'ils me téléphonent. On doit résoudre cette affaire par tous les moyens.

Il fourra les documents dans une poche latérale de son pantalon.

— Compte sur moi, fliquette.
— Super. Évite les ennuis, Tio, OK ?
Il me fit un clin d'œil et sourit.
— Ce sont eux qui me courent après.
— Eh bien, fuis, gros bêta !

Chapitre 18

Je passai les nuits suivantes de la même manière, dans d'autres quartiers tout aussi malfamés. Les acteurs changeaient, mais les dialogues demeuraient similaires. Je n'essayais pas de faire copain-copain et me contentais d'interroger ceux que je connaissais. Ma réputation de flic équitable portait ses fruits. J'avais arrêté plusieurs de ces types par le passé, mais ne les avais jamais traités de façon injuste. Si bien que certains étaient disposés à m'aider, surtout quand je leur avais expliqué ce que je cherchais.

Au minimum, je peux faire en sorte qu'il devienne trop risqué pour ce type de s'en prendre à d'autres victimes, pensai-je tristement sur le chemin du retour. Il était à peine 2 heures du matin, il fallait que je retrouve des horaires de sommeil normaux. Je quittai l'autoroute pour m'engager sur la route menant chez moi. Je pris le dernier virage et ralentis, parcourue par un frisson de méfiance en voyant une Crown Victoria bleu marine garée devant la maison. Puis mon inquiétude laissa place à un accès d'agacement mêlé de plaisir, quand je constatai qu'il s'agissait du véhicule de Ryan. Bon sang, qu'est-ce qu'il fichait encore là ?

Il dormait au volant, comme je le découvris en atteignant sa voiture. Je faillis éclater de rire. La bouche ouverte, la tête renversée contre le dossier, il m'aurait paru mort sans ses ronflements qu'on pouvait entendre à deux mètres.

Même si j'avais très envie de le laisser là, ma curiosité de connaître la raison de sa visite l'emporta. Je tapai sur sa vitre avec mes clés.

Aucune réaction. Il continua à roupiller et à ronfler.

Je cognai plus fort, et il se réveilla brusquement, déclenchant le klaxon par inadvertance. Il sursauta et lâcha un juron cinglant.

— Nom de Dieu, Kara ! Où étiez-vous ?

Je riais tellement que je dus m'y reprendre à plusieurs fois avant de répondre. Après quelques inspirations profondes, je parvins à parler.

— Dehors. Pourquoi vous piquez un somme dans mon allée ?

Il ouvrit la portière et sortit de sa voiture.

— Si vous étiez rentrée plus tôt, je ne me serais pas endormi, affirma-t-il en me lançant un regard accusateur.

Je le dévisageai à mon tour d'un air revêche.

— J'étais allée travailler. Pourquoi ne m'avez-vous pas appelée sur mon portable ?

Il eut l'air gêné, puis il s'étira.

— Je n'y ai pas pensé. Je me suis dit que vous aviez dû sortir pour quelques minutes, vu qu'il était plus de 22 heures, donc j'ai décidé de vous attendre. Et j'ai fini par m'endormir.

— Vous savez, vous auriez pu entrer. La porte que vous avez bousillée ne tient que par deux clous.

Il secoua la tête.

— Non, je n'aurais pas osé. Pour l'instant, je me contente de vous harceler en rôdant dans votre allée.

Je ris de nouveau.

— Vous voulez un café ? Je vous raconterai ce que j'ai fait.

— Si vous avez du déca, dit-il après avoir consulté sa montre, comme ça, j'ai encore une chance de dormir, tout à l'heure.

— Moi, j'ai plus ou moins renoncé à un rythme normal, commentai-je en le guidant vers l'arrière de la maison.

Je montai les marches menant à la porte de derrière. Je l'ouvris et, à peine entrée, je m'arrêtai net si bien que Ryan faillit me percuter. Je lui fis aussitôt signe de garder le silence. Il y avait de la lumière dans l'entrée.

La porte du sous-sol était ouverte, et mon bureau était éclairé. Or, j'avais la certitude de ne pas l'avoir laissé ainsi.

Je sortis mon arme, même s'il y avait de fortes chances qu'elle soit inutile face au genre de créature qui devait se trouver en bas. Ryan s'empara également de son pistolet, sans poser de questions. Je lui jetai un coup d'œil et lui indiquai la lumière. Il hocha la tête et tint son arme prête à faire feu.

J'avançai aussi silencieusement que possible dans le couloir, en regardant dans les pièces que je longeais tout en veillant à éviter les endroits où le plancher craquait. Je sentais le sang qui battait dans mes tempes et je retenais mon souffle, en tendant l'oreille, à l'affût du moindre bruit, du moindre signe qui me permettrait de deviner à qui j'avais affaire.

Ryan savait ce qu'il faisait : pendant que j'examinais certaines pièces, il me couvrait. Je perçus un bruit furtif au sous-sol au moment où j'atteignis l'escalier qui y menait. Je restai en retrait, au-delà du chambranle, pour jeter un coup d'œil en bas, en pointant mon 9 mm.

Une silhouette s'avança vers le bas des marches, une créature avec des cheveux blonds et un chemisier extravagant. J'abaissai brusquement mon revolver.

— Bon sang, tante Tessa ! J'ai failli te tirer dessus !

Mon cœur tambourinait, autant à cette pensée qu'au soulagement de ne pas avoir trouvé quelque chose de pire.

Tessa leva les yeux et me sourit d'une manière candide, tout en montant les marches.

— Mais pourquoi tu ferais une chose pareille ? Tu es au courant que ta porte d'entrée est cassée ?

Je soupirai et rengainai mon arme. Du coin de l'œil, je vis Ryan m'imiter.

— Ah bon ? Je n'avais pas remarqué ! Qu'est-ce que tu fais ici ? Je n'ai pas aperçu ta voiture.

— Oh, j'ai acheté une moto hier, dit-elle d'un ton désinvolte, comme si c'était tout à fait banal. Elle est garée de l'autre côté de la maison. Je suis passée te demander comment s'était déroulée ton invocation.

Je grimaçai quand elle vit Ryan. *Bon, maintenant il sait qui m'a appris à faire des invocations.* Elle jaugea Ryan, puis me fusilla du regard, et je fis de mon mieux pour l'imiter. C'était elle qui avait commis l'erreur de me croire seule. D'accord, je recevais rarement du monde, mais ce n'était pas ma faute si elle était venue chez moi au mauvais moment.

Je rejetai mes cheveux en arrière.

— Je t'ai déjà raconté ce qui s'était passé au cours de mon rituel. Pourquoi as-tu acheté une moto ?

— Parce que c'est cool.

Elle fronça les sourcils en observant Ryan, puis secoua la tête.

— Non ma puce, je ne parlais pas de l'invocation que tu m'as déjà racontée. Je voulais savoir comment s'était passée la suivante. Mais manifestement, tu n'en as pas fait d'autre.

— J'ai été occupée. On a eu deux meurtres de plus. Et quand as-tu appris à piloter une moto ? Tu as ton permis ?

— J'ai appris à la conduire aujourd'hui. Je n'ai pas besoin de m'embêter avec ces histoires de permis.

Elle se tourna vers Ryan pour lui sourire gentiment, sans faire attention à mon mécontentement visible.

— Bonsoir, jeune homme. Je suis Tessa, la tante de Kara. Je vous ai vu endormi dans votre véhicule quand je suis arrivée, mais vous aviez l'air si paisible que je n'ai pas voulu vous réveiller.

Ryan sourit gracieusement et lui tendit la main.

— Enchanté, madame Pazhel. Agent spécial Ryan Kristoff du FBI. Je fais partie de l'unité qui travaille sur le Tueur au symbole avec votre nièce.

Elle lui serra la main, un petit sourire aux lèvres, tout en le dévisageant.

— Tout le plaisir est pour moi. Mais comment connaissez-vous mon nom de famille ?

— J'aime me renseigner sur les gens que je fréquente.

J'observais l'échange. Pourquoi donc avait-il fait des recherches sur ma tante ? Savait-il déjà qu'elle était invocatrice ? En tout cas, à présent, il était au courant.

Tessa fronça les sourcils en se tournant vers moi.

— Je sais que tu es énervée contre moi parce que j'ai fait ma curieuse, ma puce, mais je m'inquiétais pour toi. J'ai cru que tu allais peut-être essayer d'invoquer sans lune, et ça faisait un moment que je n'avais pas eu de tes nouvelles. J'ai passé quelques jours en voyage, je voulais donc m'assurer que tu allais bien.

Je devais avoir l'air hostile, mais je ne fis guère d'efforts pour paraître plus aimable.

— J'ai été très prise. Tu te rappelles ? Le tueur en série ? J'invoquerai de nouveau dans une semaine environ, à la pleine lune.

Une idée me vint soudain à l'esprit :

— S'il prépare un gros coup, ça sera forcément à la pleine lune de ce mois.

Ryan semblait perplexe.

— Pourquoi ? Qu'est-ce qui va se passer après ? Je croyais que vous aviez besoin de la pleine lune seulement pour faire une invocation de haut niveau.

Tessa fit « non » de la tête.

— La convergence des deux sphères importe plus que la phase lunaire. On sort tout juste d'une période de quelques années où elle était si limitée qu'il était presque impossible de faire venir un démon supérieur au huitième niveau. En ce moment, elle est maximale, mais après ce mois-ci, elle va s'amenuiser jusqu'à redevenir plus normale. (Elle regarda dans ma direction.) Kara serait invocatrice à part entière depuis un bon bout de temps s'il n'avait pas fallu attendre une convergence suffisante pour un démon de douzième niveau.

Ryan était manifestement en train de réfléchir aux implications de ce renseignement.

— Si je vous comprends bien, toute personne cherchant à invoquer une créature d'une puissance élevée choisirait la prochaine pleine lune, ce qui signifie que nous avons moins d'une semaine pour coincer le tueur.

Je me dirigeai vers la cuisine et m'écroulai sur une chaise.

— Vous avez raison. Ça veut dire aussi qu'il va tuer encore le plus de gens possible entre-temps, pour remplir son réservoir de puissance, dis-je en tapotant sur la table d'un air pensif. Mais j'espère qu'il aura plus de mal à trouver des victimes. J'ai passé ces dernières nuits à faire le tour de la ville pour montrer les photos qu'on a découvertes chez Greg Cerise, au maximum de gens. Je leur ai dit de mettre en garde les victimes potentielles et tout le monde alentour, pour qu'ils fassent attention.

Tessa fronça les sourcils.

— Greg Cerise ?

J'acquiesçai comme si je n'étais pas au courant de leur histoire. Ma tante n'était pas encore au courant de la mort de Greg.

— Oh merde, tante Tessa ! J'avais oublié que tu le connaissais.

Elle s'assit lentement.

— Pourquoi as-tu cet air gêné, ma puce ?

— Zut, je suis navrée, tante Tessa.

J'hésitai, mais ce genre de nouvelles était toujours difficile à annoncer.

— Il est mort. Je suis désolée.

Tessa baissa les yeux.

— Que s'est-il passé ? demanda-t-elle d'une voix blanche.

— Le Tueur au symbole, répondit calmement Ryan. Nous pensons qu'il y a un lien entre Greg et lui. Nous avons trouvé chez Cerise des photos et des dessins de toutes les victimes ainsi que d'autres individus que nous n'avons pas encore réussi à identifier.

Tessa pinça les lèvres et ne dit rien. Je l'observai avec une pointe d'inquiétude. Je savais qu'elle avait été proche de Greg dans sa jeunesse, mais l'étaient-ils restés ?

— Greg n'était pas invocateur, finit-elle par dire.

Je jetai un bref coup d'œil à Ryan, puis reportai mon attention sur elle.

— Oui, je sais. Je suis allée l'interroger, il y a quelque temps, à propos de cette BD, afin d'en apprendre plus sur Rhyzkahl. À ce moment-là, je n'imaginais pas qu'il pouvait y avoir un rapport entre lui et le tueur. Mais ensuite, un de mes collègues a trouvé une ressemblance entre des victimes et certains personnages de l'œuvre de Greg. Nous avons obtenu un mandat de perquisition, et… (Je soupirai.) Quand nous sommes entrés, nous avons découvert son corps, puis les photos de toutes les victimes.

Elle me regarda d'un air lugubre.

— Est-ce que tu penses qu'il a aidé à assassiner ces gens ?

— Non, répondis-je sur un ton qui se voulait convaincant, même si je n'étais pas persuadée de ce que je disais.

Elle devait avoir des doutes, elle aussi, mais c'était ce qu'elle avait besoin d'entendre, à cet instant-là.

— Est-ce que tu sais qui il fréquentait ? demandai-je. Quelqu'un qui travaillait avec lui, ou dont il était proche ?

Elle haussa les épaules.

— Je ne l'ai pas revu depuis plus de vingt ans, dit-elle, la voix teintée de regret. Si je comprends bien, quelqu'un tue les personnes que Greg dessinait ? Pourquoi ?

— Il prenait comme modèles des sans-abri ou des toxicomanes, expliquai-je.

— Des gens dont la disparition n'était pas signalée rapidement, renchérit Ryan.

Je hochai la tête.

— Cet assassin a besoin d'un grand nombre de victimes. Je pense qu'il tente de pratiquer un rituel majeur, et que c'est pour cette raison qu'il rassemble autant d'énergie.

— Oui, approuva Tessa. C'est ton hypothèse depuis un petit moment.

Je pris une profonde inspiration.

— Mais désormais, je crois savoir qu'il essaie d'invoquer Rhyzkahl, et aussi de le réduire en esclavage.

Les traits de Tessa se durcirent.

— Et qu'est-ce qui te fait croire ça ? C'est une invocation sacrément ambitieuse, et très risquée. Attacher un seigneur démon contre son gré ? Surtout Rhyzkahl ! C'est de la folie !

J'hésitai à poursuivre. Ryan n'était pas au courant des visites oniriques. Et Tessa non plus, d'ailleurs.

— Eh bien, commençai-je en m'efforçant de garder mon calme, j'ai plus ou moins eu cette impression après… ma dernière conversation avec Rhyzkahl.

Ma tante resta impassible, mais Ryan manifesta sa surprise.

— Tu l'as appelé…, dit-elle d'une voix cinglante.

— Non ! Je te le jure ! m'empressai-je de répondre. Non, c'était un autre message, dans un rêve.

— Pardon ?

Elle me foudroya du regard, et je me rendis compte qu'elle était capable de s'adresser à moi encore plus durement que tout à l'heure.

Oups.

J'essayai de sourire.

— Ah oui, c'est vrai ! J'ai oublié de t'en parler.

Je leur résumai la visite nocturne de Rhyzkahl dans ma chambre – en version très édulcorée –, puis je leur racontai en vitesse le rêve que j'avais fait sur le canapé, pendant ma sieste, où je l'avais interrogé sur les runes.

— Et là, il est entré dans une colère folle, dis-je en frissonnant à ce souvenir. C'était comme si des vagues de fureur sortaient de lui. Je me sentais submergée par sa rage, son agressivité, et toutes sortes de sentiments effrayants.

— C'est lors de ce cauchemar que je vous ai réveillée, n'est-ce pas ? demanda Ryan.

J'acquiesçai.

Tessa secoua lentement la tête.

— Il vient dans tes rêves ? ! Tu aurais dû me prévenir.

— Je sais, lâchai-je, mal à l'aise. C'est juste que je n'ai pas eu le temps.

— Eh bien, tu as pu te faire une idée de son véritable pouvoir, ma puce, répliqua-t-elle avec un regard noir. Il sert ses propres intérêts, il est puissant et ne doit pas être traité à la légère. Et même si ce tueur essaie effectivement d'invoquer un seigneur, je ne crois pas que quelqu'un soit assez fou pour tenter de contraindre Rhyzkahl. C'est l'un des plus anciens seigneurs. Il en existe d'autres, certes moins forts, mais beaucoup moins dangereux. (Elle se frotta le visage.) Mais n'importe quel seigneur démon serait assez puissant pour satisfaire les souhaits de son invocateur.

Je croisai les bras et regardai ma tante droit dans les yeux.

— Greg m'a confié comment vous aviez vu Rhyzkahl, tous les deux.

Tessa sembla agacée, mais peut-être aussi un peu gênée.

— Il n'aurait pas dû te le raconter. Nous nous étions promis de garder le secret.

— Tante Tessa, m'exclamai-je, il fallait que je le sache ! Est-ce que tu avais l'intention de m'en parler un jour ? Si l'un des seigneurs démons a fait une incursion majeure dans la région, ce n'est pas pour rien, tu ne crois pas ?

Elle leva les yeux au ciel.

— D'accord, je te le concède, mais quand même, il n'aurait pas dû te le dire. Ce n'est pas vraiment un souvenir agréable. Je comptais t'en parler un jour, ajouta-t-elle, les lèvres tremblantes.

Je lui adressai un regard furieux.

— Tu as beau être ma tante, ça ne m'empêchera pas de penser que tu finasses.

Ryan s'éclaircit la voix.

— Mesdames, peu importe d'où nous tenons cette information. L'essentiel, c'est que désormais nous sommes au courant. Ce seigneur démon peut bientôt faire l'objet d'une invocation, et si ça se produit, ce sera vraiment l'enfer.

Tessa balaya cette phrase d'un geste méprisant.

— Oh non, ce ne sera pas « l'enfer ». D'ailleurs, l'enfer, tel que vous le pensez, n'existe pas. Mais ce qui est sûr, c'est que l'apparition d'un seigneur serait horrible, surtout s'il est contraint par une personne sans scrupule, comme doit l'être le Tueur au symbole.

— Et c'est un euphémisme, renchéris-je d'un ton cassant.

— Qu'est-ce que vous entendez par « horrible » ? demanda Ryan. Ne le prenez pas mal, mais la fonction d'invocateur ne semble pas conférer des pouvoirs illimités. Alors pourquoi le tueur se donne-t-il toute cette peine ?

— Vous avez raison, répliquai-je, il ne s'agit pas de pouvoirs illimités, mais c'est comme tout, cela dépend de la façon dont on l'utilise.

Ryan riva ses yeux sur moi.

— Et vous, comment vous en servez-vous ? Pour quoi faire ?

Je réfléchis avant de répondre. Il était impossible d'expliquer tout ce qu'invoquer signifiait pour moi. Et je n'étais pas certaine de vouloir partager ce genre de chose avec lui. Je ne le connaissais pas si bien que ça, et l'invocation était devenue la pierre angulaire de ma personnalité, après la période tourmentée qu'avait été la fin de mon adolescence.

— J'invoque... parce que je le peux, commençai-je pour gagner du temps. Et ça peut paraître niais, mais c'est un besoin pour moi. Les démons sont brillants, intelligents, puissants, et chaque cérémonie est une réussite incroyable. Je n'ai jamais eu l'impression de perdre mon temps. Le plus souvent, j'ai un motif précis pour appeler une créature : par exemple, quand j'ai une question à laquelle seule l'une d'entre elles est capable de répondre, ou quand je veux apprendre à faire quelque chose lié aux arcanes.

C'était une version édulcorée de la vérité, mais suffisante pour l'instant.

— Donc vous invoquez toujours pour obtenir des informations ? demanda-t-il, manifestement peu convaincu.

— Mais non, voyons ! m'exclamai-je en riant. Avouez que si vous aviez la possibilité d'invoquer une créature arcanique super puissante, vous le feriez. Je me trompe ?

Il avait l'air exaspéré, et je levai les mains, comme le font les bandits quand ils se rendent.

— Je parle sérieusement. Les démons sont d'excellentes sources de renseignements, mais ils sont aussi forts, puissants, et presque invincibles dans notre monde. Par ailleurs, ils demeurent loyaux et respectent les conditions de leur service. Bien sûr, ils ne font rien sans rien, mais en même temps, ils sont d'une honnêteté scrupuleuse. Une fois que vous avez payé le prix convenu, ils accomplissent fidèlement leur part du marché. Leur code de l'honneur est incroyablement compliqué, et s'ils jurent d'obéir, ils le feront, peu importe ce que cela implique, tant que cela n'entre pas en contradiction avec leur honneur personnel.

Ryan s'appuya contre le chambranle de la porte.

— En somme, ce sont de parfaits gardes du corps.

— À condition que vous pensiez à des gardes du corps géants, ailés, capables de tuer et de tisser des barrières arcaniques.

— Des barrières ? répéta-t-il, l'air perplexe.

— Euh… les démons ont le pouvoir de mettre en forme des énergies afin de créer des protections ou des illusions.

— Ah…

J'avais envie de rire. Le pauvre Ryan bénéficiait d'un cours intensif.

— Mais certains humains ont aussi ces compétences...

— Et c'est le cas pour vous ? m'interrompit-il, les yeux fixés sur moi.

Je haussai les épaules.

— Oui, effectivement. La plupart des invocateurs possèdent les notions fondamentales. (Je lançai un regard à ma tante, puis reportai mon attention sur Ryan.) Je suis toujours en phase d'apprentissage, et c'est essentiellement pour cela que j'invoquais, ces derniers temps, pour apprendre. Mais j'ai encore beaucoup de chemin à parcourir.

— Elle a un immense talent inné, intervint Tessa. Bientôt, elle sera meilleure que moi.

Surprise, je la dévisageai. C'était la première fois que je l'entendais dire une chose pareille.

— Donc, les démons peuvent aussi disposer ces barrières et ces protections ? demanda Ryan.

— Oui. En fait, la majorité des invocateurs n'appelle un démon que pour cela. Disposer des protections est une étape très fastidieuse et extrêmement fatigante. La plupart du temps, c'est une véritable corvée.

— Je vois. Un démon est donc un allié drôlement précieux. Et je présume qu'un seigneur est encore plus puissant ?

— Si le tueur a l'intention d'en faire venir un, intervint Tessa, il sait qu'il n'existe pas d'offrande assez magnifique pour obliger un seigneur à se soumettre à des liens traditionnels. Il devra lui imposer sa volonté en l'attachant.

En l'asservissant. Et une personne qui contrôlerait un seigneur démon pourrait régner sur le monde.

Ryan semblait sceptique.

— Vous ne croyez pas que vous exagérez un peu ?

Tessa le regarda.

— C'est comme avoir un demi-dieu sous la main. Aucune armée ne pourrait l'arrêter, tandis qu'il serait certainement capable d'en réunir une. Vous savez très bien que des milliers de personnes se rangeraient sans se faire prier derrière une entité aussi puissante, quel que soit son but.

— Oui, c'est vrai, répondit Ryan en frissonnant.

Il se gratta la tête, puis se tourna vers moi, les sourcils froncés.

— Mais le seigneur qui est venu à vous, après s'être libéré de votre contrôle, pourquoi n'est-il pas resté pour diriger le monde ?

— À mon avis, articulai-je lentement, pour réfléchir à ce que je devais répondre, il leur faut une sorte de point d'ancrage pour pouvoir rester ici, une sorte d'invitation permanente, comme une invocation et un attachement. Les liens qu'un invocateur met en place quand un démon a franchi le portail ne sont pas comme des menottes arcaniques, mais plutôt un moyen de le maintenir dans le plan où nous nous trouvons. La créature s'y soumet grâce à l'offrande de l'invocateur.

Du regard, je demandai confirmation de cette théorie à ma tante.

— C'est exact, dit-elle. Ils peuvent apparaître brièvement ici, mais ils ont beaucoup plus de mal à rester. Ce n'est pas leur monde, et sans les bons protocoles, ils repartent automatiquement dans le leur. Et plus ils sont puissants, plus ils ont du mal à rester. Mais c'est également pour cela qu'un seigneur intelligent et ambitieux voudrait chercher à demeurer sans entraves dans cette sphère. Ce serait pour lui une autre base de pouvoir, un moyen facile d'augmenter sa puissance et d'élever son statut dans sa propre sphère. Et sans les limitations qu'impose le code de l'honneur, puisqu'il ne s'appliquerait pas s'il était ici sans être contrôlé. Plus rien alors l'empêcherait d'épuiser cette planète, de réduire ses habitants en esclavage, de dévaster ses ressources, de la vider de sa force et de la faire mourir s'il en a envie.

— C'est le scénario le plus pessimiste, précisai-je en me frottant la nuque.

— Mais il n'est pas à exclure, répliqua vivement Tessa. Les démons ne servent que leurs propres intérêts, et seul l'honneur évite que leur royaume sombre dans l'anarchie.

Ryan se racla la gorge.

— Dans ce cas, pourquoi incluent-ils les invocateurs dans ce système d'honneur ?

Tessa se tourna vers lui.

— Parce que même s'ils considèrent toute invocation comme un affront, ils y gagnent en prestige, grâce à leur connaissance des autres sphères ou aux objets que nous leur offrons, en échange de leur coopération. Sans la garantie que constitue leur honneur, aucun humain ne tenterait de faire apparaître un démon.

Elle se tourna brusquement vers moi.

— Et si quelqu'un s'avisait d'appeler un seigneur sans respecter le protocole habituel…

— Je n'ai pas la moindre intention de l'appeler ! protestai-je.

Je voulus poursuivre, mais la sonnerie de mon portable m'en empêcha. Ce qui valait sans doute mieux, car ce que j'avais à dire n'était pas aimable.

Ryan ne me quitta pas des yeux pendant que je sortais mon téléphone et vérifiais qui cherchait à me joindre à une heure pareille.

— Vous avez le générique du *Muppet Show* comme sonnerie, dit-il, l'air perplexe. Vous êtes vraiment bizarre.

Je ris tout en prenant la communication.

— Inspecteur Gillian, à l'appareil.

Il y eut un silence de quelques secondes à l'autre bout de la ligne, puis j'entendis un toussotement, et une timide voix féminine :

— A-allô ? Est-ce que vous êtes bien l'agent qui a discuté avec T-Tio ?

Je me redressai.

— Oui, c'est moi. Qui est à l'appareil ?

Après une nouvelle pause, mon interlocutrice reprit :

— Je m'appelle Belle. Tio m'a d-dit qu'il fallait que je v-vous parle. Il m'a m-montré des photos.

Je sentis l'excitation me gagner. Je fis un geste à l'intention de Ryan, lui indiquant d'abord mon portable, puis les clichés sur lesquels j'avais griffonné des noms.

— Je vois, lançai-je tandis que je fouillais parmi les pages. J'ai montré quelques photos dans le quartier.

Ryan s'approcha pour essayer d'entendre la conversation. Je tirai d'un coup sec le cliché portant le prénom « Belle » et l'agitai triomphalement devant lui.

— M-mon Dieu ! poursuivit la femme d'une voix tremblante et terrorisée. Tio m'a dit que c'était f-foutu et que j'allais m-me faire descendre, et là, je crois que je suis suivie.

— Calmez-vous, lui dis-je doucement, tout en regardant son portrait.

Bon sang, elle ne semblait pas avoir beaucoup plus de quinze ans ! C'était une adolescente noire, souriante, avec un nez retroussé et des yeux en amande. Je remarquai des piercings sur l'un de ses sourcils et sa lèvre inférieure.

— Où êtes-vous ?

— D-dans un endroit sûr, je pense.

— Mais où ? insistai-je. Je peux vous trouver une planque beaucoup plus sûre que la rue. Où est-ce que je peux vous retrouver ?

Elle resta si longtemps sans répondre que je crus un instant qu'elle avait raccroché.

— Belle ? Je suis inquiète pour vous. Je vous en prie, dites-moi où je peux vous retrouver pour me charger de votre sécurité.

— D'accord. J-je suis tout près du restaurant de Vaughn Street.

— J'y serai dans un quart d'heure. J'ai une Ford Taurus vert foncé. Restez cachée tant que vous ne voyez pas ma voiture, OK ?

— OK.

— Et rappelez-moi ou contactez les urgences, si vous remarquez quoi que ce soit d'étrange ou d'inhabituel.

— Promis. V-vous venez maintenant ?

— Je pars tout de suite.

Son silence indiquait cette fois-ci qu'elle avait mis fin à l'appel. Je fourrai mon portable dans ma poche et attrapai ma veste.

— Allez, en route, monsieur le fédéral, ordonnai-je en me précipitant vers la porte. Il est temps d'aller mériter l'argent des contribuables !

Chapitre 19

Je conduisais à toute vitesse, même si Ryan se cramponnait au tableau de bord dans les virages. Cependant, en le voyant écraser son pied au plancher pour la énième fois, je ne pus m'empêcher de lui lancer :

— Vous savez, les freins ne fonctionnent pas de votre côté…

Il fit semblant d'être paniqué.

— Espérons que Dieu nous protégera, Kara ! Il faut absolument qu'on arrive là-bas en un seul morceau.

Je crispai les doigts sur le volant.

— Vous vous rendez compte de ce que ça signifie, que cette fille m'ait appelée ? Je ne veux surtout pas qu'elle prenne peur ou se lasse de nous attendre et qu'elle décampe. Elle nous apprendra peut-être plein de choses !

Ryan redevint sérieux.

— Je m'en rends compte. Ça fait un bail que je suis flic.

— Vous avez commencé comme simple flic ou directement au FBI ?

Je regrettai aussitôt mes paroles.

— Quelle différence ça fait ? rétorqua-t-il vivement.

— Excusez-moi, dis-je. C'est juste que dans mon travail, j'ai souvent eu affaire à ce type de population.

Tandis que vous, au FBI, vous devez rarement côtoyer ces gens-là…

— Je suis entré au FBI, il y a dix ans. Mais avant, j'ai passé quatre ans dans les services sociaux, répliqua-t-il d'un ton brusque. Je sais comment parler aux simples citoyens.

— Tant mieux. Donc vous pouvez comprendre que je veuille arriver le plus vite possible.

Je pris un virage serré. La voiture dérapa, jusqu'à ce que je parvienne enfin à la redresser, in extremis. J'avais eu peur cette fois-ci : il s'en était fallu de peu que ma Ford Taurus heurte le trottoir. Ma pauvre voiture rebondit sur la chaussée, me rappelant qu'elle n'était pas exactement conçue pour le rallye.

Ryan grommela.

— Si on a un accident, on n'arrivera pas du tout !

— Si vous insistez, dis-je en ralentissant un peu, même si je ne voulais pas avouer qu'il avait sans doute raison.

Mais je savais que je me comportais comme une idiote. Je me laissais emporter par mon excitation, et je me montrais imprudente. Ce n'était pas le moment d'avoir bêtement un accident. J'allais avoir bien d'autres occasions d'être blessée.

Vaughn Street se situait à huit cents mètres du centre d'accueil, mais le quartier était du même standing. J'y étais passée après ma conversation avec Tio, pour distribuer des photos et inciter ceux qui évitaient la police à m'aider dans mon enquête.

J'arrêtai la voiture, il n'y avait personne devant le restaurant, mais vu qu'il était plus de 3 heures du matin, cela n'avait rien de surprenant. À cette heure-là, même les toxicos et les prostituées avaient trouvé un endroit où dormir. J'examinai les environs tout en tendant l'oreille. Les magasins étaient fermés, vitrines éteintes. Le restaurant était lui aussi plongé dans le noir, et une pancarte écrite à la main indiquait qu'il ouvrait à 6 heures. Le croissant de la lune se reflétait sur la vitrine, comme un rappel muet du temps qu'il nous restait pour localiser le tueur.

Ryan sortit de la voiture et ferma doucement sa portière. Je l'imitai.

— On est peut-être en avance, suggéra-t-il à voix basse.

— Ou alors, elle s'est cachée quelque part pour nous observer, répondis-je en scrutant les parages. Je lui ai dit de ne pas se montrer avant de nous avoir vus.

Je sentis des picotements dans la nuque. On nous épiait, c'était sûr. Mon intuition me le disait. Le souffle arcanique me frôla de nouveau, et j'eus la chair de poule.

— Il y a quelque chose qui cloche, murmurai-je.

Ryan me regarda en fronçant les sourcils. Je sortis doucement mon Glock de son étui, tout en sentant mon pouls s'accélérer. Chaque son, aussi ténu soit-il, me paraissait surnaturellement amplifié. Du coin de l'œil, je vis Ryan dégainer lui aussi son arme.

— Je l'ai perçu également, dit-il si doucement que je l'entendis à peine.

Le cri perçant venu d'en haut me prévint juste à temps pour que je me jette sur le côté.

— Ryan ! Un démon ! Couvrez-vous ! hurlai-je tandis que des ailes à la peau tannée me fouettaient le visage. Je parvins pourtant à ne pas lâcher mon pistolet et roulai rapidement sur le dos pour essayer de distinguer où était passée la créature. C'était un démon, j'en étais certaine, mais je n'avais pas eu la possibilité de voir de quelle espèce il s'agissait. *Un démon majeur ne se serait pas trahi*, pensai-je, paniquée. Mais comme il avait des ailes, c'était au moins une créature de septième niveau. Avec un peu de chance, il ne s'agissait que d'un kehza.

Que d'un kehza ! Ah ! Je ne voyais strictement rien et n'entendais pas le battement des ailes. La créature était forte et rapide, je le savais, et si elle plongeait encore une fois, je n'étais pas du tout certaine de pouvoir la repérer à temps. Je reculai tant bien que mal vers l'entrée du restaurant, ce qui me permettrait de m'appuyer contre quelque chose de solide. Je pestai. La lourde grille métallique qui protégeait les portes vitrées m'empêchait de fuir par là. Mais au moins, j'étais dans un léger renfoncement, ce qui voulait dire que le démon ne pouvait pas foncer sur moi en piqué. Le revers de la médaille, c'était qu'ainsi, j'étais également piégée.

— Ryan ? appelai-je. Vous allez bien ?

Je l'entendis jurer, puis il courut vers moi, en position baissée, arrivant par le côté de la ruelle. L'arme au poing, il scrutait les alentours, les yeux grands ouverts, mais, et c'était tout à son honneur, il ne semblait pas paniqué. Il avait juste l'air d'un homme qui, après avoir cru en quelque chose pendant très longtemps, venait enfin d'obtenir la preuve irréfutable de son existence, qu'il le veuille ou non.

Il me rejoignit et se réfugia dans le renfoncement, en scrutant toujours les alentours.

— Ça va. Où est-il ?

— Je n'en sais rien. J'espère que c'est un kehza, un démon de septième niveau.

— Sont-ils plus faciles à tuer ?

J'éclatai d'un rire désabusé.

— Si l'on veut, de la même façon que l'ascension de l'Everest est plus aisée que celle du K2. Tous les démons sont extrêmement rapides et meurtriers, mais si le nôtre était un de douzième niveau, on serait dans un sérieux pétrin.

Ryan allait répondre, quand un cri inhumain l'interrompit. La créature se laissa tomber juste devant nous, montrant ses dents irrégulières et essayant de nous atteindre avec ses mains griffues. Je poussai un cri d'effroi et fis feu à deux reprises. Le démon se déplaçait à une vitesse inouïe, parvenant à éviter les projectiles, et soudain, il disparut de nouveau dans les airs, laissant derrière lui une odeur douceâtre qui rappelait celle de fleurs en décomposition.

Le silence se fit tout d'un coup, et je tentai de retrouver mon souffle. La respiration pantelante de Ryan répondait à la mienne, tandis que nous vérifiions rapidement que nous n'étions pas blessés. Même si un kehza était moins gros qu'un démon de onzième ou douzième niveau, il restait très dangereux. D'une taille et d'une carrure presque humaine, il avait une face qui ressemblait étrangement à celle d'un dragon chinois, avec une peau pourpre, irisée, d'innombrables dents pointues et des griffes acérées.

— Bordel de Dieu, haleta Ryan, je n'ai jamais rien vu bouger aussi vite.

— Ils sont rapides, en effet, acquiesçai-je, même si je n'avais jamais mesuré à quel point.

Putain, il avait évité une balle !

— Mais j'avais raison, poursuivis-je. C'est un kehza.

Il me jeta un regard, les yeux plissés.

— Et en quoi cette information nous aide-t-elle ?

— Oh, en rien. Je pense que la seule solution pour le blesser serait qu'il soit distrait et que l'un de nous deux parvienne à le toucher.

Ryan fronça les sourcils.

— Combien de tirs sont nécessaires pour tuer un truc comme ça ? Où faut-il viser de préférence ?

— En fait, vous ne pourrez pas le tuer, dis-je en scrutant toujours les alentours, inquiète. C'est une créature d'un autre plan, ce qui veut dire que si vous lui infligez une blessure fatale, elle retournera d'où elle vient et s'y reformera. Elle… se décorpore.

— Est-ce que ce mot existe ? demanda-t-il, perplexe.

J'éclatai de rire.

— Maintenant, oui. En gros, ça se résume à un rituel d'expulsion très violent.

— Eh bien, réexpédier ce démon dans sa sphère me suffirait amplement. (Il grimaça en observant le ciel.) Sinon, on dirait bien qu'on est coincés ici jusqu'à ce qu'il se lasse de jouer avec nous.

Je serrai machinalement mon arme.

— Merde. Je ne comprends pas ce qu'il fait. S'il voulait vraiment nous tuer, on serait déjà morts.

— Je ne vais pas rester là sans rien faire.

Il jeta un regard de convoitise vers la Taurus, si accueillante, garée seulement à quinze mètres de nous. Mais pas plus accessible que si elle se trouvait à plus d'un kilomètre.

— Aucune chance d'atteindre la voiture, hein ?

— Oui, allons-y, me moquai-je. Essayez, monsieur le courageux.

— Eh bien, vous disiez que l'un de nous devrait détourner son attention, répliqua-t-il avec un sourire dénué d'humour.

Je le regardai en fronçant les sourcils. Il ne se rendait pas compte du danger que représentait cette créature.

— Non, j'ai dit qu'il fallait le distraire. Pas forcément l'un de nous.

Il continua à scruter les environs.

— Est-ce que vous voyez quelqu'un susceptible de nous aider ?

Je me renfrognai davantage.

— Vous ne vous rendez pas compte comme ces créatures peuvent être rapides, dis-je en me frottant les yeux. C'est embêtant. Vous avez raison, on ne peut pas se permettre de rester piégés. On ne sait pas non plus si Belle est près d'ici.

— Ouais, j'ai un mauvais pressentiment, murmura-t-il d'un air sinistre.

Je ne pus réprimer un frisson. Le démon l'avait-il déjà attrapée ? Dans ce cas, pourquoi nous attaquait-il ? *Mais il aurait facilement pu nous tuer, autrement dit, il se contente peut-être de nous retarder.* Je n'avais pas de réponse. Seule certitude, j'étais encore en train d'échouer, et une nouvelle victime risquait de mourir.

— Couvrez-moi, lançai-je.

Et avant qu'il puisse protester, je me ruai vers la voiture.

J'entendis le démon fendre l'air et plongeai sur le côté, sans réfléchir à une tactique, espérant juste pouvoir m'en tirer en courant au hasard. Je reçus un violent coup d'aile qui m'envoya rouler par terre. Je vis des dents et des griffes tandis qu'une brûlure m'irradiait l'épaule. Une main griffue me saisit le poignet avec une puissance inouïe, puis me relâcha brusquement, et je m'étalai. Je lâchai mon arme pour me recroqueviller, et cependant j'entendis des coups de feu.

Un rugissement déchirant retentit au-dessus de moi. Je roulai sur moi, cherchant à me rapprocher de la voiture, et je vis le démon tomber comme un amas de chair déchiquetée. Une forte lumière blanche émanait de sa poitrine qui avait été percée de deux trous. Il poussa un autre rugissement, se souleva du sol tandis que la lumière s'amplifiait, puis il s'écroula, son cri faiblissant pour s'achever en un geignement pitoyable.

Je me redressai et il leva la tête en tremblant, pour me regarder droit dans les yeux.

— Invocatricccce, siffla-t-il d'une voix étrange.

Soudain, la lumière devint aveuglante, et j'entendis le bruit assourdissant d'une expulsion. Quand je recouvrai la vue, le démon avait disparu, laissant derrière lui l'odeur caractéristique de fleurs pourries et d'ozone.

Je levai le regard et aperçus Ryan qui courait vers moi, l'air furieux.

— Putain, c'est quoi votre problème ? s'écria-t-il en m'attrapant par les épaules pour me secouer, avant de me lâcher si brusquement que je faillis tomber. Mon Dieu, vous êtes blessée ! s'exclama-t-il en découvrant que sa main était pleine de sang.

Son changement d'humeur soudain me bouleversa. Puis comme si ses paroles avaient un effet déclencheur, je commençai à avoir mal à l'épaule.

— Merde, c'est vrai.

J'essayai de voir le haut de mon dos.

— Ça n'a pas l'air très grave, ajoutai-je.

— Il va falloir vous faire recoudre, dit-il d'un air maussade. Qu'est-ce que c'était, ce numéro ? On ne fait pas ça entre équipiers !

Ses reproches me firent baisser la tête.

— Désolée. Je pensais qu'il cherchait à nous retenir ici, pour qu'un autre ait le temps d'enlever Belle.

Ryan lâcha un nouveau juron et se passa rapidement la main dans les cheveux.

— Ouais. D'accord. Mais la prochaine fois, prévenez-moi, bordel. Enfin, autrement qu'en disant « couvrez-moi » ! J'étais en train de recharger mon flingue !

Je tressaillis.

— Excusez-moi. Je n'ai pas l'habitude de bosser avec un équipier. Vous avez raison.

— OK, souffla-t-il. OK, c'est bon. Pardon d'avoir crié. En attirant son attention, vous m'avez quand même permis de lui tirer dessus. Mais il faut qu'on vérifie si la fille est encore dans le coin, et qu'on vous emmène chez un toubib.

— Ça ne m'étonnerait pas qu'on ait du renfort dans quelques minutes, dis-je en remettant mon revolver dans son étui. Je suis certaine qu'un habitant du quartier a téléphoné pour signaler des coups de feu.

Ryan regarda des deux côtés de la rue, puis se tourna de nouveau vers moi.

— Comment va-t-on expliquer ça ? se demanda-t-il avant de pester. Vous saignez beaucoup. Où est votre radio ?

Doucement, il m'incita à m'asseoir sur le trottoir.

— Ne vous inquiétez pas, il m'a seulement touchée avec ses griffes.

À présent que l'adrénaline retombait, la douleur s'amplifiait. Je sentais aussi que j'avais le poignet endolori, à l'endroit où le démon m'avait attrapée. *Il m'a saisie, puis relâchée. Il avait ce qu'il était venu chercher.*

— Ma radio est dans le véhicule, répondis-je avant de m'esclaffer. C'était vraiment utile de l'avoir, hein ? De toute manière, même si je l'avais eue sous la main, je ne vois pas bien ce que j'aurais pu dire. « Besoin de renfort, attaque de démon en cours ».

— Ça aurait fait son petit effet, répliqua-t-il, pince-sans-rire.

Il enleva la radio de son socle et prit un tee-shirt dans mon sac de sport.

— Je dois signaler quelque chose, et vite, m'inquiétai-je. Quelque chose qui puisse justifier ma blessure et nos tirs.

— Je m'en occupe, dit-il avec un sourire en coin. Central, ici l'agent Kristoff. Je suis avec l'unité 723. Poursuite à pied des suspects d'un cambriolage, empruntons… (Il s'arrêta pour jeter un regard furtif à la plaque à l'angle de la rue.) Vaughn Street au niveau de Alfred Drive, ajouta-t-il. Il y a eu des coups de feu.

Il s'exprimait d'une voix incroyablement calme, sans me quitter des yeux. Il reposa la radio sur son socle, alla chercher une brique dans le caniveau et la lança dans la vitrine du restaurant.

Je baissai la tête.

— Je n'arrive pas à croire ce que vous venez de faire.

— Vous voulez leur raconter qu'on combattait un démon ?

Je secouai la tête en riant.

— Pourvu qu'il n'y ait pas de caméras de surveillance dans les commerces du coin.

— Oh, merde, dit-il, soudain préoccupé, avant d'examiner les devantures des deux côtés de la rue. Je n'en vois pas, constata-t-il, soulagé. C'est sûrement pour ça que le tueur a choisi cet endroit : il n'avait pas envie que son démon soit filmé en flagrant délit.

Il m'adressa un bref sourire, puis reprit la radio.

— Central, ici l'agent Kristoff. Avons interrompu la poursuite à pied. Un officier a besoin de secours. Les suspects ont été aperçus pour la dernière fois se dirigeant vers le sud.

— Avant que la patrouille arrive, dites-moi si l'on doit craindre d'autres saletés de ce genre ? s'enquit-il tandis que l'on entendait déjà le bruit des sirènes au loin.

Il me passa l'appareil et pressa sur ma plaie le tee-shirt qu'il avait pris dans mon sac.

— C'est très peu probable, répondis-je. Il est pratiquement impossible d'invoquer et de maîtriser plus d'un démon à la fois.

Il s'assit à côté de moi en maintenant le vêtement sur ma blessure.

— Vous savez, c'est quand même embêtant, dit-il, sur un ton étrangement anodin.

— Sans blague ? répliquai-je en riant.

Il esquissa un sourire.

— Non, je veux dire que vous… enfin nous… ne pouvons pas avouer franchement ce que nous avons vu. Donc nous ne pourrons pas nous faire aider pour découvrir qui nous a envoyé ce démon.

— Oui, vous pouvez le dire, c'est bien embêtant, renchéris-je en me frottant le visage. Du renfort serait sacrément utile en ce moment.

Je savais que l'invocateur serait fatigué et un peu secoué qu'on ait réussi à chasser sa créature. Il était carrément vulnérable, et je ne pouvais pas en profiter.

Mais ce n'était pas ce qui me perturbait le plus.

— Il n'essayait pas de nous tuer.

Il fronça les sourcils.

— Ah bon ? Pourtant, l'imitation était réussie !

— Non. S'il avait voulu nous achever, il y serait certainement arrivé.

J'entendais le hurlement des sirènes se rapprocher. Il nous restait probablement moins d'une minute avant l'arrivée des renforts.

Ryan fronça encore plus les sourcils.

— Mais alors, quel était son objectif ?

— Je crois… qu'il voulait m'évaluer, commençai-je en réprimant un frisson. Il m'a attrapée, juste une seconde, puis il m'a relâchée. Et avant de « mourir », il m'a appelée « invocatrice ».

— Ça ne me dit rien qui vaille, grommela-t-il.

— À moi non plus, mais certaines choses me paraissent plus claires, maintenant. Les corps laissés en évidence, les sigils autour du cadavre de Greg, je pense que tout ça, c'était pour voir si j'en étais une.

— Mais pourquoi envoyer un démon ?

— Pour juger de ma force, sans doute, supposai-je en me frottant les bras.

— Ça a l'air inquiétant, renchérit-il en me regardant de façon lugubre.

Les unités de renfort arrivèrent en faisant crisser leurs pneus. Au cours des minutes qui suivirent, nous fûmes pris dans un tourbillon de questions et d'ordres vociférés par nos collègues. Je parvins à leur donner la même version que Ryan, plus ou moins cohérente. J'offris une description fictive des individus, priant pour qu'elle ne corresponde à aucun signalement d'individu susceptible de se trouver dans le coin. La brigade cynophile arriva un peu plus tard.

— Alors, combien étaient-ils, Kara ?

Je levai mon bras valide dans un geste d'impuissance.

— Désolée, sergent, je crois qu'ils étaient trois, mais c'est arrivé trop vite. On s'est approchés d'eux au moment où ils ont lancé la brique dans la vitrine. On s'est battus, puis on s'est lancés à leur poursuite, l'un d'eux nous a tiré dessus, on a répliqué, mais je ne sais pas si on les a touchés. Je ne m'étais même pas rendu compte que j'avais été blessée. C'est Ryan qui a remarqué que je saignais.

Et voilà que je me mettais à mentir à des collègues !

Le sergent me décocha un regard noir.

— Pourquoi ne pas nous avoir appelés dès que tu les as vus ?

— C'est ce que j'ai fait ! m'écriai-je avec une ferveur que j'espérais crédible. Mais j'ai dû lâcher ma radio pendant la bagarre.

— On n'a rien reçu.

— Sacrée radio de merde, dis-je en fronçant les sourcils.

Il hocha la tête pour montrer qu'il était d'accord avec moi.

— Tu peux le dire ! Peut-être que quand quelqu'un se fera tuer, on nous donnera enfin les moyens d'acheter le matériel dont on a besoin.

Pour une fois, je ne regrette pas que notre budget soit aussi ridicule, pensai-je, légèrement soulagée.

Soudain, un bruit retentit du côté de l'unité cynophile, attirant l'attention de tout le monde. Le chien jappait et geignait, refusant de descendre du véhicule. Le maître-chien semblait dérouté par ce comportement inhabituel.

Il sent le démon, songeai-je, *et il ne veut pas s'en mêler.*

— À mon avis, nos agresseurs avaient garé leur voiture pas loin, dis-je. (Je faisais désormais moins d'efforts pour mentir de manière cohérente.) Inutile de tenter de les pister avec le chien.

Le maître-chien observait toujours son animal.

— Oui. Ça vaut sans doute mieux. Purée, je ne l'ai jamais vu dans cet état !

Il revint vers son véhicule, et je l'entendis dire au conducteur de ne pas se déranger. Les glapissements de l'animal s'apaisèrent dès que la portière fut refermée.

— Ouais, je suis d'accord, c'est embêtant, murmurai-je à Ryan.

Chapitre 20

Ryan me conduisit aux urgences, et le trajet se déroula dans un silence grave. Il s'arrêta devant l'entrée de l'hôpital, mais à ma grande surprise, il resta assis au volant.

— Désolé, s'excusa-t-il en remarquant mon regard perplexe. J'ai des choses à faire, et je dois rédiger un rapport sur cette histoire.

— Ça ne peut pas attendre ?

Lorsque les mots franchirent mes lèvres, je me rendis compte que je me comportais comme une chochotte. Je n'avais pas besoin qu'il reste pour me tenir la main.

Il eut l'air gêné.

— OK, je déteste les hôpitaux. Enfin, si on vous avait tiré dessus, je vous aurais bien sûr accompagnée. Mais comme vous avez juste besoin de quelques points, je vais faire ma poule mouillée.

Cet aveu me fit sourire.

— Très bien. Je vous téléphone dès que je suis sortie.

— Ça marche, dit-il avec un sourire soulagé.

Je ne pus l'appeler que cinq heures plus tard, épuisée, pour lui demander de venir me chercher. J'avais d'abord dû attendre pendant des heures pour être recousue, ce qui n'avait rien de surprenant, puis j'avais été obligée de donner un compte-rendu détaillé des faits au capitaine.

S'il ne m'avait pas demandé de rédiger mon rapport sur-le-champ, c'était seulement parce que ma blessure m'empêchait de taper et que je n'avais pas dormi de la nuit. Cela m'avait fourni une excuse pour le faire après avoir récupéré un peu.

Il était bien plus de 9 heures quand j'arrivai chez moi avec Ryan. Heureusement, ma tante était partie. Je n'avais aucune envie de connaître son opinion sur cette attaque. J'allais enfiler un chemisier propre, puis revins dans la cuisine. Mon épaule et mon bras m'élançaient douloureusement tandis que je m'installais à table. Je posai le menton sur ma main valide.

— Vous avez besoin de repos, affirma Ryan, les sourcils froncés.

— Je sais, répondis-je avec un grand soupir. Je me demande si ce coup de fil n'était pas un piège. À votre avis, est-ce que Belle craignait d'être poursuivie ? Ou alors avait-elle déjà été enlevée et forcée à passer cet appel ?

— Quelle était votre impression quand vous l'aviez au téléphone ? demanda-t-il tout en cherchant quelque chose dans les placards de la cuisine.

— J'y ai d'abord cru. Enfin, elle semblait terrorisée, mais je n'imaginais pas qu'elle parlait sous la contrainte. Cela dit, à ce moment-là, l'idée que ça pouvait être un traquenard ne m'effleurait même pas. (Je ne pouvais éviter de m'inquiéter pour elle.) En fait, le tueur avait déjà dû l'attraper.

Ryan finit par trouver une casserole et y versa du lait.

— Vous n'en savez rien. Peut-être qu'elle est encore dans sa cachette. Mais comme votre instinct est assez sûr, on peut s'y fier la plupart du temps.

Il mit le lait à chauffer sur la cuisinière.

— Vous avez une bonne expérience du terrain, et d'après ce que j'ai pu voir, vous avez le contact facile avec les gens, poursuivit-il.

— Si vous le dites, répliquai-je, touchée par ces compliments. Mais je me demande si je n'ai pas été dépassée par cette histoire : tout a évolué trop vite pour moi.

En bougeant le bras, je réveillai la douleur dans mon épaule.

— J'ai l'impression que quelque chose m'échappe et qu'il me faudrait un peu de recul pour y voir plus clair. Mais chaque fois que j'essaie de prendre le temps pour y réfléchir, un nouvel événement surgit.

Ryan continuait à remuer le lait sans rien dire.

— N'oubliez pas que vous avez des coéquipiers, m'assura-t-il tout en versant du cacao dans la casserole. C'est vrai que votre situation est difficile, puisque vous avez des connaissances arcaniques, et que vous ne pouvez pas en parler ouvertement. Mais vous êtes assez intelligente pour vous en servir sans trahir votre secret, conclut-il, le sourire aux lèvres.

Je réprimai un bâillement et souris.

— Vous êtes drôlement gentil avec moi. Vous attendez quelque chose en échange ?

— Hé, dit-il en riant, je n'en reviens toujours pas d'avoir enfin vu un démon de mes propres yeux cette nuit, après tout ce temps et toutes ces histoires que me racontait ma grand-mère. (Il versa le chocolat chaud dans deux tasses.) D'accord, j'aurais préféré qu'il ne nous fonce pas dessus, toutes griffes dehors, mais si on oublie ce petit détail, c'était carrément génial.

Il me tendit un mug, les yeux brillants.

Je pris la boisson, en bâillant.

— Vous êtes trop bête !

— Je sais. Mais c'est pour ça qu'on s'entend si bien.

— Je vous supporte peut-être parce que vous êtes très doué pour me suivre.

Je bus une gorgée de chocolat. Il était bien chaud, et délicieux. Il avait trouvé exactement ce qu'il fallait pour me faire du bien. J'aurais pu croire qu'il lisait dans mes pensées, sauf que le recours au chocolat pour remonter le moral était assez universel. Pas besoin d'être médium pour y penser. *Même s'il semble plutôt bien se repérer dans ma cuisine...* Je le regardai, les yeux mi-clos. J'avais envie de m'attarder sur cette idée, mais je n'étais plus en état de développer une réflexion. *Pas étonnant, idiote. Tu es réveillée depuis un million d'heures.* Elle était bien loin, ma résolution de retrouver un rythme de sommeil normal !

Je dus reporter mon attention sur Ryan qui était en train de me dire quelque chose.

— Excusez-moi, vous disiez ?

Il m'adressa un sourire ironique.

— Peu importe. Vous êtes complètement épuisée, vous devriez aller au lit. Vous avez des antalgiques ?

Je luttais pour garder les yeux ouverts.

— Je sais pas. C'est bon, balbutiai-je. Je suis trop crevée pour avoir mal.

Je l'entendis rire. Il me prit le mug, passa mon bras valide sur son épaule et me souleva de la chaise.

— Allez, Kara, m'encouragea-t-il en m'aidant à avancer dans le couloir, en direction de ma chambre.

— Je peux marcher toute seule, tentai-je de protester, mais il n'eut pas l'air de s'en soucier.

Il me posa doucement sur le lit, me retira mes chaussures et mes chaussettes, puis me couvrit avec l'édredon.

— Dormez bien, dit-il, ou du moins, c'est ce que je crus saisir avant de cesser de lutter contre la fatigue.

— Je t'ai fait peur. Ce n'était pas mon intention.

Je connaissais cette voix, au timbre unique en son genre. En l'entendant, je me rappelai ma dernière rencontre avec lui, sa rage incontrôlée, ma terreur insurmontable, et le constat que j'avais affaire à une créature bien plus puissante que je ne l'avais cru. Il paraissait sincère, mais après la journée que je venais de passer, je ne savais pas si j'étais capable de lui faire face. J'enfouis ma tête sous l'oreiller.

— T'en fais pas, ce n'est pas grave, marmonnai-je à travers l'oreiller. Tu es tout excusé. Je suis fatiguée.

J'entendis un petit sifflement.

— Tu es blessée, constata-t-il sur un ton plus grave.

Je gardais la tête sous l'oreiller.

— Je t'en prie, laisse-moi dormir.

— Je ne t'ai jamais empêchée de dormir. Tu es blessée et épuisée. Tu ne devrais pas t'éreinter à ce point-là.

Incapable de résister, je soulevai l'oreiller et regardai Rhyzkahl. Il se tenait près de mon lit, m'observant de ses yeux d'azur si puissants. Il portait une toge d'un rouge foncé au point de paraître noir, brodé de runes noires finement ouvragées sur l'avant. Le contraste avec ses cheveux brillants et ses traits magnifiques était saisissant.

— Si je lève le pied, d'autres personnes vont mourir, dis-je d'un ton las.

— Tu n'aimes pas ces gens, affirma-t-il calmement. Tu ne te soucies pas d'eux, tu n'éprouves pas de respect pour eux. Tu ne les inviterais pas chez toi, tu ne leur prêterais pas d'argent. Pourtant, tu te mets en danger pour eux.

— Personne ne mérite de mourir comme ça, répondis-je en me redressant.

Il s'assit sur le lit dans un mouvement gracieux et fronça les sourcils.

— Personne ? Tu en es sûre ?

Je me saisis le front.

— Pourrais-tu m'épargner une discussion philosophique sur mon choix de carrière ?

Il me caressa la joue du dos de la main.

— Bien sûr, ma chérie. Je voulais seulement te changer les idées.

Je me laissai caresser, sans m'en rendre compte tout de suite. Puis je songeai à reculer, mais pour être sincère, je devais avouer que cela me faisait du bien.

— Désolée. Ces dernières semaines ont été assez merdiques.

Il se pencha pour m'embrasser doucement.

— Et je n'ai rien arrangé en te faisant sentir ma colère. Je le regrette.

Je levai les yeux sur lui. Il était beau et attirant, et je m'aperçus que j'appréciais vraiment ses visites oniriques. Il était intéressant, intelligent et semblait me comprendre mieux que quiconque. Même en sachant combien il était puissant et ce dont il était capable, force était de constater que je commençais à l'aimer, juste un peu. Et malgré ma naïveté évidente, je ne pouvais m'empêcher de m'accrocher au mince espoir que j'avais aussi un certain charme pour lui et que je représentais davantage qu'un simple moyen pour accéder à notre monde.

— Peux-tu me dire ce qui t'a mis dans une telle rage ? lui demandai-je.

— C'est un sujet dont je vais m'occuper, répondit-il sur un ton qui me fit comprendre qu'il n'avait pas la moindre intention de s'expliquer.

Il m'embrassa de façon plus appuyée.

— Ne t'inquiète pas de ça, murmura-t-il contre mes lèvres avant d'ôter adroitement ma chemise, sans cesser de m'embrasser.

Je laissai échapper un gémissement et m'abandonnai à ce baiser de plus en plus fougueux. Il promena délicieusement les doigts sur ma peau, faisant monter mon excitation.

Mais trop de questions se bousculaient dans mon esprit pour que je puisse savourer pleinement l'instant. Je me dégageai de son étreinte et m'éloignai à contrecœur. Il se redressa et me regarda en souriant.

— Tu es préoccupée, ma chère ?

— Non, c'est seulement que… tu as dit que tu te chargerais toi-même de ce problème, mais s'il a un rapport avec mon enquête, j'ai besoin de savoir.

Il rit à gorge déployée.

— Oh, ma chère Kara, tu réussis toujours à m'impressionner ! Un tel dévouement professionnel ! (Puis son sourire se durcit.) Comment as-tu été blessée ?

Je ramenai l'édredon sur moi, constatant qu'il avait évité de me répondre.

— Un démon, un kehza, nous a attaqués, expliquai-je. Mais il n'essayait pas de nous tuer. En fait, il aurait pu nous enlever à plusieurs reprises. Finalement, je n'ai eu qu'une entaille à l'épaule, et je crois que c'était accidentel. C'est moi qui lui ai foncé dessus.

Une expression hargneuse ourla ses lèvres.

— Tu as été souillée par un assaut arcanique. Cela me met en colère.

— Oui, eh bien, je ne suis pas non plus ravie.

Il secoua la tête, soulevant ses longs cheveux soyeux.

— Un démon d'un niveau supérieur aurait su qu'il ne fallait pas te toucher.

Je cillai.

— Hein ? Pourquoi ?

— Un syraza ou un reyza aurait senti ma présence sur toi et su qu'aucun autre démon ne doit t'approcher.

Je le regardai fixement.

— Attends. Quoi ? Tu m'as marquée ou un truc de ce genre ?

Il passa les doigts dans mes cheveux.

— Tu es à moi, Kara. Je ne tolérerai pas qu'un autre t'agresse.

— Quoi ? hurlai-je d'une voix stridente. Je suis à toi ? Tu es le seul à avoir le droit de m'agresser ?

Mais la pièce était déserte.

La porte s'ouvrit brusquement, et Ryan apparut sur le seuil.

— Kara ! Qu'est-ce qui se passe ?

Je gémis et me recroquevillai, le dévisageant, un peu hébétée.

— Euh… Est-ce que je suis réveillée ?

Il me contempla sans comprendre.

— Vous avez hurlé, donc je suis venu voir ce qui se passait. Alors, dites-moi, qu'est-ce qu'il y a ?

Si Rhyzkahl s'était trouvé là, j'avais forcément dormi. Je vérifiai que je portais toujours ma chemise et soupirai de soulagement.

— Rien. C'était juste un rêve.

Juste un rêve. *Arrête tes bêtises,* me réprimandai-je. *Tu ne vas quand même pas en tomber amoureuse !*

Ryan se raidit.

— Quel genre de rêve ? Un rêve de démon ?

Je me passai la main dans les cheveux.

— Un rêve de seigneur démon, oui.

Je me figeai soudain.

— Nom de Dieu !

— Quoi ? demanda-t-il en s'approchant.

Je soulevai le bras, puis remuai mon épaule et tâtai mon pansement.

— Qu'est-ce qu'il y a ? insista-t-il.

J'ôtai le pansement et touchai mon épaule.

— Je n'ai plus mal.

— À l'épaule ? demanda-t-il d'un air perplexe. Vous devriez faire attention. Ça doit encore cicatriser.

Je me tournai pour la lui montrer.

— Non. Elle est guérie. Je n'ai même pas de cicatrice.

— Faites-moi voir ça de plus près, m'ordonna-t-il.

Je changeai de posture. Il restait des points de suture et du sang séché. J'avais été trop fatiguée pour nettoyer ma blessure. Mais celle-ci avait bel et bien disparu. Pas de plaie, pas de cicatrice, pas la moindre altération de ma chair.

Il laissa échapper un léger sifflement.

— Si je ne l'avais pas vu de mes propres yeux, jamais je ne l'aurais cru.

— Je suis contente que vous en soyez témoin, répondis-je en remuant de nouveau le bras, encore étonnée. Pendant combien de temps ai-je dormi ?

— Quelques heures, dit-il en consultant sa montre. Je venais juste de m'assoupir sur le canapé quand je vous ai entendue crier. (Il esquissa un sourire.) Est-ce que vous vous réveillez toujours aussi bruyamment ?

— Non, répliquai-je en riant et en lui lançant un oreiller. Mais Sa Seigneurie m'a également laissée fraîche et reposée.

Il me dévisagea.

— En effet, vous n'avez plus l'air épuisée.

Je me levai prestement.

— Je ne suis plus du tout fatiguée. Je me sens comme après douze heures de sommeil.

Finalement, ces visites oniriques avaient leurs avantages.

Ryan bâilla.

— Oui, ben, je ne peux pas en dire autant. Je vais rentrer à l'hôtel, en espérant que Garner ne ronfle pas trop fort.

Je le fusillai du regard.

— Ne soyez pas stupide. J'ai une chambre d'amis inoccupée en permanence. En fait, vous serez certainement le premier à l'utiliser.

— Super, répliqua-t-il en plissant les yeux, amusé. Mes jérémiades ont réussi à vous attendrir. Je serais ravi d'étrenner cette pièce.

— Filez, lui ordonnai-je en riant. C'est la porte à côté. C'est la seule pièce qui contienne un lit. Si vous tombez sur une baignoire, c'est que vous êtes allé trop loin.

Il partit après m'avoir adressé un sourire. Le mien s'évanouit tandis que Ryan s'éloignait dans le couloir et que je promenais ma main sur la peau impeccable de mon épaule.

Qu'est-ce que cela allait me coûter ? Les propos de Rhyzkahl sur le fait que je lui appartenais m'obsédaient.

Ou l'avais-je déjà payé ?

Chapitre 21

Une fois Ryan couché, la maison fut plongée dans un silence insupportable. Et après avoir passé plusieurs minutes dans l'entrée, je me rendis compte que si ce silence me pesait, c'était parce que les événements s'étaient enchaînés à une vitesse folle, ces dernières heures. Je pouvais enfin souffler, mais en même temps, je savais que je ne pouvais pas trop me détendre. Le Tueur au symbole courait toujours, et je n'avais toujours pas réussi à retrouver l'une des prochaines victimes.

Sauf Belle, et ça n'avait pas été vraiment une réussite. Le malaise que je ressentais me faisait penser qu'on allait la retrouver dans un piètre état.

On était au début de l'après-midi, il me restait cinq heures jusqu'à la tombée de la nuit. Depuis l'attaque du démon, je ne tenais pas à sortir sans renforts, et Ryan allait sûrement dormir encore plusieurs heures.

Mais je pouvais me débrouiller sans aide. Je pris une douche rapide, frottant ce qui restait de sang séché, puis enfilai un jean ainsi qu'un tee-shirt commémoratif du seizième relais annuel de la police, et j'accrochai mon holster à la ceinture. Je griffonnai un petit mot à l'intention de Ryan pour lui indiquer où je me rendais et lui demander de m'appeler à son réveil. Puis je partis vers le poste, en emportant les photos des victimes en sursis.

Je consacrai les heures suivantes à scanner encore des clichés pour les distribuer aux agents de patrouille, en leur expliquant brièvement pourquoi j'avais besoin de contacter ces personnes.

— Je reconnais deux ou trois têtes, me déclara un agent qui venait de prendre son service en parcourant les photos. Mais je connais seulement leurs surnoms.

— Est-ce que tu en as déjà arrêté certains ? demandai-je fébrilement.

— Possible, lança-t-il en haussant les épaules. Mais je serais incapable de te dire quand et où.

Sa réponse me donna tout de même une nouvelle idée. Je le remerciai, puis je téléphonai à l'inspecteur Harris, qui décrocha dès la deuxième sonnerie.

— Harris.

— Harris, c'est Kara Gillian. Si je vous fais parvenir des photos trouvées chez Greg Cerise, pourriez-vous les passer aux shérifs adjoints, pour vérifier si vos hommes peuvent identifier certaines personnes ?

Il se tut quelques instants, puis répondit, à ma grande surprise :

— C'est une excellente idée, Gillian. Utilisez les troupes. Absolument ! Expédiez-moi les photos.

Je raccrochai, perplexe, puis m'empressai de lui envoyer les images par mail. J'avançais enfin. Je consacrai une heure à taper des notes avant d'éteindre mon ordinateur et de rentrer chez moi. Ryan n'allait sûrement pas tarder à se lever, et ensuite, nous pourrions reprendre la recherche des victimes potentielles.

Mon portable sonna au moment où je verrouillais la porte de mon bureau.

— Inspecteur Gillian, dis-je.

— Bonjour, inspecteur Gillian, ici le shérif adjoint Keller. Je crois que nous avons trouvé une de ces personnes.

— Eh ben, dis donc, vous avez fait vite ! Où êtes-vous ? De qui s'agit-il ?

Il se racla la gorge.

— Eh bien, il n'y a pas vraiment de quoi se réjouir. On est sur l'autoroute 1790.

Il s'agissait d'un long tronçon peu fréquenté, au milieu d'un marais, tout au nord du comté. Mon angoisse s'accrut.

— Merde. Ne m'en dites pas plus.

Il soupira.

— Ouais, elle est morte. Désolé.

— J'arrive tout de suite.

J'envoyai un texto à Ryan et environ une demi-heure plus tard, j'étais sur les lieux, alors que le crépuscule commençait à teinter le ciel de nuances pourpres et orange. L'inspecteur James Harris se trouvait déjà sur place, ce qui ne m'étonnait pas, étant donné que le corps avait été découvert dans sa juridiction. Mais je fus quelque peu surprise de voir aussi l'agent Zack Garner parler au téléphone, près de sa voiture.

Il raccrocha quand je m'approchai.

— Ryan est en route. On était en train de manger un morceau, quand il a reçu votre SMS, et il a dit qu'il nous rejoignait ici.

Je faillis répliquer : « Tiens, il est déjà réveillé ? », ce qui aurait donné à Garner de fausses idées sur mes rapports avec Ryan.

— On a passé une grande partie de l'après-midi à parler de l'enquête, poursuivit Zack en chassant machinalement un moustique de son visage.

Il n'a pas dû rester couché longtemps, pensai-je. Mais il valait probablement mieux que Ryan ne s'attarde pas trop chez moi.

— Vous avez avancé ? demandai-je.

Il secoua la tête.

— Ryan m'a simplement mis au courant de ce qui vous était arrivé à tous les deux, ce matin.

— Oui, c'était assez dingue, renchéris-je en demeurant vague, puisque j'ignorais ce que Ryan lui avait raconté.

Quelle histoire lui a-t-il servie, celle du démon ou celle que nous avons donnée à tous les autres ?

Il me regarda droit dans les yeux.

— Il m'a dit ce qui s'était réellement passé, précisa Garner.

Les lumières clignotantes rouge et bleu des voitures de patrouille se reflétaient dans ses yeux, et pendant quelques secondes, ils semblèrent eux-mêmes rayonner d'une lueur rougeâtre. Puis il sourit, et cette illusion s'évanouit.

— Cela paraît idiot, mais j'aurais vraiment voulu y être.

— Ce n'est pas idiot du tout, lui dis-je en jetant un coup d'œil involontaire à Harris.

Il était en pleine conversation avec des inspecteurs de son département.

— Est-ce qu'il... ?

Zack eut un petit grognement de dédain.

— Mon Dieu, non ! Il n'y croirait pas, même s'il le voyait. Il parviendrait à expliquer ça de façon rationnelle.

— Ça lui ressemble en effet, déclarai-je, soulagée qu'Harris n'ait pas été mis dans la confidence.

Sans savoir pourquoi, je n'étais pas inquiète à l'idée que Zack connaisse la vérité. Au fond de moi, je savais qu'il comprenait.

— Et voici le fils prodigue ! fit-il remarquer, regardant par-delà mon épaule.

Je me retournai et vis une Crown Victoria de couleur sombre s'arrêter sur le côté de la route, derrière ma Taurus.

Ryan descendit de sa voiture et s'approcha. Je constatai qu'il avait eu le temps de se doucher, se raser, se changer, et qu'il avait l'air assez reposé. Il salua Zack d'un signe de tête, puis me regarda d'une manière grave.

— J'ai un mauvais pressentiment sur ce coup-là.

— Moi aussi, répliquai-je, même si l'expression « mauvais pressentiment » me semblait être un euphémisme.

Il n'y avait pas beaucoup de bornes sur ce tronçon d'autoroute. C'était une longue ligne droite d'asphalte au milieu du marais, dont on se servait pour faire des pointes de vitesse. Il fallait simplement prendre garde aux ours ou aux alligators qui pouvaient de temps en temps traverser la chaussée. Au moins une fois par mois, les adjoints du shérif étaient envoyés là, sur un accident impliquant un véhicule et un animal. Une collision à 150 kilomètres-heure avec une bête sauvage avait forcément des conséquences dramatiques.

Je m'approchai du corps, stupéfaite qu'on ait pu le retrouver. Plusieurs conducteurs avaient sûrement dépassé cette masse sanglante sur le bas-côté en croyant qu'il s'agissait d'une bête écrasée. La mort de cette femme aurait été probablement bien plus douce si elle avait été renversée par une voiture. L'odeur métallique du sang se mêlait de manière écœurante à la puanteur froide et humide de l'eau stagnante et de la végétation en décomposition du marais voisin.

Je reconnus Belle ; sous les yeux en amande, d'affreuses entailles marquaient les joues de son jeune visage, et ses piercings au sourcil et à la lèvre étaient toujours en place. Au-dessus de son cadavre flottaient et vacillaient des traces arcaniques, mais contrairement à la dernière fois, je pouvais facilement déchiffrer ces runes. Je restai à un mètre de distance, les yeux plissés et les poings serrés.

— Qu'est-ce qu'elles signifient ? demanda doucement Ryan à mon oreille.

— Provocations et menaces, répondis-je d'une voix tendue. Elles laissent aussi entrevoir ce qu'elle a subi : il y a aussi des runes de souffrance et de torture.

Et un glyphe incluant mon propre nom entrelacé parmi elles. Je n'étais pas sûre de vouloir en parler à Ryan. Le tueur savait que j'étais invocatrice, et désormais, il me montrait qu'il ne s'en souciait pas, que je n'étais pas assez forte pour l'empêcher d'agir.

— Il vous nargue, murmura Zack.

Je lui décochai un regard surpris. Je ne m'étais pas rendu compte qu'il s'était approché de nous. Je compris ensuite que Ryan l'avait certainement renseigné même sur les aspects arcaniques de cette affaire.

— C'est un connard, grommelai-je avant de m'accroupir près du corps, sans prêter attention au bourdonnement et aux piqûres des moustiques.

Je remarquai immédiatement que les plaies étaient très différentes de celles des autres victimes. Plus grossières, plus violentes. Pas d'incisions ou de brûlures précises. Au lieu de cela, Belle avait été presque déchirée en morceaux. J'eus un haut-le-cœur en observant sur son torse les entailles parallèles qui l'avaient éviscérée. Je les identifiai facilement comme des marques de griffes, mais je me demandai ce que le docteur Lanza en conclurait. Le symbole avait été grossièrement tailladé sur l'intérieur de la cuisse, comme ajouté après coup.

— Ils n'ont pas pris leur temps avec elle, soulignai-je d'une voix rauque. Ils l'ont purement et simplement massacrée.

Ryan maugréa, et je n'eus pas besoin de distinguer ses mots pour être d'accord avec lui. Je frissonnai puis, les yeux mi-clos, je cherchai à percevoir les traces et les empreintes sur la poussière autour de la victime.

— Le démon l'a transportée jusqu'ici, affirmai-je en me redressant. Vous voyez ces marques ? demandai-je en désignant de profonds sillons dans le sol. Il a atterri là-bas et il a repris son vol, avant de lâcher le corps.

Puis j'observai les traces plus attentivement, et fronçai les sourcils.

— Qu'y a-t-il ? demanda Zack.

— Je n'y comprends rien, dis-je.

Les traces étaient bien visibles, un humain n'aurait jamais pu en laisser de semblables.

— Un kehza ne serait pas assez fort pour voler jusqu'ici, en transportant quelque chose d'aussi lourd qu'un cadavre. De toute façon, ils peuvent à peine voler. Ils n'en sont capables que sur de très courtes distances.

— Comme quand il fondait sur nous ? s'enquit Ryan, l'air inquiet.

— Exactement. Donc en aucun cas, il n'a pu arriver jusqu'ici pour se débarrasser du corps.

Ryan jeta un regard aux alentours, vérifiant que personne ne pouvait entendre notre conversation. Heureusement, Harris pontifiait encore avec ses hommes.

— Et il serait idiot d'imaginer que le tueur ait conduit jusqu'ici sa victime et le démon, juste pour permettre à cette créature de survoler l'endroit et d'y lâcher la dépouille ?

— Tout à fait. Ça ne tient pas debout. Et le timing ne correspond pas non plus. On est arrivés au restaurant à peine un quart d'heure après l'appel de Belle. Même si elle se trouvait déjà ici, il est impossible que le kehza soit revenu en ville à temps pour nous attaquer. Et il n'a pas pu l'assassiner et la jeter après, parce qu'il avait déjà été renvoyé dans son monde. (Je jurai doucement.) Cela signifie forcément qu'il y a un autre démon, de plus haut niveau, probablement un syraza ou un reyza. Ceux-ci sont assez forts pour pouvoir enlever une femme dans la rue et la transporter jusqu'ici avant de la tuer. Le kehza avait pour seul objectif d'en apprendre plus à mon sujet.

— Et en utilisant un de ces deux démons, le meurtrier bénéficie d'un alibi, souligna Zack. Pendant que la créature attrape les victimes et s'occupe des cadavres, il peut se trouver n'importe où ailleurs.

Cette idée était très désagréable.

— Comment aurait-il pu envoyer le kehza après vous et, en même temps, charger l'autre démon de s'occuper du cadavre ? J'ai cru vous entendre affirmer qu'il était presque impossible d'en invoquer et d'en maîtriser deux à la fois ? lança Ryan, les bras croisés.

— En effet. Merde ! Il doit y avoir une autre explication.

J'en avais une en tête, mais elle redoublait mon angoisse.

— Je n'aime pas ce que je lis sur votre visage, inspecteur, dit Ryan.

— Bon sang. Il est possible, je dis bien possible, qu'il se soit formellement allié à un démon majeur, ce qui lui demanderait moins d'efforts pour le faire apparaître.

Un peu comme les rapports que tu pourrais avoir avec Rhyzkahl, pensai-je malgré moi. Mais non, c'était différent. Cela indiquait un degré de coopération rare entre les invocateurs et les créatures qu'ils appelaient. L'idée d'un démon et d'un humain travaillant ensemble pour invoquer et contrôler un seigneur démon témoignait de conflits qui s'étendaient bien au-delà de notre monde. En fait, avoir pour allié un démon de haut niveau serait certainement la seule manière de pouvoir espérer un jour faire venir et asservir un seigneur démon.

— Ça commence à sentir le roussi, et pas qu'un peu, dis-je en m'écartant du corps.

— Vous pouvez développer ? intervint Ryan. Enfin, à part les éléments évidents que même moi suis capable de comprendre.

C'est ce moment-là que choisit Harris pour se préoccuper de ce que nous nous disions tous les trois. Il arriva vers nous tout essoufflé, la chemise tendue à craquer.

— Je m'en charge, murmura Zack. Ryan m'expliquera plus tard.

Je lui adressai un regard soulagé quand il intercepta habilement Harris et l'éloigna. Je l'entendis demander au gros inspecteur si l'autoroute était très fréquentée. Harris lui parla avec animation du trafic de stupéfiants et des gangs de motards.

Ça alors. Voilà un bel esprit de sacrifice. D'un signe de tête, j'indiquai à Ryan de me suivre et je l'amenai jusqu'à l'endroit où le sol se faisait meuble, là où le marais commençait.

— S'il s'est associé à un démon, dis-je rapidement à voix basse, c'est presque à coup sûr un syraza ou un reyza, des démons de onzième ou de douzième niveau, puisque ceux des niveaux inférieurs ne possèdent pas assez de pouvoir ou de puissance pour que l'alliance soit intéressante. Et aucun d'entre eux ne ferait équipe avec un humain, surtout avec un invocateur, sans que ça soit vraiment dans son intérêt. Il doit en retirer un avantage, poursuivis-je en fronçant les sourcils et en enfonçant les mains dans les poches. Lors de chaque rituel, l'invocateur doit offrir quelque chose en retour. Il s'agit d'une lutte pour le pouvoir, et la créature est attachée, mais seule une faible partie de ce lien est de nature arcanique. Tout tourne autour de l'honneur. Au cours de la cérémonie, l'invocateur propose au démon quelque chose que ce dernier considère comme précieux, assez pour satisfaire son honneur blessé, et le choix diffère selon le type de démon.

— De quoi s'agit-il au juste ?

— Comme je vous l'ai dit, ça dépend du démon. Certains des plus petits aiment le chocolat ou la bière. D'autres, des livres. Certains désirent des informations, d'autres veulent juste que l'invocateur verse son sang pour prouver son engagement. Ça dépend des créatures.

— D'accord, acquiesça Ryan, songeur. Et qu'est-ce que notre Tueur au symbole aurait pu offrir à ce démon en échange de son aide ?

Je me passai la main dans les cheveux.

— Du pouvoir, sous une forme ou une autre. Certainement pas dans notre monde, car cela n'aurait aucun intérêt pour un démon inférieur à un seigneur. Il lui a sans doute donné la possibilité d'accroître son pouvoir au sein de sa propre sphère.

— Ah, c'est un peu comme la façon dont les Klingons montent en grade.

— Qui ? demandai-je en le dévisageant, ébahie.

Il écarquilla les yeux.

— Vous déconnez ! Folle comme vous êtes, vous ne regardez pas *Star Trek* ?

Je me renfrognai.

— Je ne suis pas folle, et je regarde *Star Trek*. Enfin, ça m'est arrivé une fois ou deux.

Il leva les yeux au ciel de façon théâtrale.

— Et moi qui pensais que vous étiez faite pour moi ! s'exclama-t-il avant de me sourire tandis que j'hésitais sur l'attitude à prendre. Pour monter en grade, les Klingons tuent leur supérieur, expliqua-t-il, comme ça, ils prennent sa place.

— Oh. Je vois. (C'était étrange. Il n'avait pourtant pas l'air d'un geek.) Oui, c'est plus ou moins cela, sauf qu'un reyza ne peut pas devenir un seigneur. Ce serait comme si une panthère essayait de devenir un tigre. Mais il pourrait s'agir d'un général du seigneur démon. Ou, plus probablement, d'un général rival aux ordres d'un autre seigneur, qui cherche à faire tomber le premier. Ma tante m'a expliqué que les rapports de force sont incessants et sournois dans leur sphère.

Ryan fronça les sourcils.

— Y a-t-il un moyen de découvrir qui est ce démon ?

Je faillis répondre « non », mais j'hésitai. Il en existait un, mais, nom de Dieu, il était risqué.

— Kara ? Qu'est-ce que c'est ?

— Eh bien, commençai-je, je n'en suis pas certaine, mais un autre démon majeur ou un être encore plus puissant pourrait sûrement interpréter les marques sur le cadavre et identifier ce démon.

Je me rappelai la phrase de Rhyzkahl à propos de sa marque sur moi.

— Donc vous pourriez en invoquer un et lui poser la question ?

— Pas exactement, répondis-je en jetant un coup d'œil au ciel, même si je savais que la lune ne serait pleine que quelques jours plus tard. Les démons des niveaux supérieurs doivent presque toujours être invoqués à la pleine lune, et de plus, je devrais me trouver à côté du cadavre pour permettre au démon de l'examiner. Sans compter la pire difficulté, celle d'invoquer et de maîtriser un tel démon.

— Eh bien, ça craint.

— En fait… je pense connaître une solution, poursuivis-je avant de me mordre la lèvre. Il m'est impossible de faire venir un reyza, mais je pourrais quand même obtenir des informations.

Il eut l'air surpris.

— En faisant appel à votre seigneur démon ?

— Pas en l'appelant, précisai-je. Je ne suis pas bête à ce point. Mais… je pourrais m'arranger pour qu'il revienne me voir en rêve.

— Vous vous rendez bien compte que vous parlez de faire une sieste dans la même pièce qu'un cadavre ? fit-il remarquer.

Je grimaçai. Peut-être existait-il une autre solution ?

— Comment savez-vous que ça fonctionnera ? lança Ryan.

— Je l'ignore. Mais je lui ai déjà demandé des renseignements. C'est de cette manière que j'ai trouvé la signification des runes sur l'autre victime.

— OK, donc à part dormir dans une morgue, c'est plutôt sans risque, n'est-ce pas ? Dans cet état, il ne peut pas faire grand-chose, puisque vous pouvez toujours vous réveiller.

— Oui. Bien sûr, répliquai-je d'un ton que j'espérais convaincant.

Seulement, c'était faux. On pouvait toujours faire des promesses, se dire redevable, et contracter une alliance. Les invocateurs devaient respecter le même code que les démons, sinon les créatures ne pouvaient pas leur accorder leur confiance. Même si les rêves n'étaient pas tangibles, ils comportaient un grand danger. *Bon, pas physique la plupart du temps*, songeai-je en bougeant mon épaule guérie.

— Je crois, repris-je après un instant de réflexion, qu'il n'est peut-être pas nécessaire que je me trouve au même endroit que le corps si j'essaie de discuter avec le seigneur dans mes rêves.

— Cela vous faciliterait drôlement la tâche, lâcha Ryan d'une voix cassante.

Je haussai les épaules sans enthousiasme, en regardant les spécialistes de la police scientifique s'activer autour du lieu du crime, prenant des mesures et des clichés de la dépouille et de ce qui l'entourait. Il serait intéressant de voir quelle explication ils avanceraient pour les marques trouvées près du cadavre.

— Bon, je ne suis pas certaine que ça marchera, dis-je, mais de toute façon, il faudra bien que je dorme, et la dernière fois, il a insinué qu'il contrôlait la réalité…

— Donc il est capable de vous emmener là-bas en utilisant la vitesse onirique ou un truc du même genre.

— Je suppose. Je l'espère. (Je me frottai les yeux.) Il reste encore tellement d'inconnues. J'ai l'impression de tâtonner la plupart du temps.

Il me prit par les épaules.

— Hé, ce n'est pas le moment de me lâcher. C'est vous qui nous avez permis d'arriver jusque-là.

Je parvins à esquisser un sourire.

— Je ne vais pas vous laisser tomber. On est proches du but, je le sais.

— Le tueur vous provoque, ce qui signifie qu'il va forcément commettre une erreur bientôt.

Je résistai à l'envie de m'effondrer.

— Je l'espère bien.

Il me serra les épaules, puis me relâcha.

— Allez, venez, je vous emmène au lit, déclara-t-il avec un sourire malicieux.

— Mince ! Ne dites pas ça trop fort, répondis-je en souriant malgré moi. Les gens vont commencer à jaser.

CHAPITRE 22

Ryan se gara derrière moi, et sortit de sa voiture au moment où je descendais de la mienne.

— J'espère que vous comprendrez que je ne quitte pas votre maison ce soir, dit-il avant que je puisse ouvrir la bouche. Pas tant que vous ne serez pas réveillée de votre rencontre avec ce seigneur démon.

Je renonçai à protester.

— Cela ne pose sans doute aucun problème. Il m'a déjà aidée à deux reprises, et je pense qu'il va encore se montrer gentil, car il veut que je l'appelle. Mais vous avez raison, c'est sûrement une bonne idée que vous restiez dans les parages.

Il m'adressa un bref sourire.

— Si ça continue, je vais devoir bientôt laisser des vêtements de rechange et une brosse à dents chez vous.

Je souris avant de me détourner, soudain troublée. Qu'est-ce qui m'arrivait ? Ce n'était pas comme si je n'avais jamais passé une nuit avec un homme. Bon sang, j'avais eu des petits amis. D'accord, pas des masses, mais quand même. Jamais un mec aussi… aussi épatant que Ryan ne m'avait accordé autant d'attention. Intelligent, beau, spirituel, charmant…

Cesse de te conduire comme une idiote. Il travaille sur l'enquête, c'est tout. Rien de plus. Il te considère comme une coéquipière. Je tournai la clé dans la serrure et entrai dans la cuisine.

— Maintenant, je voudrais que vous m'expliquiez un truc, lança-t-il en me suivant.

— Quoi ? demandai-je en ouvrant le frigo pour examiner son contenu, incapable de me souvenir de la dernière fois que j'avais mangé.

— Tout ce système du bien et du mal chez les démons. J'ai toujours cru qu'ils étaient tous méchants.

Je sortis un morceau de cheddar.

— Oui, en effet, c'est ce qu'on entend au catéchisme, répliquai-je en refermant le réfrigérateur d'un mouvement de hanche, avant de m'emparer de biscuits salés et d'un couteau. Mais, vous voyez, ces démons ne sont pas ceux de la religion.

Il me regarda disposer les aliments sur une assiette avant de la poser sur la table.

— Alors qui sont-ils ?

— Ce sont des créatures d'un autre plan, expliquai-je en me coupant une tranche de fromage et en la mettant sur un cracker.

Je désignai l'assiette d'un geste pour l'inviter à se servir, tout en avalant une bouchée.

Il jeta un coup d'œil sceptique à mon goûter de plouc.

— Vous achetez toujours deux kilos de fromage à la fois ?

— Il y en a moins d'un kilo, répondis-je. Il était en promo. Et j'adore le fromage.

— Mais… du cheddar ? Doux ? dit-il d'un air affligé.

Je le fusillai du regard et, par défi, coupai un deuxième morceau.

— Il n'était pas cher. Vous avez un problème avec le fromage ?

— Pas du tout, répliqua-t-il en feignant de tressaillir de dégoût. Bon, revenons-en à nos créatures d'un autre plan. Vous pouvez développer ?

Je posai le couteau et croisai les doigts.

— Imaginez différentes dimensions. Sphères. Plans d'existence. Peu importe. Nous vivons dans l'un, et eux dans un autre. Ces deux plans convergent souvent, de sorte qu'une personne susceptible d'ouvrir un portail entre eux peut faire venir une créature de leur monde dans le nôtre.

— Et comment les gens savent-ils qu'ils en ont la capacité ?

— Eh bien, il semble y avoir une part d'hérédité, donc en général, les invocateurs surveillent leurs enfants ou petits-enfants, quand ces derniers deviennent adolescents. C'est l'autrevue qui arrive en premier, c'est pourquoi le plus simple consiste à laisser une grande barrière brillante dans un endroit, et à vérifier si le gamin y réagit. Cela peut s'avérer spectaculaire, ajoutai-je en souriant.

— J'imagine, dit Ryan avec un petit rire.

— Bref, une fois l'autrevue constatée, l'invocateur demande généralement à un démon d'évaluer le potentiel de l'enfant.

Il tapota la table.

— Et si l'enfant n'a ni parents ni grands-parents pour le surveiller ?

— Eh bien, c'est plus ou moins ce qui s'est produit avec ma tante. Elle a découvert qu'elle était capable de voir et de sentir des choses imperceptibles pour les autres, alors, elle s'est rendue à la bibliothèque pour se documenter.

Il leva un sourcil.

— Ne me dites pas qu'elle a trouvé un livre intitulé *L'Invocation de démons pour les nuls*!

— Pas tout à fait, répondis-je en riant, mais c'est un bouquin que j'écrirai peut-être un jour. Non, quelqu'un a compris ce qu'elle cherchait, et, eh bien… l'a orientée vers un invocateur susceptible de devenir son mentor.

— Attendez. Qui l'a compris ? Est-ce qu'il existe une sorte de réseau mondial de surveillance ?

— Non, il n'y a pas de franc-maçonnerie du genre des Illuminati, dans ce domaine. (Je souris.) Tessa a eu de la chance. Elle était à la bibliothèque publique de La Nouvelle-Orléans, et l'une des bibliothécaires a vu quelle sorte d'ouvrages elle consultait. Or, elle-même était invocatrice, expliquai-je en écartant les bras. Cette femme était âgée et en principe elle avait cessé de faire des invocations. Elle ne pouvait donc pas prendre Tessa pour élève, mais elle lui a trouvé quelqu'un de disponible.

Je ne m'étendis pas sur le rôle du hasard dans cette histoire. Depuis plusieurs années, je soupçonnais que les démons aidaient à faire repérer les personnes capables de les invoquer, mais je ne disposais d'aucune preuve et n'avais guère plus qu'une intuition sur laquelle m'appuyer pour creuser.

Il garda le silence pendant un moment.

— Et où entrent le bien et le mal dans tout ça ? finit-il par demander.

— Nulle part. Enfin, pas selon les critères humains. Les démons ne sont pas plus mauvais que les sorcières. Et croyez-moi, tous les pratiquants de la Wicca que je connais respectent strictement la règle de ne léser personne. Dans l'ensemble, il est possible de classer les démons et de décréter que celui-ci est méchant et celui-là gentil, mais cela signifie simplement que leur comportement ou leurs actes correspondent à un schéma que nous, les humains, jugeons acceptable ou non. En vérité, les implications sont bien plus complexes.

— Comme, par exemple ?

— Eh bien, ce que nous pouvons estimer inadmissible est seulement une façon pour eux de gérer des questions de domination ou d'honneur. Et vice versa. Ce que nous trouvons correct peut être une abomination selon eux, à cause de notre façon de faire. (Je secouai la tête.) Leur morale et leur code d'honneur sont extrêmement compliqués. Ils considèrent les dettes d'honneur comme irrévocables, et refuser d'en payer une est très mauvais, poursuivis-je en levant les yeux au ciel. Si vous vous ratez et mettez un démon en situation déshonorante, vous serez tout bonnement massacré en représailles.

— Donc ils ne plaisantent pas avec la vengeance, c'est ça ?

— Oui, dis-je en tentant de conserver un ton décontracté.

J'avais mesuré à quel point les démons étaient pointilleux en la matière, à l'âge de vingt-trois ans, lors de ma première année en tant que flic. Une plainte pour agression sexuelle avait été classée sans suite, faute de preuves, et l'agresseur était sorti libre. Je n'avais pas joué de rôle dans cette enquête, mais je connaissais l'accusé.

Douze ans auparavant, j'avais vécu chez ses parents pendant un mois.

J'avais parlé à Tessa de cette affaire et du suspect. Je lui avais tout raconté. Et lors de la pleine lune suivante, elle avait invoqué un syraza qui lui avait offert ses services quand elle lui avait expliqué ce qu'elle attendait de lui.

— Effectivement, les démons prennent les questions de revanche très au sérieux.

Ryan saisit le couteau et se coupa un morceau de cheddar, visiblement réticent à souiller son palais avec du fromage de supermarché, mais apparemment assez affamé pour courir le risque.

— Ce raisonnement pourrait aussi s'appliquer aux humains, vous savez. Le mal est souvent une histoire de perception, souligna-t-il en regardant avec méfiance le fromage, sans nul doute pour insinuer que mon cheddar doux et bon marché était l'illustration de son propos.

— Eh bien, oui, répondis-je en lui reprenant le couteau, mais dans le cadre de mon métier, j'essaie de m'en tenir à celle d'une société civilisée. Le meurtre, c'est mal. Blesser des gens qui ne vous ont rien fait, c'est mal. Prendre des objets sans permission, c'est mal.

J'esquissai un sourire gentil et plantai le couteau dans le fromage.

— Se moquer du fromage des autres, c'est mal, ajoutai-je.

— OK, OK, dit-il en riant. Et coincer un tueur en série, c'est bien, n'est-ce pas ?

— Je l'espère, en tout cas, répondis-je en me calant contre le dossier de ma chaise.

— Bon, avez-vous besoin de faire quelque chose de spécial pour que Rhyzkahl vienne dans vos rêves ?

— Non. Enfin, je ne sais pas si je peux faire quoi que ce soit. Il est apparu trois fois depuis… ma dernière invocation, qui remonte à trois semaines.

Un peu plus en réalité, ce qui signifiait qu'il nous en restait moins d'une avant la pleine lune. Le temps pressait, et de trop nombreuses questions subsistaient.

— Ce que je peux espérer de mieux, poursuivis-je, c'est d'essayer de m'endormir en souhaitant fortement qu'il entre dans mes rêves.

— Est-ce que ça revient à l'appeler ? demanda-t-il en me jetant un regard sceptique.

— Non, répliquai-je avec plus de conviction que j'en ressentais. Un appel doit être… plus intense et volontaire.

Il se gratta la tête.

— Vous savez, ça ne me plaît quand même pas trop. Mais je suppose que c'est l'unique façon d'obtenir des réponses.

— Oui, dis-je avec un haussement d'épaules. C'est la seule solution que je puisse imaginer pour l'instant.

— Et je présume que ce ne serait pas bon si je restais dans la même pièce que vous ?

Je l'observai en cillant avant de me rendre compte qu'il ne pensait pas à la même chose que moi. Non, il ne me draguait pas. Il parlait de sécurité. Dormir par terre ou quelque chose du genre.

— Non, cela affecterait sûrement le déroulement du rêve.

— Très bien, alors je resterai dans le couloir. Je crois qu'il est l'heure de vous pieuter, conclut-il avec un sourire désabusé.

C'était plus facile à dire qu'à faire. Ou, plutôt, c'était facile de se coucher et difficile de s'endormir. Et je n'osais avaler un somnifère, car c'était le meilleur moyen pour que Rhyzkahl ne vienne pas. Mais je n'arrêtais pas de songer à l'enquête, ainsi qu'à Ryan. *Merde, il faut que je pense à Rhyzkahl!* Je soupirai et m'allongeai sur le dos en me forçant à fermer les yeux et à les garder ainsi. *Je vais compter mes respirations,* décidai-je. *Et me focaliser sur Rhyzkahl. Ce n'est pas comme si je l'appelais.*

Je me concentrai pour prendre de longues inspirations régulières. *Une, deux, trois… Pense à son regard… huit, neuf, dix… et à son beau visage… quinze, seize, dix-sept… et à cette aura de pouvoir… vingt-deux, vingt-trois…*

— Je suis ici, s'éleva la voix, qui emplissait toute la pièce.

J'ouvris brusquement les yeux. Avais-je réellement réussi à m'endormir ? Je m'assis rapidement. *Ça alors, ça a marché!* me dis-je avec un mélange de joie et de soulagement.

Il se tenait au pied de mon lit, immobile, la tête penchée, ses yeux azur plongés dans les miens. Une lueur surnaturelle l'enveloppait, comme une brume de chaleur, venue à la fois de partout et de nulle part. Il ne bougeait pas, et mon allégresse se mua progressivement en incertitude, quand son aura me parvint. Je ne ressentais pas la rage meurtrière et la fureur de l'autre fois, mais il émanait de lui une intensité latente, un mépris et une colère larvée qui me mirent mal à l'aise. C'était très différent de toutes ses autres visites oniriques.

— Je… je suis contente de te voir, m'empressai-je de déclarer.

Il ne répondit pas, mais je crus sentir le danger monter d'un cran. Étais-je paranoïaque ? Il ne m'avait jamais menacée dans un rêve. Je déglutis.

— Je… j'aimerais avoir ton aide… s'il te plaît. Nous avons découvert un autre cadavre avec des runes… et…

Je bredouillais tandis que son silence obstiné et la profondeur de son regard continuaient à me perturber. J'inspirai profondément et me lançai, même si l'angoisse m'étreignait de plus en plus.

— Eh bien, on… je me demandais si tu pouvais m'indiquer quel démon a laissé ces marques.

Il poussa un grognement, et j'eus la chair de poule. Merde. Cette rencontre ne prenait pas du tout la même tournure que les précédentes.

— Tu t'opposes à mon désir de venir te voir en chair et en os, dit-il d'un ton hargneux, les yeux animés d'une flamme fatale, et tu espères quand même que je vais te servir ? (Il fit une grimace haineuse.) En me dictant toutes tes conditions ?

Merde.

— Non, non !

Merde, merde et merde.

— Seigneur Rhyzkahl, je n'avais pas l'intention de te manquer de respect…

— Ah bon ?

Ses paroles me firent l'effet d'un coup de fouet. Il fit deux pas vers moi et je reculai instinctivement contre la tête de lit pour me protéger de sa colère. Mon cœur battait à tout rompre. Que j'étais bête ! J'avais discouru sur l'importance de l'honneur pour les démons, et voilà que je tentais de trouver une solution pour contourner les règles, afin d'obliger un seigneur à faire ce que je voulais.

— N'est-ce pas ce que tu as fait ? insista-t-il d'une voix basse, mais tout aussi menaçante. Tu penses m'attacher ici dans le but de m'utiliser.

Il réduisit la distance qui nous séparait avant même que je ne m'en rende compte, puis me saisit par la gorge et me plaqua contre la tête de lit. Je laissai échapper un cri étouffé et tentai d'attraper la main qui me serrait, mais il avait une poigne de fer.

— Tu as cru pouvoir m'employer, me susurra-t-il, la douceur de son ton contrastant avec sa prise féroce. Te servir de moi sans risque, en m'invitant dans tes rêves.

J'essayai d'atteindre sa main en m'efforçant de réprimer un gémissement de terreur. Il ne m'étranglait pas, du moins pas encore, mais il ne relâchait pas son étreinte. Nom de Dieu, comme j'avais été stupide ! Cette fois-ci, il se comportait vraiment comme un démon. Une créature puissante qui s'offensait qu'on l'invoque pour servir.

Un magnifique sourire éclaira son visage.

— Et maintenant, tu vas te rendre compte à quel point tu as tort. Tu m'as appelé dans tes rêves.

Il éclata d'un rire mélodieux teinté de cruauté. Il se pencha sur moi et murmura contre ma joue :

— Tu m'as appelé, Kara chérie.

J'ouvris grand les yeux. Non, ce n'était pas possible ! Je m'étais juste concentrée sur lui en m'endormant. Ou bien l'avais-je effectivement appelé ? Ou ma tante ne savait-elle pas comment cela fonctionnait ? Elle m'avait expliqué qu'il fallait l'appeler intentionnellement. Je ravalai ma salive avec difficulté. Tessa était-elle assez compétente ? Est-ce qu'il suffisait de souhaiter qu'il vienne dans mes rêves pour vraiment appeler Rhyzkahl ?

— Tu ne savais pas que tu m'avais appelé, n'est-ce pas ? dit-il d'une voix douce tandis que je tentais de me dégager. Tu ne sais pas si c'est un rêve ou la réalité. Et les deux sont possibles.

— Je t'en prie, gémis-je. Je suis désolée, je suis navrée. Seigneur Rhyzkahl, pardonne-moi.

— Je ne suis pas à ton service, petite invocatrice.

— Non, non, c'est vrai, bredouillai-je, réfléchissant à toute vitesse.

S'il était là en chair et en os, pouvais-je le renvoyer ? Est-ce qu'une expulsion normale marcherait ? Une invocation traditionnelle ne fonctionnerait pas, c'était sûr. Si seulement j'avais eu le temps d'étudier la question ! Mais je ne m'étais pas attendue à me retrouver dans une telle situation. Je n'avais jamais vraiment eu l'intention de l'appeler.

— Kara !

La porte s'ouvrit violemment et Ryan déboula, l'arme au poing.

— Kara, j'ai entendu…

Ses paroles vinrent mourir sur ses lèvres quand il prit conscience du spectacle qu'il avait devant lui. Je savais ce qu'il voyait et ce qu'il ressentait. La lumière surnaturelle, le beau visage, et surtout la nature puissante et irrésistible de Rhyzkahl. Ryan pâlit et recula d'un pas en chancelant, avant de se reprendre.

— Sainte Marie, mère de Dieu, murmura-t-il.

Il est catholique ? Cette pensée complètement incongrue me traversa l'esprit tandis que je renouvelais mes efforts pour me dégager.

— Ryan ! Courez ! criai-je. Vous ne pouvez pas le blesser !

Ryan me jeta un coup d'œil, puis reporta son attention sur Rhyzkahl. Il leva son pistolet en le tenant à deux mains, et visa.

— Relâche-la, connard, ordonna-t-il d'une voix qui tremblait à peine.

Rhyzkahl plissa ses yeux azur, qui se réduisirent à deux fentes.

— Tu n'as pas les moyens de m'arrêter.

— Ryan, haletai-je, le flingue ne sert à rien. Fuyez, bordel !

Rhyzkahl éclata de rire, puis commença lentement à resserrer sa prise sans quitter Ryan des yeux. Je toussai, cherchant désespérément à attraper sa main, la respiration de plus en plus difficile.

— Laisse-la partir ! cria Ryan en s'avançant dans la pièce, l'arme braquée sur Rhyzkahl.

Non, merde, Ryan, pensai-je frénétiquement. *Courez !*

Rhyzkahl se contenta de sourire et de resserrer son étreinte.

Ryan me jeta un bref regard, puis posa de nouveau les yeux sur le seigneur démon.

— Je t'avais prévenu, dit-il fermement à Rhyzkahl.

La détonation retentit, et une photo encadrée, qui se trouvait à l'autre bout de ma chambre, vola en éclats. Mais je savais que la balle avait traversé le crâne de Rhyzkahl.

Sans causer aucun dégât.

— Ah, putain ! souffla Ryan en reculant d'un pas.

Rhyzkahl renversa la tête en inspirant et en levant la main. Je me figeai en observant la puissance s'enrouler au creux de sa main sous la forme d'un tourbillon arcanique bleu-noir. Ryan l'aperçut également, et écarquilla les yeux. Mais il n'eut pas le temps de réagir. Rhyzkahl libéra la force et la projeta sur celui qui l'avait attaqué, le soulevant du sol et l'envoyant s'écraser contre le mur.

Je laissai échapper un cri étouffé quand Ryan fracassa la cloison et s'écrasa sur le sol, un filet de sang coulant de sa bouche. Horrifiée, je le contemplai et lui hurlai intérieurement de bouger. *Non… pas toi. Tu ne peux pas être mort ! Oh, je t'en supplie !*

Rhyzkahl me relâcha et se redressa, une lueur de satisfaction dans le regard. À tâtons, je tentai de descendre de mon lit, sentant d'atroces sanglots monter dans ma gorge tandis que j'essayais d'atteindre Ryan. Mais Rhyzkahl m'attrapa par les cheveux avant que je parvienne hors de sa portée. Il me tira d'un coup sec vers lui, enroulant brutalement mes cheveux autour de sa main, ce qui me fit crier de douleur.

— Il ne mérite pas ton attention, ma chérie. C'est une créature pitoyable qui ne connaît même pas ses limites.

— Il n'est pas pitoyable !

Je réussis à lui donner un coup sur la main, ce dont je retirai une petite satisfaction, même si j'étais consciente de ne pas lui avoir fait le moindre mal.

Il prit un air plus dur.

— Tu devrais te méfier. Tout le monde n'est pas aussi gentil que moi.

— C'est mon coéquipier ! Il veille sur moi ! Tu n'étais pas obligé de le blesser !

Son visage ne changea pas d'expression.

— Je t'utilise, Kara. Rappelle-toi seulement que d'autres peuvent également te juger utile.

Je ne comprenais pas ce qu'il voulait dire. Parlait-il de Ryan ?

Il me tira hors du lit et je me retrouvai à genoux à ses pieds, mais avant que je puisse crier pour protester, nous nous retrouvâmes soudain ailleurs, dans un espace où régnaient un froid terrible et une obscurité totale.

J'en eus le souffle coupé. M'avait-il transportée dans son propre royaume ? Ou étions-nous dans une sorte d'enfer ? Le froid me pénétrait jusqu'aux os, et il faisait nuit noire. J'étais parcourue de frissons, et pas seulement à cause de la température. Mais l'endroit dégageait une odeur nauséabonde de moisi, qui m'évoquait des souvenirs.

Avant que je puisse me rappeler où j'avais senti cette odeur, une pâle lumière bleue apparut au-dessus de nous, révélant l'intérieur métallique du frigo de la morgue. Rhyzkahl ne lâchait pas mes cheveux et me maintenait avec fermeté à genoux tandis que je poussai un cri de surprise. Devant nous se trouvait un brancard avec une housse mortuaire en plastique noir. Avant que je dise un seul mot, cette dernière disparut, dévoilant le corps mutilé de Belle et de légères flammes arcaniques vacillantes, à peine visibles autour du cadavre.

Rhyzkahl émit un grognement.

— Je connais celui qui les a laissées, déclara-t-il d'un ton sans réplique.

Puis, avant même que je réagisse, nous étions de retour dans ma chambre, Ryan toujours effondré contre le mur du fond.

Rhyzkahl me renversa la tête jusqu'à ce que je lève les yeux vers lui, puis tendit la main et me caressa les cheveux, souriant tandis que je tremblais. *Il me traite comme son chien,* songeai-je, à la fois en colère et humiliée. *Il me considère comme un animal domestique.*

Il me lâcha et se détourna.

— Ne t'intéresse pas à celui qui a posé ces marques, Kara. C'est à moi de le punir.

Puis il s'évanouit dans une explosion de lumière blanche.

L'espace d'un instant, je regardai fixement l'endroit où il avait disparu, puis me dirigeai d'un pas chancelant vers la silhouette immobile de Ryan.

— Ryan !

Est-ce qu'il respirait encore ? La violence du coup l'avait-elle tué ?

— Ryan !

— Kara ?

— Ryan ? Ryan, réveillez-vous ! Je vous en prie !

— Nom de Dieu, Kara, allez-vous ouvrir les yeux à la fin ? Ne me forcez pas à vous gifler !

Je cillai, désorientée et haletante. Il se tenait au-dessus de moi, les sourcils froncés, parfaitement intact, sans la moindre goutte de sang sur lui.

— Oh, ça alors, vous allez bien !

Sans même réfléchir, je m'assis et me jetai à son cou.

— J'ai cru que vous étiez mort, soufflai-je. Bordel, j'ai cru que vous étiez mort.

Ce n'était qu'un rêve. J'inspirai de longues goulées d'air, m'efforçant de chasser l'horreur de ce souvenir. *Un simple rêve.*

Il éclata d'un rire surpris et me serra aussi dans ses bras.

— Hé, je ne suis pas mort ! Que s'est-il passé, bon sang ?

Je le relâchai brusquement, soudain gênée d'avoir affiché mes émotions. Je baissai la tête pour masquer le rouge qui me montait aux joues, puis portai la main à ma gorge. Pas d'ecchymoses, ni de marques. Encore un songe.

— Il... il m'a donné une leçon.

Je ne voulais pas regarder Ryan. Jusque-là, je n'avais pas mesuré combien j'appréciais notre amitié, et j'étais terrifiée à l'idée qu'il s'en aperçoive. Et que ce ne soit pas réciproque.

— Que s'est-il passé ? demanda-t-il d'un ton plus grave. Quel genre de leçon avez-vous reçu ?

Je tentai de rire, sans grand succès.

— Il m'a rappelé qui il était. Un seigneur démon. Pas une créature qu'un simple mortel peut invoquer pour effectuer des tâches pour lui.

— Qu'est-ce qu'il vous a fait ? demanda-t-il en me saisissant par les épaules pour me contraindre à le regarder dans les yeux. Pourquoi avez-vous cru que j'étais mort ?

Je me passai la main sur le visage, encore plus gênée quand je constatai qu'il était mouillé de larmes. *Génial, il ne manquait plus que ça pour compléter mon image d'idiote trop émotive et en mal d'affection.* Je pris une profonde inspiration pour m'obliger à me calmer.

— Oh, vous savez, les menaces habituelles et une démonstration de domination. Et ensuite... (Un frisson me parcourut.) Il a manipulé le rêve. Il m'a fait croire que vous vous étiez précipité dans la pièce pour me défendre, que vous aviez tiré sur lui et… et il s'est vengé. En gros, il vous a fait passer à travers ce mur d'une chiquenaude.

— Oh, allez ! lança Ryan avec un petit grognement moqueur. Et vous y avez cru ?

Surprise, je levai les yeux sur lui et le regardai, les sourcils froncés.

— Il est sans conteste assez fort pour ça. Et j'étais persuadée qu'il était là, en chair et en os !

— Non, petite tête, dit-il en riant. Vous pensiez vraiment que je volerais à votre secours contre un seigneur démon ? Purée, j'aurais déjà regagné l'autoroute, à l'heure qu'il est !

— Oh, que vous êtes bête ! répondis-je en gloussant et en lui balançant un oreiller, très soulagée qu'il ait détendu l'atmosphère.

Il sourit en esquivant mon attaque.

— OK, donc il vous a montré qui commandait, il m'a descendu, et après ?

Mon rire mourut sur mes lèvres quand je me souvins de l'autre tour que m'avait joué Rhyzkahl.

— Il a tenu… des propos étranges. Il m'a conseillé de me méfier parce que, selon lui, tous les démons ne sont pas aussi gentils que lui, expliquai-je en fronçant les sourcils. Il a dit aussi qu'il pouvait m'utiliser, mais que d'autres pouvaient également juger intéressant de se servir de moi. C'était très bizarre, précisai-je en observant la réaction de Ryan.

— Hein ? Je me demande ce qu'il sous-entendait ? dit-il, l'air perplexe.

Je haussai les épaules et me levai du lit, regrettant de ne pas pouvoir me débarrasser ainsi du léger doute que Rhyzkahl avait fait naître en moi. Essayait-il de me mettre en garde contre quelque chose ? Ou quelqu'un ? À présent que cet épisode était clos, j'admettais avec réticence que j'avais dépassé les bornes fixées pour gérer une créature aussi puissante. Non pas que j'avais de l'expérience dans ce domaine, mais j'avais failli considérer Rhyzkahl comme un humain. Or il n'en était pas un. Il n'était pas un mortel, mais un démon. C'était différent. Les règles n'étaient pas les mêmes.

— Je n'en sais rien, répondis-je en enfilant un sweat.

Avait-il tenté de me transmettre un message à propos de Ryan ? Était-ce pour cela qu'il l'avait attaqué ou du moins sa version onirique ? Si c'était le cas, pourquoi ne pas m'en avoir parlé franchement, en l'accusant ?

Peu importe. Le doute germait dans mon esprit.

— Du coup, je suppose que vous n'avez obtenu aucune info sur le corps ? demanda-t-il.

— Si, j'en ai quand même eu, répliquai-je avec un rire nerveux. Après tout ça, il m'a conduite à la morgue.

— Et ?

J'eus un geste d'impuissance.

— Tout ce qu'il a dit, c'est qu'il savait qui était le coupable et qu'il s'en chargerait.

Ryan réfléchit à mes propos pendant quelques secondes, l'air préoccupé.

— Je ne comprends pas. Est-ce que cela signifie que c'est un de ses disciples ?

— Je l'ignore, répondis-je, de plus en plus frustrée. Si oui, cela impliquerait que c'est un démon qui, d'une manière ou d'une autre, œuvre contre Rhyzkahl. Ou ce pourrait être le démon d'un autre seigneur. Quoi qu'il en soit, il va s'en occuper.

Ryan se passa la main dans les cheveux.

— Et on doit attendre qu'il le fasse, peu importe de qui il s'agit.

— En effet, c'est l'impression que j'ai eue. De toute façon, dans le cas d'un conflit entre deux seigneurs, on ne peut pas faire grand-chose.

Je soupirai, me sentant soudain très fatiguée.

— Et après une telle visite, poursuivis-je, ça ne me dérange pas de le laisser gérer ça.

— Mais ça ne nous aide pas davantage à découvrir qui est le Tueur au symbole.

Il avait touché le cœur du problème.

— C'est vrai, reconnus-je. On stagne.

Chapitre 23

Ryan se décrochait presque littéralement la mâchoire à force de bâiller, si bien que je finis par le persuader de retourner dormir un peu dans la chambre d'amis. De mon côté, je n'avais plus la moindre envie de me recoucher. Je préparai du café pour tenter de lutter contre mes propres bâillements, puis je relus encore mes notes pour vérifier si un élément nouveau ne me sauterait pas aux yeux. À ce moment-là, je m'efforçais de saisir tout ce qui pouvait me mettre sur la bonne piste. J'avais la sensation de faire du surplace tandis que la prochaine pleine lune approchait à toute vitesse.

Je venais de me servir ma deuxième tasse quand mon portable sonna. Je rivai mes yeux à la pendule. Quatre heures du matin. Les coups de fil aussi matinaux étaient rarement annonciateurs de bonnes nouvelles.

— Inspecteur Gillian ? Ici l'inspecteur Powell de la brigade des stupéfiants. J'ai trouvé l'une des personnes que vous recherchez.

Je sentis une affreuse appréhension monter en moi.

— Oh, merde. Un autre cadavre ?

— Hein ? Oh, non ! Pas du tout. Elle s'appelle Michelle Cleland, et je viens juste de l'arrêter pour prostitution et possession de crack.

Je chancelai tant j'étais soulagée.

— Oh, c'est super ! Où est-elle maintenant ?

— En détention. Je viens à peine de la coffrer.

— Powell, je vous dois une fière chandelle. Merci mille fois.

— De rien, Kara. J'espère que ça vous aide, vous et vos collègues.

Je m'empressai d'enfiler un jean et un tee-shirt avec le motif d'un Glock sur le devant, tout en avalant le plus de café possible sans me brûler la langue.

Vingt minutes plus tard, j'étais à la prison, attendant que l'on m'amène la fille dans une salle d'interrogatoire.

Elle avait une silhouette filiforme, les joues creuses et le regard abattu, ce qui indiquait qu'elle consommait du crack ou quelque autre drogue depuis un bon moment. Un joli sourire, de longs cheveux châtains, de grands yeux marron et un nez parsemé de taches de rousseur. Sa vie était fichue. Il ne lui restait sûrement que quelques années avant de succomber à une overdose.

— Bonjour Michelle, la saluai-je. Je suis l'inspecteur Gillian.

Elle s'affala sur sa chaise.

— J'ai déjà causé au gars des stups, et je lui ai avoué qui m'avait vendu la came.

— Ce n'est pas ce que je souhaite savoir.

Elle leva un regard hésitant vers moi. Je gardai un air grave.

— Je vais vous lire vos droits, mais je vous précise tout de suite que je ne cherche aucune information qui puisse vous apporter davantage d'ennuis.

J'énonçai rapidement les avertissements obligatoires, et elle signa consciencieusement le formulaire.

— OK, dis-je en mettant le document de côté. Maintenant que nous sommes débarrassées de ça, j'ai quelques questions à vous poser.

Je sortis les photos et les croquis trouvés chez Greg Cerise et les étalai sur la table.

Michelle se pencha.

— Oh, mon Dieu, c'est moi ! s'exclama-t-elle, stupéfaite.

Elle toucha un dessin représentant une femme qui tirait de l'eau d'un puits. Le personnage était vêtu d'une robe droite, simple et ajustée, les cheveux tressés. Belle et souriante, elle regardait quelque chose ou quelqu'un qui ne figurait pas dans l'œuvre. Un autre croquis montrait la même femme, cette fois-là avec une épée à la ceinture et une expression plus grave et déterminée, à mille lieues de la résignation.

— Oh, ben, mince alors ! J'ai l'air presque belle.

Elle s'affala de nouveau sur sa chaise, visiblement attristée par le souvenir de sa descente aux enfers.

— Oui. Vous êtes une jolie fille. Et ces dessins sont incroyables. Que savez-vous de l'artiste ?

Elle haussa les épaules.

— Je sais pas grand-chose. C'était juste un type qui traînait au parc et proposait environ 10 dollars aux gens pour qu'il leur tire le portrait. Il était toujours en train de faire des photos ou de dessiner.

— Était-il accompagné ?

Michelle secoua la tête.

— Non, pas vraiment. Enfin, il discutait avec les personnes qui zonaient là-bas, mais il n'était pas avec quelqu'un en particulier.

— Avez-vous déjà vu certaines de ses œuvres ?

— Ouais, c'était vraiment délirant. Une BD ou un truc du genre, c'est ça ?

— En effet.

— Oui, c'était cool. Je lui ai parlé un jour, vous savez ? Il était sympa. Il m'a expliqué qu'il préférait dessiner des gens à partir de photos, et qu'il avait du mal avec sa seule imagination. Il m'a donné 20 dollars et a pris un tas de photos. Pourquoi m'interrogez-vous sur lui ? demanda-t-elle, les yeux rivés sur les dessins. Était-ce mal de nous payer ? Je n'ai jamais couché avec lui, si c'est là que vous voulez en venir.

— Non. Je suis l'inspecteur chargé de l'enquête sur le Tueur au symbole.

J'attendis qu'elle assimile cette information.

— Ça alors ! s'exclama-t-elle. C'est lui ?

— Non, mais il a été assassiné par le Tueur au symbole.

Je rangeai les images à l'intérieur de la chemise, remarquant que la fille les observait d'un air triste et rêveur.

— Oh mon Dieu, il est mort ?

À ma grande surprise, des larmes lui montèrent aux yeux.

— Oh mince, il était gentil. C'est horrible.

— Je suis navrée, dis-je.

Elle renifla et essuya ses larmes du revers de sa manche.

— Alors pourquoi me demandez-vous tout ça, s'il est mort ?

— Eh bien, quand nous sommes allés chez lui, nous avons découvert un tas de photos et de dessins, des modèles qu'il avait pris dans toute la ville, précisai-je sans la quitter du regard. En fait, il s'avère que toutes les victimes du Tueur au symbole avaient déjà été photographiées ou dessinées par Greg.

La fille devint blême.

— Attendez. Vous voulez dire que…

— Oui, répondis-je, vous risquez d'en être une.

Elle écarquilla les yeux.

— Oh mon Dieu, vous ne pouvez pas le laisser m'attraper !

Je tendis la main et la posai sur la sienne.

— Ne vous inquiétez pas. C'est pour ça que je discute avec vous en ce moment. Je sais que ça ne va pas vous plaire, mais pour l'instant, la prison est l'endroit le plus sûr pour vous.

Michelle me dévisagea, puis secoua la tête.

— Je ne peux pas rester ici. Il fait froid, la nourriture est dégueulasse et toutes les autres femmes de ma cellule sont des teignes.

— Vous aimeriez mieux être incisée de la gorge à la chatte ? demandai-je avec véhémence et franchise.

Elle sembla se dégonfler. Une fois de plus, ses yeux se remplirent de larmes.

— Ça craint. La prison, ça craint.

— Je sais, dis-je d'un ton plus doux. Je comprends, mais donnez-moi juste un peu de temps. Nous sommes sur le point de coincer ce type. Quand nous l'aurons serré, vous sortirez, lui promis-je avant d'esquisser un sourire.

Et je ferai tout mon possible pour que le temps passé ici soit décompté de votre peine à effectuer.

Elle semblait encore au bord des larmes.

— D'accord. Mais ça fait quand même chier.

Je me levai et appuyai sur le bouton pour rappeler le gardien.

— J'en suis consciente, Michelle. Mais c'est mieux que d'être morte.

Je ne rentrai pas chez moi ni au bureau. J'avais depuis belle lurette l'intention de m'entretenir avec quelqu'un, et le temps pressait pour obtenir toutes les réponses.

Je montai les marches du perron de ma tante et sonnai. Il était à peine 6 heures du matin, mais je savais qu'elle serait déjà debout. Comme d'habitude, la porte s'ouvrit avant que l'écho de la sonnette ait fini de retentir.

— Salut, ma puce. Tu sais, tu n'es pas obligée de sonner.

— Tante Tessa, dis-je sans préambule, il faut qu'on parle.

Son sourire disparut et elle acquiesça, comme si elle s'attendait à cette visite. Elle se dirigea vers la cuisine et s'assit au comptoir, poussant une tasse de thé vers moi.

Je ne pus me retenir de sourire légèrement en soulevant la tasse. Parfait, comme toujours.

— Tante Tessa, j'ai besoin que tu me racontes la fois où tu as vu Rhyzkahl.

Elle soupira et posa les mains sur le comptoir, comme pour inspecter ses ongles.

— J'étais persuadée que tu viendrais m'interroger à un moment ou à un autre, dit-elle en plongeant son regard dans le mien. Tout est lié, n'est-ce pas ?

— J'en suis pratiquement certaine, lui assurai-je. Mais il me faut d'autres éléments, et tu es la seule à pouvoir me les apporter.

Elle ferma brièvement les yeux.

— Je revois encore toute la scène. Même après presque trente ans.

— Greg m'a raconté que vous étiez tous les deux au sous-sol quand son père a essayé d'invoquer Rhyzkahl, l'encourageai-je doucement.

Elle secoua la tête avec force.

— Non, il ne voulait pas invoquer Rhyzkahl. Seul un suicidaire ferait ça. Il souhaitait appeler un autre seigneur, Szerain, au statut beaucoup moins élevé que celui de Rhyzkahl, et soi-disant prêt à négocier des conditions. C'était une tentative ridicule et vouée à l'échec pour guérir sa femme d'un cancer du sein. Il avait été diagnostiqué trop tard et, de toute façon, comme le mari avait en horreur le corps médical, il avait refusé qu'elle se fasse traiter.

Sa voix était teintée d'amertume. Puis elle poussa un nouveau soupir.

— De toute manière, on ne pouvait pas y faire grand-chose à l'époque, poursuivit-elle. On n'avait pas les mêmes traitements qu'aujourd'hui. Mais elle aurait pu survivre quelques années de plus. (Une expression de regret traversa son visage.) Maintenant, nous ne le saurons jamais.

— Tante Tessa, lançai-je en me penchant vers elle, s'il te plaît, dis-moi tout ce dont tu te souviens à propos de cette nuit-là.

Elle serra sa tasse, même si cette dernière était vide.

— Greg et moi avions tout juste fêté nos dix-sept ans, à quelques jours d'écart. C'était mon camarade de jeu, depuis notre plus tendre enfance ; on passait toutes nos journées ensemble. Au fil du temps, notre amitié s'était naturellement muée en une liaison. (Ses lèvres tremblèrent.) On appartenait à la catégorie des bons amis qui couchent ensemble.

Je savais qu'elle voulait que je réagisse, mais je refusai de la distraire. *Viens-en au fait*, pensai-je.

Après avoir attendu quelques secondes que je réplique, elle reprit la parole :

— La mère de Greg était malade depuis un moment, et son père avait décidé que pratiquer une invocation extrêmement risquée, stupide et insensée était préférable à l'aide du corps médical. On savait que c'était un cancer du sein, uniquement parce que Greg l'avait amenée consulter un fichu docteur en cachette, expliqua-t-elle d'une voix où transparaissait la colère. À l'époque, je n'avais jamais entendu parler des invocations et j'ignorais complètement que j'y étais prédisposée. Je savais que ma mère possédait un bureau, parfois fermé à clé, mais c'était tout. Ce soir-là, un samedi, Greg m'a appelée pour me demander de venir chez lui. Il n'a rien dit, mais j'avais conscience qu'il s'inquiétait pour sa mère et il n'avait pas envie d'être seul. Ses parents avaient invité du monde, et j'ai imaginé que cela signifiait qu'on aurait tout le temps pour batifoler dans son sous-sol. (L'ombre d'un sourire passa sur son visage.) Je faisais de mon mieux pour lui changer les idées quand on a entendu des gens descendre. Ma mère se trouvait parmi eux, ce qui m'a étonnée. On s'est dépêchés de récupérer nos vêtements et on s'est précipités derrière une bibliothèque, pensant rester cachés là, jusqu'à ce qu'ils repartent. Mais ils se sont attardés, dit-elle en secouant la tête. Alors, on a vu le rituel qui commençait.

Elle reposa sa tasse et se leva, puis se dirigea vers la fenêtre pour contempler son jardin et le soleil matinal au-dessus du lac.

— Continue, l'incitai-je au bout d'un moment.

Elle bougea la tête comme pour essayer de se détendre.

— Tu dois comprendre le... sentiment de culpabilité que j'éprouve depuis toutes ces années. Je sais que ce n'est pas rationnel, mais ça n'empêche rien.

— Pourquoi, tante Tessa ?

— J'ai senti le rituel, l'ouverture du portail, murmura-t-elle d'une voix hésitante. C'était la première fois de ma vie que j'assistais à une telle cérémonie, et j'ai tout de suite perçu que c'était une chose dont j'étais capable. (Ses épaules s'affaissèrent.) Et sans savoir ce que je faisais, instinctivement, assise derrière cette bibliothèque, je suis entrée mentalement en contact avec ce portail qui s'ouvrait.

— Oh merde ! soufflai-je.

— Oui. J'ai modifié sa formation, changé sa structure juste assez...

— Et Rhyzkahl est sorti.

Elle serrait le rebord de l'évier au point d'en avoir les jointures blanchies.

— Oui. Complètement forcé et sans aucun avertissement. Et comme le portail était imparfait, ça a dû aussi être très pénible pour lui.

Je tressaillis quand le souvenir de sa fureur non contenue resurgit.

— Il... il est magnifique, comme tu le sais. Une beauté angélique. L'espace d'un instant, d'un bref instant parfait, tout le monde n'a rien vu d'autre à part ça et a pensé que l'invocation s'était déroulée comme prévu.

Elle se retourna vers moi et croisa les bras.

— Et ensuite, reprit-elle, il nous a montré l'étendue réelle de sa colère.

— Je l'ai sentie aussi, dis-je doucement.

Elle hocha la tête.

— Ce fut un bain de sang, un massacre, mais je dois reconnaître une chose : il s'est vengé sans se réjouir des souffrances de ses victimes. Juste assez pour satisfaire son honneur. (Un frisson la parcourut.) Mais ce fut un spectacle affreux. Il a d'abord tué deux hommes, les a littéralement déchiquetés. Il a brisé la nuque de deux femmes, poursuivit-elle avant de prendre une profonde inspiration. Les deux seuls invocateurs encore vivants étaient ma mère et Peter Cerise, tous deux cloués au sol par sa seule puissance, expliqua-t-elle en repoussant des mèches de cheveux, les mains légèrement tremblantes. Rhyzkahl savait qu'on était là, planqués. Il a regardé droit vers nous. J'ai… senti sa présence : il nous évaluait et nous testait. (Elle resta silencieuse un moment.) Je ne sais pas exactement comment il a tué ma mère, mais l'instant d'avant, elle était en vie, hurlant de terreur, puis elle s'est juste… arrêtée, a poussé un soupir, et a cessé de respirer. (Elle s'humecta les lèvres.) Ensuite, ça a été le tour de la mère de Greg. Dieux du ciel, comment il l'a tuée ! Peter Cerise était maintenu au sol par l'incroyable force de Rhyzkahl, et ses deux jambes ont craqué comme des brindilles sèches. Incapable de bouger, il a été obligé de regarder la créature arracher des morceaux de chair cancéreuse, sans qu'aucune émotion n'apparaisse sur son visage d'ange.

Je me rendis compte que je serrais les poings sous la table, et que mes ongles s'enfonçaient dans mes paumes.

Tessa se passa doucement la main sur le visage.

— Et après ça, il a rassemblé sa puissance et a disparu, laissant derrière lui le sang et le carnage.

Elle respira bruyamment, et je compris qu'elle avait voulu rire.

— C'est drôle. Je déteste Rhyzkahl pour ce qu'il a fait cette nuit-là, mais je n'ai jamais pu lui reprocher la mort de ma mère. Ce sont l'arrogance de Peter Cerise et mon ignorance qui ont provoqué cette tragédie.

— Tante Tessa ! Tu ne peux pas te sentir à ce point responsable !

Elle se retourna vers moi.

— Oh, je sais. J'étais si jeune. Mais Rhyzkahl a juste réagi selon sa nature, après avoir été forcé à franchir le portail. Il s'est vengé pour retrouver son honneur. La mère de Greg… c'est affreux ce qu'il lui a fait subir, mais… je voyais son visage. Je crois qu'elle n'a rien senti. Je pense que Rhyzkahl ne l'a fait que pour tourmenter davantage Peter Cerise.

Je m'efforçais de saisir pourquoi ma tante était si compréhensive envers les actes du seigneur démon.

— Que s'est-il passé après ?

Elle inspira une grande bouffée d'air et reprit quelques couleurs.

— J'ai empoigné Greg, mais il était hystérique. De mon côté, j'essayais d'occulter la réalité. Je détestais son père, d'avoir forcé ma mère à faire ça et de ne pas avoir fait soigner sa femme correctement. J'ai ramené Greg à l'étage, et ensuite je suis redescendue et j'ai couru jusqu'au garage…

Elle laissa sa phrase en suspens.

— Il m'a raconté, dis-je avec douceur, que tu avais mis le feu à la maison pour dissimuler ce qui avait eu lieu.

— Il ne t'a pas tout avoué. Il ne t'a pas dit ce qu'il n'a pas vu, affirma-t-elle d'une voix grave.

— Quoi ?

— J'ai balancé le bidon d'essence au sous-sol, puis, j'ai mis le feu à un torchon que j'ai également jeté dans l'escalier. (Elle me regarda.) Je suis restée là assez longtemps pour m'assurer que le feu allait prendre, suffisamment pour être sûre que l'escalier allait s'enflammer, afin que Peter Cerise ne puisse pas s'enfuir.

J'eus l'impression d'avoir reçu un coup de poing.

— Quoi ? Je croyais que Rhyzkahl l'avait tué.

— Non. Il était vivant. Rhyzkahl lui avait brisé les jambes et l'avait laissé assister à tout. Il savait que sa vengeance serait plus efficace s'il obligeait Peter Cerise à vivre avec ce souvenir et sa culpabilité.

Tessa secoua brusquement la tête, puis reprit :

— Je ne raisonnais pas avec autant de raffinement. Je voulais juste qu'il meure.

— Tante Tessa, dis-je en me levant, tu es sûre qu'il a péri dans l'incendie ?

Elle fronça ses fins sourcils.

— Quand les pompiers ont enfin réussi à éteindre l'incendie, il ne restait pas grand-chose du sous-sol. Et comme on n'a plus jamais revu Peter Cerise, je… (Elle se tapa le front.) Je n'ai pas envisagé une seconde que ce pouvait être lui !

— Il y a souvent des portes dans les sous-sols, d'autres issues, justement en cas d'incendie, soufflai-je. Il est vivant, il est vivant, et il veut invoquer Rhyzkahl. Ça se tient. Ça explique comment il connaissait Greg. Tante Tessa, dis-je en la saisissant par les épaules, est-ce que tu sais à quoi il ressemble ? Est-ce que tu possèdes de vieilles photos de lui ou quelque chose qui permette de l'identifier ?

Elle fit « non » de la tête.

— Non, ma puce, rien de tel. S'il est toujours dans les parages, il a dû modifier son apparence, parce que Greg aussi le croyait mort.

— Tante Tessa, je dois filer, déclarai-je en attrapant mon portable avant de me diriger vers la porte.

C'était presque pire que de rester dans l'ignorance. À présent, je connaissais l'identité du Tueur au symbole, mais je n'avais pas la moindre idée de la manière dont je pourrais le retrouver.

Je mis mon oreillette avant de démarrer. Je composai le numéro de Ryan tout en quittant l'allée.

— Allez, Ryan, répondez, marmonnai-je.

— Bonjour, Kara, me salua-t-il en décrochant.

— Ryan ! Je sais qui est le Tueur au symbole, dis-je à toute vitesse. C'est le père de Greg Cerise, qu'on croyait tué lors d'une invocation, mais en réalité, je pense qu'il a survécu. Et maintenant, il cherche à se venger de Rhyzkahl et des autres pour avoir laissé sa femme mourir, même si c'était lui le grand fautif !

— Ouh là, doucement. OK, c'est le père de Greg. Bon, où est-il aujourd'hui ?

— Je n'en sais rien ! J'ignore de quoi il a l'air et ce qu'il fait.

Je l'entendis grommeler un juron.

— D'accord. Bon, c'est déjà mieux que rien. Je peux aller effectuer des recherches et vérifier si ses empreintes figurent dans une base de données, par exemple.

— Je parie que Greg avait des photos de son père.

— Mais comme Greg est mort, le mandat de perquisition pour son domicile n'est plus valide.

— C'est des détails, tout ça ! rétorquai-je. Je vais vous dénicher un foutu cliché.

— Je vous prends au mot.

En effet, le mandat n'était plus valable, mais à ce stade-là, je m'en fichais royalement. J'appelai le central pour obtenir le numéro de l'ancienne propriétaire de Greg, une certaine Dana Sebastian. Je le composai tout en conduisant.

— Allô ? répondit une femme au bout de deux sonneries.

— Bonjour, ici l'inspecteur Gillian de la police de Beaulac. Dana Sebastian ?

— Oui… oui, c'est moi. Est-ce à propos du meurtre ?

— Tout à fait, madame. Je suis chargée de l'enquête sur le Tueur au symbole. Écoutez, je sais que le mandat de perquisition a expiré, mais j'ai vraiment besoin de retourner dans la maison que vous aviez louée à la victime, afin de chercher quelque chose.

— Oh, mince, j'ai déjà fait venir une équipe pour réparer la porte et nettoyer, et j'ai empaqueté toutes les affaires de Greg. Mais tout est encore sur place, dans des cartons. D'ailleurs, pour être honnête, je ne sais réellement pas quoi en faire. J'ignore s'il a de la famille.

— Je ne peux pas vous renseigner, dis-je.

Le parent le plus proche que je lui connaissais n'allait certainement pas se porter volontaire pour récupérer des boîtes de cochonneries.

— Auriez-vous la possibilité de passer pour m'ouvrir afin que j'y jette un coup d'œil ?

— Je suis au travail, et je ne peux pas me libérer avant la fin d'après-midi, mais si vous voulez, allez-y. La clé se trouve sous la statue en forme de grenouille, que vous verrez sur le perron arrière.

— C'est très gentil, la remerciai-je vivement.

— Pas de problème. J'espère que ça vous aidera. Je n'arrive toujours pas à y croire. Greg était vraiment charmant, et un locataire exemplaire.

— Je ne l'ai rencontré qu'une fois, mais il avait l'air très sympathique, en effet, confirmai-je. Même si la voisine d'en face était convaincue qu'il préparait un mauvais coup.

— Oh mon Dieu, cette garce raciste ? Je vous jure, j'avais envie de louer la maison à un couple afro-américain, juif et homosexuel, rien que pour l'embêter, mais ensuite je me suis dit que ce ne serait pas juste, pour eux.

— Je suis contente d'habiter dans une campagne reculée, loin de tout voisinage, dis-je avec un sourire désabusé.

— Quelle chance vous avez ! Écoutez, n'hésitez pas à m'appeler si je peux vous être utile.

— Je n'y manquerai pas. Merci encore.

On avait nettoyé tout le sang de la cuisine, puis frotté et javellisé le carrelage. L'équipe de nettoyage avait bien travaillé, il ne restait aucune trace du meurtre épouvantable qui s'était produit dans la pièce. Mais Dana allait quand même avoir du mal à louer ou à vendre la maison. On l'avait entièrement vidée, et je trouvai une dizaine de cartons dans une chambre à l'arrière. Je commençai à fouiller et m'aperçus que Dana les avait tous étiquetés avec une brève description de leur contenu. *Oh, comme je bénis cette femme !*

Mais malgré cela, il me fallut plus d'une heure pour retrouver ceux qui renfermaient des photos, et une heure de plus pour découvrir ce que je cherchais.

J'étais assise par terre, tenant la photo d'un homme en costume qui se tenait très droit, à côté d'un adolescent souriant, un bras maladroitement passé autour des épaules du garçon. Pas de doute, le gamin était bien Greg. Même trente ans après, son sourire n'avait pas changé. Et ce cliché avait probablement été pris peu de temps avant l'invocation qui avait mal tourné, tout au plus deux ans auparavant. *Cet homme-là doit donc être son père.* Je scrutai l'image. Un peu plus grand que la moyenne. Des yeux bleu clair. Des cheveux châtains. Des traits quelconques. Une carrure normale. Il aurait désormais entre soixante-cinq et soixante-dix ans, calculai-je. Je me dis qu'il faudrait découvrir sa date de naissance, une fois de retour au bureau.

J'écartai une mèche de mon visage, frustrée. Je n'avais pas encore beaucoup d'éléments sur lesquels m'appuyer. *Mais c'est forcément lui le tueur.* Peter Cerise. Ça collait parfaitement. Mais qui était-il à présent ?

Je sortis mon téléphone et appelai Ryan.

— Agent Kristoff.

— Hé, agent-qui-a-accès-à-des-ressources-ultramodernes-contrairement-à-moi. Est-ce que vos gars peuvent vieillir un portrait ?

— Je peux le donner à quelqu'un qui en est capable, répondit-il. Qu'est-ce que vous avez ?

— Une photo du père de Greg. Mais elle date d'une trentaine d'années. Je n'arrive pas à imaginer à quoi il peut ressembler aujourd'hui.

Ryan émit un petit sifflement.

— C'est génial. Faites-la-moi parvenir et je l'envoie au labo.

— Ça roule ! Où êtes-vous, là ?

— Je suis dehors, mais si vous me l'expédiez par mail, je la transférerai à mes « gars », comme vous dites.

— Je n'ai pas d'ordinateur à portée de la main. Mais je suis à dix minutes du bureau.

— Alors je l'aurai dans onze minutes.

Je refermai mon portable et le remis dans ma poche, puis sortis en replaçant la clé sous la statue.

Tandis que je regagnais ma voiture, je vis Mme Dailey de l'autre côté de la rue, vêtue d'un survêtement en velours fuchsia. L'espace d'un instant, je me demandai si toute sa garde-robe se composait de joggings en velours de différentes couleurs affreuses.

— Mademoiselle, dit-elle d'un air sévère, puis-je savoir ce que vous faisiez dans cette maison ?

Son ton était inquisiteur, comme si elle pensait que j'étais une cambrioleuse.

Quoi, désormais elle s'inquiétait pour son voisin ? Je me rapprochai d'elle, si près qu'elle fut obligée de reculer d'un pas.

— Appelez-moi inspecteur Gillian, précisai-je hargneusement, en lui montrant mon insigne. Je suis ici dans le cadre d'une enquête officielle sur une série de meurtres. Mais je n'ai qu'un seul conseil à vous donner, Mme Dailey…

Elle ouvrit grand les yeux.

— Dorénavant, vous devriez vous occuper de vos putains d'oignons.

Je fis volte-face et regagnai mon véhicule d'un pas furieux, laissant derrière moi la voisine bouche bée. Et, pour la première fois, je me sentis comme la guerrière du dessin de Greg.

Chapitre 24

Ma bonne humeur fut de courte durée. Mon bipeur retentit avant que je retourne au poste, et je dus lire le message à deux reprises pour comprendre ce qu'il signifiait. Il ne s'agissait pas d'un autre corps, mais de six.

Un type qui s'était fait porter pâle pour aller à la pêche les avait découverts, entassés à quinze mètres de la rive, dans une zone très peu fréquentée du lac. Ayant rencontré un problème de moteur avec son bateau à fond plat, il s'était laissé dériver jusqu'à une petite crique, trouvant, par la même occasion la cachette des poissons qui le fuyaient depuis vingt ans. Au bout d'une heure, il avait décidé qu'il en avait pêché assez, et s'était mis à chercher d'où venait l'odeur qui avait flotté jusqu'à lui quand le vent avait tourné.

Son congé maladie allait être justifié à présent.

S'il était peut-être assez facile de se rendre là-bas en bateau, y aller en voiture était une autre histoire : on devait parcourir plusieurs kilomètres sur des chemins de terre défoncés, puis marcher dix minutes sur une piste étroite. Heureusement, quand j'arrivai là où l'on garait les véhicules, certains policiers faisaient la navette dans les bois, avec des quads.

Je remerciai l'agent qui m'avait transportée, même si je m'étais rendu compte qu'il avait pris quelques bosses supplémentaires pour bien sentir mes nichons plaqués contre son dos, tandis que je me cramponnais de toutes mes forces. Je rentrerais à pied, décidai-je.

Étonnée, je constatai que la presse locale et nationale était déjà là, dans une petite clairière, au sommet de la colline qui surplombait le lieu de la découverte macabre. L'assassinat d'un sans-abri toxicomane ne méritait guère plus qu'une mention au « 20 heures », mais il était impossible de ne pas parler longuement de six corps trouvés dans divers états de décomposition. La nouvelle ferait sûrement les gros titres.

Je vis le docteur Lanza sur la colline, debout à côté d'une jolie blonde aux longues jambes. Elle portait un jean taille basse, ajusté sans être moulant, et un tee-shirt noir qui révélait sa pratique assidue du sport. Pas un bourrelet de graisse ! Je me redressai et rentrai le ventre. *Fichus beignets !*

Le doc m'aperçut et me fit signe de les rejoindre.

— Inspecteur Gillian, je vous présente Susan Vaughn, dit-il quand je parvins à leur hauteur. Le docteur Vaughn est entomologiste, spécialisée dans la médecine légale.

Je serrai la main de la jeune femme, mais mon visage trahissait peut-être ma perplexité.

— Je m'occupe des insectes, précisa-t-elle avec un sourire.

— Merci, répliquai-je en haussant les épaules d'un air penaud. Je n'arrivai pas à deviner de quoi vous vous occupiez.

— Il se trouve que Susie… était en ville quand on m'a appelé, m'expliqua le doc, et j'espère qu'elle pourra nous aider à dater ces cadavres.

Susie, tiens, tiens, tiens… Et comme par hasard, elle était dans les parages ? Sacré doc !

Il avait dû percevoir quelque chose dans mon expression, car il esquissa un petit sourire. Puis son attention se reporta sur la scène de crime et toute trace d'humour s'éclipsa.

— Au travail, dit-il sur un ton laconique avant de commencer à descendre la légère pente, Susan et moi sur ses talons.

Je grimaçai. L'odeur écœurante devenait plus forte, mais même si je ne l'avais pas sentie, le bruit des mouches m'aurait avertie que l'horreur n'était pas loin. Le bourdonnement était incessant, et n'importe quel mouvement faisait vrombir des nuées d'insectes, qui se posaient sur les chairs mortes dès qu'ils le pouvaient. Je comprenais à présent pourquoi il fallait un expert en bestioles.

J'observai les alentours. Dans n'importe quelle autre circonstance, le cadre aurait été idyllique, un peu boisé, planté de nombreuses fleurs sauvages, avec une jolie vue sur le lac : un endroit idéal pour camper ou pour se retrouver entre amoureux. L'endroit offrait de l'intimité, et je songeai que ces corps auraient pu facilement rester cachés ici pendant des années, si le pêcheur n'avait pas eu de soucis de moteur. Les corps avaient forcément dû être jetés là par le démon. Ils n'étaient pas loin de l'eau, mais il fallait grimper une pente plutôt raide : un humain aurait eu du mal à y transporter un corps, qui plus est six. Et la route était à une distance considérable.

Je n'imaginais pas quelqu'un charger des cadavres à l'arrière d'un quad puis traverser péniblement la forêt pour les laisser là. Les cadavres étaient nus, empilés de manière hasardeuse, les membres écartés, gonflés, noirs à cause de la putréfaction, et recouverts d'un tapis gris-jaune d'asticots grouillants. Il était difficile de déterminer quels types de blessures avaient été infligées, compte tenu des vers et de l'état de décomposition, mais je disposais d'assez d'éléments pour trouver à ces meurtres une désagréable ressemblance avec les autres crimes du Tueur au symbole.

Le docteur Vaughn s'approcha prudemment, en enfilant des gants en latex, et son épaisse chevelure blonde glissa vers l'avant, quand elle se pencha pour examiner larves et mouches. Je ne pus m'empêcher de penser qu'elle ressemblait davantage à une naïade d'*Alerte à Malibu* qu'à une entomologiste.

— Les plaies sont nombreuses, déclara-t-elle, complètement imperturbable. Les asticots ont tendance à se rassembler vers les orifices, et aussi dans toutes les brèches, expliqua-t-elle en désignant le nez et la bouche d'une victime. C'est incroyable, poursuivit-elle après avoir promené le regard sur la masse presque ininterrompue de bestioles.

— Est-ce que vous pouvez déterminer à quand remonte leur mort ? demandai-je.

Elle hocha la tête avec une moue désapprobatrice.

— Oui. Ou plutôt, je peux déterminer le temps que les corps ont passé ici. Voici des mouches à viande, dit-elle en m'en montrant une, avant de regarder vers le lac, par-dessus son épaule. Et ici, en plein air, elles repèrent presque immédiatement un corps mort.

Elle riva ses yeux sur ses pieds, puis ramassa des petits grains noirs, qu'elle scruta avant de me les montrer.

— Ce sont des oothèques, précisa-t-elle en en touchant certaines dont le bout semblait avoir été coupé, et celles-ci ont déjà éclos.

Je les observai puis reportai mon attention sur Vaughn.

— Je vois.

Nos regards se croisèrent.

— Accordez-moi quelques minutes et je devrais pouvoir vous donner une estimation.

— Ça marche. Mais ne me forcez pas à ramasser des bestioles.

Elle éclata de rire.

— Promis.

Elle se détourna et s'accroupit pour examiner les insectes qui grouillaient sur les cadavres, avec un intérêt qui me parut excessif.

Bon sang, de quel droit est-ce que je la juge ? pensai-je en grimaçant. *Son truc, c'est les bestioles, et le mien les démons.*

Je m'écartai pour ne pas gêner les deux médecins pendant qu'ils inspectaient les victimes et s'entretenaient à voix basse. Le doc finit par se retourner vers moi.

— La police scientifique a déjà pris des photos du tas. Il va donc falloir qu'ils commencent à bouger les corps, sauf si vous voulez voir autre chose.

Il me désigna trois hommes en tenue rayée, qui descendaient la colline, des détenus à qui l'on faisait confiance et qui bénéficieraient d'une réduction de peine pour avoir aidé à enlever les cadavres.

— Allez-y, répondis-je.

Je ne sentais que de très faibles traces arcaniques, et avec tous ces insectes, je n'arrivais même pas à dire si le symbole était présent sur l'un des corps. Si ces victimes n'étaient pas celles du Tueur au symbole, ça serait pire que tout. Comment courir après deux tueurs en série à la fois ? *Mince, un seul, c'est déjà trop pour nous.*

D'une chiquenaude, le doc chassa un asticot égaré, avec une moue de dégoût.

— Dès que ces gars les auront séparés, je pourrai vous donner plus de précisions.

Je n'eus pas à attendre longtemps. Quand le premier cadavre fut écarté des autres puis retourné, je vis nettement le symbole qui était gravé sur son torse. *OK, il s'agit toujours du même assassin*, songeai-je, curieusement soulagée.

Les détenus passèrent à côté de moi d'un pas chancelant, chargés de leur horrible fardeau. Ils allongèrent les corps dans une zone dégagée. Je reculai pour éviter la puanteur, puis me figeai quand une légère sensation de résonance arcanique me parvint. Je fis aussitôt appel à mon autrevue et avançai à contrecœur vers le corps. *Ça vient du symbole*, compris-je. *Il possède une protection arcanique.* Je ne l'avais remarqué sur aucune des victimes de la Série Deux, parce qu'on les avait découvertes relativement vite si bien qu'elles étaient encore entourées de traces arcaniques. Mais sur ces dépouilles-là, la plus grande partie de l'énergie résiduelle s'était volatilisée, à l'exception de la puissance enroulée à l'intérieur du symbole lui-même. Pas étonnant qu'il ait toujours été reconnaissable, même sur les corps les plus décomposés. Je pestai. J'aurais dû y penser avant. *Mets ça sur le compte du manque d'expérience*, me dis-je en poussant un petit soupir.

Au cours de l'heure suivante, je fus bien obligée de respirer, malgré l'odeur fétide de la pourriture. Je n'avais pas la nausée, mais l'un des détenus ne fut pas aussi chanceux que moi et vomit plusieurs fois dans un buisson. Jill était là elle aussi, pâle et grave, tandis qu'elle photographiait tout le processus de déplacement des dépouilles.

Je m'accroupis près des deux médecins et pris des notes en écoutant leurs commentaires à propos de chaque corps sorti de la pile. Tous les six avaient le symbole tailladé dans la chair, à des endroits qui le préservait de l'air et des insectes. *Le tueur cherche à faire durer le symbole le plus longtemps possible, même en ayant recours à la protection arcanique. C'est important pour ce qu'il est en train d'accomplir.*

Enfin, les derniers cadavres furent enveloppés dans des sacs mortuaires et le doc ôta ses gants.

— Quatre hommes et deux femmes, déclara-t-il, visiblement éprouvé, de la sueur perlant au-dessus de sa lèvre. Tous portent des marques de ligature autour du cou et des entailles au niveau des coudes et des chevilles, en plus d'autres signes de torture.

Le docteur Vaughn hocha la tête.

— Pour l'instant, je dirais qu'aucun n'est là depuis plus de deux mois, et que le plus récent date d'au moins trois semaines.

J'effectuai un rapide calcul, puis sortis mon téléphone et consultai le calendrier.

— Donc, on se situerait entre ces dates ? demandai-je en montrant mon écran à l'entomologiste, qui acquiesça.

— Oui, ça correspondrait.

— Merci à tous les deux.

Je remontai la pente en courant, ralentissant quand j'aperçus Ryan qui descendait d'un quad.

— Hé, Kristoff, visez-moi ça ! lui dis-je en lui tendant mon portable.

Il observa l'écran, un peu perplexe.

— Vous avez toutes les phases de la lune sur votre calendrier ?

— Bien sûr, gros bêta ! Et ça me sert enfin à quelque chose. Selon le doc et l'entomologiste, ces victimes ont été tuées entre les deux dernières pleines lunes.

Il me dévisagea, l'air de penser : « Et alors ? »

Je désignai la rangée de housses en plastique noir, en bas de la colline.

— À mon avis, ce sont celles du mois dernier, expliquai-je avant de prendre une inspiration pour me calmer. Il a dû tenter d'invoquer, et il a échoué.

Énervée, je frottai mes paumes sur mon jean. Je n'avais pas envie d'envisager ce qui se passerait désormais, s'il avait réussi.

Ryan soupira.

— Tant mieux pour nous, bon sang ! Je me demande ce qui a pu clocher.

— Je n'en sais rien, mais il n'a pas renoncé. Il réessaie ce mois-ci.

Je lus de l'écœurement sur son visage.

— Et il va continuer jusqu'à ce qu'il atteigne son but.

Je me mordillai la lèvre.

— La convergence va diminuer progressivement, après ce mois-ci. Elle sera encore suffisante pour appeler des démons majeurs, mais il sera sans doute quasiment impossible d'obliger un seigneur démon à venir après la prochaine pleine lune. Et il faudra ensuite attendre pendant près d'un an et demi.

— Autrement dit, nous n'avons que ce mois-ci pour le serrer.

J'acquiesçai.

— Et il va mettre toutes ses forces dans cette invocation. Il sait qu'il s'agit de sa dernière chance avant un moment.

Ryan grimpa sur la colline et considéra l'endroit où les corps avaient été abandonnés, une lueur de colère et de consternation dans les yeux.

— On est sûrs que c'est l'œuvre du Tueur au symbole ?

Je hochai la tête.

— Le symbole est présent sur chacune des victimes. Et elles présentent toutes des signes de torture, elles sont toutes mortes par strangulation à la cordelette.

Il resta silencieux quelques instants, regardant ce qui se passait en bas de la colline.

— Je me demande pourquoi il les tue toutes de la même façon. Celles de la Série Une avaient été assassinées de différentes manières.

— Eh bien, j'ai une théorie à ce sujet.

— Vous m'en faites profiter ?

J'inspirai profondément.

— Je pense que les premiers meurtres étaient un entraînement, ce qui explique les diverses méthodes qu'il a employées, comme les plaies et les degrés de torture inégaux. Les deux dernières victimes avaient bien été étranglées.

Ryan se renfrogna.

— Il essayait de voir quel genre de mort lui donnerait le plus d'énergie et il a découvert que c'était la strangulation.

— Exactement. Et je suppose qu'il tentait aussi de trouver comment stocker cette puissance pour l'utiliser ultérieurement, afin de construire sa petite prison destinée au seigneur démon.

— Et après, il a dû s'arrêter pendant trois ans…

— Parce que la sphère qui renferme le monde des démons divergeait de la nôtre…

Je n'achevai pas ma phrase et détournai les yeux du lac.

— Qu'est-ce qu'il y a ? demanda Ryan en suivant mon regard.

— La victime de l'usine de traitement des eaux usées. Je pense qu'on peut également la considérer comme faisant partie de sa tentative du mois dernier.

— Qu'est-ce qui vous fait conclure ça ? s'enquit-il, les sourcils froncés. Et que regardez-vous ?

— Vous voyez cette clôture ?

Je pointai du doigt une grande barrière en bois, à peine visible entre les arbres. Elle se trouvait probablement à plus d'un kilomètre de nous, et seule notre position un peu surélevée nous permettait de la distinguer.

— Elle délimite l'arrière de l'usine.

J'observai son visage, le temps qu'il comprenne.

— Les os brisés… On ne l'a pas jetée du sommet d'une cuve. Le démon la transportait ici, et l'a lâchée.

— Vous êtes plutôt intelligent pour un fédéral, dis-je en hochant la tête.

— J'ai fait exprès d'échouer à certaines questions de l'examen d'entrée, pour être sûr d'intégrer le FBI, répliqua-t-il avec un petit sourire.

— On peut donc être sûrs que notre découverte rapide du corps n'était pas voulue.

— Mais les autres…, commença-t-il avec une expression plus grave. Il essayait de trouver tout ce qu'il pouvait sur vous. Il sait que vous êtes invocatrice.

J'acquiesçai et me sentis frémir de la tête aux pieds. S'il était au courant pour ça, alors il connaissait presque tout de moi.

De mon côté, j'avais son nom, mais rien de plus.

Chapitre 25

Le trajet du retour se déroula dans le silence. Je glissai ma carte dans le lecteur de l'entrée et poussai la porte, Ryan sur mes talons. J'avais à peine franchi le seuil que le capitaine Turnham sortit la tête de son bureau.

— Le chef Morse veut vous voir, Gillian.

— Maintenant ? grommelai-je.

Il eut l'air désolé.

— Oui, tout de suite.

J'hésitai, puis jetai un coup d'œil à Ryan.

— Vous pouvez attendre dans mon bureau, si vous voulez.

Il plissa les yeux.

— D'accord, répondit-il avant de s'y rendre tandis que je me dirigeais vers celui du chef.

J'avais un mauvais pressentiment. À son expression, on aurait dit que le capitaine venait de m'annoncer mon arrêt de mort.

La secrétaire étant absente, je frappai à la porte du bureau intérieur.

— Inspecteur Gillian ! entendis-je le chef aboyer. Entrez !

Ouais. Ça n'était pas bon signe. Je pris une profonde inspiration pour me calmer, avant d'appuyer sur la poignée.

— Bonjour, monsieur. Le capitaine Turnham m'a dit que vous souhaitiez me voir ?

Il se tenait derrière son bureau, les sourcils froncés et l'air furieux. *Qu'il aille se faire foutre, ce n'est que mon patron*, tentai-je de me rassurer pour conserver un semblant de contenance, mais sans grand succès.

— Inspecteur Gillian, dit Morse d'une voix ferme et cassante, comme vous vous êtes révélée absolument incapable de diriger cette enquête, j'ai demandé au capitaine Turnham de vous affecter sur une autre affaire et de vous remplacer par quelqu'un qui connaît son métier.

Sous le choc, je le regardai sans ciller pendant un instant, puis je m'efforçai de me ressaisir.

— Vous ne pouvez pas faire ça ! m'écriai-je.

Il me fusilla du regard.

— Depuis que l'on vous a confié l'affaire, on a retrouvé dix corps supplémentaires. C'était une grossière erreur. Je ne constate aucun progrès, et en revanche, je vois que vous passez énormément de temps avec l'agent Kristoff.

À la fois tremblante et pétrifiée, je tentai de me calmer pour résister à l'envie de lui envoyer une réponse cinglante. Il m'accusait, de façon à peine voilée, de faute professionnelle. C'était une chose d'être taquinée par des collègues, mais là, c'était complètement différent.

— L'agent Kristoff et moi faisons partie de la même unité spéciale, c'est tout, expliquai-je en luttant pour ne pas m'énerver, même si je sentais ma voix trembler. Et nous avons beaucoup avancé, poursuivis-je tandis qu'il me regardait, sceptique. Nous avons une piste sérieuse sur l'identité du tueur, et cherchons maintenant à le localiser.

Il se pencha vers moi et posa les poings sur le bureau.

— Je pense que vous cherchez à me baratiner, inspecteur Gillian. Crawford et Pellini vont reprendre l'affaire.

— S'il vous plaît, monsieur, on est sur le point de conclure. Je le sais ! Accordez-moi vingt-quatre heures, et j'aurai quelque chose à vous apporter.

Vingt-quatre heures ? Je me retins de grimacer. Bon sang, qu'est-ce qui m'avait poussée à lui sortir cette formule toute faite ? D'un autre côté, c'était le temps dont j'avais réellement besoin.

Le chef Morse m'observa, les yeux mi-clos, le regard perçant comme celui qu'un aigle jette sur sa proie avant de lui foncer dessus. Puis il se redressa.

— Très bien. Vous avez vingt-quatre heures, déclara-t-il avec mépris. Demain, vous me montrerez ce que vous avez trouvé. Et s'il n'y a rien, non seulement je vous retirerai cette enquête, mais vous retournerez à la patrouille.

Je fis appel à tout mon sang-froid pour maîtriser ma colère et mon désarroi.

— C'est entendu, monsieur.

Je n'osai pas en dire davantage. Je n'avais aucune idée de comment lui expliquer que les meurtres avaient pour seul objectif d'accumuler de la puissance arcanique. De toute façon, dans vingt-quatre heures, le Tueur au symbole commencerait son rituel. Autrement dit, c'était probablement un débat stérile. Soit je l'empêchais de faire son invocation, soit j'échouais. Mais dans ce cas, perdre mon boulot serait le cadet de mes soucis.

Le chef Morse me jeta un regard noir.

— Vous êtes complètement dépassée par les événements.

Comme je ne répliquais rien, il me fit signe de partir.

— Sortez. Passé ce délai, vous dégagez. Ne l'oubliez pas.

Je hochai de nouveau la tête, puis tournai les talons aussi vite que possible. Je m'empressai de regagner mon bureau, refermai la porte, puis m'affalai sur mon siège. J'enfouis ma tête entre mes mains.

— Puuuuuuuuuuuuuutain, gémis-je.

Ryan se racla la gorge.

— J'en déduis que vous vous êtes fait tirer les oreilles ?

— Vous pouvez le dire. Elles ne vous paraissent pas plus grandes ?

Il partit d'un petit rire, et je relevai la tête en soupirant.

— D'après Morse, je suis complètement incompétente, et il va m'enlever l'enquête. J'ai juste réussi à quémander vingt-quatre heures pour prouver que je mérite de rester inspecteur.

— D'ici là, ça n'aura plus d'importance, souligna-t-il.

— Sans blague ? répliquai-je en ouvrant mon calepin pour sortir la photo de Greg et Peter Cerise. Tenez, dis-je en la lui tendant, voici le tueur. Éclatez-vous.

— Génial. Affaire classée. Rentrez chez vous.

Il prit le cliché, l'examina avec attention, puis me regarda et haussa les épaules.

— Ça pourrait être n'importe qui. Je vais la scanner et l'envoyer à mes « gars », comme vous les appelez.

— Eh bien, je peux quand même vous annoncer une bonne nouvelle, poursuivis-je. L'un des agents des stups a reconnu l'une de nos victimes potentielles parmi les personnes qu'il avait arrêtées. Michelle Cleland.

Il écarquilla les yeux.

— C'est super ! Donc elle est en prison ?

— Oui, et je lui ai conseillé de ne pas sortir. Pour le moment, elle est plus en sécurité dans une cellule.

— Sans déconner ! Et comment a-t-elle réagi à l'idée de rester là-bas ?

Je lui adressai un petit sourire.

— Eh bien, quand je lui ai expliqué ce qui l'attendait sinon, il a bien fallu qu'elle accepte. Comme en plus elle ne pouvait pas payer la caution…

— Bien. C'est parfait. (Il se leva.) Au moins, on est certains qu'une des victimes potentielles est en sécurité. (Il se frotta la nuque en grimaçant.) Votre conversation est passionnante, mais j'ai besoin d'une douche. Je vais scanner et envoyer la photo à Quantico, puis faire un somme.

— Demain soir, c'est la pleine lune.

— Je sais, répondit-il d'un air affligé. Je dirai aux techniciens en imagerie de faire vite. Nous allons réussir à l'arrêter.

Je n'eus même pas la force de hocher la tête. Avait-il raison ? Il restait à peine plus d'une journée, et nous n'avions toujours pas beaucoup d'éléments.

— Filez prendre une douche, et reposez-vous.

— Vous avez besoin de dormir, vous aussi, me rappela-t-il.

— Je vais y aller, mentis-je. Je veux juste passer certaines choses en revue avant de rentrer.

— Je vous téléphone dans la matinée.

— Ça marche.

Il sortit, et je posai la tête sur mon bureau en gémissant. C'était pour le lendemain soir. Allait-il réussir cette fois-là ? À en juger par les heures de décès des six dernières victimes que nous avions trouvées, il avait certainement essayé son invocation, lors de la pleine lune précédente. *Sans doute exactement au même moment où j'avais moi-même fait ma propre invocation.* Dommage que je ne puisse le localiser grâce au portail qu'il ouvre…

Je relevai la tête et jouai avec mon crayon tout en réfléchissant à cette idée. Peut-être que quelqu'un de beaucoup plus doué que moi dans le domaine des arcanes pourrait y parvenir ? Cela dépasserait sans doute largement les compétences d'un humain. Mais un seigneur démon serait-il capable de remonter jusqu'à un portail ? Si on l'invoquait effectivement, oui, bien sûr, mais alors il serait trop tard. Et si le portail pouvait être…

Je me redressai d'un seul coup, oubliant presque de respirer. Le Tueur au symbole avait tenté un rituel lors de la dernière pleine lune. Et il avait bien essayé de faire apparaître Rhyzkahl, mais sans succès.

J'éclatai d'un rire qui, j'en étais consciente, était quelque peu teinté d'hystérie. Le tueur avait échoué parce que j'avais voulu appeler Rysehl, et que Rhyzkahl avait profité de mon portail pour s'échapper. *Ça alors, je n'ai donc pas foiré mon invocation !* Je fus submergée par une telle vague de soulagement que je sentis des larmes couler sur mes joues. Je n'avais pas commis d'erreur. Rhyzkahl avait utilisé mon portail pour éviter d'être invoqué par quelqu'un qui avait la capacité de l'attacher. Une pure coïncidence. *Et cela explique pourquoi il ne m'a pas tuée ou emportée*, compris-je. Même si ça n'avait pas été intentionnel, je représentais la solution qu'il avait trouvée pour se préserver. Quand il avait constaté que je n'étais pas celle qui l'avait appelé, son honneur l'avait empêché de me faire du mal.

Et il m'a séduite parce qu'il a voulu profiter de l'occasion qui s'offrait à lui. Il voulait que je lui fasse confiance simplement pour que je l'appelle de nouveau dans notre sphère. Ce n'était pas une pensée très agréable, et je fus même bouleversée de voir à quel point cela me peinait, tout en l'ayant toujours soupçonné. Je n'étais ni désirable ni intéressante, juste une invocatrice commode. J'essuyai les larmes qui continuaient de ruisseler sur mon visage et étouffai le sanglot qui me nouait la gorge. On ne m'avait jamais draguée, courtisée ou séduite, auparavant, et il avait été, ô combien, agréable de croire que je pouvais susciter ce genre d'attention. J'avais tellement voulu m'en persuader. Beaucoup trop. *Il aurait agi de la même manière avec n'importe quel autre invocateur*, songeai-je avec tristesse. Il n'aurait pas forcément couché avec lui, mais il aurait utilisé une forme de séduction, le pouvoir, la richesse ou ce qu'il pouvait proposer d'autre pour le tenter.

Il avait perçu mes besoins, mes blessures secrètes, et en avait tiré parti. Les démons servaient uniquement leurs propres intérêts, et je n'avais pas vraiment mesuré à quel point.

Je respirai profondément, m'essuyant de nouveau le visage. *Très bien. Tant pis. Ce n'est pas le moment de m'apitoyer sur mon sort.* Mais au moins, je savais désormais comment gagner du temps pour coincer le Tueur au symbole. *Je suppose que j'invoquerai demain. Voyons si Rhyzkahl peut se sauver deux fois.*

Mais à présent, je ne lui accorderai plus aucune confiance.

Chapitre 26

Je rentrai chez moi et pris une longue douche chaude pour me débarrasser de l'odeur de mort, puis m'obligeai à me mettre au lit à une heure décente. Je savais que je devais me reposer si je décidais de pratiquer un rituel. Cela m'irritait de devoir interrompre mon enquête, surtout après l'ultimatum fixé par mon chef, mais la raison me dictait de récupérer, que j'invoque ou non.

Pourtant, une fois au lit, je restai allongée à contempler le plafond, incapable d'arrêter les pensées qui se bousculaient dans mon esprit. L'absence de Ryan dans la maison me paraissait presque bizarre. Je m'habituais à l'avoir près de moi, et cela ne me ressemblait pas. *C'est juste un collègue, un coéquipier. Cesse de te faire des idées. Il te prête de l'attention simplement parce que les invocations le fascinent.*

Était-ce tout ? La mise en garde cryptée de Rhyzkahl me laissait encore un sentiment désagréable. Certes, je ne devais pas me fier à lui… mais en même temps, pourquoi m'aurait-il menti ? De plus, les créatures de son espèce ne mentaient jamais, sauf si cela s'intégrait à leur code d'honneur.

Je finis par sombrer dans un sommeil ininterrompu, sans visiteur nocturne ni rêve, en tout cas pas que je me souvienne. J'ouvris les yeux à 6 heures du matin, avant la sonnerie de mon réveil et environ cinq secondes avant celle de mon portable.

Je le pris sur ma table de nuit, et poussai un grognement en voyant s'afficher le numéro de la police de Beaulac.

— Inspecteur Gillian, dis-je en décrochant.

— Bonjour Gillian, j'ai une étrange nouvelle pour vous.

Je reconnus la voix familière du capitaine Turnham.

— Étrange ? Ou mauvaise ?

— Eh bien… je ne suis pas sûr. Le chef m'a appelé ce matin, pour me poser des questions sur votre unité spéciale.

Je m'assis et soupirai.

— Oui, je sais. Il pense que je suis dépassée par la situation. Il voulait me retirer l'enquête et la confier à Pellini et Crawford. J'ai juste réussi à négocier un sursis de vingt-quatre heures, pour lui prouver que j'ai ma place ici.

— Ce n'est pas ce qu'il m'a demandé.

Je fronçai les sourcils.

— Qu'est-ce qu'il voulait alors ?

— En fait… il m'a surtout interrogé à propos de l'agent Kristoff. Est-ce qu'il a passé beaucoup de temps à votre domicile ?

Je sentis la colère monter en moi.

— Beaucoup de temps ? Si vous avez tous les deux envie de savoir si on couche ensemble, la réponse est a) non, et b) enfin, merde, ça vous regarde pas, monsieur !

— Du calme, Gillian. (Il soupira.) C'est bon à savoir, mais pas pour les raisons que vous pouvez envisager. Visiblement, le chef a discuté avec un de ses copains du FBI, et… eh bien, là-bas, personne n'a entendu parler de l'agent spécial Ryan Kristoff.

Pendant quelques secondes, je ne pus que rester bouche bée, puis je finis par retrouver ma voix :

— Je ne suis pas certaine de comprendre, capitaine. Est-ce que vous voulez dire qu'il est inconnu au bureau de La Nouvelle-Orléans ? Ou qu'il fait partie d'une unité secrète et que, par conséquent, son nom n'est pas connu ?

— Je veux dire que le chef a procédé à des vérifications, et qu'aucun Ryan Kristoff ne travaille pour le FBI.

— Bordel, c'est qui alors ? hurlai-je presque.

— C'est ce que nous devons découvrir.

J'étais déjà hors de mon lit, cherchant à attraper un jean et des sous-vêtements propres.

— J'arrive. Merde et merde !

— Passez d'abord à la prison. Il y avait un message pour vous, au sujet d'une détenue avec qui vous avez parlé.

Je me figeai.

— Michelle Cleland ?

Merde ! J'ai parlé d'elle à Ryan hier soir !

— Je n'ai pas plus de précisions. Juste un message qui vous disait de téléphoner ou de vous rendre là-bas dès que vous le pourriez.

Je raccrochai en le saluant de manière succincte et finis de m'habiller le plus rapidement possible, en m'efforçant de contrôler l'horrible pressentiment qui m'étreignait. Ryan n'appartenait pas au FBI ! *Embobinée une fois de plus,* me réprimandai-je tandis que je roulais à une vitesse dangereuse vers la prison. *Tu pourrais peut-être commencer à te mettre dans la tête que quand quelqu'un te témoigne de l'intérêt, tu ne dois pas automatiquement lui faire confiance, mais plutôt penser qu'il te mène en bateau !* Au moins, je n'avais pas couché avec Ryan. Maigre consolation ! Mais j'avais cru qu'il était mon ami. Étais-je naïve et désespérée à ce point ? *Joker !* Il devait exister une autre explication. Forcément. S'il ne faisait pas partie du FBI, pourquoi se serait-il rapproché de moi ? Et la réponse m'apparut, terrifiante. *Il sait tout de moi. Tout !*

Mon cerveau était toujours en ébullition quand j'arrivai à la prison. Je montrai rapidement ma carte à l'officier blasé de la réception, puis montai, deux à deux, les marches qui menaient au poste de contrôle principal.

À mon entrée, le sergent grassouillet leva le nez des rangées d'écrans de surveillance, puis eut un geste pour me signifier qu'il n'y était pour rien.

— Ce n'est pas ma faute. Je n'ai pas eu le choix.

— Merde ! Alors Michelle Cleland a été relâchée ?

Le sergent Mallory bougea sur son siège, l'air embarrassé.

— Non. Quelqu'un s'est engagé à payer sa caution.

Je le regardai fixement, atterrée.

— On l'a laissée sortir comme ça ? C'est insensé !

Cela signifiait qu'on ne lui avait même pas demandé de payer la caution. Il avait suffi qu'une personne « responsable » garantisse qu'elle se présenterait au tribunal.

— Vous pourriez m'expliquer ? lançai-je.

Mallory soupira.

— Vous savez qu'ici, on lutte toujours contre la surpopulation. Le chef a appelé, et il a dit que le capitaine des pompiers lui cassait de nouveau les pieds, qu'il fallait libérer sous caution personnelle tous ceux qui correspondaient au code 6.

Je me laissai tomber sur une chaise. Le code 6 correspondait aux récidivistes et aux délinquants violents. Le scénario mentionné par le sergent n'avait malheureusement rien d'inhabituel. Afin de maîtriser l'engorgement des prisons, on libérait en priorité les prévenus qui n'étaient pas considérés comme une menace importante pour la société. Et par malchance, Michelle, simple droguée qui se prostituait occasionnellement, ne représentait pas ce genre de menace. *En revanche, c'est elle qui court un grand danger !*

— Merde et merde ! Elle a donné une adresse, sur le registre de départ ?

Le sergent Mallory me tendit le document.

— Non, mais nous avons le nom de la personne qui a signé pour elle.

Je ne compris pas tout de suite. Peut-être parce que le nom occupait déjà mon esprit. Mais à la troisième lecture, je finis par assimiler l'information.

Celui qui avait fait libérer Michelle, c'était Ryan Kristoff.

Chapitre 27

Je n'allai pas au bureau. C'était inutile. Je préférai rentrer chez moi. À présent, je devais consacrer toute mon énergie aux préparatifs de ce qui serait peut-être la plus importante invocation de mon existence. *Il avait raison,* pestai-je en m'interdisant formellement de me remettre à pleurer. *Rhyzkahl avait raison. Ryan se servait de moi.* Il était trop jeune pour être le Tueur au symbole, mais il n'était pas illogique de supposer qu'il collaborait avec Peter Cerise, pour obtenir une partie du pouvoir que procurerait un seigneur démon captif.

— Et en plus, il a cassé ma putain de porte, maugréai-je en refermant celle de derrière.

Un coup d'œil dans le couloir me confirma que ma porte d'entrée était toujours maintenue par quelques clous. Je n'avais pas trouvé le temps d'aller chercher un panneau de contreplaqué, mais j'avais plein de bois de récupération dans mon abri de jardin. Je consultai la pendule de la cuisine. Il était presque 10 heures du matin, et il me restait mille choses à accomplir avant ce soir. *Commençons par le commencement. S'assurer que personne ne puisse entrer.* J'ouvris un tiroir et en sortis un marteau et une boîte de clous. Ce ne serait pas esthétique, mais ça ferait l'affaire.

Mon portable sonna à plusieurs reprises tandis que je nettoyais et me préparais. J'écoutais ma messagerie, et quand le poste m'eut appelée trois fois, avec pour consigne de rappeler le capitaine, je finis par céder, du moins en partie. Je téléphonai au standard et demandai à l'opératrice d'informer le capitaine Turnham que je suivais une piste sérieuse, que j'allais bien, mais que je ne serais pas joignable pendant plusieurs heures. Je ne voulais pas parler directement à mon supérieur, je n'avais aucune envie de répondre à des questions concernant le type de piste que je suivais ou à propos du Tueur au symbole et de Ryan. Je ne pouvais pas lui expliquer que je mettais en pratique la seule solution qui me semblait susceptible d'arrêter le tueur. Au moins momentanément. *Je gagne juste du temps, j'en suis consciente. Après, j'aurai dix-huit mois pour établir un plan plus efficace.* La perspective qu'on me retire l'enquête, et probablement aussi qu'on me relève de mes fonctions, ne parvenait même pas à m'angoisser. À ce moment-là, la priorité consistait à faire en sorte que Rhyzkahl ne puisse pas être invoqué et attaché.

Je reçus un appel de Tessa, dont je ne tins pas compte non plus. *Je lui passerai un coup de fil juste avant le rituel.* Je ne lui avouerai pas ce que j'avais prévu, mais au moins j'aurais une occasion de lui parler avant…

Je m'interrompis dans le dessin du diagramme que je traçais sur le ciment du sous-sol, les doigts crispés sur la craie. Ce que j'étais sur le point de tenter était extrêmement risqué, bien plus qu'une invocation d'un démon de douzième niveau. Je venais de mesurer l'ampleur du défi qui m'attendait. J'allais invoquer Rhyzkahl, un seigneur démon, et je savais que je ne disposais pas des moyens ou de la puissance nécessaires pour mettre en place des protections qui lui résisteraient. Je ne pouvais que compter sur ce complexe code d'honneur et espérer que Rhyzkahl m'épargne puisque, avec de la chance, j'empêcherais de nouveau qu'il soit fait prisonnier. À la différence près que cette fois, ce serait intentionnellement et non par hasard. Il m'était impossible d'attacher Rhyzkahl ou même d'établir une protection arcanique pour moi. Je ne pourrai que lui expliquer pourquoi je l'avais appelé d'une manière aussi insensée.

Mais même si je meurs au cours de cette tentative, au moins je ferai gagner du temps à tous les autres. Ce n'était pas une idée agréable. Je n'avais jamais voulu être un martyr, et je souhaitais de tout cœur ne pas en arriver là. *Protéger et servir. Ouais, c'est ça.* Mais au moins, Rhyzkahl ne serait pas contraint par un autre invocateur, ni ne se trouverait dans notre sphère sans aucun contrôle, ce qui pourrait s'avérer pire encore.

Je frissonnai, puis me forçai à continuer mon diagramme, en m'absorbant de mon mieux dans les préparatifs.

Je jugeai qu'il était plus sûr d'invoquer bien avant minuit, pour contrer aussi bien le Tueur au symbole que Ryan. J'entendis l'horloge de l'entrée sonner neuf coups tandis que je vérifiais mon sous-sol. Tout était en place. Les bougies étaient parfaitement alignées, le diagramme tracé avec une précision méticuleuse, l'huile et le couteau à la lame tranchante posés juste à côté.

Je regagnai l'étage. À présent venait le moment des préparatifs prosaïques. Mon testament se trouvait déjà sur la table de la cuisine, et j'arrachai une page de mon carnet pour rédiger une lettre à l'intention de ma tante. De toutes les personnes que je connaissais, elle était la seule qui aurait besoin de savoir ce que j'avais fait et pourquoi, ainsi que l'identité des meurtriers. Elle n'appartenait pas à la police, mais j'étais persuadée que si je ne survivais pas, elle représentait le meilleur espoir pour qu'on parvienne à les arrêter un jour.

Je glissai ma lettre dans une enveloppe que je cachetai, puis j'écrivis le nom de Tessa d'une main tremblante, me rendant tout à fait compte du ton laconique que j'avais adopté. *Ça va bien se passer. Je vais réussir à empêcher qu'il soit attaché, comme la dernière fois. La seule différence, c'est que là, j'en suis consciente.* Je glissai l'enveloppe sous l'exemplaire de mon testament, posai une tasse dessus, puis poursuivis mes préparatifs.

Je me fis couler une douche brûlante, et m'obligeai à rester dessous tandis que je répétais les exercices mentaux censés m'aider à garder mon calme et favoriser ma concentration. Je ne savais pas quel degré de concentration j'avais atteint quand l'eau chaude se tarit, mais mes mains ne tremblaient plus autant.

Il ne me restait plus qu'une étape. Appeler Tessa. Je n'allais pas entrer dans les détails au téléphone, mais je voulais au moins…

Lui dire « au revoir », songeai-je. *Juste au cas où.* Je comprenais désormais beaucoup mieux ma tante. Pourquoi elle était acerbe, se braquait et me donnait tant de fil à retordre. Au moins, je pourrais lui annoncer que je n'avais pas raté l'invocation. Elle avait sûrement considéré cet échec autant comme le sien que comme le mien.

Ma boîte vocale clignotait. Je n'avais pas remarqué qu'elle avait laissé un message quand elle avait téléphoné. Je m'empressai de consulter mon répondeur, en espérant qu'elle ne m'avait pas appelée pour me prévenir qu'elle s'éloignait de son téléphone pendant un moment.

« Coucou ma puce, c'est moi. Je voulais juste te souhaiter bonne chance pour ton invocation de ce soir. »

Elle doit penser que je vais refaire venir Kehlirik. Dans n'importe quelle autre circonstance, elle aurait encore eu raison.

« Non pas que tu en aies besoin », poursuivit la voix enregistrée. « Tu es tellement douée. Je suppose que je ne te le dis pas assez souvent. Ni qu'être venue vivre avec toi a été la meilleure chose qui me soit jamais arrivée. En fait, je crois que je ne te l'ai jamais dit. Et j'aurais dû. Je me suis plainte que mon existence avait été bouleversée, mais en vérité, je n'avais pas vraiment de vie avant que tu y entres. (Elle partit d'un petit rire.) OK, je deviens affreusement nunuche. Désolée. Appelle-moi quand tu auras fini. Bisous. »

J'appuyai sur la touche pour archiver le message, les larmes me montant aux yeux, un sourire attendri sur les lèvres. Je composai son numéro, m'apprêtant à lui dire autre chose que ce que j'avais initialement prévu.

Une voix grave et rocailleuse qui, de toute évidence, ne lui appartenait pas, me répondit.

— Salutations, petite invocatrice.

J'eus des sueurs froides et crispai instinctivement la main sur mon téléphone. *C'est un démon de niveau supérieur,* songeai-je, affolée. *Merde, est-ce que Tessa en a invoqué un ce soir ? Mais pourquoi est-ce qu'il décrocherait à sa place ?* L'espace d'un instant, je fus complètement perdue, cherchant surtout à nier les hypothèses les plus inquiétantes.

— Je souhaite parler à ma tante, parvins-je à articuler plus calmement que je ne m'y attendais.

J'entendis un léger sifflement.

— Elle est souffrante. Tu veux peut-être la rejoindre ?

Je pris une inspiration saccadée.

— Que lui as-tu fait ? Où est-elle ?

Non ! Non ! Pas Tessa ! Pas juste à ce moment-là ! Pas avant que j'aie eu l'occasion de lui dire…

— Son sang est puissant, petite invocatrice, poursuivit la voix profonde. Le tien l'est-il autant ? Il y a un autre invocateur ici qui aimerait le découvrir.

— Dis à Ryan d'aller se faire foutre ! criai-je, tremblante.

J'entendis le démon gronder dans un semblant de rire.

— Viens au centre d'accueil sur la 7e Rue, et nous emploierons ton sang au lieu du sien.

Je restai muette et serrai le téléphone si fort que je sentis le plastique s'imprimer sur ma paume. Le centre d'accueil. L'âge de Ryan ne correspondait pas à celui de Peter Cerise. Contrairement au pasteur Thomas qui, lui, avait eu tout le loisir de consulter les dessins de Greg. Sinon, pourquoi se servir de cet endroit ?

Mais si je me rendais sur place, je renoncerais à la possibilité de l'empêcher de contraindre Rhyzkahl. *Merde !*

— Vous la libérerez si je viens ?

Je sentis mon estomac se nouer. Il ne la laisserait pas partir. Je le savais. Il l'utiliserait, puis mon tour arriverait, et il réussirait à attacher le seigneur démon.

Il y eut un silence à l'autre bout de la ligne, puis la créature poussa un grondement.

— Si tu viens, elle sera relâchée.

— Indemne ?

— Pour ça, il est trop tard, répondit-il, faisant courir un nouveau frisson le long de ma colonne vertébrale.

— Vivante ? demandai-je, la voix brisée.

— Elle sera relâchée en vie.

— Tu en fais le serment ?

— Je jure sur mon essence que, si tu viens, elle sera libérée en vie.

— D'accord, dis-je, le sang battant dans mes tempes. J'arrive.

Il raccrocha et je desserrai lentement mes doigts du téléphone. Mon portable tomba sur la table et j'agrippai le dossier de la chaise. Je ne pouvais en aucun cas laisser Tessa là-bas. Je posai le regard sur la porte qui menait au sous-sol, sentant la nausée m'envahir. Jusqu'à présent, le fait que des personnes meurent pendant que j'invoquais était demeuré une hypothèse théorique. J'avais même plus ou moins accepté l'idée que le tueur détenait Michelle et qu'elle allait être sacrifiée. Mais désormais… *Tante Tessa !*

La seule personne proche qui me restait.

Impossible de pratiquer un rituel dans ces conditions. À supposer que je puisse accepter de la laisser mourir sans rien tenter, ma concentration aurait disparu. Je ne parviendrais même pas à ouvrir le portail. Je n'avais pas le choix.

Je pris l'enveloppe contenant la lettre que je lui avais adressée et je la déchirai. Une vague de colère me submergea, mais je ne la laissai pas repartir, tandis que je regardais les bouts de papier voleter jusqu'au sol. Je me sentais de nouveau fataliste, mais d'une autre façon. *J'y vais*, pensai-je avec détermination tout en me changeant. J'attachai mon Glock à ma ceinture et mon Kel-Tec à l'étui de ma cheville. *Je vais peut-être mourir. Mais je ferai le maximum pour entraîner Ryan et le tueur avec moi.*

Chapitre 28

Seul l'éclat argenté de la pleine lune éclairait les abords déserts du centre d'accueil, ce soir-là. Peut-être les gens avaient-ils deviné ce qui se tramait et senti la menace qui émanait de l'intérieur du bâtiment ?

Je me garai dans la rue, juste devant les portes vitrées. Inutile d'essayer de me cacher. Ils savaient que j'arrivais. Je percevais la tension, la puissance qui s'enroulait, affreuse et violente. L'odeur du sang flottait dans l'air et circulait lentement entre les boutiques délabrées. N'importe qui ayant ne serait-ce qu'un soupçon de sensibilité aux arcanes n'aurait pas voulu approcher de l'endroit cette nuit-là.

Je sortis doucement de ma voiture, regrettant de ne pas disposer d'un plan d'action plus précis qu'arrêter-je-ne-sais-comment-le-Tueur-au-symbole-et-sauver-tout-le-monde. *J'en avais un. Il est tombé à l'eau. Maintenant, il faut que je trouve autre chose.* Je pourrais peut-être interrompre l'invocation. Le poids de mon revolver sur ma hanche me réconfortait, même s'il ne me serait d'aucun secours face à un démon, surtout de niveau supérieur. *En revanche, Ryan et le meurtrier peuvent être abattus par de simples balles.*

Ils voulaient se servir de moi. Je leur ferai regretter cette décision.

La douleur que m'avait causée la trahison de Ryan resurgit, et je levai les yeux vers la lune argentée, sentant sa puissance m'inonder, toujours aussi forte. La peur me noua encore la gorge, et j'essuyai mes paumes moites sur mon jean. Le Tueur au symbole ne tarderait pas à commencer l'invocation de Rhyzkahl. J'eus presque la nausée au souvenir de la puissance du seigneur démon et à l'idée qu'autant de pouvoir soit contrôlé par un individu sans scrupule.

J'aurais peut-être pu l'appeler. Cela m'avait déjà traversé l'esprit. Rhyzkahl ne serait pas attaché, sous le joug de ce meurtrier.

Mais il me revint en mémoire la terreur que j'avais lue dans le regard de Tessa quand elle m'avait raconté le massacre commis par Rhyzkahl, qui avait alors été contraint par son honneur. Si je l'appelais dans notre monde en dehors d'un cercle d'invocation, il n'aurait pas de telles obligations.

Je suis complètement fichue. Je ne pouvais pas demander des renforts. Pas en sachant que le meutrier avait un démon majeur comme allié, qui se comporterait, face à un groupe d'intervention, comme un loup dans une bergerie. Je n'osais pas mettre d'autres personnes en danger.

Je jetai de nouveau un coup d'œil au ciel et à la pleine lune qui me narguait. Si mon plan s'était déroulé comme prévu, j'aurais déjà dû être bien avancée dans mon invocation. *Le démon a juré de relâcher Tessa*, me rappelai-je. J'ignorais ce que j'allais faire, mais au moins j'allais la sortir de là.

Comme si mes pensées l'avaient fait apparaître, une silhouette ailée se posa sur le toit du bâtiment et son image se découpa presque au milieu de la lune. Je reculai contre ma Taurus, osant à peine respirer tandis que le démon, sans nul doute un reyza, se redressait de toute sa hauteur et déployait ses ailes en rugissant.

Merde, tout le quartier va entendre ça ! Je me rendis compte qu'il me provoquait. Peu lui importait d'attirer l'attention, parce que dans quelques heures, voire beaucoup moins, un démon isolé serait un problème anodin pour les habitants de notre sphère.

La créature se glissa par une fenêtre ouverte sur le côté du bâtiment, et j'inspirai, soulagée. Je savais qu'il m'avait vue, mais cela ne signifiait pas pour autant que j'étais prête à l'affronter.

J'essayais de gagner du temps, et ce n'était pas le moment. Le calme qui régnait dans la rue contrastait de manière incongrue avec la véritable urgence de la situation. La grille métallique de l'entrée était déverrouillée et entrouverte. Elle grinça un peu quand je la poussai. J'avançai prudemment, en tentant de faire le moins de bruit possible, même si ceux qui se trouvaient à l'intérieur savaient que j'arrivais. Je n'avais pas assez de cran pour marcher à grands pas vers mon sacrifice.

Le froid me prit à la gorge lorsque je pénétrai dans le foyer plongé dans l'obscurité. Cela ne provenait pas d'une climatisation qui fonctionnait trop bien, mais d'un contact avec des royaumes et des sphères qui absorbaient l'énergie de la nôtre. Y compris sa chaleur. Et je compris que le tueur employait toute celle qui était disponible pour créer son portail. *Très malin*, dus-je admettre alors que mon cœur battait à tout rompre. Je tenais mon pistolet contre moi, prête à tirer tandis que je progressais doucement et prudemment dans le noir. Quand je tournerai – si je me souvenais précisément de la disposition des pièces –, j'arriverai dans la salle de réunion. Le métal rugueux de la crosse de mon arme au creux de ma main m'apportait un maigre réconfort, mais je ne le boudais pas. Un revolver ne ferait pas grand mal à un reyza, mais cela me rassurait quand même.

Je me figeai en entendant une griffe racler la pierre et retins mon souffle en attendant que le son se reproduise. Quelques secondes plus tard, je perçus le même bruit lent et déroutant, et je serrai les dents en reprenant ma progression. Je ne parvenais pas à déterminer d'où venait ce raclement ni à quelle distance il naissait. Je ne pouvais que continuer à marcher.

Mon pied buta contre quelque chose de lourd et d'un peu mou, je faillis m'étaler dessus. Je recouvrai l'équilibre et reculai d'un pas, en reprenant mon souffle. Je tâtai l'objet du bout du pied.

Merde. Je m'accroupis avant de me risquer à utiliser ma lampe-torche.

Aucun doute, il s'agissait d'un corps, mais ce n'était ni Tessa ni Michelle. C'était un homme, et l'espace d'un instant, je crus que c'était Ryan, puis j'examinai les traits du visage, le front dégarni et la barbe bien taillée. *Le pasteur Thomas.* Je lui mis deux doigts sur la gorge, pour tenter de trouver un pouls. En vain. Était-il effectivement le Tueur au symbole ? Ou Ryan l'avait-il tué pour s'emparer de tout le pouvoir ? *Ou étiez-vous seulement au mauvais endroit au mauvais moment ?* Sa personnalité m'avait plu, et j'avais très envie de croire à cette dernière hypothèse, mais j'étais bien placée pour savoir que mon jugement n'était pas très fiable, ces derniers temps.

Je me redressai, puis m'immobilisai, l'estomac révulsé, sans toutefois éteindre ma lampe. Un autre corps était étendu deux mètres plus loin.

— Putain de merde… Tessa !

Je passai par-dessus le cadavre du pasteur et tombai à genoux à côté de ma tante. Elle était pâle et froide, et je m'empressai de vérifier son pouls. Je le sentis, mais très faible. *Elle est vivante. C'est tout ce qui compte.*

Mais tandis que je laissais mes doigts s'attarder sur son cou, un sentiment de malaise m'envahit. Oui, son cœur battait. Mais quelque chose clochait. J'eus beaucoup de mal à identifier cette impression fugace.

Elle est vide. Je ne… la sens pas.

Un souffle chaud sur ma nuque m'avertit une seconde trop tard. Je fis volte-face et visai, mais une main griffue empoigna la mienne pour me la tordre violemment. Je sentis les os de mon poignet droit se briser dans un craquement, et poussai un cri étranglé tandis que le démon grondait et lançait mon revolver au loin.

Je serrai mon bras contre ma poitrine et prononçai entre mes dents les formules qui me permettaient d'invoquer les pouvoirs pour une expulsion. Ma tâche aurait été beaucoup plus facile si j'avais connu le nom de la créature, mais je devais me contenter de ce que j'avais. Je rassemblai la puissance et commençai à l'enrouler pour former un portail.

Le démon siffla et me gifla du revers de la main, me causant une douleur terrible. Je fus projetée au sol, tout en réussissant miraculeusement à garder le bras contre moi. Je me rendais compte pourtant qu'il ne m'avait pas frappée très violemment, du moins pas pour lui. S'il avait usé de toute sa force, il m'aurait décapitée.

— Non, grogna-t-il en bondissant par-dessus la forme de ma tante pour atterrir à cheval sur moi.

De sa main griffue, il m'agrippa l'épaule et m'immobilisa. Il baissa la tête et ses dents étincelèrent dans la faible lumière.

— Non, invocatrice. Tu ne me renverras pas. Je suis ici sur l'injonction d'un autre.

— Qu'as-tu fait à ma tante ? éructai-je. Tu m'avais promis sur ton essence !

Il gronda.

— J'ai respecté ma part du contrat. Elle est en vie.

— Ce n'est pas ça, être en vie ! rétorquai-je, la voix brisée par un sanglot tandis que je me sentais de plus en plus coupable.

J'aurais dû répondre au téléphone quand elle m'a appelée !

— Son cœur bat toujours, siffla le démon. Elle est vivante. Ne t'avise plus de mettre mon honneur en doute.

— Je l'emmerde, ton honneur !

Je cherchai encore à attirer de la puissance à moi, mais une nouvelle douleur, atroce, irradia dans mon épaule lorsqu'il intensifia son emprise. Je laissai échapper un cri : il m'avait transpercé la peau de ses griffes.

Le démon émit un grondement en se penchant vers moi pour me lécher la joue. Il me brûlait la peau de son haleine chaude.

— C'est bien que tu sois là. Maintenant, nous allons pouvoir commencer.

Il desserra son étreinte pour mieux m'agripper par les cheveux et me traîner vers la salle de réunion. La rage et le désespoir m'envahirent. Je poussai un cri étouffé tout en essayant d'atténuer son emprise de ma main valide, pour que la pression soit moins forte sur mon cuir chevelu.

Le démon me jeta par terre sans ménagement, dans un espace découvert faiblement éclairé, et mon poignet cassé heurta le sol, ce qui m'arracha un nouveau hurlement de douleur. J'avais toujours mon autre arme, mais ma cheville droite me semblait à des kilomètres de ma main indemne. De toute façon, elle me serait inutile face au reyza.

Je n'eus pas l'occasion d'y réfléchir trop longtemps. Le démon m'attrapa et me mit à genoux, puis d'un coup sec, me passa les bras derrière le dos et m'enroula des cordes autour des poignets. Je hurlai de douleur. Ma vision s'obscurcit pendant quelques secondes où je suffoquais, avant que la douleur diminue un peu et se transforme en un intense élancement qui courait jusqu'à mon visage. Je remarquai à peine que le démon m'attachait les chevilles. J'inspirais de l'air entre mes dents, la tête baissée, faisant tout mon possible pour ne pas bouger d'un muscle et accentuer ma souffrance.

J'entendis le rire d'un homme devant moi et relevai la tête. Manifestement, ce n'était pas Ryan, ce qui signifiait qu'il s'agissait forcément de Peter Cerise. *Et donc que le pasteur Thomas n'est pas le Tueur au symbole*, me rendis-je compte avec une étrange pointe de soulagement.

Derrière moi, le démon poussa un petit grondement, et je contemplai, pétrifiée, l'individu qui s'avançait.

— Chef Morse ? lâchai-je, stupéfaite.

Le chef de la police de Beaulac se tenait devant moi, vêtu d'une toge de soie noire striée de surpiqûres pourpres. Il baissa les yeux sur moi, un sourire au coin des lèvres, et dans un bref instant de folie, je crus qu'il était là pour m'aider, pour tenter d'arrêter Ryan. Puis la vérité m'apparut, et je me maudis d'être aussi bête. Évidemment. Peter Cerise, c'était lui, et non le pasteur Thomas. Son âge correspondait, et il était parvenu à se faire passer pour un nouveau venu en ville dans l'unique but que personne ne fasse le lien avec Greg. De son regard bleu clair, il observait ma réaction, et à présent que je la cherchais, je décelais une légère ressemblance avec son fils. Je me rendais également compte que les rumeurs affirmant qu'il avait subi un lifting étaient sans conteste exactes. Il s'était probablement fait aussi remodeler les pommettes et le menton, afin de modifier davantage les traits de son visage.

— Qu'avez-vous fait à ma tante ? m'écriai-je.

Eddie Morse/Peter Cerise m'adressa un sourire glacial.

— Bonsoir, Kara. Le corps de votre tante est en vie, conformément aux conditions de notre accord, dit-il avant de faire une moue de dédain. Même si j'ignore pour combien de temps, maintenant qu'elle a été privée de son essence.

Il marqua une pause et me dévisagea, jusqu'à ce que j'assimile cette information.

Il s'est servi d'elle, il a utilisé toute sa puissance. Elle n'est plus là. Elle est réellement partie. Mes derniers espoirs s'évanouirent : je ne m'étais pas trompée, je n'avais pas mal interprété ce que j'avais ressenti.

— Où est Ryan ? demandai-je en crachant son prénom.

— L'agent Kristoff est sain et sauf, répondit Peter Cerise en s'accroupissant à côté de moi. Il a un peu été comme un bonus inattendu. Il possède un potentiel arcanique suffisant pour ajouter pas mal de force à l'invocation. Ça compense la totale inutilité de Michelle. J'ignore pourquoi mon fils avait choisi de la dessiner.

Michelle. Il avait ordonné qu'elle soit relâchée de prison pour avoir une autre victime à sacrifier. Je pris une inspiration tremblante. *Ryan, espèce de salaud!* Mais tout s'éclairait désormais.

— Greg aimait faire le portrait des gens qui étaient dotés d'un potentiel arcanique, dis-je. C'est comme ça qu'il réussissait à voir à l'intérieur d'eux.

— Oui, et il m'a grandement facilité la tâche. Sans le vouloir, il m'a fourni un réservoir de personnes triées sur le volet, dont la seule valeur résidait dans le sang que je leur faisais verser.

— Et vous l'avez tué.

— Pas de gaieté de cœur.

Il resta silencieux quelques instants, et je crus presque qu'il était sincère. Puis son expression se fit plus cruelle.

— J'ai eu du mal à abandonner cette possibilité merveilleuse de trouver des gens dotés d'une résonance arcanique. Les individus réceptifs ont tendance à recourir à la drogue pour atténuer les sensations que la plupart des gens ne connaissent pas et qu'ils ne parviennent pas à gérer. C'était très commode. (Il esquissa un sourire mauvais.) Mais Greg commençait à comprendre, et avait remarqué que toutes les victimes figuraient dans sa bande dessinée. Il est passé au poste pour vous parler et m'a vu. Il ne m'a pas reconnu, à ce moment-là, mais je savais qu'il avait perçu mon potentiel arcanique et qu'il n'allait pas tarder à découvrir qui j'étais.

C'est ce jour-là qu'il m'a téléphoné, m'aperçus-je. *Il sentait que quelque chose clochait.*

— Et le pasteur Thomas ?

— Un instrument très pratique. Je suis membre du conseil d'administration de ce centre pourri, et les réunions me donnaient un prétexte pour venir ici et trouver qui Greg dessinait. Malheureusement, il a décidé de travailler tard, ce soir-là. Il était au mauvais endroit au mauvais moment, expliqua-t-il en haussant les épaules. C'est dommage, vraiment. Vous êtes une inspectrice plutôt douée. Vous êtes parvenue plus loin que je ne l'aurais cru. Ma dernière cérémonie a échoué, mais le sang d'une invocatrice devrait cette fois me garantir le succès. Votre tante, malgré sa force, ne suffirait pas, même si elle représente un plus non négligeable, précisa-t-il avec un sourire narquois. Après vous avoir vue lire la résonance arcanique sur le corps à l'usine de retraitement, je me suis penché sur votre dossier personnel et j'ai découvert qui était votre grand-mère. Puis je me suis demandé si vous aviez hérité de son don. J'ai été ravi de constater que c'était le cas, mais encore plus de constater que votre excentrique tante était la petite salope qui avait aidé mon fils à saboter l'invocation qui aurait sauvé sa mère.

Je le regardai fixement, tandis que j'assemblais les pièces du puzzle. Il était persuadé que Greg et Tessa avaient sciemment gâché le rituel. Pas étonnant qu'il ait laissé Greg croire qu'il avait péri dans l'incendie !

— J'ai ordonné à mon démon de s'emparer d'elle, car j'avais l'intention de la sacrifier. Mais il m'a indiqué que Tessa était aussi invocatrice.

Il avait prononcé son nom avec un immense mépris, et je décelai une lueur de fureur et de haine dans ses yeux.

— J'ai pris du plaisir à la vider de son sang, à sentir son énergie vitale quitter son corps pour passer sous mon contrôle.

Une vague de rage impuissante où se mêlait de la surprise me submergea. Un invocateur devait former une partie du cercle avec du sang pour les cérémonies les plus complexes. Et rien ne disait que ce sang devait être celui de l'invocateur qui dirigeait le rituel. *Il va m'utiliser et me priver à la fois de mon sang et de ma force, alors que lui, il ne versera pas une goutte du sien et restera en pleine forme.* J'allais subir le même sort que Tessa.

— Agissez-vous uniquement pour vous venger ? lui demandai-je. Juste parce que votre invocation a tourné à la catastrophe, il y a trente ans ?

— Vous démontrez une fois de plus vos compétences d'enquêtrice. Vous vous êtes manifestement entretenue longuement avec votre tante et mon fils à ce sujet. Et j'étais sûr que menacer de vous retirer l'affaire allait surtout vous pousser à prendre encore plus de risques, dit-il avec un rictus mauvais au coin des lèvres. Je suppose donc que vous savez qui je compte faire apparaître ?

— Rhyzkahl, répliquai-je d'une voix étranglée. Il est trop puissant pour vous. Vous ne parviendrez jamais à le maîtriser.

— Oui, il est fort. Mais je réussirai à le contrôler. Cette fois-ci, je suis prêt. J'ai eu des dizaines d'années pour me préparer. Et maintenant, je dispose de la puissance de deux invocatrices, que je vais pouvoir utiliser comme bon me semble.

Il se leva et jeta un coup d'œil derrière lui, sur le démon qui nous dominait tous les deux.

— De plus, j'ai Sehkeril comme allié, poursuivit-il avec un sourire qui s'élargissait. Il va gagner beaucoup de statut auprès de son seigneur, quand Rhyzkahl sera sous mon joug et que son royaume sera conquis.

Je tendis le cou pour regarder la créature.

— Mais tu restes un pion, raillai-je. Tu n'es pas un seigneur. Tu n'es qu'un reyza. Tu obtiendras une petite tape sur la tête et un biscuit.

Il gronda férocement et leva sa main griffue.

— Non, ne la tue pas ! lui ordonna l'invocateur. Elle sera morte bien assez tôt.

Puis son sourire redevint glacial quand il baissa les yeux sur moi.

— Tenez votre langue, ou je le laisse s'amuser avec vous avant de commencer.

Mon estomac se noua, même si j'étais consciente que c'était une menace en l'air. Il allait devoir lancer son rituel sans trop tarder, et le démon n'avait pas le temps de me violer. Enfin, je l'espérais. Pourtant, je me mis à trembler. *Bien joué, Kara. Énerve le démon alors que tu ne peux pas te défendre. Ce serait peut-être le moment d'arrêter de faire la forte tête.*

Peter Cerise remarqua ma réaction, ce qui le fit rire.

— Cette nuit s'annonce parfaite. Je tiens ma revanche contre cette saleté qui a gâché mon invocation à l'époque, et je contrôlerai bientôt le seigneur démon qui a tué ma femme.

Il ouvrit sa toge d'un coup sec, révélant un enchevêtrement complexe de cicatrices que je reconnus soudain comme la reproduction exacte du symbole.

— Il m'a fait souffrir, dit-il en refermant son vêtement, avant de remonter ses manches pour me montrer des brûlures irrégulières aux reflets brillants, que le temps avait guéries. Et je lui rendrai cette douleur au centuple.

Il se pencha de nouveau, tendit le bras et sortit brusquement mon revolver de l'étui accroché à ma cheville.

— Tout le monde sait que vous portez une arme de secours, ma chère, poursuivit-il en renversant la tête en arrière avant de prendre une inspiration théâtrale. L'heure est venue. Amène-la jusqu'au cercle.

Mes yeux se remplirent de larmes de douleur et d'angoisse, tandis que le démon me traînait vers le fond de la salle avant de me laisser retomber juste en dehors du cercle. Je m'efforçai de garder mon poignet cassé contre mon corps pour atténuer l'atroce douleur.

Des bougies basses placées avec précision autour d'un grand diagramme projetaient une lueur vacillante, à peine visible dans la lumière de la lune. Une odeur forte et amère flottait dans la pièce, comme si quelqu'un faisait griller des fourmis sur une plaque de métal. Le diagramme était au moins trois fois plus grand que le plus compliqué que j'avais utilisé dans ma vie. Il devait être de cette taille, compris-je, écœurée. Il allait se produire beaucoup de choses : il allait appeler un puissant seigneur démon, et procéder à deux sacrifices au moins, en son centre.

Je distinguai déjà une silhouette ligotée à cet endroit-là. Michelle. Une colère impuissante me serra l'estomac. Je ne pouvais rien faire pour elle. Je n'avais aucune idée pour me sortir de là, et encore moins pour la sauver. Elle était nue et avait les poignets, les coudes, les genoux et les chevilles attachés par des cordelettes. Elle était bâillonnée, mais sans bandeau sur les yeux. Quand ces derniers croisèrent les miens, je vis qu'ils étaient écarquillés et affolés, révélant une terreur qu'elle n'aurait probablement jamais crue possible.

— Et maintenant, l'agent Kristoff peut nous rejoindre, annonça Morse.

Je suivis son regard et vis Ryan s'avancer dans la pénombre du hall, les traits déformés par une expression hargneuse. Le démon marchait derrière lui, comme un garde du corps, les ailes déployées de façon menaçante.

Un accès de fureur me submergea avec une force incroyable, tant étaient grandes la peine, l'humiliation et la peur que je ressentais.

— Ryan ! hurlai-je. Espèce de connard…

— Kara…

— Tu m'as entubée ! hurlai-je encore, oubliant brièvement ma douleur dans l'ivresse de ma colère.

Il avança encore, puis, à ma grande surprise, la créature le poussa sans ménagement, et seul un mouvement d'épaule l'empêcha in extremis de tomber la tête la première.

Ce qui se serait produit, car il avait les mains menottées dans le dos.

— Oh, OK, peut-être pas, ajoutai-je d'une voix redevenue normale, partagée entre la honte et le soulagement de m'être trompée.

Ryan gémit et leva la tête pour river ses yeux aux miens.

— Non, tu crois ?

Je laissai échapper un rire muet. Morse m'avait complètement bernée.

— Je pensais que tu étais de mèche avec le Tueur au symbole. Je suis désolée, Ryan, dis-je, ma voix se brisant en prononçant son prénom. J'aurais dû te faire confiance.

— Tu es bête, se moqua-t-il. J'ai beau être sacrément exceptionnel, tu serais beaucoup plus crédible comme tueuse en série, me lança-t-il avec un sourire en coin, que je me surpris à lui rendre.

— Ça suffit ! aboya Peter Cerise. Ligote-le et place-le dans le cercle.

Ryan serra les mâchoires tandis que le démon lui liait rapidement les chevilles avant de le soulever et de le poser sans ménagement à côté de Michelle. Quand la créature s'approcha d'elle, elle poussa un glapissement étouffé de terreur, une lueur si horrifiée dans les yeux que je me demandai s'il ne s'était pas déjà « amusé » avec elle.

Je tentai de remuer les poignets, mais la douleur due à mes fractures resurgit et me força à inspirer plusieurs fois pour chasser ma nausée.

— Je suis terriblement navré, inspecteur Gillian, annonça Cerise, mais vous n'irez pas dans le cercle. J'ai besoin de vous et de votre essence ici, près de moi.

Il regarda une fenêtre en hauteur, dans laquelle la lune était parfaitement centrée.

— Lors des quelques instants qu'il vous reste à vivre, vous aurez l'occasion d'assister à la plus grande invocation jamais pratiquée, affirma-t-il avant de reporter son attention sur moi. Je crois que cela vous plaira, même si ça ne durera pas très longtemps pour vous. Il y a beaucoup de gens qui disent que Rhyzkahl est très beau.

Il n'est pas au courant, compris-je avec étonnement. Il ne savait pas que j'avais déjà rencontré Rhyzkahl. Mais pouvais-je retourner cet élément en ma faveur ? Je manquais cruellement d'avantages en cet instant.

Je peux l'appeler. Mon sang se glaça à la pensée d'un monde gouverné par un seigneur démon. *Les humains asservis, les ressources pillées, la puissance ponctionnée. Non. Il doit exister une autre solution.*

Avant que je puisse y réfléchir davantage, Cerise s'approcha de moi avec un couteau et, d'un coup sec, me souleva le bras gauche au niveau du coude, provoquant une douleur qui m'aveugla. Je luttai pour ne pas m'évanouir et aspirai de l'air, sentant à peine l'entaille qu'il pratiqua dans mon avant-bras.

Je tournai la tête pour observer avec une fascination morbide mon sang qui coulait dans un bol en argent que le démon tenait. L'entaille n'était pas profonde : je ne mourrais pas d'une hémorragie, du moins pas rapidement, mais elle correspondait à ce dont il avait besoin. Quand il eut récupéré environ un demi-litre, il me relâcha et se dirigea à grands pas vers le cercle. Il trempa un gros pinceau dans le bol et s'en servit pour tracer minutieusement le périmètre extérieur du cercle. Je frissonnai en voyant les puissances prendre forme en s'illuminant, enroulant des énergies et des structures complexes qui, je devais bien le reconnaître, étaient créées avec élégance. Cela allait certainement fonctionner, me rendis-je compte.

Il était peut-être fou, il n'était pas stupide. Il avait tout planifié avec le plus grand soin, et même réussi à m'attirer moi, une invocatrice, au milieu de son rituel, afin d'employer ma puissance et mon essence au cours de la partie la plus périlleuse de son invocation tandis qu'il réservait sa propre force pour attacher le seigneur démon. Une cérémonie d'une telle intensité nécessitait les décennies de préparation que Peter Cerise y avait consacrées, ainsi qu'une alliance avec un puissant démon de haut niveau.

Les énergies scintillèrent dans mon autrevue, et je remarquai que Ryan regardait, les yeux écarquillés, les runes qui pivotaient autour de lui. Je savais qu'il les voyait nettement. Bon sang, si ça se trouvait, Michelle aussi, étant donné leur vivacité. Peter Cerise utilisait toute la puissance qu'il avait engrangée grâce à ses victimes du mois.

Une soudaine vague de faiblesse me submergea. *Ça commence,* songeai-je, horrifiée. *Il m'ôte de la puissance. Pendant combien de temps vais-je tenir ?*

Peter Cerise était au bord du diagramme, et la soie de sa toge flottait dans l'énergie arcanique. Le pouvoir s'arc-bouta de façon spectaculaire, émanant de ses mains alors qu'il mettait en place les liens destinés à contenir une créature immensément puissante. Et il était capable d'y parvenir. Le diagramme était parfait et les runes préparées à merveille.

On va se retrouver avec un cinglé en liberté disposant du pouvoir d'un seigneur démon. Heureusement que je serai morte avant que ça arrive, pensai-je tristement, de plus en plus faible. *Notre monde sera tout de même réduit en esclavage et pillé, mais par Peter Cerise.*

Tandis qu'il entamait son chant scandé, la lumière du cercle se mit à flamboyer, si intense que je distinguais à peine Ryan et Michelle au centre. Ils allaient mourir, je le savais. Et connaissant Rhyzkahl, ni rapidement ni sans souffrances. Cerise pratiquait le rituel en respectant chaque détail du code d'honneur, ce qui signifiait que Rhyzkahl accepterait le sacrifice avant de faire subir sa vengeance à Ryan et Michelle pour avoir été asservi.

Connaissant Rhyzkahl…

Le souffle coupé, ma gorge se noua davantage. C'était mon seul avantage. Je connaissais Rhyzkahl, j'étais liée à lui, ce que Cerise ignorait. J'étais encore hors du cercle. Si j'appelais le seigneur démon, il ne serait pas piégé ni soumis aux liens et aux barrières, ni à la volonté d'un psychopathe qui n'avait pas hésité à assassiner son propre fils.

Mais cela veut dire que Rhyzkahl sera présent dans notre sphère, sans entraves, sans contrôle, en totale liberté. L'appeler, c'est courir le risque qu'il ruine notre monde. Mais si je ne faisais rien, Ryan et Michelle seraient tués, moi aussi, et Rhyzkahl se trouverait quand même là, mais sous le joug de Peter Cerise. *Que vaut-il mieux, le démon que tu connais ou l'autre… ?*

Dans les deux cas, les victimes seraient nombreuses. Le temps pressait, et je devais prendre une décision. Cerise criait à présent, et il ne tarderait pas à prononcer le nom du démon. Je me relevai en m'appuyant sur mon coude et me mis tant bien que mal sur les genoux, en luttant contre ma faiblesse grandissante. L'invocateur ne me remarqua pas. Il était pleinement concentré sur le rituel.

Mais le démon m'avait vue bouger. Son regard se posa sur moi au moment où j'ouvrais la bouche. Il poussa un hurlement de rage et s'apprêta à sauter sur moi tandis que je mettais toute ma volonté à appeler. « Il faut que tu le veuilles réellement », m'avait dit ma tante.

— RHYZKAHL ! criai-je en essayant de couvrir le chant.

Et l'espace d'un instant, le temps se figea.

Le démon laissa échapper un rugissement furieux en bondissant sur moi, toutes griffes dehors. *Il a compris. Il sait ce que j'ai fait.* Je tentai de l'esquiver en rampant, mais il se déplaçait à une vitesse incroyable. Je sentis un coup sec sur ma poitrine et mon ventre, avant d'avoir l'impression irréelle de flotter. Je n'éprouvais plus aucune douleur. Je ne saisis ce qui s'était produit qu'en voyant mon sang jaillir et mes tripes se déverser sur le carrelage.

La créature hurla de nouveau et déploya ses ailes alors que les runes perdaient tout leur éclat.

Je ne souffrais pas. Je m'écroulai sur le flanc et vis mes boyaux sortis de mon corps, au milieu d'une mare de sang qui ne cessait de se répandre. *Je ne suis pas morte.* Mais ça ne tarderait pas. L'avais-je appelé à temps ? Les sons résonnaient de manière étrange. Je crus percevoir un cri de Ryan, et j'eus la certitude d'entendre Cerise.

— Qu'est-ce que tu as fait ? s'écria-t-il avant de se tourner vers moi, fou de rage. Espèce de salope ! Qu'est-ce que tu as fait ? Où est-il ? Qu'est-ce que tu as fait ?

Je tournai péniblement la tête et lui souris.

— J'ai fait venir ton seigneur démon, dis-je d'une voix rauque. Connard.

Chapitre 29

De la lumière scintilla de nouveau, mais elle ne provenait pas des runes. Je savais qu'il me restait à peine quelques minutes, mais pour rien au monde je n'aurais manqué ça.

Rhyzkahl s'avança, vêtu d'une toge à la blancheur aveuglante et auréolé d'une lueur bleu et or, chatoyante. D'où je me trouvais, j'eus le privilège de voir l'expression qui se peignit sur le visage de Peter Cerise quand il se rendit compte que le seigneur démon était bien là, mais sans aucun doute hors du cercle et non retenu par les liens qu'il avait dressés.

Rhyzkahl poussa un grondement rauque qui se propagea dans la pièce et résonna contre les murs. Je sentais son aura puissante et sa fureur, mais elles m'affectaient à peine. *C'est parce que je suis en train de mourir,* songeai-je avec un calme remarquable. *Mes boyaux sont par terre devant moi. Désormais, plus rien ne peut m'effrayer.*

Cerise n'avait pas cette chance. Il percevait de plein fouet tout ce qui émanait de Rhyzkahl, et je savais que ce n'était pas la première fois. Terrorisé, il bafouilla et recula d'un pas chancelant jusqu'au mur contre lequel il se blottit en sanglotant, la tête baissée.

Rhyzkahl se tourna lentement avant de poser le regard sur le reyza. Une étincelle de puissance dans les yeux, il lui adressa la parole avec hargne dans une langue gutturale.

La créature lui répondit dans le même langage, en se prosternant devant lui. Je ne compris pas un mot de ce qu'ils s'étaient dit, mais je devinai la teneur des propos.

Le seigneur démon grimaça, puis leva la main devant lui et l'ouvrit avant de refermer doucement le poing. Face à lui, le reyza hurla et se tordit de douleur. Il cambra le dos en frémissant puis des faisceaux de lueur blanche se déversèrent d'un millier de brèches dans sa chair. La lumière devint aveuglante, puis l'instant suivant, j'entendis le craquement familier emplir la pièce, et le démon avait disparu. *Il n'est pas mort,* pensai-je vaguement en sentant l'odeur d'ozone et de soufre, *Rhyzkahl l'a seulement renvoyé pour s'en occuper plus tard.*

Enfin, Rhyzkahl me scruta. Je me rendis compte qu'il évaluait le nombre de respirations qui me séparaient de la fin. Mon regard croisa le sien au moment où le bourdonnement sourd dans mes oreilles s'amplifiait et où ma vision commençait à se brouiller.

Il marcha jusqu'à moi et s'accroupit.

— Ah, ma chère Kara ! Je venais juste de décider que tu ne m'étais plus utile, et voilà que tu me prouves le contraire. Tu es décidément pleine de ressources et vraiment intelligente.

Il me décocha un sourire étincelant et me caressa la joue du bout des doigts. Ma vue regagna un peu en netteté, et mon vertige diminua. *Il me restaure mon essence volée,* compris-je. Il m'octroyait quelques minutes supplémentaires.

— Donc, maintenant, tu m'appelles. (Il leva la tête et prit une profonde inspiration.) Et te voilà tuée. Mais comme celui-là m'aurait contenu sans ton intervention, poursuivit-il en désignant Cerise qui pleurnichait, je me retrouve dans la position désagréable d'avoir une dette envers toi.

Il se redressa et partit d'un petit rire, sans paraître mécontent du tout. Il avança jusqu'au bord du diagramme peint avec mon sang.

— Je suis présent dans cette sphère, sans entraves, ma chérie.

Je haletai. J'avais de plus en plus de mal à respirer, et devant moi, la tache de sang continuait à s'étaler.

— Et tu gis sous mes yeux, éviscérée d'une affreuse manière.

Pourquoi, parce qu'il existait une façon plaisante de l'être ? songeai-je même si je ne pouvais plus parler. Au moins, je mourrai sur une remarque ironique.

— Donc, afin d'honorer ma dette, je te laisse le choix, expliqua-t-il en se retournant vers moi. Soit je regagne ma sphère et renonce à l'occasion d'obtenir du pouvoir dans ce monde, soit je te remets sur pied, dit-il en poussant un morceau de mes entrailles du bout de sa botte. À toi de décider.

J'aspirai une bouffée d'air au prix d'un grand effort. J'avais déjà accepté l'idée de mourir et je me sentais apaisée. En aucun cas, je ne pouvais le laisser se promener en liberté dans notre monde.

Je secouai la tête, un mouvement à peine perceptible, mais suffisant pour lui indiquer mon opinion.

Il rit doucement.

— Pour une fois, tu te révèles prévisible. Très bien. Je vais retourner dans mon propre domaine.

Il s'approcha à grands pas de Peter Cerise et le souleva par les cheveux.

— Non ! entendis-je Ryan crier à l'intérieur du cercle. Aide-la. Sauve-la !

Rhyzkahl se figea, puis pivota lentement pour regarder Ryan.

— Et que m'offres-tu en échange ? demanda-t-il, la tête baissée.

Je vis mon coéquipier avaler sa salive et blêmir, loin d'être prêt à affronter toute la puissance de Rhyzkahl.

— Moi, souffla-t-il. Elle mérite de s'en sortir. Elle a vaincu Cerise et grâce à elle, tu n'as pas été capturé !

Le seigneur inclina très légèrement la tête.

— Et j'ai déjà réglé cette dette. (Ses yeux lancèrent des éclairs.) Vous dites que vous vous livrerez à moi pour qu'elle puisse vivre ?

— Non !

Étais-je parvenue à parler tout haut ? J'avais tellement froid. Il ne pouvait pas se sacrifier ainsi. Il ne se doutait pas de ce que cela représentait ! *Merde, Ryan, non. Laisse-moi partir. C'est bon.*

Rhyzkahl me contempla, l'invocateur se balançant sous sa poigne comme un chaton dans la gueule de sa mère.

— Oh, c'est si romantique ! Non, sauve l'autre à ma place !

Malgré son sourire magnifique, il se moquait bel et bien de nous.

— Même si ton offre est tentante, dit-il à Ryan tout en reposant calmement Cerise sur ses pieds, tu n'es pas pleinement conscient de ce que tu proposes.

Il passa le bras autour de Cerise et le maintint contre son torse. De l'autre main, il saisit la tête de l'invocateur qui sanglotait, et, aussi facilement qu'il aurait retiré la queue d'une pomme, il la lui arracha et la laissa tomber à ses pieds. Le corps secoué de spasmes suivit le même chemin, mais Rhyzkahl n'était aucunement perturbé par le sang qui giclait sur lui et maculait sa tenue blanche de motifs chaotiques.

— Ce ne serait pas équitable, aussi précieuse que Kara soit.

Mes paupières se fermaient progressivement, j'étais trop faible pour m'horrifier de la mort épouvantable qu'avait subie Cerise. Mon souffle me quittait, et je n'éprouvais ni le besoin ni l'envie de prendre une nouvelle inspiration. *Ce n'est pas grave, Ryan. Tout va bien.*

— Rentre avec moi, Kara.

Rhyzkahl tendit sa main couverte de sang pour saisir la mienne. Une soudaine lumière blanche nous entoura, et je me retrouvai avec lui dans un autre lieu.

J'étais allongée sur ce qui semblait être un piédestal, devant un trône en pierre, blanc et doré, gravé d'un motif qui m'était familier. Je percevais vaguement une odeur forte et piquante, pas totalement déplaisante, et remarquai que l'on parlait un langage inconnu au-dessus de moi. Au-delà, je distinguai des murs de marbre blanc, rehaussés de grandes voûtes ouvertes, que l'on avait décorées d'ornementations complexes en or bruni. L'une des arcades donnait sur un large balcon, et plus loin, sur une mer bleu turquoise embrasée par les rayons du soleil levant ou couchant. Au-dessus de l'eau, je vis des silhouettes voler, et me rendis compte, stupéfaite, qu'il s'agissait de zhurns, de graas et de syrazas, qui tournoyaient dans un ballet aérien compliqué d'ailes, de serres et de crocs.

Juste devant le trône se tenait une créature ayant l'apparence d'une femme nue, dont les cheveux touchaient le sol, mais dont les ailes de coléoptère et les innombrables filaments qui s'enroulaient à la place de la langue m'indiquaient que c'était un mehnta. À sa droite s'élevaient des volutes de fumée, des dents et des couleurs changeantes, et j'identifiai ce démon comme un ilius.

J'étais en train de mourir, mais contempler ces créatures, leur royaume, leur monde, était un spectacle qui en valait presque le coup. Il ne correspondait pas du tout à ce que je m'étais imaginé et je m'aperçus à regret que j'étais tombée dans le même piège que ceux pour qui tous les démons étaient mauvais. J'avais envisagé leur univers comme un endroit composé de rochers et de feu, alors qu'il était beau et raffiné, plutôt conforme à la représentation traditionnelle du paradis. *Combien d'humains ont déjà été témoins de cela ?*

Je n'avais presque plus la force de garder les yeux ouverts, mais je sentis et vis Rhyzkahl s'accroupir à côté de moi.

— Oh, ma chérie, je ne peux pas te sauver. Il est trop tard, et même mes pouvoirs ont leurs limites.

Ce n'est rien, songeai-je, commençant à distinguer de petites étincelles de lumière à la périphérie de mon champ de vision. *Alors c'est réellement le royaume des démons ?*

— Oui, c'est mon domaine. Si seulement je pouvais te garder avec moi ! Mais même ici, tu meurs.

Dommage que je ne puisse pas découvrir davantage ce lieu. Mais, tant pis. Le scintillement se fit plus insistant.

— Tu en auras l'occasion plus tard. Je suis incapable de restaurer ton essence, mais je vais t'offrir une chance. Plus grande que celle que tu as eue. Et j'ai déjà été payé comme je le souhaitais pour cet acte.

Mon esprit s'embrouilla tandis que la lumière brillait de plus en plus et occultait tout le reste. Une chance ? Payé ? Non, pas Ryan !

J'entendis un rire mélodieux suivi d'un craquement assourdissant.

Chapitre 30

Le vide, le néant. Ni lumière ni obscurité, mais une absence totale de point de repère. Pas de couleurs, de sons ou de sensations. Pendant un temps, je flottais, les secondes s'étirant en éternité, consciente du vide et attendant quelque chose d'autre, au-delà du vide.

Mais le néant engloutissait les impressions comme les pensées, et progressivement, je cessais de me poser des questions.

Allez, ma puce. Tu ne peux pas rester. Ta place est ailleurs. Tu dois continuer.

Continuer ?

Oui, continue à traverser. Continue ma puce. Tu te débrouilles très bien.

Ah bon ?

Comme toujours. Je suis si fière de toi.

Où est-ce que je vais ?

Traverse. Continue.

Traverser ?

Il t'appelle. Tu n'as qu'à le suivre.

Trop facile de se perdre.

Trop dur de ne pas s'effilocher quand vous ne savez plus qui vous êtes et où vous devriez vous trouver.

Une autre éternité s'écoule en un clin d'œil.

Kara. Kara, il faut que tu reviennes.

Un contact léger comme une plume au bord de mon essence.

Allez, Kara. Trouve la sortie. Ça fait assez longtemps que tu es partie.

Une fugace conscience de soi. La curiosité. Des émotions et des sensations qui renaissent progressivement.

Kara. Kara. Reviens. Tu en es capable. Reviens vers moi.

La présence. Une enveloppante familiarité.

Kara, c'est l'heure. Reviens.

Revenir ? Où ? Ah oui. Traverser.

Je sentis le froid dans le néant, consciente des vrilles glaciales qui m'encerclaient seulement parce que je ressentais réellement cette température. Puis une douleur me foudroya, comme une lame de rasoir qui me tailladerait, créant un contraste stupéfiant avec le néant. Je poussai un cri tandis que la douleur s'amplifiait au-delà de ce que je pensais possible. *Non, je meurs. Je suis déjà morte. Je ne suis plus censée souffrir !* De la lave en fusion déferlait dans mes veines, mes os se tordaient et se brisaient, puis se reconstituaient brusquement. Un démon me griffa et tira sur mon ventre, me déchiquetant. J'entendis un craquement.

Et il disparut.

Je pris péniblement une inspiration, et mes poumons me brûlèrent comme s'ils n'avaient jamais reçu d'air. Je sentis une odeur d'ozone et une douleur lancinante à l'épaule droite, et un sol froid contre ma joue et ma hanche. Je perçus des cris et des voix autour de moi, puis des mains se posèrent sur moi. Je tentai d'ouvrir les yeux et m'efforçai de ciller pour que ma vision redevienne nette.

Des bribes de paroles atteignirent mon esprit embrumé.

— … appelez les secours !

— Ça alors… cru qu'elle était morte…

Je sentis qu'on m'enveloppait d'un drap ou d'une couverture. Ma douleur à l'épaule s'estompa, et je me rendis compte qu'elle avait été causée par mon bras, qui était tordu dans mon dos. Étais-je tombée ? Je n'y comprenais rien. Et ma mort ?

— Nom de Dieu !

Il me semblait reconnaître cette voix.

— C'est elle. Putain, c'est Kara. Que quelqu'un prévienne l'agent Kristoff !

— Où…, essayai-je de dire, mais aucun son ne sembla franchir mes lèvres. Qu'est-ce qui se passe ? tentai-je de nouveau.

— Elle est réveillée ! Kara ! Allez, Kara. Ouvre les yeux pour nous raconter ce qui a bien pu t'arriver !

Je gémis et luttai pour soulever mes paupières qui pesaient des tonnes. Des images brouillées se mélangèrent devant moi, et j'entendis au loin une personne crier quelque chose à propos d'une ambulance.

— J'ai cru que j'étais morte, parvins-je à articuler d'une voix rauque.

Du moins, je l'espérais.

Un petit rire.

— Comme tout le monde, cocotte. J'ai hâte que tu m'expliques ce truc. On a trouvé du sang à toi sur les lieux. En grande quantité.

C'était Jill. C'était sa voix.

— J'étais morte, répétai-je.

Ma vision revenait progressivement. Je distinguai vaguement les traits d'un visage.

Jill me donna une légère tape sur l'épaule.

— Tu avais disparu, ça, c'est sûr.

J'entendis les sirènes se rapprocher.

— Disparu ? Juste deux ou trois minutes. Je suis morte un tout petit moment.

Elle m'adressa un sourire ému.

— Ma belle, il y avait assez de ton sang pour que tu sois morte trois fois. Mais pas de cadavre. Personne ne savait ce qui t'était arrivé. Mais on avait la certitude que tu étais… que tu n'avais pas pu survivre.

Je tentai courageusement de m'asseoir, mais échouai de manière lamentable. J'avais juste réussi à frémir.

— Je ne comprends pas. Je suis revenue directement.

— Ton absence a duré deux semaines. On a organisé tes funérailles et tout.

Je décidai alors que l'instant était idéal pour reperdre connaissance.

Chapitre 31

Quand je rouvris les yeux, j'étais dans une chambre d'hôpital. Un moniteur bipait doucement à côté du lit, et j'étais perfusée. Des dizaines de compositions florales envahissaient la pièce, et je me réjouis stupidement de ne pas être allergique. Désormais, ma vision était nette, constatai-je avec soulagement, et, j'inspirai prudemment, de nouveau rassurée quand je découvris que l'étrange sensation de brûlure avait disparu. *Était-elle due à la première fois que mes poumons s'étaient remplis d'oxygène ?*

Je tressaillis. J'avais été morte. Bordel de merde. Et j'avais vu le royaume des démons. Un nouveau frisson me parcourut à l'évocation de toute cette beauté, de la mer turquoise et des créatures en vol. Je n'en avais jamais observé autant d'un seul coup. Cela ne se reproduirait certainement pas, et curieusement, j'en éprouvais des regrets.

Je levai la main pour me frotter les yeux, stupéfaite que cela me demande autant d'effort. *Je suppose que mes muscles vont devoir réapprendre à fonctionner.*

Soudain, un homme dont je n'avais pas remarqué la présence se leva d'un fauteuil près de la fenêtre. Il me fallut une ou deux secondes pour l'identifier à cause de la fatigue et du stress qui marquaient ses traits.

— Ryan, dis-je d'une voix qui se brisa fâcheusement.

— Bon sang, il était temps que tu te réveilles.

J'éclatai d'un rire voilé.

— Désolée, j'ai été pas mal occupée avec mon décès.

L'angoisse se lut sur son visage.

— Tu… mon Dieu, tout le monde t'a cru morte. Pour de vrai. Je t'ai vue partir avec le seigneur, expliqua-t-il avant de se passer la main sur le visage. J'ai pensé qu'il avait emporté ton corps pour se moquer de nous. Michelle aussi a disparu, mais nous n'avons eu aucune nouvelle d'elle.

C'était elle qu'il avait prise pour m'accorder la chance de revenir, compris-je. Et je me sentis coupable. Je renversai la tête sur l'oreiller et regardai fixement le plafond.

— J'étais en train de mourir. Sérieusement. Il me restait à peine deux ou trois minutes, au grand maximum. Et il m'a transportée avec lui dans son royaume, quand il est reparti.

Ma gorge était nouée, j'avais du mal à parler.

— Je suis vraiment morte. Enfin, j'ai perdu la vie dans l'autre sphère, si bien qu'il a pu me renvoyer dans celle-ci. (Je déglutis.) Il m'a donné l'occasion de me reformer ici.

Ryan eut l'air troublé, puis son visage s'éclaira.

— Comme les démons ? Quand ils sont tués sur ce plan et expulsés dans le leur ?

— Oui, à peu près. Je ne connais pas tous les détails, mais je présume que c'était la seule chance que j'avais.

Un frisson me parcourut l'échine.

— Mais j'ai eu l'impression que ça ne fonctionnait pas à tous les coups, poursuivis-je.

Il soupira, puis m'adressa ce sourire en coin que j'avais toujours trouvé charmant.

— Tu sais que tu as semé la confusion chez tout le monde ?

— En étant morte ?

Il eut un petit grognement.

— Et en te volatilisant pendant deux semaines. Puis en surgissant de nulle part au beau milieu de la salle de patrouille de la police de Beaulac. Et sans égratignure, marque, cicatrice, ni rien d'autre sur toi, pas même des vêtements.

Je ris doucement.

— Super ! Maintenant tout le monde m'a vue nue.

— Sauf moi, mince alors ! dit-il, les yeux rieurs. J'étais à Quantico, encore à essayer d'expliquer ce qui s'était passé, ajouta-t-il en secouant la tête. Enfin, je dois sûrement remercier ce salopard démoniaque de t'avoir donné une chance de vivre.

— Ma tante, est-ce qu'elle…

Il eut de nouveau l'air consterné.

— Elle est dans le coma. Personne ne sait pourquoi. Il n'y a aucun signe de traumatisme…

Je sentis ma gorge se serrer.

— Il lui a volé son essence et l'a épuisée pour former son cercle. Elle est… vide.

Ma propre voix me semblait lointaine. *Plus tard. Je pleurerai plus tard.*

— Merde, souffla Ryan. Y a-t-il un moyen de la récupérer ?

— Je l'ignore.

Après quelques instants de silence, il reprit :

— Mais tu as réussi à l'arrêter. Ça au moins, c'est fini. Tu as raté le bordel qui a suivi la révélation de l'identité du

Tueur au symbole. On a fouillé son domicile et découvert une pièce secrète, une véritable chambre de torture, avec toutes sortes de diagrammes sataniques au sol.

Il sourit quand il me vit lever les yeux au ciel.

— Heureusement qu'on a trouvé cette preuve, car la photo vieillie s'est avérée impossible à exploiter. Ils sont nuls à Quantico. Ça n'a servi à rien de leur demander de se dépêcher. On l'a obtenue trois jours après ta…

Il s'interrompit et grimaça.

— Ma mort. Ça ne m'étonne pas, dis-je avec un haussement d'épaules, il avait eu recours à la chirurgie esthétique. Alors, tu travailles réellement pour le FBI ?

— Eh oui, répondit-il, le sourire aux lèvres. Un pur fédéral.

Je poussai un soupir.

— Désormais, je sais à quoi correspond le symbole.

— Ah bon ?

— C'est celui de Rhyzkahl. Je l'ai vu sur son trône quand il m'a emmenée dans son royaume. Peter Cerise l'appliquait sur ses victimes pour attirer la puissance destinée à l'attacher. Et il le connaissait parce que Rhyzkahl l'avait apposé sur lui lors de la première invocation.

— La marque de Rhyzkahl, murmura-t-il.

Une ombre traversa son visage, comme s'il essayait de se souvenir de quelque chose. Puis il cilla, et l'ombre disparut.

— Voilà un autre mystère résolu.

Je le scrutai.

— Alors, comment le chef t'a eu ?

Il eut l'air confus.

— Il m'a appelé pour me parler de Michelle Cleland. Elle aurait déclaré détenir des informations sur le tueur, mais elle voulait d'abord sortir de prison. (Il grimaça.) La solution la plus facile consistait à se porter garant.

Je gémis, et il acquiesça.

— Ouais, poursuivit-il, je suis tombé dans le panneau. On était à peine sortis de la prison que ce putain de gros démon a réussi à nous attraper, expliqua-t-il en se passant la main dans les cheveux. Heureusement, ces créatures ignorent ce qu'est un téléphone portable, et j'ai pu composer le numéro de Garner et laisser l'appareil allumé assez longtemps pour qu'il trouve où le démon nous transportait. Et, par bonheur, il n'est arrivé que quand tout était fini.

Je comprenais tout à fait.

— Sinon, lui et les personnes qui l'accompagnaient auraient été tués.

— Mon Dieu, c'est sûr. Incroyable, ce démon ! Tu avais un sacré bleu quand je t'ai vue là-bas.

Il tendit le bras et me toucha brièvement la mâchoire avant de retirer la main, et étrangement, mon cœur se mit à battre un peu plus vite.

Je demeurai silencieuse un instant, puis je lui demandai :

— Ryan, qu'est-ce qu'il voulait dire, Rhyzkahl, quand il a affirmé que tu n'étais pas pleinement conscient de toi-même ?

J'observai attentivement son visage.

Il haussa les épaules et eut un geste d'impuissance.

— Kara, je n'en ai aucune idée, m'assura-t-il, son expression ne trahissant rien d'autre que de la perplexité. Mais je suppose que si je le savais, alors je serais conscient de moi-même ? (Il haussa de nouveau les épaules.) Je ne suis pas plus avancé que toi. Mais en tout cas, je suis content que tout soit terminé et que tu ailles bien. En revanche, j'ai hâte de voir comment tu vas rédiger ton rapport, ajouta-t-il en souriant.

— On devrait m'en dispenser, grommelai-je. J'ai été morte. (J'eus un mouvement de recul.) Qu'est-ce que les gens racontent ? À propos de ma disparition et de mon retour ?

Il éclata de rire.

— Vu toutes les rumeurs et les théories insensées qui circulent, je ne sais même pas par où commencer. Officiellement, il n'y a pas de version officielle. (Il sourit.) La police de Beaulac refuse de donner une explication à ton absence et à ta réapparition, mais officieusement, on fait courir discrètement le bruit que tu appartenais à une unité top secrète du FBI. (Il rit.) C'est certainement le scénario le plus intelligent, étant donné la grande quantité de ton sang retrouvée sur les lieux et le fait que vingt officiers t'aient vue surgir de nulle part au poste, dans un éclair de lumière blanche. Nue comme un ver, qui plus est, précisa-t-il avec un sourire encore plus grand.

— Et tu as raté ça, le taquinai-je.

Il s'assit sur le bord du lit.

— Oui, mais ce n'est pas grave.

— Ah bon ?

— Tout à fait, dit-il en se penchant vers moi. Parce que je crois que j'aurai très bientôt l'occasion de le voir en privé.

Je levai un sourcil interrogateur, incapable de refréner un sourire.

— Tu penses ?

Son sourire se fit malicieux.

— Oui. Car je suis persuadé que les photos font le tour d'Internet en ce moment.

Mon cri de désarroi informa tout l'hôpital que j'étais effectivement vivante, à défaut d'aller bien.

EN AVANT-PREMIÈRE

Découvrez un extrait de la suite des aventures
de Kara Gillian :

LE SANG DU DÉMON
(version non corrigée)

Traduit de l'anglais (États-Unis) par Olivia Bazin

Chapitre premier

Le démon n'était pas grand-chose de plus qu'une mâchoire au milieu d'une nappe de brouillard, à peine visible à l'œil nu. Il serpentait en lentes ondulations sur le siège arrière de ma Taurus tandis que je filais à travers la nuit, et les vibrations de mes pneus sur l'asphalte offraient un accompagnement rythmé à ses mouvements. La lune presque pleine, qui jetait des ombres et baignait le paysage d'une lueur argentée, donnait même de l'allure à cette autoroute déserte, en plein marécage nauséabond. Je ne voyais pas luire d'autres phares à l'horizon, ce qui n'était pas étonnant puisqu'il n'y avait dans les parages ni habitations ni commerces, rien que le marais et quelques lopins de terre ferme qui se faisaient passer pour des bois.

J'entendais le démon affamé se parler doucement à lui-même, et je le fis cesser en appliquant une légère pression sur les liens arcaniques. Il se nourrirait bien assez tôt, et j'avais besoin qu'il accomplisse d'abord sa part du marché que nous avions conclu. J'avais déjà eu affaire plusieurs fois à ce genre de démons et je savais qu'ils s'avéraient bien moins utiles après s'être nourris. Une fois rassasiés, ils préféraient alors onduler confortablement plutôt que chasser.

Je continuais d'avancer jusqu'à ce que je sente un changement perturber le démon, une tension soudaine, comme s'il avait dressé des oreilles inexistantes. Je me garai sur le côté de la route, puis passai à l'arrière du véhicule pour ouvrir la porte. Transporter un démon sur ma banquette semblait un peu absurde, mais je ne pouvais pas vraiment me lancer dans une invocation au milieu du marécage. Il me fallait absolument le diagramme consacré qui se trouvait chez moi, au sous-sol.

Le démon se remit à murmurer et se faufila dehors, impatient de partir chasser. C'était un *ilius*, un démon de troisième niveau, à peu près aussi intelligent qu'un chien, mais mille fois plus doué pour suivre les pistes. Grâce à mon don d'autrevue, je distinguais sa forme, à peine plus épaisse qu'un brouillard flottant, une volute de fumée agrémentée de dents qui brillaient puis disparaissaient, comme une masse grouillante de piranhas vaporeux. Sans l'autrevue, ce sens au-delà des sens, qui révélait plus que le monde normal visible par la plupart des gens, le démon restait quasi imperceptible, hormis le profond sentiment de malaise qu'il laissait chez ceux qu'il touchait.

J'ouvris le sac en papier et en sortis une casquette de base-ball, pour que l'*ilius* s'enroule autour, s'imprègne de l'odeur et de l'impression laissée par celui que je voulais retrouver.

— Cherche, dis-je en renforçant mes paroles d'une pression mentale.

Mon don me permit de voir le démon miroiter, puis s'éloigner au-dessus des herbes et à travers les arbres, tel un zéphyr arcanique.

Je poussai un soupir dès qu'il fut parti, puis m'adossai contre la voiture en attendant son retour. Le démon retrouverait le chasseur disparu, je n'avais aucun doute là-dessus. J'aviserais ensuite, selon que ce dernier serait encore en vie ou pas. Je croisais seulement les doigts pour que le démon ne mette pas trop longtemps. Même à 4 heures du matin, la chaleur de ce mois de juillet dans le sud de la Louisiane était étouffante, et là en plein marécage, l'humidité montait facilement à cent pour cent. J'essuyai du revers de ma manche la sueur qui perlait sur mon visage et mon cou, en espérant que je ne retirais pas trop l'anti-moustiques dont je m'étais aspergée. Ces petits suceurs de sang bourdonnaient par centaines autour de moi, mais jusqu'à présent, la lotion les gardait à distance. Au moins, l'*ilius* n'avait pas à se soucier d'eux.

Il existait douze niveaux de démons susceptibles d'être invoqués par ceux qui avaient la capacité d'ouvrir une brèche entre ce monde et le royaume démoniaque. Plus leur niveau était élevé, plus les démons étaient puissants, et plus leur invocation s'avérait difficile. Mais je n'avais pas eu besoin d'un démon de haut niveau pour cette tâche. Mon invocation tenait plus de l'entraînement que d'autre chose, c'était un moyen de me remettre dans le bain. Retrouver l'imbécile qui avait décidé d'aller chasser tout seul dans le marais serait la récompense. Ce démon était le premier que j'invoquais depuis deux mois, et j'avais eu besoin de vérifier que je savais toujours ce que je faisais.

Une cascade de cheveux blonds me tomba dessus comme une rivière de soie au moment où il se pencha pour m'embrasser.

— Le contact de ma peau sur la tienne te manque-t-il, ma douce ?

Son regard ancestral brillait d'un amusement cristallin. Je levai la tête pour le regarder, les yeux plissés.

— Oui et non.

Il rit, me prit la main et m'emmena sur un balcon de marbre blanc, qui dominait une mer d'un bleu scintillant.

— Est-ce une question si difficile que cela ?

Je regardais les démons qui volaient au-dessus de l'eau.

— Ta présence me manque, mais tu me fais aussi vraiment flipper, tu comprends ?

Il vint derrière moi et me prit doucement dans ses bras.

— Je ne te ferai jamais de mal, Kara. Invoque-moi. Tu seras en sécurité.

Je laissai aller ma tête contre lui tandis que son étreinte se transformait en douces caresses. Il enfouit son visage dans mon cou et je fus parcourue de frissons.

— Mais ton idée de la sécurité n'est peut-être pas la même que la mienne, dis-je avant de pousser un gémissement quand il mordilla le lobe de mon oreille.

— Je ne laisserai personne te faire du mal, Kara, murmura le seigneur démon. Invoque-moi. Tu as besoin de ce que j'ai à te donner.

Je frémis, comme pour chasser le froid, encore perturbée par les souvenirs du rêve de la nuit précédente. Voilà ce que ça avait été : un rêve. Rien de plus.

Les poils de mes avant-bras se hérissèrent, malgré la chaleur de la nuit. J'aurais aimé en être aussi certaine.

Il existait un autre type de démons au-dessus des douze niveaux : les seigneurs démons. On considérait qu'il était pratiquement impossible d'invoquer l'un d'entre eux. Enfin, avec la puissance et la préparation nécessaires, c'était techniquement possible, mais survivre à l'expérience était une tout autre histoire. Cela étant, j'avais malencontreusement invoqué Rhyzkahl, l'un des seigneurs démons les plus importants, et j'y avais même survécu.

Si l'on peut dire.

Après son invocation accidentelle, Rhyzkahl avait créé un lien entre nous deux, et pendant un certain temps, je l'avais vu dans des rêves qu'il m'avait envoyés, tellement frappants et réalistes que je ne pouvais dire si j'étais éveillée ou endormie. De plus, des éléments de ces messages oniriques réussissaient à s'immiscer dans le monde éveillé. J'en avais eu la preuve la fois où il avait guéri une blessure que je m'étais faite pendant la journée. Mais tout cela s'était arrêté après qu'il m'avait sauvé la vie. J'avais rêvé de lui depuis, mais jamais de manière aussi viscérale qu'avec ses messages.

J'aurais dû m'estimer heureuse que le lien qui nous unissait soit apparemment rompu, je le savais. Malgré tout, mes sentiments là-dessus, et par rapport à Rhyzkahl, étaient confus. Surtout si l'on ajoutait à cela le fait qu'un grand nombre de ces rêves présentent un contenu extrêmement érotique, et que j'y joue un rôle très actif. Je me réveillais tremblante, emplie d'un plaisir avide qui se transformait rapidement en un sentiment de confusion et d'incertitude. M'envoyait-il ces rêves pour me rappeler ce que nous avions partagé, et ce qu'il pouvait m'offrir ? Ou bien ces visions n'étaient-elles que des manifestations de mon inconscient perturbé pour me rappeler que je n'avais pas de petit ami, pas de vie sexuelle et pas de perspectives d'avenir ?

Quoi qu'il en soit, je me serais bien passée de ces messages.

Je sentis le démon revenir avant de l'apercevoir. Je me redressai et me tins immobile alors qu'il tournoyait autour de moi en m'effleurant de ses dents irréelles. Je réprimai un frisson.

— Montre, ordonnai-je en fermant les yeux.

Des images dansèrent devant mes yeux, floues et difficiles à suivre, mais une odeur s'y rajouta, ainsi qu'un bruit et une impression de distance, comme si je parcourais le même chemin que le démon. J'aurais préféré qu'il m'épargne l'odeur. Le chasseur était bel et bien mort, le visage gonflé, difforme, et baignait dans la puanteur de son corps en décomposition. J'ignorais complètement les causes de sa mort, s'il s'était noyé ou blessé, mais l'important était que je connaissais sa position.

Je rouvris les yeux pour laisser l'*ilius* entrer dans la voiture. Il tourna de nouveau autour de moi et je perçus sa faim grandissante. Ayant accompli sa tâche, il voulait être nourri. Je resserrai mon étreinte mentale autour des liens arcaniques et sentis la sueur me picoter les aisselles.

— Pas ici. Bientôt.

Mon don d'autrevue me permit de voir le démon qui s'embrasait de rouge avant de se glisser de nouveau sur le siège arrière. Je m'assis au volant aussi vite que possible. Je n'avais jamais entendu dire que les *ilius* attaquaient les humains, mais il y avait beaucoup de choses que j'ignorais des démons. Je n'avais pas envie de découvrir ce qui se passerait si celui-ci devenait affamé. Heureusement, l'endroit où j'allais ne se situait pas loin de l'autoroute. Une nouvelle fois, j'arrêtai le véhicule et relâchai le démon.

— Suis-moi, ordonnai-je avant de m'élancer à petites foulées le long d'un sentier bien marqué, contente que la lune éclaire mon chemin.

Je sentais le démon me suivre et tentai de passer outre à l'impression perturbante d'être suivie. Quelques centaines de mètres plus loin, je m'arrêtai au bord d'un bayou avant de me retourner vers l'*ilius*, l'image d'un ragondin à l'esprit. Ces gros castors aux longues dents jaunâtres avaient rapidement colonisé le sud de la Louisiane et abîmaient terriblement l'écosystème des marais, à tel point que des programmes d'éradication avaient été créés.

Je tenais là mon propre programme d'éradication des ragondins.

— Mange, dis-je à l'*ilius*, tout en gardant à l'esprit l'image de l'animal, et je lui soulignai mentalement qu'il devait se nourrir *uniquement* de cela.

Il fila si vite que je faillis tomber, et dans la seconde qui suivit, j'entendis un animal glapir. Il fut vite réduit au silence. Je détournai les yeux pour ne pas regarder le démon s'enrouler autour de la bête. J'avais déjà vu un *ilius* se nourrir. Il n'y avait ni sang, ni chair déchirée, ni rien d'horrible ou de choquant. Pour quelqu'un dénué de sensibilité arcanique, la scène montrait un ragondin secoué de convulsions, en train de mourir sans raison apparente. Mais l'autrevue laissait voir que l'*ilius* tuait la créature doucement et sans lui causer de douleur, à l'aide de son pouvoir arcanique manié avec une précision quasi chirurgicale, puis lui aspirait sa force de vie, ou son essence.

Le démon lâcha le ragondin sans vie et s'abattit sur un autre. Je gardai les yeux braqués sur la lune au-dessus des arbres et tentai de ne pas imaginer les hurlements silencieux que devait pousser le rongeur. Après une demi-douzaine de ragondins environ, le démon revint lentement, en tournoyant au-dessus de l'eau, et s'enroula autour de moi, comme un chat qui se prépare à s'installer pour une sieste. Un chat brumeux, démoniaque et aux dents de piranha, qui se nourrissait de la vie des autres.

Je m'éloignai de lui en reculant et entamai la psalmodie de révocation. Le vent se leva sans prévenir et répandit une odeur de végétaux en décomposition, qui me donna la nausée. Mais je ne me laissai pas déconcentrer, et quelques battements de cœur plus tard, une brèche lumineuse s'ouvrit dans l'univers : le portail entre ce monde et la sphère des démons. Un craquement sonore déchira le silence du marécage, puis la lumière ainsi que le démon disparurent.

Je me donnai une minute pour reprendre mon souffle, puis repris le chemin de la voiture, sans regarder derrière moi les corps épars des ragondins sur la rive du bayou.

L'aube embrasait déjà l'orient de pourpre et d'or quand j'arrivai enfin au comté de Saint-Long. Mes recherches avec l'*ilius* m'avaient emmenée plus loin que je ne m'y attendais, presque jusqu'à la frontière entre la Louisiane et le Mississippi. Le chasseur avait visiblement réussi à parcourir une certaine distance, dans sa petite barge, avant de rencontrer des ennuis. Tout en conduisant, j'appelai une connaissance, maître-chien dans une équipe de sauvetage locale, et lui donnai les coordonnées GPS approximatives. Elle me remercia, sans me demander aucune explication. Je lui avais déjà fourni des tuyaux qui s'étaient évidemment vérifiés, en lui disant qu'elle pouvait s'en attribuer le mérite, à condition qu'elle ne me pose pas de questions. Elle s'imaginait que j'étais extra-lucide, et je n'allais pas la contredire.

Mon téléphone vibra alors que je me trouvais à huit cents mètres de chez moi. Je fis la grimace : si tôt le matin, ce ne pouvait être que le bureau. J'étais inspecteur à la police de Beaulac, et enquêtais sur des crimes et des homicides violents. Je n'étais de retour au travail que depuis une semaine, après un arrêt de près d'un mois pour raisons médicales et administratives, grâce au tueur en série connu sous le nom de Tueur au symbole. J'avais résolu l'affaire, mais je ne m'en étais pas sortie indemne, même si je n'avais pas une seule cicatrice pour le prouver.

Mon téléphone m'indiqua que l'appel provenait du portable du sergent. J'appuyai sur le bouton pour répondre.

— Je ne suis pas d'astreinte et mon service ne commence pas avant 10 heures, Crawford, alors fous-moi la paix.

Cory Crawford se mit à rire. Il avait été promu sergent quelques semaines auparavant, lorsque notre ancien capitaine avait été nommé chef de la police. Sa promotion avait laissé un poste vacant, provoquant un jeu de chaises musicales jusqu'en bas de l'échelle. J'avais eu quelques accrochages avec Crawford par le passé, mais j'avais été surprise et soulagée de voir qu'il était devenu quelqu'un de complètement différent après son changement de poste.

— Nan, c'est pas pour le boulot. Je me demandais si tu pouvais me rendre un service, puisque tu vis dans le trou du cul du monde.

Je souris. Ma maison n'était pas si isolée que cela, mais elle se trouvait suffisamment loin de Beaulac (et du monde civilisé) pour que j'échappe aux problèmes de promiscuité. Et puisque j'invoquais les démons dans mon sous-sol, j'étais plutôt attachée à ma tranquillité.

— De quoi as-tu besoin ? demandai-je.

— Il faudrait que tu passes chez Brian Roth et que tu lui secoues sérieusement les puces. Son service à lui commençait à 6 heures ce matin. Il n'est toujours pas là, et il est censé s'entretenir avec un témoin à 8 heures.

**BRAGELONNE – MILADY,
C'EST AUSSI LE CLUB :**

Pour recevoir le magazine *Neverland* annonçant les parutions de Bragelonne & Milady et participer à des concours et des rencontres exclusives avec les auteurs et les illustrateurs, rien de plus facile !

Faites-nous parvenir votre nom et vos coordonnées complètes (adresse postale indispensable), ainsi que votre date de naissance, à l'adresse suivante :

Bragelonne
60-62, rue d'Hauteville
75010 Paris

club@bragelonne.fr

Venez aussi visiter nos sites Internet :
www.bragelonne.fr
www.milady.fr
graphics.milady.fr

Vous y trouverez toutes les nouveautés, les couvertures, les biographies des auteurs et des illustrateurs, et même des textes inédits, des interviews, un forum, des blogs et bien d'autres surprises !

Achevé d'imprimer en février 2012
Par CPI Brodard & Taupin - La Flèche (France)
N° d'impression : 67392
Dépôt légal : mars 2012
Imprimé en France
81120681-1